静夜高颂

对66位伟大作家的心灵访问

[亚洲、非洲卷]

邱华栋◎著

凤凰出版传媒集团 ｜ 凤 凰 联 动
江苏人民出版社 ｜ FONGHONG

图书在版编目(CIP)数据

静夜高颂：对66位伟大作家的心灵访问/邱华栋著.
——南京：江苏人民出版社，2010.7
ISBN 978-7-214-06141-6

Ⅰ.①静… Ⅱ.①邱… Ⅲ.①读书笔记-中国-现代
Ⅳ.①G792

中国版本图书馆CIP数据核字（2010）第138198号

书　　名	静夜高颂：对66位伟大作家的心灵访问
著　　者	邱华栋
责任编辑	何民胜
特约编辑	文　丽　秦　蕊　董祎萌　刘　畅
出版发行	江苏人民出版社（南京湖南路1号凤凰广场A楼　邮编：210009）
网　　址	http://www.book-wind.com
集团地址	凤凰出版传媒集团（南京湖南路1号凤凰广场A楼　邮编：210009）
集团网址	凤凰出版传媒网 http://www.ppm.cn
经　　销	江苏省新华发行集团有限公司
印　　刷	北京同文印刷有限公司
开　　本	700毫米×1000毫米　1/16
印　　张	55.75
字　　数	829千字
版　　次	2010年8月第1版　2010年8月第1次印刷
标准书号	ISBN 978-7-214-06141-6
定　　价	69.00元（全三卷）

（江苏人民出版社图书凡印装错误可向本社调换）

文学的国度无边界

1980年，我11岁的时候，接触到一本没有封面的外国小说。那是邻居大哥推荐给我的，他还嘱咐说："这可是一本很好的小说啊，你要认真看看。"我清楚地记得，那本书里讲述了两个普通美国人的生活悲剧。其中一个是从俄罗斯到美国的犹太人，他雄心勃勃，准备创造一番新生活，然而事与愿违，迎接他的总是处处的碰壁和不断的霉运；另一个人是意大利移民，本来他要去抢劫一个犹太人的店铺，可结果却是他开始帮助那个犹太人了。小说用朴实、幽默，又饱含辛酸的文字，细致地描绘了这两个置身于美国社会中的男人怎样面对生活带来的纠葛与挣扎。尽管当时的我年龄不大，却早已对读书产生了浓厚的兴趣，甚至已经把《红楼梦》和《三国演义》囫囵吞枣般地读完了。由于那本书没有封面和扉页，我一直不知道它的名字。直到十年后，在武汉大学的图书馆里，我才真正记住了那本没有封面的小说——美国犹太作家马拉默德所写的《伙计》。

这便是我第一次接触外国小说的经历。从那之后，不论是中国古代小说，还是现代汉语小说，一旦拿起，我便不忍放下，如饥似渴般地沉迷于书中。此外，我尤其重视最近30年翻译成中文的20世纪的外国小说，只要是我自己喜欢的，大都收藏并阅读过，有不少还会写一些书评发表到报刊上。久而久之，20世纪小说家的作品，在我的脑海里就逐渐形成了一幅时空相连、一以贯之的图像：从时间上看，从 20 世纪"第一次世界大战"开始，直到 21 世纪的第一个十年，前后跨度达一百年之久；从空间上看，形成的是欧洲到北美洲，接着扩展到拉丁美洲，继而延伸到非洲和亚洲的"大陆漂移"。与此同时，这些小说家们相互影响，相互借鉴，创造性地构建出形态各异的文学世界，形成了文学史上一股不断联系着的创新浪潮。就这样，我借助地理学的"大陆漂移假说"理论，建立起了自己的关于当代世界文学的全景观。

最近十年，我经常在一些大学讲课，发现很多学习语言、文学等相关专业的学生读书的范围不广，读书的热情和劲头已经日渐消退。此外，作为文学刊物的编辑，我在工作中需要接触一些作者，同样发现很多作者的阅读面狭窄，对小说语言和文学技巧的掌握不够熟练，致使他们的文学经验浅显单薄。这样的文学创作现状不免令人担忧。为此，我将自己总结的与 20 世纪一些作家相关的文学常识作为阅读经验整理出来和大家分享，也算是为从事文学创作的朋友们提供一个关于 20 世纪小说的基本印象吧。

20 世纪的小说和 20 世纪的人类社会一样，最为丰富和复杂。一百年来，小说的发展异彩纷呈，令人眼花缭乱。我有意地选取了这六十六个作家，构成了这套从空间上和时间上具有延续性的读书笔记，就是为了给读者提供一条关于 20 世纪小说发展的大致脉络。当然，有人会问，20 世纪的优秀作家有那么多，为什么你选取的是这些，而不是另外的一些？还有的朋友认为，应该收入这个作家，而不该收入那个作家等等。而我认为，人的审美趣味是有差别的，我自己就是非常喜欢这些作家，仅此而已。同时，我也非常自信，就是这些作家，构成了 20 世纪人类小说发展的巨大山峰的山脊线，构成了 20 世纪人类小说发展和创新的连续性的、波澜壮阔的画面。没有这些小说家，20 世纪人类小说的魅力将会丧失大半！这，就是我要向大家推荐这些小说家的理由。

邱华栋

2010 年春节于北京

朝向灵山

——为中文小说和戏剧开辟新道路的高行健

学习法国文学出身的高行健，注定了要扮演一个盗火者和先行者的角色，作为一位法籍华裔作家，他在世界上产生了巨大影响。在他的全部文学创作中，小说、戏剧、文艺理论一直是三驾马车并驾齐驱、等量齐观。

一个多才多艺的人

2000 年 10 月，诺贝尔文学奖授予了用中文写作的法籍华裔作家高行健，在中文世界里掀起了一个巨大的波澜。我还记得，在宣布他获奖的 10 分钟之后，就有一个诗人朋友给我打电话，吃惊地问我高行健是谁，他说他从来都没有看过他的作品。而瑞典文学院给高行健的授奖辞是这样的："其作品深具普遍价值，刻骨铭心的洞察力和语言的丰富机智，为中文小说和戏剧开辟了新的道路。"

剧作家、画家、小说家、翻译家、导演和文学评论家高行健1940年1月生于江西赣州，祖籍江苏泰州。高行健的父亲是一名银行职员，母亲是一名戏剧演员，因此，他很早就对戏剧、戏曲和绘画感兴趣，中学时代就练习写作了一些戏剧作品，但从未发表和上演。1957年，17岁的他从南京市第十中学考入了北京外国语学院，学习法国语言文学，1962年毕业之后从事翻译工作。1970年，他被下放到农村参加劳动，1975年回到了北京，继续自己的翻译生涯。1979年，作为中国作家代表团的翻译，陪同作家巴金访问法国。1981年他由中国作家协会外联部调到了北京人民艺术剧院，担任专业编剧，1987年开始居留法国，1992年获得了法国政府授予的"艺术与文学骑士"勋章，1997年加入法国国籍。

高行健是一个多才多艺的人，他在小说、戏剧、随笔、诗歌、绘画和文学评论等方面均有建树，而且还亲自执导歌剧和电影。在他那个年龄段的作家中，很少有谁像他那样有着全方位的才华。高行健很早就开始了文学和绘画的创作，这也贯穿了他的一生。他第一次正式发表作品是在1978年。1979年年初，他的中篇小说《寒夜的星辰》在《花城》丛刊上发表，引起了广泛的注意。此前，他已经写了不止一部长篇小说，和足够出一本集子的短篇小说，以及一些话剧、歌剧、电影剧本，还有很多文学和美学评论，"誊清的稿子就有一大皮箱，大概不下于四五十公斤，在（'文革'）那十年灾难的岁月里，大都付之一炬。"那些如今已经看不到的作品，都被他看成是练笔之作，丢掉了也不觉得可惜。

1980年，他的系列文章《现代小说技巧初探》在《随笔》杂志连载，次年出版了单行本，引起了很大的反响。1982年，他创作的戏剧《绝对信号》在北京人民艺术剧院上演，由林兆华导演，演出超过一百场，并引起了争论。自此，高行健在小说、戏剧和文艺理论三个方面全面开花，但是也遭到了文化保守力量的猛烈批判。可以说，在高行健的全部文学创作中，小说、戏剧、文艺理论一直是三驾马车并驾齐驱、等量齐观的，如果要仔细地研究，可能他的戏剧创作要比其他两种文类更胜一筹。

如今，他流布市面的小说，有长篇小说《灵山》和《一个人的圣经》，中篇小说集《有只鸽子叫红唇儿》，内收一部同名小说和中篇小说《寒夜的星辰》，还有短篇小说集《给我老爷买鱼竿》，这个版本后来又增订为《高行健短篇小说集》面世发行。

盗火者和先行者

高行健很早就自觉地将欧洲现代主义文学技巧运用到他的文学创作中，这一点，在小说的写作中非常突出。他的中短篇小说大都是他早期创作的，在这些早期的作品中，几乎每一篇小说都显露出高行健大胆进行文学技巧实验的努力。这一定和他从法国文学，特别是从20世纪的法国现代派文学大师们那里汲取的经验有关，学习法国文学出身的高行健，注定了要扮演一个盗火者和先行者的角色。

中篇小说《寒夜的星辰》发表于1980年第二期的《花城》杂志，它的叙述角度很独特，以一个年轻人"我"来整理一位老者日记的角度，来看待、观察和审视一个经历了复杂岁月的老人的生命历程。小说中，"我"对老人日记的整理和转述，这种客观化、间隔感的叙述，使小说找到了一种间离效果，保持了小说本身的思想力度和客观性。小说并没有引用日记，而是采取了转述的方式，将老人的日记化作了"他"的行动和行为，由此，将小说内部的时间变成了两个层面的时间——现在的"我"所进入的时间，和过去的"他"所遭遇的时间一起发展。在小说的最后，这两个时间在空间的一个点上重合了，小说也达到了对时代和政治对人造成的迫害进行清算的目的。这部小说的叙述方式使我联想起萨特的著名作品《厌恶》，《厌恶》出版于1938年，小说的叙述也是以发现了小说主人公洛根丁的日记来展开的，不同的是，在小说中，主人公的日记是以完全被引用的方式和第一人称"我"来讲述的。我不能判断《寒夜的星辰》是否受到了《厌恶》的影响，仅仅作这样一个猜测。实际上，无论是技巧还是思想，《寒夜的星辰》由于特定的历史阶段的原因，还无法像《厌恶》走得那么远。最起码，接受者、读者都没有基本的现代主义文学修养，《厌恶》中表达的存在主义思想在《寒夜的星辰》中一点踪迹都没有，后者主要是对经历了"文革"浩劫的人们表达沉痛感，

003

朝向灵山
——为中文小说和戏剧开辟新道路的高行健

和对那段历史进行批判。

　　1981年，他的中篇小说《有只鸽子叫红唇儿》发表在《收获》杂志5月号上。《有只鸽子叫红唇儿》从文学技巧上要走得更远一些，小说带有音乐交响曲的结构，以复调的形式呈现多个叙述者的声音。这可能是当代汉语小说中最早尝试这种写法的一部小说。小说中一共有7个叙述者，构成了7个声部的交响乐。主人公为快快、公鸡、正凡、燕萍、肖玲、小妹这三男三女，外加一个叙述者——也就是作者的化身。叙述者如同观察者和旁证一样，不断地以回旋曲和间奏的方式，使小说的主题得到了深化，使小说主人公的命运为读者所牵挂。小说从1957年夏天开始讲起，通过他们的自述将6个人物的命运以穿越了20年时间的方式逐渐地呈现出来，并将中国当代史的1957年至1978年这20年时光打在主人公身上的烙印，鲜明地展现出来。历史的伤痛，青春和爱情的挫跌，命运的不可琢磨，政治与权力的险恶，以及人性的复杂，在这部小说中都有所呈现。尽管今天我看这部小说，觉得它的叙述方式还很简单和幼稚，但是，在当时的语境里，出现了这样颇具叙述形式感的小说，具有重要的开拓意义。我猜测这部小说在形式上受到了英国女作家弗吉尼亚·伍尔芙的长篇小说《波浪》的影响。《波浪》出版于1931年，是以6个人回忆、讲述和叙述片段来呈现出历史、命运、人物和心灵相互交叉的光影闪动，并对一个特定的年代作了印象式的全景回忆。

　　从上述两部中篇小说，可以看出，高行健是最早醉心于欧洲现代派文学技巧的中国作家之一，他不遗余力地以借鉴和挪用的方式，将欧洲现代主义文学技巧为我所用，像新瓶装旧酒那样，装进了中国的社会现实和人物的命运。

　　高行健的短篇小说大体上也体现出同样的特点。收录在《高行健短篇小说集》中的18篇小说，绝大多数都完成于上个世纪80年代初期，包括《朋友》《你一定要活着》《雨、雪及其他》《路上》《二十五年》《鞋匠和他的女儿》《花环》《海上》《母亲》《圆恩寺》《侮辱》《花豆》《河那边》《公园里》《车祸》《抽筋》《给我老爷买鱼竿》《瞬间》等小说。这些短篇小说大都体现出高行健的鲜明实验风格，其中，5篇小说由对话构成，6篇小说是独白的形式。而有些小说中的叙述人称的变换是最显眼的，对话的简洁和省略、对无情节的追求、对故事的淡化、对情景的蒙太奇手法的铺陈，都是这些精粹的短篇小说的艺术追求，是高行健当时积极地实验各种现代主义文学技巧的成果。小说的题材，大都以20世纪后半期中国人所经历的艰难岁月作为背景，能够从一个很小的角度入手，将时代的风暴带给人们的创伤，和人性在艰难岁月里的光华呈现出来。

在这本书的后记里，高行健自己说："用小说编写故事作为小说发展史上的一个时代早已结束了。用小说来刻画人物或塑造性格现今也已陈旧。就连对环境的描写如果不代之以新鲜的叙述方式同样令人乏味。如今这个时代，小说这门古老的文学样式在观念和技巧上都不得不革新……一，我这些小说都无意于去讲故事，也无所谓情节，没有小说通常的那种引人入胜的趣味……我以为小说这门语言的艺术归根结底是语言的实现，而非对现实的摹写。二，我在这些小说中不诉诸人物形象的描述，多用的是一些不同的人称，提供读者一个感受的角度，这角度有时又可以转换，让读者从不同的角度和距离来观察与体验。三，我在这些小说中排除了对环境的纯然客观的描写，即使也还有描述之处，也都出自于某一主观的叙述角度……于是，这三者便统一在一种语言的流程之中，我认为小说的艺术正是在语言的这种流程中得以实现。还应该说明的是，我并不反对在小说中触及社会现实。但我认为解决现实中的政治、伦理、社会、哲学乃至于历史与文化的种种问题绝非小说家所能胜任。指望于小说家的则是对人自身的认知。"

这篇写于1987年的后记，将高行健的小说观甚至是文学观都表达出来了。而他的小说创作，则不断地在深化实践着自己的文学理论。

从《灵山》到《一个人的圣经》

1990年，他出版了长篇小说《灵山》，这部他写了7年的作品很快就成为他的代表作。这部小说也是他获得诺贝尔文学奖的重要依据。那么，这部40万字的小说到底写了些什么呢？

根据他的自述，我们知道了小说取材于高行健的一段生活经历：

朝向灵山

——为中文小说和戏剧开辟新道路的高行健

1983 年，高行健因为戏剧作品《绝对信号》和《车站》遭到了批判，加之他在一次体检中，肺部出现阴影，被误诊为癌症，因此，高行健就作了一次长途旅行，沿着长江流域在云南、贵州、四川、青海、西藏漫游，从长江流域的源头，一直到达东海，跨越了 13 个省，行程 1.5 万公里，既是排遣苦闷，也是释放心情，同时还做了很多的民俗学和民间文艺的田野考察。对此，高行健说："因为一是我出生于南方，我对南方文化有兴趣；再一个，远离政治中心。南方是山区，偏僻，交通不便，管也管不来，少数民族又很多。再说，南方文化传统在中国传统文化中也是远离政权的。我还有一个对中国文化里又牵涉到有一个更大的背景，对中国文化的看法，中国文化史的看法，以及汉文化的形成。我认为，中国汉文化的形成以前都是以黄河流域的中央文化为主流的。当然，这是一个政治历史判断。其实，如果以文化史研究角度来讲的话，更活跃的是南方，而且，更早的是南方。从新石器时代起，就很繁荣了。我就找一个对抗官方文化的对中国文化的解析，这也是中国文化历史的实际情况。"

这次行走，成为后来高行健写作小说的重要经验资源，不仅是《灵山》直接取材于此，而且，他后来的一些戏剧作品，也与这次考察到的民间戏剧，特别是傩戏的影响有关。

从《灵山》这部小说的内容上看，高行健将游记和小说以及民俗学调查融汇到了一起。小说的情节是支离破碎的，描述的就是一个旅行者在长江流域游历期间的所看、所思、所想和所经历的一切。小说分为 81 章，以九九归一的暗喻，构成了全书的结构，无论是叙述、结构还是故事，都是开放型的，各种现代派小说的理论，甚至是民俗学、人类学都可以从这部小说中找到切入点。在形式上，小说将三种人称的叙述实验推进到了极致，"我"、"你"、"他"三种人称不断地互相变换，因此，内心的声音、外部的描写、对话和潜对话，都被囊括到三种人称的变换中。小说的内部文本复杂，包括了很多不同的文体，将游记、散文、杂记、地理学笔记、小说理论、民俗调查都放到了里面，形成了一个庞杂而聚合在一起的文本。

可以说，在《灵山》中，主人公做了一次自我放逐，同时，也开始了自我精神的寻求。小说的主人公显然是为了摆脱现实的困扰，而试图从更为广大的时空中获得力量。于是，在大范围的游走中，在跨越千年的文明存在和民间文化类型的发现上，主人公找到了继续生存的勇气，也获得了自我的精神救赎。而"灵山"，在小说中则是一种象征，到小说的结尾，我们也无法得知主人公到底有没有寻找到"灵山"，但是，主人公显然已经获得了灵魂的彻悟。这部小说也完美地实践了高行健自己的文学理论：他没有在小说中去讲述一个引人入胜的故事，没有去塑造典型的人物性格，也没有去描写典型的环境。但是，小说中弥漫着一种气息，一种心灵语言的氤氲感，使读者可以感受到这是一部从一个人的心灵深处焕发出来的对话体小说，它不断地要求读者参与到对话里，既是主人公在人称互换中的自我对话，也是主人公与大自然和读者的对话，同时，也是精神世界里的各种对话。最终，小说以主人公在一只青蛙的眼睛里看到了造物主为结尾浸透了禅意。

在瑞典文学院关于高行健获得了诺贝尔文学奖的新闻公报中，是这么评价《灵山》的："长篇巨著《灵山》是一部无与伦比的罕见的文学杰作。小说是根据作者在中国南部和西南偏远地区漫游中留下的印象写成的。那里至今还残存着巫术、民谣和江湖好汉的传说，当地人把这些传说当作真事而流布。在那里还能遇见代表古老的道家智慧的人物，小说由多个故事编织而成，有互相映衬的多个主人公，而这些人物其实是同一自我的不同侧面。通过灵活运用的人称代词，作者达到了快速的视角变化，迫使读者对所有人物的告白产生质疑。这种手法来自他的戏剧创作，常常要求演员既进入角色又能从外部描述角色。我、你、他或她，都成为复杂多变的内心层面的称呼。《灵山》也是一部朝圣小说，主人公自己走上朝圣之旅，也是一次沿着区分艺术虚构和生活、幻想和记忆的投射面的旅行。探讨知识问题的形式是越深入越能摆脱目的和意义，通过多声部的叙事，体裁的交叉和内省的写作方式，让人想起来德国浪漫派关于世界诗的宏伟观念。"

可以说，瑞典文学院这段关于《灵山》的评价简明而中肯，将这部小说的全部艺术风格和追求都描述了出来。但是，这样一部实验性作品在浮躁的汉语语境中很难获得青睐：《灵山》在1990年由台湾联经出版社出版之后，据说，一年中卖了不到一百本。高行健获得了诺贝尔文学奖之后，《灵山》才开始逐渐畅销，但是它的销量依然无法和那些武侠、言情类的通俗小说相比，这就是他的作品在中文世界里的遭遇。

1999 年，高行健的第二部长篇小说《一个人的圣经》由台湾联经出版社出版。这部小说的背景是"文革"时期，主人公经历了疯狂的"文化大革命"，小说从男主人公在 1997 年香港回归时来到香港作为叙述起点，他在香港邂逅了一个犹太姑娘，她的家族经历过德国纳粹对犹太人的种族屠杀，由此，将主人公的记忆拉回到了他所经历的童年和少年时光，以及此后政治运动接连不断的年代。最终，在"改革开放"时期，主人公来到了欧洲，体验到了新的生活。小说将历史的阴暗、暴力和个人内心的创伤一一揭示，把主人公在政治运动中的复杂人性表现，以多个层次毫不留情地呈现了出来——主人公的懦弱、幼稚、恐惧、卑鄙，与同一个人的义愤、善良、高尚、勇敢，存在于一身。小说中，男主人公和几个女人在不同时期的爱情，成为最重要的情节线索，外部的政治风云影响了那个时代人们的感情生活，第二人称和第三人称的互相转换，使读者可以清晰地看到一个人的多个侧面，人性的自我搏杀、人和人的灵魂面对面时的互相拷问，都是惊心动魄的。高行健是以片段和打乱时间顺序的方式来讲述的，但我们依然可以根据自己的阅读来重新组合故事和人物的命运。

《一个人的圣经》对"文革"的批判是尖锐的，但是，它依旧是文学的，以个体生命的遭遇来呈现历史的粗暴，因此有着别样的说服力。不过，也有评论说，这本书同时还是"一个人的性经"，以一个男人和 8 个女人的情爱和性爱关系（其中还有两个是西方女性）来作为小说的情节主线，因此，使小说的主题带有了普遍性："*性爱主题赋予他的文本一种炽热的张力，他是为数不多的能对女性的真实给以同等重视的男性作家。*" 高行健的小说中，对中国女性的刻画和描绘十分深刻，没有简单地给予性别意义上的嘉许。在《一个人的圣经》中，在外部高压下，女性不仅不是男性的归宿和避风港，相反却更加脆弱、丑恶和歇斯底里。高行健对人性的体察毫不留情，他没有被女性主义的论调所影响，而是将一个更复杂的女性世界呈现了出来。

在这里，我想引用瑞典文学院关于高行健的《一个人的圣经》的评价。来说明这部小说的价值："《一个人的圣经》和《灵山》在主题上一脉相承，但更能让人一目了然。小说的核心是对中国通常称为'文革'的令人恐怖的疯狂的清算。作者以毫不留情的真诚笔触，详细介绍了自己在'文革'中先后作为造反派、受迫害者和旁观者的经验。他的叙述本来可能成为异议人士的道德代表，但他拒绝这个角色，无意于当一个救世主。他的文学创作没有任何一种媚俗，甚至对善意也是如此。"这段评价可以说十分中肯。

为当代戏剧注入新鲜活力

迄今为止，高行健创作的戏剧作品近20部，包括《绝对信号》《车站》《现代折子戏》《独白》《野人》《逃亡》《冥城》《山海经传》《彼岸》《生死界》《对话与反诘》《夜游神》《八月雪》《周末四重奏》《叩问死亡》等，这些剧作构成了高行健文学创作中非常重要的组成部分。总体上来讲，我认为他的戏剧作品对中国当代文学史的贡献，要大于他的小说创作。如果说他的小说还在不断被人质疑的话，那么，他的戏剧创作无论是数量、影响还是主题的深度和广度，在当代汉语剧作家中都无人能及。而且，他的戏剧创作贯穿了他全部的创作历程，眼下还呈现出老而弥坚的炉火纯青之态。

写于1981年的《绝对信号》，被称为是当代实验戏剧的开山之作。当然，也有人认为1980年在上海上演的、由马中骏等编剧的《屋外有热流》是当代实验戏剧的开端。但是，我觉得，在实验戏剧或者说现代主义戏剧之路上，《绝对信号》要走得更远。这出戏剧明显地受到了法国现代主义戏剧作品的影响，在现实主义的外壳之下则带有浓厚的象征主义戏剧风格。这出戏从表面上看，是一出警匪题材的社会戏剧，讲述了警察、匪徒、无业青年、养蜂姑娘、车长之间围绕一列货车被预谋抢劫的故事。公演之后，很快就超过了一百场，还收到了戏剧大师曹禺的祝贺信。

1983年，高行健较早完成的话剧《车站》终于上演了。这是一出"无场次多声部生活抒情喜剧"，在形式上受到了贝克特的《等待戈多》的很大影响，讲述一群人在车站等待公共汽车，但是公共汽车总也不来，于是，这些等车的老人、姑娘、愣小子、戴眼镜的人、孩子的母亲、沉默的人，到结束也没有等到公共汽车，因为，公交公司的领导改变了汽车线路，公共汽车没有如期而来。而"任意改变公共汽车线路而给等车的人带来了人生悲剧"，被看做是影射了国家领导人随意改变社会路线的一出政治寓言，"表现了对我们的现实生活的强烈怀疑情绪"，在演出三场之后，就遭到了批判，还与当时的"清除精神污染"运动联系在了一起，这给高行健带来了很大的精神压力，也促使他在那一年前往长江流域进行散心式的考察和漫游。

1984年，他还写了一出由4个短剧构成的《现代折子戏》和独幕剧《独白》。《现代折子戏》以荒诞喜剧小品《模仿者》、抒情小品《躲雨》、闹剧小品《行路难》和叙事小品《喀巴拉山口》构成，而独幕剧《独白》则明显受到了法国荒诞派戏剧的影响，这些短剧，成为高行健进行戏剧实验的多种表现形式的、带有即兴式创作才华的作品。

1985年，高行健的剧作《野人》上演。这是一出"多声部现代史诗剧"，我认为，它和《灵山》有着相同的文化资源，是另外一种文学表现形式，是高行健从长江流域漫游回来之后，试图扩展戏剧表现空间的别具匠心的一部作品。这出戏剧内部的时间跨度很大，从七八千年前的原始社会一直到当代中国，地点是一条河的上下游、城市和水乡等等，而出场的人物有生态学家、民间艺人、林区管理者、水文工作者、外国探险家、野人学家、博士、偷猎者、地质学家等40多个，是一出带有复调性和多声部混合的、内部时空跨度大、主题丰富的戏剧，大量民间文学和文化、巫术、史诗《黑暗传》、傩戏等中国传统元素充斥其中，使戏剧本身带有着狂欢的、交响的、混合的气息。

高行健在描述这个戏剧作品的缘起时说："戏剧需要捡回它近一个多世纪丧失了的许多艺术手段。本剧是现代戏剧回复到戏曲的传统观念上来的一种尝试，也就是说，不只以台词的语言艺术取胜，戏曲中的唱、念、做、打这些表演手段，本剧都企图充分运用。"

显然，高行健非常强调从民间文化中吸取传统文化的力量，来给当代戏剧注入活力。在这一点上，他功莫大焉。在《我的戏剧观》中，他说："我实地考察了民间戏剧的一些源流。在贵州，现今在村寨中仍然演出的一种戴木头面具的'地戏'便起源于古代的傩，殷商时代的宗教祭祀，考古学家也已经发掘出了当时祭祀用的青铜面具。日本的古典戏剧、用面具演出的能乐，想必是这个根基上尔后的一种发展。而这种更为原始的戴面具的傩戏或傩舞至今仍旧在湖南、江西等省的民间流传。几年前，我还在西藏看到了戴面具的既歌且舞的藏剧的演出……我不会像奥尼尔那样把面具仅仅作为象征，而是作为一种单纯的戏剧手段，复兴在现代戏剧中。"

高行健的这种自觉而深刻的戏剧观，在他后来的戏剧作品中得到了不断地深化。

1986年到1989年，他又写作了《彼岸》《冥城》《山海经传》等大型剧作，无论是在主题还是在形式上都走得更远，按照文学评论家赵毅衡的看法，高行健试图在建立一种现代禅剧。这些戏从法国荒诞派戏剧的影响那里转身，到结合了古代哲学家庄子的思想，再到结合了禅宗文化、中国古代神话和民间传说元素，以及夹杂民间傩戏、巫术等元素，构造出了更加丰富的戏剧面目和戏剧语言。

1990年，身在法国已经3年多的高行健，主要依靠卖画来维生，在一种孤绝状态中继续写作，这是他很艰难的一段日子。这一年，他写了话剧《逃亡》，这是一出带有萨特所推崇的"介入性"风格的戏剧，剧中出场的人物有三个：青年人、姑娘和中年男人，剧中弥漫着一种怀疑精神，使剧作超越了对政治事件的简单价值评判，也让一些希望从中得到他们想要的东西的西方人感到失望。不过，在后来的创作中，高行健很少再写类似的"介入性"的戏剧作品了，而是在一种"现代禅剧"的道路上越走越远。

进入到上个世纪90年代，他接连发表了《生死界》（1991年）、《对话和反诘》（1992年）、《夜游神》（1993年）三出戏剧，结合了法国荒诞派戏剧风格和中国佛教、禅宗思想，是一种新戏剧，在形式上使戏剧的内部空间无限扩大，人物游走在人类长河中的任何时段，带有符号化的象征色彩，梦境、现实、历史、传说在瞬间自由转换，变得更加地自由舒展。

戏剧《周末四重奏》（1996年）则是对当代日常生活的一次审视，

为中文小说和戏剧开辟新道路的高行健

朝向灵山

带有黑色戏剧的特征。而高行健为台湾国光剧团写的京剧剧本《八月雪》（1997年），则在新型禅剧和欧洲象征主义、荒诞派戏剧之间，找到了一条融会贯通之路。《八月雪》是以盛唐到晚唐250年之间中国禅宗兴盛的历史传说作为素材的，在戏中，禅宗大师六祖慧能和其他禅宗历史上的名角纷纷登场，对宗教、哲学和世俗的权力进行了透彻的思考，对迷障人心的各种说法都做了批判，呈现出中国戏剧和欧洲现代主义戏剧完美结合的风貌来，为中国戏剧贡献出一种新的美学风格。

进入21世纪之后，高行健还作有戏剧《叩问死亡》（2004年），这出黑色戏剧直接叩问了每个人都要面对的死亡问题，传达出人类的某种普遍情绪和经验。

通过高行健的近20部戏剧作品，我们看到，他在戏剧创作上的确取得了巨大的、不可忽视的开创性成果，在当代戏剧创作中无人能出其右。他在日常生活和超越现实的想象之间、在中国戏剧传统和西方的现代派戏剧之间找到了一条潜行之路，用戏剧探索人生的价值、语言的局限、世界的荒诞和意义，不断拓展着戏剧的边界，带给了我们一个可能性的未来。另外，据说高行健在法国还拍摄了一部艺术电影，没有在商业影院线放映，片名叫《侧影与影子》，我没有看到过。

"没有主义"

2000年，高行健获得了诺贝尔文学奖，这对他的作品流传和影响扩大，起到了决定性的作用。短短几年，他的作品就被翻译成了30多种文字。作为法国公民而获得了这个世界文学大奖，法国人自然是更加欢迎他。2003年，马赛举办了"高行健年"，用一年的时间来上演他的戏剧，举办他的画展，还举行他的小说作品的朗诵会和读者见面会。他还获得了十多所大学的荣誉文学博士学位，声誉达到了顶峰。然而，高行健的创作步伐似乎明显地慢了下来，产量减少了——他到世界各地参加文学文化活动，必然会影响他的创作产量。

对于他获得诺贝尔文学奖这件事情，在中国国内存在一定争议。我想引用一些中国作家的评价作为参考。

作家韩少功在接受美国《纽约时报》、法国《世界报》等媒体电话采访时说："高行健从20世纪80年代起活跃于中国大陆文坛，90年代主要在法国从事戏剧的写作和导演活动，可能不为中国年轻一辈的读者所了解。他是一位有成就的剧作家、小说家、文艺理论家，获得诺贝尔文学奖，值得我们祝贺。第一个主要用中文写作的作家获诺贝尔奖，也表明中文写作正在世界文明进程中有了越来越大的影响，这是一件好事。当然，文学评奖不是体育比赛，获得了诺贝尔奖，并不等于拿到了世界冠军。像大多数评奖一样，诺贝尔奖历来都难以避免政治因素的介入。中国根据自己的国情从事改革和建设，不需要从任何机构领取政治指令。但是，人们即便不赞成诺贝尔奖所体现的政治倾向，也不能因噎废食，不能因政治废文学。连周作人的作品眼下在中国都大量印刷发行并广受好评，为什么一个高行健就不能被接受呢？很多政治倾向与中国主流标准不符的外国作家，在获得诺贝尔奖或其他奖以后，都在中国受到普遍的推介和尊敬，为什么一个同胞、一个华裔作家反而就不能受到同等的宽容和善待？"

作家莫言在接受采访的时候说："我对高行健了解得比较多的是他在20世纪80年代的文学成就。大家都很清楚，他的实验话剧引发了80年代中国大陆的先锋戏剧运动，这在当时是很有地位的。此外，他的一些中短篇小说，比如《给我老爷买鱼竿》等，也很先锋。他的那本关于小说技巧的小册子，对西方现代派小说观念在中国的传播也起到了十分重要的作用。对于高行健在国外期间所写的作品，比如《灵山》，还有许多戏剧，我都没有读过，所以无从评价。高行健的获奖我本人表示祝贺，也觉得值得祝贺。毕竟是华语文学中的第一次。虽然难说是中国人的光荣，但至少可以说是汉语的光荣。至于说到其中的政治色彩，我倒觉得这大可不必太关心。有人说，得诺贝尔奖，高行健不够格，我觉得这也很难说。之所以会这么想，无非是大家对外国的这个奖看得太神秘、太重要，好像一得了这个奖就如何不得了；另一方面，对自己身边的事情和人物，人们总容易忽视。由于时代的隔阂和语言的隔阂，大家对外国人和已经故世的人都能接受，但很难接受活在自己身边的人。这么一个熟人，怎么就成了大师呢？觉得不可理喻。比如说，达里奥·福得奖，我们中国人觉得理所当然，但意大利人恐怕就不这么看。他们的反应好像就跟现在中国人对高行健的反应很相似。没有必要去故意贬低高的获奖，贬低他，也正是在贬低自己。"

高行健的文学批评和文艺理论著作主要有《现代小说技巧初探》《对一种现代戏剧的追求》《没有主义》《文学的理由》《另一种美学》等。1981 年出版的、具有开山意义的《现代小说技巧初探》，用简单明了、通俗易懂的语言和短小精悍的篇幅，从小说的演变、小说的叙述语言、人称的转换、意识流、象征、艺术的抽象、从情节到结构、时间和空间、现代文学语言、小说的未来等各个方面，探讨了 20 世纪西方小说的新发展和新变化，给当时的中国文学界吹来了一股新风，作家王蒙、刘心武、李陀、冯骥才都给予了热烈的响应，但也遭到了保守人士的猛烈批判。这本小册子引发的关于西方现代派问题的争论持续了好几年，人民文学出版社于 1984 年 2 月出版的《西方现代派文学问题论争集》上下两册，就有 50 多万字，由此可以看出，当时围绕西方现代派文学的争论有多么地激烈。

《对一种现代戏剧的追求》出版于 1988 年，高行健从多声部戏剧手段、剧场性、戏剧性、动作和过程、假定性、戏剧观等各个方面阐述了自己的戏剧观点，在当代剧作家中最早建立了自己的戏剧理论。在他的文学理论著作《没有主义》中，高行健完全摈弃了那种引用其他人的语言和观点来陈述自己的艺术主张的做法，而是直接用自己的语言，来讲述自己的文学观点。他号称"没有主义"，就是因为在 20 世纪，人类在各种主义的幌子之下，干下那么多的荒唐事，他要人们不要为主义所迷惑，而是要以本心去体认和判断，然后做出选择。在这本书中，他的《没有主义》《我主张一种冷的文学》《论文学写作》《个人的声音》《迟到的现代主义与当今中国作家》等文章，都鲜明地呈现出他的思想魅力。

书中还收录了他谈论自己作品的文章、探讨绘画艺术的评论，以及他获诺贝尔文学奖的演说辞《文学的理由》。尽管有人评价他的这篇文章过于政治化，但是，他对艺术要创立一个自己的美学世界，除非迫不得已否则不会过于简单地去作政治表态和介入的态度，是非常明确的。

在这篇演讲的最后，他说："回顾我的写作经历，可以说，文学究其根本乃是人对自身价值的确认，书写其时便已得到肯定。文学首先诞生于作者自我满足的需要，有无社会效应则是作品完成之后的事，再说，这效应如何也不取决于作者的意愿。文学史上不少传世不朽的大作，作家生前都未曾得以发表，如果不在写作时就从中得到对自己的确认，又如何写得下去？"

《另外一种美学》全面阐述了他的绘画理论。高行健的绘画以水墨为主，他的个人画展在全世界的博览会和博物馆中举办过70多次，我感觉其绘画风格在抽象和具象之间，别具一格，以抒发内心的感受和镜像为主。在《另一种美学》中他给自己作了一个总结：从纵的方面，他得到了隔代遗传，从中国宋明文人画那里继承了中国绘画的伟大传统，同时，又从二战前后的欧洲现代绘画艺术那里横向汲取了很多东西。他提出"艺术的革命已经终结"、"超人艺术家已经死亡"、"现代性是当代病"等艺术命题，强烈地呼唤去重新寻找绘画艺术的起点，这些观点都是非常独到的。而在《文学的理由》这本书中，他以《现代汉语与文学写作》这篇文章，来谈论20世纪的汉语写作语言过于欧化的问题，可以说是谈到了点子上。他认为，文学语言一定要从鲜活的日常对话和民间方言中来，而不是从书本到书本，从书面到书面。这个观点肯定会有争议，但这的确是他自己独到的体会和发现。

高行健是在世界上获得了很大影响的法籍华裔作家，对他的研究、发掘和批评，也是对中华文化复兴命题的一次拓展。中国文化和文学反向影响西方的那一天，从高行健身上我们看到了某种确切的希望。

阅读书目：

《有只鸽子叫红唇儿》，北京十月文艺出版社1984年版

《灵山》，台湾联经出版社1990年版

《一个人的圣经》，台湾联经出版社1999年版

《给我老爷买鱼竿》，台湾联合文学出版社1988年版

朝向灵山
——为中文小说和戏剧开辟新道路的高行健

《高行健戏剧集》，中国戏剧出版社 1985 年版

《高行健剧作选》，台湾帝教出版社 2000 年版

《八月雪》，台湾联经出版社 2000 年版

《周末四重奏》，台湾联经出版社 2001 年版

《高行健戏剧集》（十种），台湾联合文学出版社 2008 年 3 月版

《秃头歌女》，高行健译，中央戏剧学院内部自印版，年代不详

《现代小说技巧初探》，花城出版社 1981 年 9 月版

《对一种现代戏剧的追求》，中国戏剧出版社 1988 年版

《没有主义》，香港天地图书公司、台湾联经出版社 1996、2001 年版

《文学的理由》，香港明报出版社 2001 年 4 月版

《另一种美学》，台湾联经出版社 2001 年版

《〈绝对信号〉的艺术探索》，中国戏剧出版社 1984 年版

《高行健戏剧研究》，许国荣编，中国戏剧出版社 1989 年版

《西方现代派文学问题论争集》（上下册），人民文学出版社 1984 年 9 月版

《高行健与中国实验戏剧》，赵毅衡著，台湾尔雅出版社 2001 年 2 月版

来自故乡和大地的说书人
——创造本土魔幻现实主义的莫言

莫言创造性地写出了独特的、有着鲜明自我烙印的作品，这些作品总是有着巨大的雄心，有着大象一样的体量和气质。他的小说从故乡出发，又超越了"故乡"，表述了 20 世纪中国人复杂的乡土经验，并传达出了中国精神。

透明的胡萝卜一鸣惊人

任何一个评论家，要想对自上个世纪 70 年代末期至今的 30 年的中国当代文学的发展新阶段作一个精确描述，都十分不容易，因为，当代文学一直在不断地生长，时刻随着中国社会的变化在变化。这 30 年，不仅中国社会发生了巨大的变革，文学，尤其是小说本身也发生了巨大的变革。其中，涌现出很多杰出的作家，都是值得分析的标本，这其中，莫言就是一位佼佼者。在我看来，当代汉语小说这 30 年的发展，就如同中国的 GDP 总量在不断地追赶西方国家，到 2009 年已经超越德国位居世界第三一样，我们的小说家也以 30 年的时间，用时空压缩的方式，将西方近百年的现代主义、后现代主义等各个文学思潮和流派，以学习、模仿、借鉴的方式挪移到汉语的写作语境中，并激发和创造出汉语文学本身的创造性因子，形成了文学爆破或者复兴的局面。

莫言，原名管谟业，1955 年 2 月出生在山东高密县的农村，家庭人丁兴旺，但是，和当时的大多数中国农村家庭一样，处于贫困之中，饥饿感是莫言小时候最强烈的印象。小学五年级，莫言就因为家庭贫困而辍学，回家务农。18 岁的时候，他到高密县棉花加工厂当工人，21 岁那一年应征入伍，参军离开了家乡。在部队里，从战士、班长、教员、干事、创作员，一路到了副师级创作员，最早写作的短篇小说，因为他自己不满意，原稿都被烧毁了。1984 年到 1986 年，莫言在解放军艺术学院上学，1991 年毕业于北京师范大学和鲁迅文学院联合举办的作家班，获得了文学硕士学位。1997 年，莫言转业到最高人民检察院所属的《检察日报》工作，后又调到了中国艺术研究院，从事专业的写作和研究，并兼任山东大学中文系教授等职。以上是莫言简单的履历。这些经历显然给他的作品打上了鲜明的烙印。

莫言自 1981 年开始正式发表文学作品，他最早刊发的是短篇小说《春夜雨霏霏》，发表在一份很不起眼的小杂志——河北保定市办的文学杂志《莲池》上。接着，他最早的几篇小说《丑兵》《因为孩子》《售棉大路》和《民间音乐》都发表在这家杂志上。这给了莫言以巨大的鼓励，自此，他开始为人所注意，并走上了文学之路。

在中国 20 世纪小说中，从沈从文到孙犁、汪曾祺、贾平凹，有着一条清晰可见的地域文化小说的"清流派"风格，而莫言的《民间音乐》，其中所弥漫着的空灵和氤氲的感觉，打动了老作家孙犁，获得了他的褒奖，为此他专门撰写了评论文章给予鼓励。这样，1984 年，莫言就怀揣着孙犁的评论和那几篇小说，在著名作家徐怀中的赏识推荐下，以优异成绩考入解放军艺术学院这个军队最高文学艺术学府深造，由此改变了自己的命运。

在解放军艺术学院，莫言开始系统地阅读外国文学，在那个时期，深受加西亚·马尔克斯、威廉·福克纳以及阿斯塔菲耶夫和劳伦斯的小说的影响，逐渐意识到自己的写作方向。1984年初冬，他写出了震动文坛的中篇小说《透明的胡萝卜》，发表在《中国作家》1985年第二期上，评论家冯牧随之主持召开了这篇小说的研讨会，在莅临研讨会的一些评论家的一片赞扬声中，莫言由此一鸣惊人。

宏伟驳杂的小说世界

《透明的胡萝卜》原来叫《金色的胡萝卜》，由当时的解放军艺术学院文学系主任徐怀中改成了《透明的胡萝卜》，立即使小说饱含了一种别样的空灵感。小说来自莫言自己做的一个梦，他梦见了在一块开阔的胡萝卜地里，从一间草棚里走出来一个身穿红色衣服、身材丰满的姑娘，手里拿着一把鱼叉，鱼叉上叉着一根胡萝卜，迎着初升的金色太阳，向他走来。莫言醒来之后，久久地为这个梦中的形象和意境所激动。他用了两周的时间，就完成了这部小说。

小说描绘的是他的童年经验，主人公叫黑孩，黑孩幼年丧母，他在一个特定的年代里经历了外部世界震撼性的影响，但那些外部影响都是通过黑孩自己的感觉来书写的，以个人化的印象和感觉，细腻空灵地描绘了灾难和贫乏的年代，带给少年内心的荒芜和惶惑。小说的故事讲述得并不完整，采取了片段式的叙述，需要读者自己去拼贴。最终，读者读完这部小说，留在内心的是一种关于童年回忆的氤氲和恍惚。莫言发挥了他所擅长的感觉描写的方式，将世界万物投射在一个孩子内心的映像，以感觉的笔触写出，老铁匠、小石匠、红衣姑娘和透明的胡萝卜之间的关系，在黑孩的内心纠结成复杂的、关于世界的最初印象。

《透明的胡萝卜》在当时的汉语小说语境里出现，改变了当时小说所承载的现实、历史和文化清算与批判的老面目，以内省和感觉的语言方式，将小说由"伤痕文学"、"反思文学"、"改革文学"、"知青文学"等外部符号化的写作方式，引领到更加注重内心描摹和艺术品质的道路上。

1984年冬天，莫言还写出了中篇小说《红高粱》。这部后来因被张

创造本土魔幻现实主义的莫言

来自故乡和大地的说书人

艺谋改编成同名电影而享誉全球的小说，创作动因很简单：在解放军艺术学院召开的一次关于战争文学的研讨会上，有老作家充满了忧虑地说，年轻一代没有经历过战争，因此很难写好战争年代的题材。莫言初生牛犊不怕虎，他站起来发言："我们可以通过别的方式来弥补这个缺陷。没有听过放枪放炮，但我听过放鞭炮；没有见过杀人，但我见过杀猪甚至亲手杀过鸡；没有亲手跟日本鬼子拼过刺刀，但我在电影上见过。因为小说家的创作不是要复制历史，那是历史学家的任务。小说家写战争——人类历史进程中这一愚昧现象，他所要表现的是战争对人的灵魂扭曲或者人性在战争中的变异。从这个意义上说，即便没有经历过战争的人，也可以写战争。"

他的发言被在场的人怀疑并且暗地里嗤之以鼻。但是不久，他就捧出了小说《红高粱》，立即引起了轰动。《红高粱》的叙述方式十分独特，以"我爷爷、我奶奶"的叙述方式，将第一人称和第三人称结合起来，创造出贴近历史情景、复活历史想象的功效。小说讲述了中国抗日战争时期，在山东发生的民众抗击日本侵略者的故事，同时，还讲述了那个年代里浪漫、严酷和富于激情的爱情故事，对战争时期做了全新角度的阐释，小说本身也有着巨大的张力。被张艺谋改编成电影之后，影片接连在国际电影节上获得大奖，小说也获得了第四届全国中篇小说奖。

于是，莫言一鼓作气，接连发表《红高粱家族》系列中的《高粱酒》《高粱殡》《狗道》《奇死》《野种》《野人》等7部中篇小说。在《红高粱家族》的题记中，莫言写道："谨以此书召唤那些游荡在我的故乡无边无际的高粱地里的英魂和冤魂。我是你们的不肖子孙，我愿扒出我的被酱油腌透了的心，切碎，放在三个碗里，摆在高粱地里。伏惟尚飨！尚飨！"

1985年随后的几年时间，对于莫言来说，是一个创作井喷时期，短短三四年的时间里，他接连在国内有影响的《收获》《人民文学》等杂志上发表了《欢乐》《筑路》《爆炸》《金发婴儿》《红蝗》《大风》《白狗秋千架》等十多篇脍炙人口、想象力奇崛的中短篇小说，还出版了三部长篇小说《红高粱家族》（解放军出版社1987年4月版）《天堂蒜薹之歌》（《十月》杂志1988年第2期，作家出版社同年4月版）和《十三步》（作家出版社同年12月版）。

其中，我发现，《红高粱家族》的第一版是由7部相互关联、但内部结构松散的中篇构成，在后来的定版中，后面两部中篇《野种》和《野人》不见了，也许是因为后者在叙述时间上已经延伸到了解放后，和《红高粱家族》前5部的叙述时间主要集中在抗日战争时期不一致，因此，后来在编定文集的时候，莫言将《野种》和《野人》作为单独的中篇小说来处理了。

长篇小说《天堂蒜薹之歌》的写作可能是突如其来地出现在莫言的写作中的。小说取材于山东某县一个真实发生的事件：县政府因为号召农民大种蒜薹，最终导致蒜薹丰收而无法被收购，愤怒的农民群起抗议，并冲击了县政府，将丰收之后的蒜薹都丢进县政府机关大院里。出身农民家庭的莫言听到这个消息，自然是义愤难平，他在很短的时间里就完成了这部小说。在小说初版的题记中，他引用了斯大林的一句话："小说家总是想远离政治，小说却自己逼近了政治。小说家总是关心'人的命运'，却忘了关心自己的命运。这就是他们的悲剧所在。"

莫言后来承认说这句话是他杜撰的，但是他认为斯大林虽然没有确切地说过类似的话，但是他内心里肯定是这么认为的。

莫言以关心当下现实的无畏和激愤，写出了这部带有明显批判现实主义色彩的小说。在小说的结构上，使用了类似结构现实主义的手法，莫言采用了民间艺人瞎子张扣的演唱词来"串场"，将虚构的这起蒜薹事件里的参与者高羊和高马兄弟的故事穿插在其中，演绎了一出现代农村的当代生活悲剧。小说的叙述语调有着一种明快、迅疾的节奏，在小说的结尾，将报纸关于这起事件的新闻报道作为对小说人物命运的呼应而结束，体现出莫言作为一个当代作家的正义、良心和关心社会现实的责任感。

长篇小说《十三步》是一部带有实验性色彩的小说。它从一位中学老师方富贵在讲课的时候突然猝死，由此引发了一个小知识分子的死在社会上牵引出的各种反响，将上个世纪80年代后期特殊的中国文化和人的基本生活状态呈现了出来。莫言在写这部小说的时候，似乎进入到一种忘我和无我的境地，他自由地使用人称转换和场景转换，人物内心的独白和社会群体的喧哗，多个声音一起喧响。在小说中，第二人称的运用驾轻就熟，将活人的世界和死人的感受全部汇合在一起，对知识分子的悲剧性打量和对中国社会现实的批判，给我们带来了关于人生的悲剧性思考。

1993年，莫言出版了他的第四部长篇小说《酒国》。小说在刚出版时，并未引起关注，但在后来，这部小说越来越显示出它的重要性。在我看来，《酒国》文体庞杂，是一部非常明显地结合了侦探小说、结构现实主义小说、批判现实主义和魔幻现实主义风格的作品，还带有后现代小说和元小说的艺术特点，因为它既是一部小说，又是一部关于小说的小说——中间夹杂了大量作者与文学青年李一斗关于文学创作的通信和李一斗自己的文章。同时，又将莫言那奇崛的想象和对中国社会现实的关注与批判注入其中。小说借用了侦探小说的外壳，描述检察院侦察员丁钩儿前往一家煤矿调查一桩吃婴事件，并且在权力、美酒和女人之间周旋的故事。在结构上，莫言尝试了多条线索共同推进，构成了互文，既虚构了一个小说，又以探讨小说写法的方式，最终解构了小说，使小说具有了庞杂的、多重的结构、主题和意义。小说还触及了中国国民性，探讨了中国人喜欢喝酒的原因，因此，在多年之后它依旧是最值得研究的莫言的小说之一。《酒国》在2001年获得了法国儒尔·巴泰雍外国文学奖。

1993年，他出版了长篇小说《食草家族》，在小说的题记中，莫言说："这本书是我于1987—1989年间陆续完成的。书中表达了我渴望通过吃草净化灵魂的强烈愿望，表达了我对大自然的敬畏与膜拜，表达了我对蹼膜的恐惧，表达了我对性爱与暴力的看法，表达了我对传说和神话的理解，当然也表达了我的爱与恨，当然也袒露了我的灵魂，丑的和美的，光明的和阴晦的，浮在水面的冰和潜在水下的冰，梦境与现实。"

和以中篇小说串起来的《红高粱家族》一样，《食草家族》在结构上也是由几部中短篇小说构成，但它们都有着同一的语调、主题和语感。《食草家族》显然和神话、梦境有着直接的关系，它远离了历史和现实的层面，而是进入到一个地域、一个种群生活的神话原型和传说里去了。《食草家族》由六个章节构成：《红蝗》《玫瑰玫瑰香气扑鼻》《生蹼的祖先》《复仇记》《二姑随后就到》《马驹横穿沼泽》，其中，从篇幅上看，《马驹横穿沼泽》是一个短篇，其他五个是中篇。阅读这部小说，我们似乎进入到一片洪荒的世界中，在那个世界里，人们还在吃草，刚刚从水世界进化到岸上，为了脚趾间是否还残存着未进化完成的脚蹼而感到恐惧。那是一个原始的、拥有独特地域文化的、神话和民俗的、巫术横行的世界，在这个世界里，我们所熟悉的一些 20 世纪中国历史的片段被镶嵌进去，具体的历史时间段是模糊的，但是却又是可以感觉到的。人性的、历史的、梦境的、现实的、神话的、民俗的、爱情的、暴力的、权力的和慈爱的内容，都在一个平面上，以六个侧面的方式展开来，而人类学、民俗学、神话学和弗洛依德精神分析理论，都是进入这部小说的门径，随你解读。

大地与母亲

1994 年，在莫言的生活中发生了一件大事：他 72 岁的母亲去世了。母亲去世一年之后，他开始写作他最具雄心的长篇小说《丰乳肥臀》，这部 60 万字的巨著被《大家》杂志连载，并且获得了该杂志的 10 万元文学大奖。作家出版社于同年 12 月出版了单行本，不久，这部小说就遭到了文化保守势力的批判。首先，《丰乳肥臀》这部小说的书名就使得一些卫道士们感到恼怒。其实，这个书名就是"母亲大地"的意思。它是一部献给中国母亲的颂歌，是一部饱含了浪漫色彩和历史伤痛的小说，它篇幅巨大，主题宏阔。莫言想借助这部小说表达他对母亲和大地，对饱经沧桑、饱受蹂躏的 20 世纪中国人民的景仰。

小说塑造了上官鲁氏这个母亲形象，她活到了 95 岁，经历了 20 世纪各种政治动荡、战争和自然灾害的磨难，艰难地生育了 8 个女儿和 1 个儿子，晚年信仰基督教。小说的核心人物是她的第 9 个孩子上官金童，他一出生，就迷恋母亲的乳房，后来得了现代生理学所说的"恋乳癖"，只要离开女人的乳房，他就没法生活，从而成为小说的一个核心象征。小说中，母亲养育孩子的历史，同时也是中国历史为个体生命打下深刻烙印的历史。小说中，在中国大地上较量和驰骋的各种力量，共产党、国民党、游击队、土匪、日本侵略军、地主、传教士等纷纷登场，在小说中以各种关系纠葛和缠斗着，演绎着历史和生命的激情与荒谬。最终，

来自故乡和大地的说书人
——创造本土魔幻现实主义的莫言

莫言通过这部小说，将 20 世纪尤其是后半叶的中国大地上的风云变幻，以种种人物的命运纠葛呈现了出来。

在小说中，男人如同落叶一样在历史中飘零，而母亲则如大树一样顽强生活，并且不断地生儿育女。小说有着宏大的内部结构和追求，我想，应该是印证和达到了哈金所说的"伟大的中国小说"的水准。莫言自己说："《丰乳肥臀》集中地表达了我对历史、乡土、生命等古老问题的看法，毫无疑问，《丰乳肥臀》是我文学殿堂里一块最重的基石，一旦抽掉这块基石，整座殿堂就会倒塌。"

但是，值得一提的是，《丰乳肥臀》在当时被攻击和批判还是影响了莫言的写作，导致他心绪不佳，在 1995、1996、1997 年这三年中，只写了一出话剧《霸王别姬》。

1997 年底，莫言由部队转业到《检察日报》工作，稍后，于次年开始，又接连发表了《牛》《师傅越来越幽默》《三十年前的一场长跑比赛》《野骡子》《拇指铐》《蝗虫奇谈》《司令的女人》等 10 多部中短篇小说，出版了散文集《会唱歌的墙》。

1999 年，他出版了长篇小说《红树林》。《红树林》是一部当代题材的作品，它的创作和莫言转业到《检察日报》并负责影视剧本的工作有关。我认为，这是莫言的长篇小说中水准最低的一部，这可能跟迁就了影视剧的要求有关系。一开始，我甚至怀疑这就是一部电视剧的剧本，但是，阅读之后，根据结构、语言、形式和语调来判断，我觉得这还是一部小说。《红树林》讲述了南部省份的一桩案件，可以说，是一部带有社会犯罪小说和侦破小说的外形，但其内里还是有着强烈批判现实精神的作品。不过，主题先行和作者对题材本身的陌生——它离开了莫言所熟悉的山东高密东北乡这个他所缔造的文学故乡和国度，写起了在海南生产珍珠的姑娘，写起了濒临灭绝遭到了大面积破坏的红树林，和由此导致的刑事案件，自然有点别扭。当莫言离开了对故乡的叙述和打量，他立即显得气脉不足，因此《红树林》是一部比较一般的作品，不过凭其高超的叙述技巧和语言风格，不失莫言的水准罢了。

2001 年，莫言出版了长篇小说《檀香刑》，这是迄今为止他最重要的长篇小说之一。

在积累 20 多年的写作经验之后，莫言打算跃上更高的台阶，于是，《檀香刑》果然达到了新高度。从总体看，《檀香刑》是一部历史小说，却又是一部当代小说。最近 30 年出版的大量历史小说中，我看到的，都是那些描绘帝王将相、才子佳人的伪历史小说，这些小说带有一种媚俗的气息，大都沦为了休闲读物，丧失了对历史批判的激情和对历史情境的文学呈现，都在外部打转。而《檀香刑》则是一部不折不扣的杰作，它打着历史小说的旌旗，却颠覆了历史小说，同时，又从本土文化历史资源中获取了创造性的灵感。

按照莫言自己的说法，他要在这部小说的结构和叙述上"大踏步撤退"——在结构上，它分为"凤头部"、"猪肚部"和"豹尾部"，带有将中国传统小说结构化为自我结构的方式，章节的安排和古代章回小说有呼应关系，但是，却又真正地抵达了现代小说的终点。表面上看，它从传统的中国小说甚至是民间文学当中吸取了相当多的营养成分，有很多民间说部的外型，也有民间说唱文学的影子。同时，这部小说首先就强调了声音，而对声音的强调恰恰是现代小说的特点，莫言写这本书的时候，着重写了内心的声音、火车的声音、地方戏猫腔的声音，这些声音带着历史的全部信息。这声调高低不同、音质各异的声音，不断地把小说的叙述推向了真正的高潮。它的大部分叙述，都是由小说主人公的内心独白构成——在小说的第一部分和第三部分，全都是主人公自己来叙述故事的来龙去脉。在主人公的讲述当中，小说的内部时间也不是线性的，而是交叉重叠的，从过去进入到未来，又从未来回到了现在和过去，从而把一个发生在 1900 年清朝即将结束统治的历史事件描绘得异常鲜艳又复杂、生动而宏阔。

对小说内部时间和空间的探索，是 20 世纪以来西方各现代主义文学流派和后现代主义小说所着力突破的地方，莫言在写这部小说的时候，对此显然已经了然于心。小说中，对中国历史和传统文化的批判非常激烈和彻底，对比如凌迟和檀香刑这样的中国古人所发明的酷刑的逼真描绘，是小说最触目惊心的地方。阅读这样的章节，需要读者有强健的神经。对酷刑的真切描绘，是莫言的小说叙事走向狂欢式高潮的最后铺垫。在莫言过去的小说杰作当中，像在《红高粱》《欢乐》《食草家族》以及《天堂蒜薹之歌》里，都有着同样一种狂欢的叙述语调和氛围。

在《檀香刑》当中，莫言再次找到了这种狂欢化叙述的调子，通过把小说人物逐渐推向行刑台进行凌迟，从而让小说主人公把一出无比悲壮的历史话剧在一阵紧似一阵的语言激流里，推向了大结局的大悲大喜的高潮乐章之中——在小说的结尾，几个主人公全部在行刑场所出现，这一幕就像是历史上最伟大的戏剧场景汇总那样，所有紧紧纠缠的人物关系，在一个舞台上全部有所交代，达到了死亡和狂欢之后的平静与死寂，小说也就完美地结束了。

这部小说给我的感受很复杂，从这部小说中，我看到了影响莫言的各种元素：传统说部、民间说唱、意识流、莎士比亚戏剧、魔幻现实主义、地方史志等等。文学评论家李敬泽在评论这部小说的时候说："莫言已成'正典'。他巨大的胃口、充沛的体能，他的欢乐和残忍，他的宽阔、绚烂，乃至他的古怪，20多年来一直是现代汉语文学的重要景观……《檀香刑》是一部伟大的作品，从小说的第二句开始一直到小说的最后一句，莫言一退十万八千里，他以惊人的规模、惊人的革命彻底性把小说带回了他的故乡高密，带回中国人的耳边和嘴边，带回我们古典和乡土的伟大传统的地平线。《檀香刑》是21世纪第一部重要的中国小说，它的出现体现着历史的对称之美，莫言也不再是一个小说家，他成为了说书人。"

李敬泽给予《檀香刑》这样高的评价，是因为它像一个标杆，将是我们从传统文学文化资源中获得再生性力量的一个开端，"它写出的是我们的历史，但它也在形成文化和文学的未来的历史"。

从故乡出发，再超越"故乡"

2003年，莫言出版了他的第9部长篇小说《四十一炮》。这部小说系由莫言过去的一个中篇小说《野骡子》发展而来。

当地人喜欢把吹牛撒谎的人叫"炮孩子"，小说以第一人称叙述，讲述主人公罗小通这个"炮孩子"在一座庙宇中，向一个和尚讲述他过去的童年遭遇。他的讲述真真假假，谎言和夸张、真实和掩饰都有。罗小通的身体长大了，但是精神状态却留在了童年状态里，这种样子和德国作家君特·格拉斯的小说《铁皮鼓》里面的侏儒奥斯卡身体处于儿童的状态、精神却已经是成人的样子刚好相反。莫言显然受到了启发，并且反其道而行之，将罗小通这么一个对成人世界感到恐惧的少年的讲述滔滔不绝地铺陈而出，把一个作家对少年时代的留恋，对童年时光的回忆，以及对眼下这个世界环境和人心不断被权力破坏的现实，都做了变形的展现。小说中，总是有着一种难言的悲戚和义愤，在小说的最后，似乎是在想象中，罗小通向他厌恶的各种人开了41炮，射出了41发炮弹，把他厌恶的一切炸得粉碎。于是，一种在讲述中完成的少年记忆的复原图，就构成了现在的小说《四十一炮》。

这部小说为莫言摘取了2004年度的华语文学传媒大奖·年度杰出成就奖。不过，自《檀香刑》出版之后，人们期待着莫言对自己能够有更大的超越，但是《四十一炮》还不能构成这种超越。

到了2006年，莫言出版了他的第10部长篇小说《生死疲劳》，形成了某种再度超越自我的架势。《生死疲劳》使莫言再度回到对多变、复杂、荒诞和鬼魅的中国现当代史的讲述当中。莫言总是能够为自己的小说找到一种恰当的形式，如果他没有找到某种让他兴奋的形式，即使小说已经开工了，他也会突然兴味索然，干脆停工不干了。

在和莫言的一次交谈中，他告诉我，他曾经有过写了10万字，忽然就再也写不下去完全推翻了初稿的经历。《生死疲劳》套用了佛教里的六道轮回的故事，以建国之后地主西门闹被枪毙之后，在随后的岁月里不断地转生为驴、牛、猪、狗、猴和大头婴儿蓝千岁，在他（它）转生的过程中，中国当代农村历史的风云变幻戏剧性地在它（他）的眼睛里折现。小说分为5个部分，分别是"驴折腾"、"牛犟劲"、"猪撒欢"、"狗精神"和"结局与开端"，采用了中国古代章回体小说的形式，每一个章节都有对称的章回回目出现，除了第五章。在小说的结尾处，叙述似乎回到了起点，小说的最后一句话和小说的开头完全一样，从而形成了一个叙述的圆环。

《生死疲劳》的叙述依旧保持着一种狂欢的语调，把地主西门闹和农民蓝解放一家的故事讲述得充满了令人嘘叹的狂笑和悲喜。人生的生死悲欣、欢乐与苦难的互相转换，如同慈悲的大河滔滔，缓慢地流过我们的脑海。莫言是有野心的，他通过《生死疲劳》完成了对中国半个世纪土地问题和农民命运的一次重新讲述，并创造出了中国人经验中的史诗篇章。尽管有人说这部小说显得过于粗糙，但我仍然觉得，在莫言的小说中，《生死疲劳》是一部上乘之作，是可以和拉什迪的杰作《午夜的孩子》相媲美的作品，是21世纪一部很重要的汉语小说。这部小说获得了《十月》优秀作品奖（2007年）、香港"世界华文长篇小说奖·红楼梦奖"（2008年）等奖项。

2009年12月，莫言又出版了长篇小说《蛙》，小说的结构精巧，在小说中还包藏着一个话剧剧本，形成了文本回响的结构。小说讲述了主人公的姑姑的故事，这个姑姑是一个乡村医生，主要负责计划生育工作。小说是书信体，以作者向一个日本作家杉谷义人写信的方式构成了全书，是一部上乘之作。

仔细阅读莫言的11部长篇小说，我觉得，从《檀香刑》《红高粱家族》到《丰乳肥臀》再到《生死疲劳》，这4部长篇小说从内部的叙述时间上有着连续性，即从1900年一直到2000年这一百年。有些小说的部分情节，有一定的交叉和重叠。这4部小说加起来共170万字左右，也许可以看成是一部更加巨大的小说，它所使用的文学技法，包括了中国特色的魔幻现实主义、民间说唱文学、中国古典章回小说等混杂元素，共同构成了一幅人物众多、命运跌宕、波澜壮阔的的画卷。其他6部长篇小说中，《天堂蒜薹之歌》《酒国》《红树林》，是对当代中国社会的强烈关切，在手法上将结构主义、批判现实主义和荒诞小说的特点结合起来的作品。而《十三步》《食草家族》和《四十一炮》，则是分别从叙述人称、神话原型和意识流与声音的多层次展示来进行的文学实验之作，对地域文化和神话、对知识分子精神困境、对童年记忆的深刻还原，都作了多方面的探索，也都是很好的作品。

莫言的小说总是有着巨大的雄心。他的小说有着大象一样的体量和气势，他的讲述总是如同大河一样泥沙俱下，滚滚而来，因此，精致和婉约、拘谨和小心绝不是莫言的美学风格。他的小说反而因此获得了一种中国新小说的气派，因此他的小说是从故乡出发，又超越了"故乡"，表述了 20 世纪中国人复杂的经验，并传达出中国精神。

莫言关于文学的理论，有两篇文章特别值得关注。一篇是《捍卫长篇小说的尊严》，在这篇文章里，莫言谈到了长篇小说的长度、难度和密度是长篇小说保持自己尊严的标志，这个观点得到了很多作家的热烈响应。还有一篇文章，是他的演讲辞《试论当代文学创作中的九大关系》，分别从文学和阶级、文学和政治、文学和生活、文学的思想性、文学和作家的人格、文学与继承和创新、文学与大众、文学的民族性和世界性、文学创作和文学批评之间的关系，系统地阐述了他对上述问题的看法，生动而妙趣横生。

莫言是具有世界影响的中国当代作家之一，他获得过法兰西文化艺术骑士勋章（2004 年）、意大利诺尼诺国际文学奖、美国俄克拉荷马纽曼华语文学奖，并继巴金之后，成为第二个获得日本福冈亚洲文化大奖的中国作家，其作品被翻译成 40 多种文字在很多国家出版，为中国当代文学争取了世界性声誉，并且多次被大江健三郎等作家和学者推荐为诺贝尔文学奖的候选人。

自《檀香刑》出版时，莫言就宣称，他要"大踏步地撤退"，撤退到从中国本土、古代和民间中去寻找小说再生样式的状态里，因此引发了热烈的讨论。我想，敏感而才华横溢的莫言这么做，绝对是意识到了当代汉语小说的问题，那就是，无论是语言还是形式，无论是主题还是内容，都因过多地受到了西方小说的影响而显得欧化了。因此，要写出"中国气派"的小说，写出"伟大的中国小说"，必须从自己的文化资源里、从故乡民间文化中寻找再生性资源。这谈何容易啊，但莫言做到了。在他晚些的小说中，在某种中国小说的形式外壳中，都装着洋溢着一种现代精神的小说新酒。

可以说，莫言从欧洲、美洲和亚洲作家那里，借鉴了很多小说的技法、形式和美学观点，创造性地写出了独特的、带有鲜明的自我烙印的作品。他强有力地将"小说的大陆漂移"这个命题进行了续写，并使世界的目光转移到了亚洲，转移到了中国，使一片神奇的、苦难的、光芒四射的大陆——中国大陆，作为一种文学的新形象，在世界文学的版图上浮现出来。

阅读书目：

《莫言文集》（五卷本），作家出版社 1996 年 5 月版

《莫言小说袖珍本》（九卷本），齐鲁书社 2002 年 7 月版

《东岳文库·莫言卷》（七卷本），山东文艺出版社 2002 年 9 月版

《莫言文集》（十二卷本），当代世界出版社 2004 年 1 月版

《莫言中篇小说集》（两卷本），作家出版社 2002 年 2 月版

《莫言小说精短系列》（三卷本），上海文艺出版社 2000 年 9 月版

《彩绘莫言精品中篇》（六卷本），民族出版社 2004 年 4 月版

《说吧，莫言》（三卷本），深圳海天出版社 2007 年 7 月版

《莫言获奖长篇小说系列》（五卷本），上海文艺出版社 2008 年 11 月版

《丰乳肥臀》（增订版），中国工人出版社 2003 年 9 月版

《生死疲劳》，作家出版社 2006 年 1 月版

《会唱歌的墙》，人民日报出版社 1998 年 12 月版

《莫言散文》，浙江文艺出版社 2000 年 10 月版

《英雄美人骏马》（剧本集），花山文艺出版社 2002 年 2 月版

《小说的气味》，春风文艺出版社 2003 年 8 月版

《月光斩——莫言近作自选集》，北京十月文艺出版社 2006 年 1 月版

《莫言北海道走笔》，上海文艺出版社 2006 年 1 月版

《蛙》，上海文艺出版社 2009 年 12 月版

中国底片与美国景深
——在美国获奖最多、荣誉最高的华裔作家哈金

哈金属于新一代从中国大陆移民到美国的华裔作家，他以中国题材的英语小说和诗歌获得了美国主流文坛的肯定，获得了多个文学奖项。游走于东西方文化之间，他的身上体现出了这个全球化时代里文化交融和多元汇合的特征。

背景和履历

美国华裔作家中，谭恩美、汤亭亭、赵健孙等人属于出生在美国，却能够不断地讲述中国故事的小说家。他们的父辈都是在早年就来到美国，在艰难开拓出自己的事业、寻找到自己的活路之后，在美国逐渐站稳了脚跟的一代人。而到了孩子这一代，就属于典型的"黄香蕉"了，外黄里白，而对于中国文化和历史的记忆与了解，则往往来自家庭传承的影响。因此，我在阅读上述美籍华裔作家的作品时，总觉得像是在看旧照片一样，因为那些生活离现在的中国已经很遥

远了。像谭恩美所描述的美国华人的生活，尽管延续了华人的文化传统，但是与当下的中国，甚至整个20世纪后半叶的中国都没有什么关系。不过，他们的作品所表现出的一种文化奇观性，不仅让白人吃惊，也让现在的中国人感到新奇。

而哈金则属于新一代从大陆移民到美国的华裔作家。他原名金雪飞，因为喜欢哈尔滨的原因，他在美国首次发表英文诗歌的时候，就采用了哈金这个笔名。通过自己艰苦卓绝的努力，他以中国题材的英语小说和诗歌获得了美国主流文坛的肯定，尤其是他的长篇小说和短篇小说集，先后获得了多个美国重要的文学奖项：美国笔会海明威奖（1997年）、美国全国图书奖（1999年）、两次美国笔会福克纳小说奖（2000年、2005年）。并且，他还获得了三次小推车文学奖、一次坎银观察奖。就是依靠这些奖励，哈金一跃成为华裔作家在美国获奖最多、荣誉最高的小说家，也因此成为世界瞩目的小说家。

在哈金的身上，既体现了这个全球化时代里文化交融和多元汇合的特征，也体现出他游走在东方和西方之间，在文化身份的差异和认同上内心的复杂感受，其中，裂缝和弥合、强势与弱势、中心和边缘这些主题，都是哈金作品的重要切入点。

哈金出生于中国辽宁大连，初中毕业之后，14岁时因虚报了年纪才得以参加了中国人民解放军。在黑龙江的边防部队服役了5年半时间，于1975年退役之后，在黑龙江佳木斯铁路局干了3年多。1977年底大学恢复招生，他考入黑龙江大学英语系，攻读英语语言文学专业，本科毕业之后又考取了山东大学外文系，1984年获得了英语文学硕士学位，1985年赴美留学，1992年以博士论文《现代主义诗人奥登、艾略特、庞德和叶芝》获得了美国布兰戴斯大学的博士学位，后来任教于波士顿大学，教授写作课，并于1997年加入了美国国籍。这就是哈金简单的履历。不过，他的所有作品都和他这些看上去很简单的履历有着紧密的联系，他的写作无一不紧紧联系着自己的经历，并且从自我的成长中不断发现文学的新材料，锻造出文学的金枝。

哈金说："在美国生活下来，并不是太难，但是如何使存在有意义，则是非常难的一件事了。对于我来说，证明自我存在的独木桥，就是写作。"

如今，他的确用写作证明了自己不可忽视的存在。而他的小说，以其鲜明的叙事风格、中国题材和独特的英语运用，给美国文学带来了一种活力，像维·苏·奈保尔、萨尔曼·拉什迪、石黑一雄等作家一样，以异质文化特性结合了英语文学的伟大传统，写出了一种英语新小说。就是上述一些来自大英帝国早年殖民地和半殖民地国家的作家，用英语写作影响了整个英语文学，被称为是"对大英帝国的反击"——类似某种文化报应，现在，该由那些过去受到了文化、政治和经济殖民的国家的人来讲述他们的故事了。这在 21 世纪初也是非常显眼的一种文学现象。这里面，哈金的道路是值得我们借鉴的。

风格简约的诗和短篇小说

诗是语言的黄金，在很多杰出小说家那里，其写作生涯大都是从诗歌开始的。诗人转写小说，只要处理好了叙述和结构，就基本上成功了，因为对语言的运用，诗人是最拿手的，这也就是为什么诗人可以写很好的小说，小说家可以写很好的散文，但是反过来，散文家很难写出好的小说和诗，而小说家也很难写出好的诗。

哈金最早的写作，也是从诗歌开始的，在最开始写作的年代里，他接连出版了诗集《于无声处》《面对阴影》《残骸》。这三个诗集收录了他对英语诗歌痴迷时期的作品。他的诗歌作品平实，有的作品有虚实性，语调平和中带有某种爆发力，大部分诗篇似乎带有某种象征主义和超现实主义的特征，不过都不很明显。他的诗歌语调后来在他的小说中表现得很明显，一种平缓、深沉、朴实宁静的语调，将生活背后的悲哀、暴力和压抑都呈现了出来。

哈金说："诗歌是关键，因为任何优秀的文学作品，都具备某种诗歌精神，使它有文学性。写诗还使我更注意文字和语调，但是，最重要的是，写诗使我更有耐性。很难想象用诗的方式写小说，那种工作量会要你的命。诗歌滋养了我的小说。"

他的诗歌风格清澈而简约，语调缓慢沉着，弥漫着离散者的淡淡愁绪。比如，在他的诗歌《另一个国度》，他这样写道：

"你必须去一个没有边界的国家／在那里用文字的花环／编织你的家园／那里有宽大的树叶遮住熟悉的面孔／它们不再会因为风吹雨打而改变／没有早晨或夜晚／没有欢乐的叫喊或痛苦的呻吟／每一个峡谷都沐浴着宁静的光辉／你必须去那里，悄悄地出发／把你仍然珍惜的东西留在身后／当你进入那个领域／一路鲜花将在你脚下绽放"。

在另外的一首诗歌《祖国》中，他要表达的文化归属感则更为复杂深沉：

"你在行囊里装了一包土／作为祖国的一部分。你对朋友说／'过几年我会回来，像一头狮子／没有其他地方我可以称之为家／无论走到哪里我都会带着祖国／我会让孩子说咱们的语言／记住咱们的历史，遵守咱们的习俗／放心吧，你会看到这个由忠诚／铸就的人，从别的土地上／带回礼物和知识'／你回不了了／看，大门在你背后关上了／对于一个从不缺少公民的国家／你同其他人一样，可有可无／你会彻夜徘徊／困惑不解，想家，默默哭泣／是的，忠诚是一个骗局／如果只有一方有诚意／你将别无选择，只好加入难民的／行列，改换护照／最终你会明白／生儿育女的地方才是你的国家／建筑家园的土地才是你的祖国。"

哈金的短篇小说集目前有《辞海》《红旗下》《新郎》等多部。《辞海》在中国台湾被译成《好兵》出版，共收录了哈金的 12 篇短篇小说，这12 篇短篇小说，都围绕着 20 世纪 70 年代初期，中国和苏联关系紧张时的黑龙江边境部队的生活来铺展。哈金写这个短篇小说集的时候，是在有意识地借鉴巴别尔写《骑兵军》的技法："像巴别尔的《骑兵军》一样，我把所有的故事都集中在一支部队身上，这样各篇故事能够互相支撑，构成一幅历史画卷。这本书讲的是集体的故事，是军人和老百姓们的喜怒哀乐，跟我个人的自传无关。故事里的事件和人物基本上都是真人真事。"

小说集于 1993 年写成，但是出版过程非常不顺利，屡次被退稿，直到 1996 年，才在一家如今已倒闭了的出版社出版。小说集里的 12 篇小说，题目大部分都很简短，像《报告》《晚了》《空恋》《龙头》《字据》《老乡》《好兵》《党课》《季小姐》《苏联俘虏》《＜辞海＞》等，题目简单明了，中国读者一看就有会心的地方。小说的内容围绕 20 世纪 70 年代边境军营里特殊的政治和军事气氛，能够从很小的事情入手，讲述一个个特殊的个体生命的故事，刻画出人性的卑微、复杂和生动性。

英语短篇小说集《红旗下》又译作《光天化日——乡村的故事》，也收录了哈金的 12 篇短篇小说。这部作品取材于哈金童年和少年时代在大连乡下生活的一些经历和见闻，当时，他的父亲是军队的营级教导员，哈金在那个军营大院和地方老百姓隔墙相望的地方生活了 12 年，因此有着鲜明的少年记忆。"在结构上，《光天化日》深受詹姆斯·乔伊斯的《都柏林人》和舍伍德·安德逊的《小城畸人》的影响：所有的故事都发生在一个地点，有些人物在不同的故事里重复出现，每个单篇都起着支撑别的故事的作用，整个书构成一部地方志式的道德史。"

这是哈金的第二本小说，于 1994 年写成，出版过程也是屡屡受挫，直到 1996 年才由一家大学出版社出版。这部小说集延续了他第一本小说集的叙事风格，篇章简短有力，故事精粹生动。大部分小说的题目像《好兵》中的一样，简约而具体，仿佛是给你一把进入他家客厅的钥匙那样直接：《光天化日》《男子汉》《主权》《皇帝》《运》《选丈夫》《复活》《十年》《春风又吹》《新来的孩子》《葬礼风云》等等。这些小说讲述了一个叫歇马亭的小镇上，男人和女人、青年人和老年人、军人和老百姓之间的故事，以及上个世纪 60 年代中国农村里小人物的生存状态、社会习俗和人物命运的苍茫和压抑感，传达出时代的独特气氛。

哈金对小人物的关注由来已久，带有某种悲悯的情怀。如同哈金自己打算的那样，这本书不仅"写了一个地方，还写了一个时代"。该小说集由于精粹的叙事艺术而获得了 1996 年的弗·奥康纳短篇小说奖。

哈金的第三部短篇小说集《新郎》同样收录了他的 12 篇短篇小说，

可见，他对 12 是多么的迷恋，简直到了神经质的地步。《新郎》以哈金在佳木斯和哈尔滨的一些生活经验为基础，小说有着一种悲剧的故事基调，但是，在情节上却又带有轻喜剧的特征。

出版这部短篇小说集的时候，哈金已经因长篇小说《等待》而名声大噪了，因此，这部短篇小说集生逢其时获得了更多的关注。我觉得，收录在《新郎》的小说，在技法上比他另外两部短篇小说集要娴熟很多，叙述从容而笔法细腻、熟练，没有了早期两个短篇小说集的生涩和亦步亦趋的感觉。从《破坏分子》《活着就好》《武松难寻》《爆发户的故事》《荒唐玩笑》《纽约来的女人》《一封公函》《幼儿园里》《旧情》等篇名，可以看出他带有那种轻松愉快的幽默感，和对改革开放之后，二十世纪 80 年代中国城市人生存状态的把握。在这部小说集中，哈金罕见地发现了中国人乐观的天性，尽管整个 20 世纪对于中国人来说都是灾难不断，但是中国人的乐观、灵活和追求世俗生活欢乐的文化品格，在这部小说中得到了很多的呈现。而小说背后的意蕴也相对复杂很多。这个小说集中的一些小说被选入了美国 1997 年、1999 年、2000 年的优秀短篇小说年选当中，使哈金进入到美国主流文坛的视线之内。

2009 年，他又出版了一部包含了 12 篇短篇的小说集《落地》，这些小说讲述的全是在美国纽约的华人新移民的故事。

哈金的短篇小说外表看着简单质朴和老实巴交，其实内里却有着特殊的不老实，有着一种罕见的沉着，如同裸露在海面的礁石，暗示着水下的激流跳荡。我觉得，哈金的短篇小说的叙事风格的形成，大致来自契诃夫和雷蒙德·卡佛的影响。和那些短篇小说高手相比，哈金的小说简约性近似雷蒙德·卡佛，讽刺性比契柯夫少而内敛，但是却具有契诃夫的幽默感，在小说情节的突兀和爆发力上，我看又有莫泊桑和欧·亨利的神韵。

长篇小说：经典化的小叙事

迄今，哈金出版的长篇小说一共有 5 部，分别是《池塘里》《疯狂》《等待》《劫灰》《自由的生活》。

哈金出版的的第一部长篇小说《池塘里》并没有引起广泛的注意。小说的题目《池塘里》，有些象征主义的味道，意思是里面描绘的人物，就如同池塘里的蛤蟆一样无法跃出某种特殊的环境，而成为环境的牺牲品。为此，哈金还引用了果戈理的《死魂灵》中的一段话作为这部小说的题记："唉，说来说去，我仍然找不出一个有德行的君子做我的主人公。我的解释是这样：有德之人已经变成了所有作家胯下的坐骑，被主人的皮鞭和顺手抄起的家什抽打。我现在觉得应该理应一个无赖。对，我们就骑骑他，兜上几圈。"

小说的背景取材于歇马亭这个虚构的小镇。在小镇上，有漫画才能的年轻人邵彬在一家国有的化肥厂工作。在那样一个压抑、僵化的时代氛围下，他的各种生活志向都实现不了，为了能够分配到住房而绞尽脑汁，结果，他发表的漫画给他带来了祸患，分房受到阻碍。由此，邵彬开始了人性更加复杂的转变，他写揭发信，并通过《民主与法制》记者的报道，来为自己的艺术才能没有受到重视而呼吁，给单位领导施加压力，试图以此来解决住房问题。最终，他改变了自己的处境，得到了房子，实现了改变生存环境的愿望。但是，在池塘一样压抑、沉闷、狭小的环境中，他最终还是一只池塘里的蛤蟆。小说以简约的叙事风格，讲述了特定时代的中国故事，以及他深刻体察到的人的存在困境。

哈金深知，在美国，用英语写作，对于一个华裔作家来说，是相当困难的。他说，"第一步，我必须成为一个重要的美国作家。换句话说，我要不是重要的美国作家，中国也不会重视我。"

1999 年，哈金出版了长篇小说《等待》，这是一部使他名声大噪的小说，出版之后，接连获得了 1999 年的美国全国图书奖和美国笔会福克纳小说奖，这还是华裔作家第一次获得了这么重要的美国文学奖。

《等待》的故事情节很简单，讲述"文革"时期一位军医孔林的感情挣扎，他在原配妻子淑玉和医院的情人吴曼娜之间做出了选择，于是，18 年间，他为了和妻子离婚，年年都要去法庭，得到的宣判总是不予离婚，因为关键的时候淑玉总是不同意。小说的叙述采用一种沉着和舒缓的语调，节奏缓慢，但充满了语言魅力："每年的夏天，孔林都回到鹅庄同妻子淑玉离婚。他们一起跑了好多趟吴家镇的法院，但是当法官问淑玉是否愿意离婚的时候，她总是在最后关头改了主意。年复一年，他们到吴家镇去离婚，每次都拿着同一张结婚证回来。那是 20 年前县结婚登记处发给他们的结婚证。"

最终，到了第 19 个年头，他离婚成功了，孔林很快就和等了他多年的红颜知己吴曼娜结婚了，但是结婚之后，他们就陷入到生活的琐事中，经常争吵。在小说的结尾，大年的除夕，孔林和吴曼娜吵架之后，离开家，来到了前妻淑玉那里，发现前妻和已经长大的女儿正在包饺子，在大雪纷飞的大年夜，孔林和前妻、女儿一起围坐在炕头上吃饺子，孔林忽然老泪纵横，心里的滋味非常复杂。

《等待》这部小说，描述了人类的一种普遍的困境：当你等待了多年终于得到了自己一直想要的东西的时候，却发现，原来，它并不像你当初想象的那么好。这种人类普遍的处境和困境，正是《等待》以其耐心的叙述告诉我们的，也正是对这种人类普遍境遇的表达，使小说具有了穿透人心的力量，使小说得以跨越了种族和文化，跨越了地理和语言，得到了很多人的青睐和感动。这就是《等待》成功的原因。除了叙述的主线索，哈金还塑造出一群带有中国特殊年代标记的次要人物，以医院里的军人和军医、小镇上的市民为主，给我们描绘了特定时代的氛围和特殊的人物。

不过，读者普遍认为，小说中的一大败笔，是对主人公淑玉竟然是小脚这个细节的设定。从淑玉的年龄来推断，她的小脚实际上是哈金为了强调小说的东方文化奇观性，为了给英语世界的读者增加阅读陌生感和刺激性而有意设置的。因为，根据小说所提供的情况，大致于 1936 年出生在东北地区的女主人公淑玉，保留小脚的可能性很小。对于这一点的争议，哈金，还有一些支持他的读者也提出了辩解，认为尽管时处中华民国时期的东北，大部分妇女已经不缠足了，但是，不排除个别妇女还缠足。

假如不纠缠在这个细节瑕疵上，《等待》可以算是一部小经典之作了。之所以这么说，是因为哈金自己说过："我的写作，没有任何成功感。只有失败。伟大的书都已经被写出来了，我们只能写些次一等的书。孤独和隔绝已成为我的工作环境。事实上，我喜欢独处。我想我应该沉默，而让我的作品说话。"

哈金一向喜欢 19 世纪俄罗斯和英国一些现实主义文学大师们的作品，也受到了他们很大的影响，相反，对于 20 世纪现代主义和后现代主义的各种流派，哈金似乎比较拒斥，并没有受到很大的影响。哈金最喜欢谈论的，恰恰是 19 世纪的小说家，尤其是俄罗斯的那些伟大作家们。连福克纳小说奖的评委们都如此评论他："在疏离的后现代时期，仍然坚持写实派路线的杰出作家之一。"在哈金看来，大部分伟大著作已经被写出来，作家只有在其他地方努力地写出次等的书。这也许是谦虚，也许是信心不足，也许是可能小说发展到了今天它的命运的确如此。但《等待》确实达到了一个小规模经典叙事的高水准，成为了各个国家的读者都可以心领神会地阅读，并且发出心领神会的感叹的好小说。

《等待》出版之后，他又出版了长篇小说《疯狂》。其实，《疯狂》是哈金严格意义上的第一部长篇小说，1988 年，哈金就开始写这部小说了。但是后来，他在不断地修改和重写这部小说。

小说的情节很简单，描述某大学的中文系杨教授中风之后，他的研究生万坚前往医院照料他。万坚心里有着时代的苦闷，和杨教授的女儿还有着若即若离的恋情。杨教授本来是温文尔雅的一个知识分子，但是，在中风之后，他开始释放平时压抑和病态人格之下的情绪，开始说胡话、真话、悄悄话、见不得人的话、疯话，使叙事者，也就是杨教授的学生万坚，看到了一种特殊时代压抑下形成的病态人格。小说在批判中国封建文化导致的知识分子病态人格上，采取了从一个小角度进入的办法，使小说如同"袖里乾坤大"一样，把杨教授这样的病态知识分子描绘得栩栩如生。

《疯狂》的取材，与哈金 1982 年在山东大学读书的经历有关，当时，他的一位老师突然中风了，哈金照料了那个老师两个下午，他看到，那个老师平时和蔼谦逊，但是眼下却忽然地胡言乱语、疯话连篇，几乎成了另外一个人。就是那两个下午的见闻，促使他在多年之后写出了《疯狂》这本书。《疯狂》描绘了病态知识分子人格的疯狂，描绘了时代内部的精神危机和矛盾，也描绘了人在特定时代里心灵深处无法排遣的精神苦闷。

　　2004 年，哈金出版了他的长篇小说《战废品》。我看不如译成《劫灰》。小说的题材是朝鲜战争，讲述了一个中国士兵在朝鲜战争中被以美军为首的"联合国军"俘虏之后的遭遇，以主人公第一人称叙事的方式来讲述的。在中华人民共和国刚刚建立不久的 1951 年，一场战争突然在中国边境线以外的北朝鲜爆发了。实际上，这场战争是二战的延续，是以苏联为首的社会主义阵营和以美国为首的西方国家集团的战争。由于战火烧到了中国的家门口，中国采取了志愿军入朝作战的方式，最终和以美军为首的"联合国军"打了一个平手，使战争在地理上停止在"三八线"，在时间上停止在 1953 年。

　　小说被哈金题献给了他的父亲："献给我的父亲，一个朝鲜战争的老兵。"第一人称的叙事延续了哈金小说的语调，就是那种舒缓、沉着、娓娓道来的风格。在中国人看来，俘虏是一个不光彩的名称，只要是做了俘虏，如同从此有了污点一样，成为一个人一生的耻辱。小说采取的，就是由一个当年的战争俘虏来讲述自己故事的方式，把那场如今已经距离我们很遥远的战争给个体生命造成的影响和阴影、创伤和记忆揭示出来。小说探讨了战争环境中的人性表现和道德的困境，也批判了严酷历史对个人的伤害。小说奇迹般地将口述报告文学和虚构小说这两种文体，没有痕迹地嫁接在一起，以令人信服的材料和讲述，把一个经历了时代风云的老兵的内心世界一览无余地展现了出来。这部小说也使哈金再度获得了美国笔会福克纳小说奖和《纽约时报》年度十大好书奖。

　　2004 年这一年，哈金还和著名华裔音乐家谭盾合作，写了一出歌剧《秦始皇》，由张艺谋执导，于 2006 年在纽约大都会歌剧院上演了。

　　2007 年秋天，哈金出版了他的第 5 部长篇小说《自由的生活》。这是一部篇幅达 600 多页的小说，可以看做是哈金本人的精神自传。这一次，哈金将目光转移到了美国新移民的身上，以自身的经历，塑造出 20 世纪 80 年代之后移民到美国，打算投身于新大陆的"自由的生活"中的人的经历和遭遇。从小说的题目上看，显然，还带有着反讽的意味：难道美国的生活就是"自由的生活"吗？小说的主人公明显带有着哈金的影子，但是，主人公的具体遭遇则是哈金根据一些华人在美国开餐馆的经历虚构而成，可以说是哈金借助别人的经历，完成了自己的精神自传。

主人公是一对来自中国大陆的夫妇和他们的孩子，诗人吴南和妻子萍萍在上世纪 80 年代末期来到了美国，由最初到美国的焦虑不安，到成为了一家餐馆的成功经营者，并且在美国拥有了自己的房子和一切物质条件。小说中，诗人吴南经历了在另外一个大陆国家里脱胎换骨的生活之后，发现了自己为了追寻"自由的生活"所付出的代价，那就是，被人类所设定的另外一种制度更深地束缚而没有真正的自由。同时，哈金还深入到主人公吴南的内心世界里，去挖掘他不满足于物质的获得，而着力描绘了他对精神世界的追求上的苦闷。小说中大量饱满的细节都真实可靠，哈金的写实主义风格炉火纯青，使阅读这本书的华人读者感到可信和亲切。

据说，哈金写这部小说酝酿了 15 年，前后修改了 30 次，使这部小说终于达到了十分精练的程度，我觉得，哈金凭借《自由的生活》又跨越了一道门槛，进入到一个新的创造之境。

我想，哈金的长篇小说结构并不新奇，对时间的运用也很保守。他的小说最值得重视的，就是他所选择的叙述语调。他的叙述语调平缓亲切，确立了他本人的语言风格。其次，他所讲述的中国经验，总是能升华到人类的普遍经验的高度，因此，和很多以单纯地揭中国历史疮疤和痛苦记忆的那些纪实文学，比如张戎的《鸿》，在艺术品质上大为不同，远高于后者，这也就是为什么哈金被英语主流文坛所看重的原因。

"伟大的中国小说"

2005 年元旦，哈金在美国第五大道华人文学奖的颁奖会上，曾经提出来一个"伟大的中国小说"的概念，他说："'伟大的中国小说'意识的形成，将取消'中心'和'边缘'的分野，将为海内外的中国作家提供公平的尺度和相同的空间。近年来，国内的作家和学者们似乎接受了文学的边缘地位，好像这也是与世界接轨的必然结果。其实在美国，文学从来就没有被边缘化过。在美国文化的结构中，'伟大的美国小说'一直是一颗众人瞩目的巨星。常常有年轻人辞掉工作，回家去写'伟大的美国小说'。每年春季，我都教小说写作，在第一堂课上，我总要把'伟大的美国小说'的定义发给学生，告诉他们这就是每一个有抱负的作家对小说的定义，告诉他们这就是每一个有抱负的小说家写作的最高目标。"

那么，他的这个观点是否成立呢？"伟大的中国小说"显然也是中国作家在整个20世纪和21世纪的梦想。在我接触的当代优秀中国作家中，谁都默默地想写出一本"伟大的中国小说"，尽管他们从来不公开宣称。但是，对于"伟大的中国小说"这个概念的理解，每个人的理解却不一样。

中国作家残雪对哈金的说法就有异议，她直截了当地认为，"我不喜欢'伟大的中国小说'这个提法，内涵显得小里小气。如果作家的作品能够反映出人的最深刻、最普遍的本质（这种东西既像粮食、天空，又像岩石和大海），那么无论哪个种族的人都会承认她是伟大的作品——当然这种承认经常不是以短期效应来衡量的。对于我来说，作品的地域性并不重要，谁又会去注意莎士比亚的英国特色，但丁的意大利特色呢？……伟大的小说都是内省、自我批判的。中国文学自古以来缺少文学最基本的特征——人对自身本质的自觉的认识。也就是说，中国文学彻底缺少自相矛盾，并将这种矛盾演绎到底的力量和技巧。"

残雪从"伟大的中国小说"对小说的地域性的狭窄规定和哈金对内省式作家的不屑和批判这两个方面作了回击，值得深思。

哈金还说："目前，一些西方作家在中国很走红，诸如昆德拉、卡尔维诺、杜拉斯、博尔赫斯，这些作家各有其独到的一面，但他们都没能写出里程碑的著作，也就无法成就伟大的作品，对于这类作家应该持浅尝辄止的态度，就像巧克力好吃，但顿顿吃，就把人吃坏了。然而，有的作家的作品则可以成为精神食粮，能够为创作伟大的小说提供源源不断的养分。"

可见，他对博尔赫斯、卡夫卡、卡尔维诺和米兰·昆德拉这些20世纪的现代派作家都不大看得上，对很多美国当代作家似乎也不大感冒，只是他没有过多地公开批判，只是将海明威这样已经死去的、得罪了也无所谓的作家，拿去和他喜欢的俄罗斯作家契诃夫、列夫·托尔斯泰相比，因为，他最心仪的就是 19 世纪的俄罗斯作家。他还发现，美国作家都在毕恭毕敬地读俄罗斯经典作家的作品——我觉得这是哈金的一个错觉，这个错觉来自他的写作班的同学和学生们，而他们很大程度上还不能代表最杰出的当代美国作家。而且，"伟大的中国小说"这个命题，的确也有将文学本身虚无飘渺化的倾向。因为，作家只能依照自己独特的经验来写作，很难取得所有人的共识。

对于"伟大的中国小说"这个概念的生成来源，哈金做了这样的解释："早在 1868 年，德佛罗斯特就给'伟大的美国小说'下了定义，至今仍在沿用：'一部描述美国生活的长篇小说，它的描绘如此广阔真实并富有同情心，使得每一个有感情有文化的美国人都不得不承认它似乎再现了自己所知道的某些东西。'表面看来，这个定义似乎有点陈旧和平淡，实际上是非常宽阔的，并富有极大的理想主义的色彩。它的核心在于没有人能写成这样的小说，因为不可能有一部让每一个人都能接受的书。然而正是这种理想主义推动着美国作家去创作伟大的作品。美国作家都明白，'伟大的美国小说'只是一个设想，如同天上的一颗星，虽然谁也没有办法抵达，却是一个坐标，是他们清楚努力的方向。

"目前中国文化中缺少的是'伟大的中国小说'的概念。没有宏大的意识，就不会有宏大的作品。这就是为什么在现当代中国文学中长篇小说一直是个薄弱的环节。在此，我试图给'伟大的中国小说'下个定义，希望大家开始讨论这个问题。'伟大的中国小说'应该是：一部关于中国人经验的长篇小说，其中对人物和生活的描述如此深刻、丰富、真切并富有同情心，使得每一个有感情、有文化的中国人都能在故事中找到认同感。虽然这个定义深受'伟大的美国小说'的影响，但我觉得还是到位的。'伟大的中国小说'意识一旦形成，作家们就会对我们的文学传统持有新的态度。也就是说，作家们必须放弃历史的完结感，必须建立起'伟大的中国小说'仍待写成的新年。如果没有这种后来者的心态，中国文学就真的没有指望了。

最后，我想指出，'伟大的中国小说'意识的形成，将取消'中心'和'边缘'的分野，将为海内外的中国作家提供公平的尺度和相同的空间，因为大家都将在同一条起跑线上，都面对无法最终实现的理想。今后不管你人在哪里，只要你写出了接近于'伟大的中国小说'的作品，你就是中华民族的主要作家。"

哈金的这个观点至今都有争议，尤其在汉语作家群体中引起了很大重视，我觉得这本身也是一桩好事。作家莫言认为，远看这个命题很站得住脚，但是靠近了发现，还是有很多漏洞。而且，在现今如此多元化的世界里，要写出大家都认同的一本书来，恰恰是很困难的。不过，哈金的这个说法也提出了一个重要的问题，并且像一声召唤一样，呼唤那些雄心勃勃的人，都来参与到写作"伟大的中国小说"的阵营里。

哈金也在继续沿着自己的道路，扎实而勇敢向着一个一个目标挺进。也许连他自己也不清楚"伟大的中国小说"到底是个什么模样，似乎有一个轮廓浮现了出来，他所做的，就是奋勇地向那个目标冲去。

阅读书目：

《等待》，湖南文艺出版社 2006 年 8 月版

《等待》，金亮译，台湾时报文化出版公司 2001 年 1 月版

《池塘》，金亮译，台湾时报文化出版公司 2002 年 5 月版

《疯狂》，黄灿然译，台湾时报文化出版公司 2004 年 5 月版

《战废品》，季思聪译，台湾时报文化出版公司 2005 年 11 月版

《自由生活》，台湾时报文化出版公司 2009 年 3 月版

《新郎》，金亮译，台湾时报文化出版公司 2001 年 8 月版

《好兵》，卞丽莎译，台湾时报文化出版公司 2003 年 3 月版

《光天化日》，王瑞芸译，台湾时报文化出版公司 2001 年 2 月版

《A Free Life》（《自由的生活》英文版），美国万神殿图书公司 2007 年 1 月版

《自由生活》，季思聪译，台湾时报文化出版公司 2008 年 11 月版

《落地》，哈金自译，台湾时报文化出版公司 2010 年 1 月版

《在他乡写作》，明迪译，台湾联经出版公司 2010 年 1 月版

面对墙，寻找门

——战后日本存在主义文学的杰出代表安部公房

安部公房深刻体验到了个体生命的孤独感，将之升华成一种时代情绪，并在孤绝的状态里去寻求意义和希望。他创作出一系列能够和西方现代主义文学进行对话的日语作品，完成了"小说的大陆漂移"转移到亚洲的重要一步。

"他人就是地狱"

1994 年，大江健三郎获得了诺贝尔文学奖，很多欧洲人都误以为是安部公房获奖了，因为，安部公房在西方的影响很大。三岛由纪夫生前曾经说过："安部公房的创造性和深刻的寓意，对日本现实产生了巨大的冲击力……充分展示了其文学天才。"大江健三郎在获得了诺贝尔文学奖之后，也十分谦虚地说："如果安部公房健在，诺贝尔文学奖这个殊荣非他莫属，而不会是我。"他的谦虚自然令人赞赏，但这也说明了安部公房的极端重要性。

日本，作为中国的近邻，其文学的发展在整个20世纪里都有着长足的进步。国运和文运有时候是相辅相成的，有时候又适得其反。在20世纪里，日本给世界贡献出了不少的小说大家，我扳着指头随便就能数上几个：夏目漱石、芥川龙之介、川端康成、谷崎润一郎、三岛由纪夫、安部公房、大江健三郎、村上春树等等，个个都是具有世界影响的小说家。

一次，和一个对日本文学很心仪的作家聊天，他说，以20世纪作为一个大的时间尺度来观察，日本文学的总体水平，要高于中国20世纪文学的总体水平。我反问他，是不是日本出了两个诺贝尔文学奖的获得者，你才这么说？他说，不是的，他随后列举出一系列包括上述作家的名单，请我也列出中国大作家的名单来比试一番。我对他的这个判断不作评价，姑且算一种说法吧。在亚洲，日本深受"脱亚入欧"思想的影响，从明治维新时代开始，就走上了全面西化的道路，并在这个西化的过程中还使自己的文化传统具有了现代再生的能力，从而成为了亚洲现代化之路上的先行者。在动荡和混乱的20世纪里，包括日本和中国在内的亚洲国家命运多舛，经历了十分艰难曲折的发展历程。如今，在整个国家的现代化程度上，日本显然要超出中国，而我们似乎对这个近邻却缺乏真正意义上的了解，因此，研读日本20世纪重要作家的作品，就显得十分必要。

1924年，安部公房出生于东京，后来，他跟随父母来到中国，并在辽宁沈阳这个中国东北最大的城市里念了小学和中学。他父亲在沈阳一所医科大学担任教授，母亲则醉心于文学，在安部公房很小的时候，母亲就指导他阅读了很多经典世界名著和日本文学名著。

1940年，安部公房跟随亲人回到了日本，1943年，19岁的安部公房考上了日本东京帝国大学医学系，学习临床医学专业。在这个时期，他喜欢搜集昆虫标本，阅读奥地利诗人里尔克的诗集。1944年，厌恶战争的安部公房为了躲避兵役，休学来到了沈阳。这个时候，日本侵华战争已显露出败相，安部公房就更加沉浸到精神的世界里，他阅读了欧洲存在主义哲学家萨特、雅斯贝尔斯、海德格尔等人的著作，受到了很大的影响。

1945年8月，日本宣布投降之后，他被遣送回日本，在东京大学继续学习。毕业之后，他并没有去从事医生的职业，而是走上了文学道路。这是安部公房早期的生平情况。日本一些研究者认为，正是安部公房在中国作为离散侨民的生活和日本战后失败景象对他的刺激，在他的脑海里形成了沙漠般荒凉的时代感受。他深刻体验到了个体生命的孤独感，并将其升华成一种时代情绪，并在孤绝的状态里去寻求意义和希望。这个寻求希望的举动，对于安部公房来说，就是弃医从文，投身于文学，去寻求一个有意义和价值的世界。

安部公房很早就开始了自己的文学生涯。1947 年，23 岁的安部公房自费出版了诗集《无名诗集》，诗风艰涩、怪异，带有象征主义和超现实主义诗歌的影响，表达了二战结束之后日本青年人的彷徨与苦闷的心情。

1948 年，他参加了在东京成立的现代派作家沙龙"夜之会"，这个沙龙由一群醉心于欧洲现代派文学的青年诗人和作家组成，大家经常在夜晚聚在一起，探讨以现代主义文学的技巧，去表现战后的日本社会现实的可能性。同一年，他的处女作长篇小说《终道标》由真善美出版社出版。这部小说在写法上还显得稚嫩和生涩，讲述了几个年轻人的生活，虽然有些变形，但还是带有现实主义的底色。

1950 年，他发表了短篇小说《赤茧》，第一次表现出自己鲜明的存在主义小说风格：小说的主人公是第一人称的叙事者"我"，他在无边的都市中漫游，却找不到自己的家，他在都市中不断行走，在寻找家园的过程中，他自己竟然逐渐地退化和缩小，结果，他竟然变成了一个空空如也的赤茧，"我"消失了，自我变成了空洞的茧。这种带有荒诞感和异化感的风格，在他后来的小说中逐渐地加强。

1951 年，安部公房出版了中短篇小说集《墙》，并以中篇小说《墙——S·卡尔玛氏的犯罪》获得了日本最重要的文学奖、第 26 届芥川小说奖，从而一跃登上了日本文坛。《墙》翻译成中文有 6 万多字，故事情节怪诞夸张，带有超现实的特征，描绘了一个社会边缘人在二战后高速发展的日本社会中，人格的异化和精神世界的荒芜。这个人是一个地位卑微的公司职员，有一天，他忽然被解雇了。丧失了工作之后，他不仅在社会上逐渐失去了自己的名字，变成了一个无名无姓的人，还被列为危险人物受到了社会的排斥，到处遭白眼，一些横祸也飞临头顶。

到后来，连他的衣服、帽子、鞋袜都开始造反了，都开始和他作对了。最终，他异化成一个无足轻重的人，"永远处在被告的地位"上。

有意思的是，在安部公房的笔下，《墙》中的主人公即使遭到了这样的厄运，他也不反抗、不申辩，而是接受了强加到他头上的一切，宁可任人摆布，丧失自我也无所谓。因为，似乎有一面墙摆在他面前，他却永远都冲不过去，这无形的墙仿佛是一副纸手铐一样，以别样的方式禁锢了他。

在小说的结尾，主人公被人按到了墙上："'他'立刻意识到那就是在'他'胸部的旷野中正在成长中的墙壁。一定是墙壁已经长得更大了，已经填满了'他'的整个身体。抬起头来，在窗户上映出了自己的影子。已经不是人的模样了。好象是从一块方形厚板上，杂乱无章地向外伸出手、脚和脖子一样。过了不久，手、脚和脖子也像被钉到鞣皮板上的兔子皮一样地被拉长、扯紧，终于，'他'整个的身体完全变成了一堵墙壁。一望无垠的旷野。我就是在旷野中的，静静地，永无休止地成长下去的墙壁。"

主人公发现，他被墙包围和挤压着，最终，他变成了墙本身。从这篇小说的故事情节可以看出，他深受卡夫卡等作家的影响，以离奇、荒诞和可怕的描写，将日本人在现代化过程中的异化感描绘成令人触目惊心的存在，借此来书写人类存在的一种普遍状态。

1952年，安部公房出版了短篇小说集《闯入者》和《饥饿的皮肤》，继续他对现代人异化问题的探讨。其中，短篇小说《饥饿的皮肤》描绘一个生活失意的男人，向一个女人复仇的怪诞故事。最终，男主人公让他极端厌恶的一个女人遭到了惩罚，但是，在小说的结尾，却发生了离奇的变化："……我每天反复读着那则有关女人的报道。于是，有一天，我注意到了一件不可思议的事：原来写着女人的名字的地方，不知何时竟变成了我的名字。然后，某一天，我的皮肤感觉到类似死亡的不安的冰凉，变成了墨绿色。"惩罚那个女人的结果，是他自己也成为了受害人。

安部公房的短篇小说，几乎每一篇都深深地打着从陀思妥耶夫斯基肇始、经过奥地利作家卡夫卡所不断探询的、在萨特和加缪那里得到深化的，对人的异化和存在的深刻质询与发问、呈现与书写的印记。

比如，短篇小说《狗》中，讲述了第一人称叙述者、画家"我"对狗的厌恶和他自身婚姻之间的关系："我最讨厌狗了，瞅着它就憋气，可我还是结了婚。狗和结婚纯粹是两码事，这我当然明白。不用说，对我而言，狗的问题比结婚还重要。"主人公和一个模特结婚了，但是，模特提出来必须要带一条狗一起生活，否则就不能和主人公结婚。于是，他不得不答应，他们最终结婚了。男主人公虽然接受了狗在他们生活中的存在，但是和狗的较劲和斗争，则持续地在他的生活中进行。狗的存在使主人公感到他的日常生活变得很紧张，使他的婚姻出现了异样的变化。小说以人、狗和婚姻的关系，来折射现代人对婚姻的不适应和内心紧张的景象。

可以说，安部公房的短篇小说大都寓意深刻，他很善于将人的存在状态以鲜明的象征物和生动变形的细节来呈现。

在短篇小说《梦中的士兵》中，一队拉练的士兵要经过一个被冰雪覆盖的山村。但是，村里也有在外边当兵的，这个封闭的山村很害怕有逃兵逃回来，因为逃兵事件很容易发生。于是，在部队经过的时候，村子里布置了警察，大家如临大敌，不断地讨论如何防范。果然，不久，村长接到了报告，说是发现了一个逃兵正在向村子的方向走来。村里立即布置力量进行防范，并且通知大家都要关闭门户，不允许接待那个逃兵。整个村子都严阵以待，"全村都沉浸在一片静谧和黑暗中，动物般的不安笼罩着整个村庄。"结果，第二天，有一具尸体被发现了。果然，那是一个逃兵，他是卧轨死的。而他的父亲，正是布置警察和其他村民防御逃兵的村长。

我想，这篇小说要传达的是二战期间日本人精神状态的紧张感，安部公房借助防范外来的逃兵，来观照日本人的精神面貌，进行了一次绝妙的、萨特所说的"他人就是地狱"的存在主义思想的文学呈现。

在精神绝地进行绝对思考

1954 年，安部公房出版了长篇小说《饥饿同盟》，并且，他开始投身于电影剧本和戏曲剧本的创作。1956 年，他出版了短剧集《R62 号的发明》。这段时间，是安部公房的小说创作和戏剧创作并重的时期。

安部公房一生所写下的10部长篇小说的篇幅都不是很长，大都在中文15万字左右。《饥饿同盟》的篇幅在10万字出头，讲述了一个荒诞的故事。在战后的日本社会背景下，一些被社会抛弃和排斥的人建立了一个秘密组织，这个秘密组织就叫做"饥饿同盟"。他们把生存的唯一希望寄托在地热发电这个行动上，只有这样，才能够改变他们的生存环境。但是，在计划即将成功的时候，遭到了镇长和当地恶霸的阻止，地热开发项目被他们抢走了。小说讲述了一群无望的人是如何怀抱希望去开发新项目，最终却功亏一篑的故事，以此象征了二战结束、日本军国主义彻底覆灭之后，生活在日本社会底层和边缘的民众们，他们在追求幸福生活过程中的艰难和遭遇，描绘了普通日本人的希望和绝望。小说从表面风格上看是现实主义的，在细节和情节的刻画上都很讲究，都很具体。但是，小说的内里则有着存在主义思想的内核，是对存在的探讨和呈现。

可以看出，安部公房是一个有着强烈社会责任感和批评能力的作家，他善于将社会问题以象征和荒诞的方式加以呈现，以变形和夸张的方式聚集成焦点。

1957年，作为一次出访东欧的副产品，安部公房出版了游记和随笔集《东欧行——匈牙利问题的背景》，将匈牙利社会状况进行了分析，犀利地观察到当时的社会主义国家匈牙利存在的问题。同年，他出版了长篇小说《野兽们奔向家园》。这部小说的篇幅也不大，安部公房动用了他曾经在中国东北生活过的经验，描绘了第二次世界大战结束之后，共产党、国民党、苏联人和日本侨民等几种政治力量在东北的存在及相互的角逐。在这部小说中，有一个安部公房自己的化身存在：主人公作为日本侨民生活在中国东北，他不清楚即将到来的社会变化，也不清楚各种政治力量和军事集团的关系，但是，他逐渐感到了威胁迫近，感到了死亡、疾病、压力的普遍存在，最后，主人公作为侨民被遣送回故乡。总体情节和他在1944年因为躲避服兵役而来到沈阳，次年日本战败后被遣送回日本一致。

小说的题目叫做"野兽们奔向家园"，意思就是一个存在于世界上的人，如果想像野兽那样自由地奔跑在世界上，是相当困难的。在这个世界上，到处都是社会体制、政治制度、军事力量的存在，人们最终都要被一种制度、一种社会习俗所统摄，人不可能像野兽那样自由自在地存活在世界上。的确，二战结束也有60多年了，如今，在地球上，越来越多的人类已经把野兽消灭得越来越少，今后，只有那些比人类的体魄小、又比人类的生存能力更强的老鼠和蟑螂才能够长期存在下去。

在这个时期，安部公房还出版了评论集《文学电影论》和《将计算机的手移在猛兽的心》，这两个集子收录了他关于电影、文学、时代和人的存在等问题的评论和探讨文章，足见其对日本社会犀利和敏锐的观察与批判。

在写小说和随笔的同时，安部公房还把很多精力都投入到戏剧创作和演出上。1958年，他出版了剧本《幽灵在此》。这是一出讲述日本人在战后的商业社会里无法适应、生活中矛盾重重的戏剧：一个男子感到自己被社会所抛弃和湮没了，于是，为了发出自己的声音，他到处张贴"高价收购死人照片"的招贴，以此向有权势的人挑战。全剧中，一个幽灵似乎一直存在着，但是却并没有上场，而新闻记者、市长、金融业职员和企业职员、服装模特等等纷纷上场，共同演绎了一出带有荒诞风格的活剧。

这个阶段，安部公房逐步进入到创作的高峰期，佳作不断推出，题材也显得开阔。1959年，安部公房出版了带有科幻色彩的长篇小说《第四个冰期》，1960年，新潮出版社出版了他的长篇小说《石头的眼睛》，这是一部描绘日本现代社会激烈竞争的情况下产生的异化问题的小说。1962年，安部公房又出版了他的代表作、长篇小说《砂女》，次年，这部小说获得了第十四届读卖文学奖，使他在大众之中的影响和声誉大增。

《砂女》是一部最能显示安部公房的艺术风格和追求的小说，也是他在世界上影响最大的作品，因为在1964年，这部小说被改编成了电影，并获得了法国戛纳电影节的评委会大奖。电影的流布使小说的影响扩展了开来。

写作《砂女》这部小说，安部公房动用了他早年在东京帝国大学医学系学习期间，喜欢搜集昆虫标本的一些体验。这部小说的情节本身带有强烈的寓言性和荒诞性质，讲述一个昆虫学家前往海边的一个沙丘地带，去搜集昆虫标本，结果，他在一个女人的诱惑下，不慎落入到一个巨大的、被沙丘所包围的洞穴里。那个女人就居住在这洞穴里。她是一个寡妇，这是她设计的结果，使昆虫学家掉进洞穴。她希望昆虫学家留下来，和她一起生活。但是，昆虫学家却觉得自己落入到一个陷阱里了，被扣押和绑架了，他渴望尽快逃走。于是，他开始了自己的逃跑历程。但是，无论他采取什么样的逃跑方式，都无法离开这个巨大的洞穴。周边的沙丘令人绝望地耸立，沙石滚动，人很难爬到洞穴的上方。在一次次的失败中，他和那个引诱他进入洞穴的女人之间的关系，也由敌对逐渐变得得友好了，他也开始意识到，他可能还有另外一个自我，可以和变化之后的恶劣环境和平共处、可以和这个敌对的女人相处下去。

在小说的结尾部分，女人因为宫外孕被吊索拉走，送到医院去治疗了，吊绳就垂悬在昆虫学家的面前，昆虫学家获得了一个绝佳的、可以逃跑的机会，但是，他却改变了主意：与其逃跑，不如在洞穴里生存下去，因为洞穴里的生活也很好，安全、潮湿、宁静，具有着可以和外部可怕环境对抗与回避的能力。昆虫学家想，"逃亡，在那以后的第二天考虑怕也不迟。"在小说的最后，法院下达的有关失踪人员登记的催促通知说明，这个昆虫学家最终也没有离开那个洞穴。

《砂女》是一部寓意复杂的小说，它成为了自现代主义诞生以来最重要的小说之一，对《砂女》的解读也是多方面的，我就觉得，它完全可以和卡夫卡的小说《变形记》和《审判》相媲美。在呈现现代人的异化、孤独、精神异常和焦虑方面，在亚洲作家中，安部公房是最为深刻的。《砂女》也注定将和卡夫卡的《变形记》《城堡》等作品一起，成为现代主义的经典作品。

1964 年，安部公房出版了长篇小说《他人的脸》，这也是他的另一部力作。

小说的主人公是一个男人，在一次意外的事故中；他丧失了他的脸——这个可以标明为他之所以是他而不是别人的特征和器官，于是，一些巧妙和奇怪的遭遇就在他的身上发生了。和中篇小说《墙》中那个失去了自己姓名的男人一样，这个失去了自己的脸的男人，生活从此开始了变化。他的同事开始排斥他，妻子拒绝和他过性生活。为了从妻子那里得到原初的爱情，他请人制作了一个面具，去诱惑他的妻子和他做爱，试图找回真实的自我。但是，他还是无法确定自我的身份，在迷途中他越走越远。最终，他决定告诉妻子，他是在利用他人的脸和他妻子发生性关系的真相，但是妻子也告诉他，她知道这个事实和真相，已经原谅他了，这使他再次陷入到一种自我认同的绝境中。

小说的主题深刻而复杂，可以说，《他人的脸》探讨了现代社会中人的自我和他人、个体和社会、内心和外部现实之间的激烈冲突，在文学创作的层面上，超越了一个所见即所得的现实主义的文学书写模式，创造出一个崭新的、抽象而意义丰富的文学空间。

在 1964 年里，他还出版了《没有关系的死》《心中的都市》这两部随笔和戏剧作品集。1965 年，安部公房又出版了戏剧剧本《夏本武扬》，这是一出讲述古代日本武士生活的戏剧。由此看来，在整个 1960 年代，安部公房都是相当活跃、创作力是相当旺盛的。1967 年，他出版了长篇小说《燃烧的地图》，这是他的又一部小说佳作，可以看做是《砂女》的某种呼应和续篇。

《燃烧的地图》这部小说有一个侦探小说的外壳，但是其中所包含的寓意却很深刻，讲述一个私人侦探接受了一个委托，前往一座城市去调查一个突然失踪了的男子的故事。最终，所有的线索都中断了，在都市的迷宫中，这个侦探逐渐失去了自我，他在搜寻目标的过程中忘却了目标的存在和他自己的使命。最终，他烧掉了已经不能给他指示方向的地图，在如同沙漠一样荒芜的大都市中，他感觉到自己反而成了一个被追踪者，有不知名的追踪者正在追踪他，于是，他开始了自己的逃亡，由一个追踪者变成了一个逃亡者。小说表达了人在高度商业化、都市化和物质化的世界里生存的强烈不安感，以侦探小说的形式，一步步地将读者一起引入到一个精神的绝地里，去进行绝对思考。

《燃烧的地图》这部小说还被拍摄成电影，影响不小。1967 年，法文版《砂女》获得了法国最佳外国文学奖，深受欧洲读者的欢迎，安部公房在西方的影响日益扩大，成为日本现代派小说的第一人。

1969 年，他出版了戏剧剧本集《朋友们》，收录了那个时期他创作的一些剧本。1970 年，新潮社推出了《安部公房戏剧全集》和《安部公房集》，后者收录了他当时发表的主要小说作品。1971 年，他又出版了评论集《内在的边境》，收录了他关于存在和人心、社会和个体、制度和人性的思考。1973 年，安部公房创办了"安部公房话剧工作室"，大力推动戏剧演出。从他一生参与的文学活动来看，他参与最多的就是戏剧创造，而小说的创作则相对是静态的。戏剧作品在他的创作中，也占有十分重要的位置，值得专门研究。

从绝望中寻找希望

安部公房的后期作品显得越发纯熟，比如他的代表作之一、长篇小说《纸箱里的男人》就是这样，这部小说出版于 1973 年，小说的情节怪诞，描述一个钻进纸箱子里的男人在现代都市中的生活。小说的一开始，引述了一则报道：《上野·流浪汉大整治，今晨全线出击拘捕一百八十人》，讲述警察抓捕流浪汉的情况，并且接下来以引用一份流浪汉的自述的方式，构成了小说的全文。"这是一份在纸箱中度日的男人——箱男的实录。现在，我在纸箱中作这份自述。这纸箱，是一个从头往下套刚好捂住腰部大小的包装箱。方才说的箱男，其实就是我本人。也就是说，现在是：箱男在箱中作箱男的自述。"小说从纸箱是如何制作成的说起，描述了这个都市流浪汉，试图在纸箱子里生存，并且通过一个窥视孔来观察外部世界。同时，有意思的是，在这座城市中，还出现了一个假的箱男，和真箱男之间发生了错综复杂的冲突。箱男还喜欢上了一个女护士，和她之间有着情爱关系。一个生活在纸箱子里的男人，在现代都市中游走，他是在和外部的世界隔绝，还是想以纸箱作为保护，达到和世界的平衡？他是想以这种方式反抗，还是要与世界做无谓的游戏？在这部小说中，安部公房展开了他非凡的想象力，以令人吃惊的叙述，呈现给我们一个悬置的人类存在的困境。

1974 年，安部公房的戏剧作品集《绿色丝袜》获得了读卖文学奖。1975 年，他还获得了美国哥伦比亚大学人文科学荣誉博士学位。次年，安部公房出版了长篇小说《幽会》。1980 年，他出版了评论集《通往都市的电路》，对高度现代化和都市化的东京文化进行了审视。这个阶段，是他后期创作生涯中出版作品比较多的时期。

1984 年，安部公房出版了长篇小说《樱花号方舟》。这是安部公房生前写作的最后一部长篇小说。

我们知道，樱花是日本的国花，方舟是一条上帝惩罚堕落的人类的时候，让一部分人和动物逃生的大船。从小说的题目上看，显然，安部公房是以方舟在比喻日本社会本身。这部小说带有科幻小说的特征，但是其内在质地则是黑色幽默和滑稽荒诞的。小说探讨了核武器时代人类应该如何和谐相处的问题，借助《圣经》中关于诺亚方舟的记述，把背景放到了当代日本的一个用现代技术建造的、可以抵抗核战争的避难所，一个海边的废石矿。只有被挑选的人才可以进入这个废石矿，于是，谁能够进入这个避难所，谁有权力去挑选避难的人选，围绕这些问题发生了一系列令人啼笑皆非的故事。小说塑造了一群怪诞的人，他们在各自的欲望和私利的驱使下，演绎出一出荒唐戏。安部公房是一个敏锐地观察社会，能够准确地把握时代风向和敏感神经的作家，这部小说可以说是对核武器时代人类处境的一个文学提醒。

1986 年，62 岁的安部公房出版了评论集《急欲轻生的鲸鱼群》，对日本当代的文化处境进行了犀利的批评。此后，他的身体每况愈下，1993 年 1 月 22 日，安部公房去世了。

安部公房的小说总是将人忽然就甩入到一个绝望的处境里，然后让这个人物去寻找可能的希望。你看，无论是变成了茧、面对到处都是墙的人，还是失去了姓名和脸的人，或者是掉入到洞穴里的昆虫学家、进入到箱子里去生存的男人、在都市中寻找自我的失踪者和调查者，都在继续着对一种希望的寻求。安部公房认为，希望是绝望的形式，绝望是希望的形式，这两者之间不是对立的，因为方舟总是给人们带来了逃脱噩梦的最后希望。

谈到 20 世纪的日本文学，很多中国读者对川端康成、三岛由纪夫、谷崎润一郎这几位小说家很熟悉，他们的作品也不断地再版，《雪国》《金阁寺》和《细雪》等等，都是我们耳熟能详的作品。但是，我觉得，如果以 20 世纪现代主义小说潮流的演变来看的话，上述几位作家的重要性不如安部公房。

首先，安部公房在二战之后秉承了法国存在主义思想的影响，并把这种思想进行文学化书写，创作出一系列能够和西方现代主义文学进行对话的日语作品，和西方现代主义小说遥相呼应。其次，在日本发起的大东亚侵略战争惨遭失败之后，作为"战后派"作家群的代表，安部公房率先表达战争、核时代和商业社会带给人的异化感和苦闷彷徨，以极具创造性和个性的写作，继承了自卡夫卡以来的荒诞派、表现主义和存在主义文学的手法，使世界看到了日本文学的新风采。当时，曾经访问过日本的意大利著名作家莫拉维亚说过："日本没有现代派、先锋派和前卫文学。"而安部公房的出现，则打破了这种傲慢的说法。正是安部公房，勇敢地把欧洲的现代主义小说潮流吸收融合，进行了创造性的转化，完成了"小说的大陆漂移"转移到亚洲的重要一步。这也就是为什么我那么喜欢和推崇安部公房的原因。

阅读书目：

《樱花号方舟》，张伟等译，作家出版社 1988 年 2 月版

《砂女》，杨炳辰等译，珠海出版社 1997 年 7 月版

《他人的脸》，郑民钦等译，珠海出版社 1997 年 7 月版

《箱男》，申非等译，珠海出版社 1997 年 7 月版

《燃烧的地图》，钟肇政译，台湾书华出版公司 1994 年版

"我就是那个跑来给你报信的人"
——有着文学大师气魄的大江健三郎

大江健三郎是一个名副其实的多产作家，他以充沛的创造力和丰富的想象力，创造出了无愧于世界文学之一环的亚洲日本新文学，开创了一个宏伟的文学世界。1994 年，他获得了诺贝尔文学奖，成为继川端康成之后第二个获得此奖的日本作家。

"与现实生活挂起钩"

大江健三郎是中国读者最熟悉的日本小说家之一，这和他在 1994 年获得了诺贝尔文学奖有着很大的关系。此前，他的作品的中文译本很少，但是随后情况就大不一样了，他的每一部作品刚刚在日本发行，随后就被翻译成了中文，而且，大江健三郎也多次来到中国进行访问和交流，并且和莫言等中国作家建立了非常友好的互相倾听和欣赏的关系。而我最倾心于大江健三郎的，是他关于"建立世界文学之一环的亚洲文学"这个说法。纵观他一生的努力，实际上，他都在为建立世界文学之一环的亚洲文学而努力，并以他所获得的巨大成果，得到了全世界的肯定和褒奖。

大江健三郎 1935 年出生于日本四国岛的爱媛县喜多郡的山村里，在具有原始风貌的森林边，大江健三郎度过了他和自然亲近的童年，并且阅读过马克·吐温的《哈克贝里·芬历险记》和瑞典女作家拉格洛芙的《尼尔斯骑鹅旅行记》，这两部作品给他的童年带来了幻想的翅膀，也是促使他后来走上文学道路的发蒙之作。上中学的时候，他就编辑了学生文学刊物《掌上》。1954 年，18 岁的大江健三郎进入到东京大学文学系，攻读法国文学，受到了法国存在主义小说家加缪、萨特等人的巨大影响，而日本现代派作家安部公房的作品也给了他很大影响。不过，这个时候，大江健三郎已经确定了自己要追求的文学方向："那时候，我喜欢安部公房，阅读了安部和卡夫卡的作品，觉得有人写作如同寓言一样的小说，这真有趣。不过，我还是告诫自己，不要去写寓言小说，而是要尽量与现实生活挂起钩来。就这样，我决定写出与同在日本并同一个时代的安部公房所不同的、自己的独创性来。"

1957 年，大江健三郎发表了他的第一篇短篇小说《奇妙的工作》，讲述的是在战后的时代里，作为主人公的少年要去打狗杀狗的故事。一个少年应聘后，发现他要干的工作竟然是杀掉 150 条狗，要求他在两三天的时间内干完。在这么一部带有存在主义思想痕迹的小说里，弥漫着一种日本战败之后的失落和阴暗情绪。

随后，他还发表了短篇小说《死者的奢华》和《饲育》。《死者的奢华》讲述青年男主人公和一个怀孕的女大学生一起，为医学院的解剖室搬运尸体的故事，对生命、女人、性和死亡的沉思，对时代内部病症的敏锐体察，对青春期成长的复杂体验，是这篇小说的着力点："浸泡在浓褐色液体里的死者们，胳膊肘纠缠着，脑袋顶撞着，满满地挤了一水池。有的浮在表面，也有的半沉在水中。他们被淡褐色的柔软的皮肤包裹着，保持着坚硬的不驯服的独立感，虽然各自都向内部收缩着，但却又互相执拗地摩擦着身体。他们的身体几乎都有着难以确认般模糊的浮肿，这使他们紧闭着眼睑的脸庞显得更丰腴。挥发性的臭气激烈地升腾，使禁闭的房间里的空气更加浓重。所有的声响都和粘稠的空气搅拌在一起，充满了沉甸甸的重量感。"这是小说的开头，可以体会到大江健三郎那种压抑沉闷和病态的心绪。

而短篇小说《饲育》的背景则是二战期间。在日本偏僻的山村中，一群少年俘获了一名美国空军的一架坠毁战斗机上的黑人驾驶员，他们对这个俘虏进行"饲育"和虐待，最终杀死了这个黑人俘虏。二战对日本民众和孩子们的影响深入到了四国的森林和人们的内心深处，一股莫名的哀伤贯穿全篇。《饲育》获得了1958年的日本最重要文学奖芥川文学奖，使年仅23岁的大江健三郎名声大噪，并且逐渐成为战后日本文学的重要代表人物。这一年，他还发表了短篇小说《人羊》《搬运》《鸽子》，长篇小说《掐死坏苗，勒死坏种》（又译《感化院的少年》）。《掐死坏苗，勒死坏种》描述了15个被关在感化院里的少年如何寻求成长的故事。小说的叙述者是第一人称"我"，从这篇小说里可以看到，日本刚刚从战败的灰烬里站立起来却又摇摇欲坠，这种时代状况在少年的心灵世界产生了投影。大江健三郎的故乡四国森林的生活和童年的经验，以及日本战败之后的社会景象构成了这部小说的底色。

1959年，大江健三郎毕业于东京大学文学部法国文学专业，他的毕业论文是《论萨特小说里的形象》，并发表随笔《我们的性世界》和长篇小说《青年的污名》《我们的时代》。

《青年的污名》是一部小长篇，讲述日本边缘人的灰暗生活。小说的地理背景是日本偏僻的海岛阿若岛，讲述在某一年，青鱼的精液将海面染成了乳白色，结果，当地的阿伊努人被灭绝了，一群渔民青年人在性的欢愉和享乐主义的状态下，找不到人生的意义，遭到了自然和其他社群的惩罚，背负着在这个岛屿上无法捕捉青鱼的污名。小说有着神话和传说的力量，以原始的材料和传说入手，讲述了海岛上传统和现实的冲突，青年和统治者的冲突，隐约传达出神话原型理论的影响。

《我们的时代》也是一部小长篇，小说里弥漫着一股躁动和欲望的气息，它通过一个23岁的青年靖男的性遭遇和性冒险，以性的角度来观察青年的独特存在和精神状态。靖男试图以道德堕落来摆脱伦理的束缚，但最终也没有获得解放，肉体的颓废带来的是精神上更大的创伤和虚无，心灵不仅没有获得安慰，还加速了靖男自身的毁灭过程。

有着文学大师气魄的大江健三郎

「我就是那个跑来给你报信的人」

1960 年，25 岁的大江健三郎和著名电影导演伊丹万作的女儿伊丹缘结婚。此时，他积极地参加反对日本和美国缔结安全条约的抗议活动，在这年的 5 月，他作为日本作家代表团的成员访问了中国。9 月，他在《新潮》杂志上发表了长篇小说《迟到的青年》。

这部小说分为两部，在大江健三郎早期作品中占有重要地位，它以第一人称的叙述，讲述了"我"自 1945 年夏天日本战败后所经历的痛苦岁月，描述了"我"在森林和山区长大后，离开故乡来到了大都市东京，寻找出路的故事。外地人和边缘人，青年人的压抑和性苦闷，都市的广大和冷漠，在这部小说中都有所表现。

此刻的大江健三郎，就像是萨特在日本的文学传人那样，以介入的姿态，勤奋地书写他对时代的感受。所谓的"存在主义文学"风格，我想，主要有两个基点，一个是对人的存在状态的本质观念和存在本身的探讨，另外一面，就是提倡介入文学，要作家明确地对当代社会采取批判的姿态。因此，大江健三郎这个时期的作品，在这两个方面都有掘进。在社会的介入性方面，大江健三郎明确反对日本右翼势力，反对日美安全保护协定。

1961 年，他根据当时日本社会党委员长被右翼青年刺杀的事件，写出了中篇小说《十七岁》及其续篇、短篇小说《政治少年之死》，表达了他对日本右翼势力的强烈批判态度，他也因为发表了这样的小说而遭到了右翼势力的威胁。这一年，他去巴黎旅行，其间还曾经专门拜访了对他影响很大的法国思想家、作家萨特，言谈甚欢。

性的人和世界

在探讨日本人存在状态方面，大江健三郎以《性的人》《我们的时代》《迟到的青年》《个人的体验》为主，从性的角度积极探索人的精神状态，取得了别样的收获。

1963 年，他发表了中篇小说《性的人》，带着一种野蛮和青春荒凉的气息，从性的角度，描述 29 岁的青年摄影师 J 和他周围的人和社会关系，呈现了日本战后迅速发展的社会状况给人们带来的精神痛楚和欢愉。性是大江健三郎一生都着力开拓和深挖的一个领域，他甚至认为，20世纪的小说，已经将能写的大部分领域都触及到了，只有性的领域，是可以继续去探索的。日本在战后经济迅速腾飞，同时社会也充满了变化，这个时期的大江健三郎敏锐、病态和锋利，他以人的精神状态的异常，来折射日本在"日美安保协定"保护下青年人的反叛和对日本未来的迷茫感。同一年，他出版了长篇小说《叫喊声》，这部小说依旧描绘了日本社会的边缘人的生活，以第一人称、主人公"我"来讲述，塑造了三个鲜明的青年形象：男妓阿虎以卖淫的方式来寻求对自己的惩罚，以手淫自娱的吴鹰男最终堕落到强奸杀人的地步，主人公"我"作为见证人，讲述了他们在东京急剧变化的商业社会中，在堕落与升腾之间的游走，带有强烈的存在主义小说印记。

在1963年，大江健三郎自己的生活也发生了一个非常重要的事件：他的儿子大江光诞生了。但是，大江光是一个先天头骨有残疾的孩子，因此，在智力上也有些障碍。也就是说，第一次当父亲，他就和妻子生育了一个弱智儿子。这个私人生活中的不幸事件带给他巨大的刺激，他体验到生命的焦灼和生存的艰险。一度，大江健三郎甚至想放弃承担养护这个弱智生命的责任，但最终，他还是果断地接受了这个事实，用了很多年的时间，终于把弱智儿子大江光培养成了一个能够听懂鸟叫、并且能够作曲的音乐家。这种对个体生命的责任和承担，既是他写作的动力，也成为他获得诺贝尔文学奖的原因之一。有一种评论说，大江健三郎是"父子共获奖"，也就是说，假如没有智障儿子大江光，大江也许不会写出那么多好作品，也不会因为博大的人道主义精神而获得诺贝尔文学奖。

受到了残疾儿子的影响，他写出了早期小说中的代表性作品、长篇小说《个人的体验》。这部小说完全以他生了残疾孩子的体验作为素材，描述主人公鸟在面对自己的残疾新生儿时的痛苦处境。鸟的内心痛楚和仓皇，他想逃避这一切，于是，他从一个叫火贝子的女人那里寻求性的安慰，家庭濒临解体。火贝子出了两个主意，让他选择：要么把这个残疾婴儿作为给医院提供的研究标本，悄悄地让孩子衰弱而死；要么交给堕胎的黑市医生，直接把残疾孩子杀死，然后嫁祸于黑市医生。但是，经过了激烈的思想斗争，孩子还是保留下来了。最终，人性中的善和爱使鸟勇敢地承担起做父亲的责任，他也离开了火贝子的性爱之乡，回到了家庭中，艰难地开始承受日常生活的挑战。

《个人的体验》因为其人道主义的光辉和对人性的深刻挖掘和大胆刨析，成为大江健三郎创作第一个阶段的代表作，小说也获得了新潮文学奖。瑞典文学院认为，大江健三郎"本人是在通过写作来驱赶恶魔，在自己创造出的想象世界里挖掘个人的体验，并因此而成功地描绘出了人类共通的东西。可以认为，这是在成为脑残疾病儿的父亲后才得以写出的作品"。

这一年，是他创作的丰收年，他还发表了短篇小说《空中的怪物阿归》，出版了长篇小说《日常生活的冒险》和长篇随笔《广岛札记》。

《日常生活的冒险》的主人公是一个18岁的青年，他喜欢在日常生活中追求各种冒险，在他的身边，聚集的都是和他一样的、对生活感到不满的年轻人，他们游走在社会和犯罪的边缘，这些日常生活的冒险家都是一些怪人，有拳击手、有偷盗癖和花痴癖的少女、白血病患者等等，他们一起探索着道德的边界、日常生活的边界。最后，小说的主人公搭乘货轮，跑到了欧洲去冒险，和一个富有的意大利中年女性一起旅行，后来在北非的一个小镇上自杀身亡。小说分为5个部分，叙述扎实紧密，叙述者是主人公的好朋友"我"，"我"接到了一封来自欧洲意大利一个中年女人的信件，信中说，他的朋友已经自杀了，由此展开了回忆性的叙述。小说在语言风格和细节描写上都是现实主义的，但是内核则是存在主义的，其对日本青年状态的描述表现得相当深刻和极端。

他还出版了随笔《广岛札记》，这是他多次去广岛实地采访当年原子弹爆炸所带来的后遗症的著作，显示了他对日本战后现实的强烈关注和介入态度，以及对战争和核时代的反思。

我把30岁之前的大江健三郎的创作，看做是他写作的第一个阶段，这个阶段，他的创作精力非常旺盛，仅长篇小说就出版了7部，虽然大部分都是篇幅不长的小长篇，中短篇小说也创作了数十篇，可以说，大江一生中主要的中短篇小说，都是在这个时期写下的，好多都成为了他的代表作。据说，因为长时间辛苦写作，他患了失眠症，又因为吃安眠药而导致了中毒症状的发生。可以看到，这个阶段，大江健三郎的写作资源一部分来自他少年时代在四国森林里的经验，以及偏僻海岛的民间传说，另外一个部分则主要是以东京这个大都会青年人的存在状态作为资源，表现人的性状态和在迅速变化的商品社会里人如何实现自己的价值，以及怀疑存在意义，这些都是他的小说的着眼点。

在这第一个阶段里，他以文学的介入态度，实现了对日本战后社会现实的批判，从存在主义的继承上，他把发源于法国的存在主义移植到了日本，嫁接成一种独特的文学成果。因此，对现实的关注、对自我的审视和挖掘、对人性复杂性的体察、对日本青年人的存在和性状态的描绘，都是大江健三郎在这个阶段非常重要的表达内容和成果。

神话传说的回响

1965 年夏天，大江健三郎前往美国旅行，并在哈佛大学参加了一个写作研讨班。次年，日本新潮社推出了《大江健三郎全作品》第一部分六卷，收录了他到当时所写的全部小说作品。为了给写作新的小说作准备，他全面研读了美国作家威廉·福克纳的小说。

1967 年，标志他写作第二个阶段的最高文学成就的长篇小说《万延元年的足球队》出版了。可以说，这部小说明显地受到了威廉·福克纳的影响，也就是说，大江健三郎开始摆脱早期根据青年存在状态和性的角度去表现日本人在战后的生存图景，而是采取了神话原型的方法，结合地域文化和民间传说与历史故事，创造出跨越了时间和空间的日本新小说。

《万延元年的足球队》这部小说带有双层的叙事结构，一条线描绘在 20 世纪 60 年代，激进青年、生下一个白痴儿子的父亲蜜三郎因为参与反对日美安保协定的示威活动，而遭到了政府的镇压，活动失败之后，和从美国回来的青年鹰四一起，回到了自己的家乡四国的山村，在茂密的森林里苦苦寻找出路。后来，鹰四效仿一百年前他的曾祖父带领当地农民起义暴动的行为，组织起一个足球队，打算和当年的曾祖父一样，以暴动的方式来抵抗政府的政策。在计划抢劫朝鲜人开的超市失败之后，鹰四承认了自己奸污了白痴妹妹并且使她自杀，鹰四也自杀身亡。蜜三郎感到震惊，他回到东京，和妻子商议后决定，把他们的白痴儿子从医院接回来，还准备收养鹰四的孩子。在人性的激烈搏杀导致的悲剧之后，大江健三郎本人的化身蜜三郎将走出使他困惑的神话中的大森林、有一个畸形儿的日常生活和核时代的双重阴影，重新面对生活。

小说将历史传说和当下现实，以空间并置和双线叙述的方式，把现在和过去、历史和现实、城市和乡村交织在一起，描绘出人性和历史、现实政治的纠葛。其中，畸形儿的诞生、暴动的发起和失败、通奸和乱伦造成的阴影，共同成为这部带有神话原型色彩的小说的核心，主人公故乡的大森林，由此也成为了象征性的存在，象征历史的迷局、现实的困惑，象征着人性的复杂丛林。这部小说还探讨了日本和美国的关系，以及对核武器时代的反思。《万延元年的足球队》因此在大江健三郎的创作中占据着非常重要的地位。

《万延元年的足球队》的出版，使大江健三郎明显地告别了他第一个阶段的作品风格。由于受到了威廉·福克纳的影响，他积极寻找自己的出生地——四国岛茂密的原始森林中的那些小村落中散落的神话传说、民间故事，并且将这些东西和当时日本社会现实之间建立了一种联系。《万延元年的足球队》这部小说，我感觉和他在1958年发表的小长篇《掐死坏苗，勒死坏种》有着彼此呼应的关系，《万延元年的足球队》更像是从《掐死坏苗，勒死坏种》那里生长出来的。

在他的第二个阶段，由这小说开始，他打破了时间和空间的局限，不再去讲述青年人在性的世界里的沉迷和堕落，而是更进一步地和日本本土的神话原型、历史故事发生回响般的互文联系，把原来的存在主义小说风格，又提升到了一个更加恢弘的地步，创造了一个独立的、历史和神话想象的空间。

多年以后，在给他的诺贝尔奖颁奖词中，是这样评价这本书的："人生的悖谬、无可逃脱的责任、人的尊严等这些大江从萨特那里获得的哲学要素贯彻作品的始终，形成了大江健三郎文学作品的一个特征。"

评委会认为，《万延元年的足球队》熔知识、热情、野心于一炉，深刻地挖掘了 20 世纪人与人之间的关系。

从 1968 年到 1970 年，大江健三郎接连出版了随笔集《矢志不移》、中短篇小说集《请指给我们疯狂地活下去的路》、讲演集《核时代的想象》和长篇随笔《冲绳札记》。

在这三年中，日本文坛也接连发生了大事：1968 年川端康成获得了诺贝尔文学奖，1970 年三岛由纪夫自杀。这些事件都给大江健三郎带来了影响，他也对此发表了看法，并使他更多地参与到文学活动中，积极地思考高速经济发展的时代里日本人的精神处境。这个时期，他还出版了随笔集《冲绳札记》，以随笔的形式直接反思人类身处核时代的恐惧与忧虑。

他的政治态度是左翼的，他反对天皇制度，人们惊讶地发现，他曾经站在大街上对游行的青年发表演讲。他反对核武器，反对任何恐怖活动，反对日本右翼势力。由于参加活动多了，他的写作速度明显地放慢了。

1973 年，他出版了两卷本长篇小说《洪水涌上我的灵魂》，次年，他出版了《<洪水涌上我的灵魂>札记》，详细披露了他创作这部小说的过程。《洪水涌上我的灵魂》这部小说以当代世界所面临的核时代的恐惧作为主题，以日本当时有名的左翼组织"赤军"在东京浅野山庄发生的内讧事件为背景，讲述了主人公大木勇鱼为了逃避核时代的恐惧，幻想地球发生核爆炸、地壳大变动、洪水开始淹没人类社会，最后，他躲到核避难所，也难逃被现存体制的"洪水"淹没的命运，于是，他和濒临绝境的鲸鱼、树木进行了奇异的对话。大江健三郎借助他所塑造的大木勇鱼这个人物，表达了他对特定年代日本文化境遇的忧虑，因为，他一直在积极地将日本社会发生的重大事件通过虚构和想象力进行再造和文学化的工作，他的作品和现实的关系都很紧密，这部小说依然有这个特点。

他的下一部长篇小说《替补队员手记》出版于 1976 年，这部小说多少有些像《个人的体验》的续篇。在小说中，森的父亲做了一个梦，梦见自己减去了 20 岁，变成了 18 岁的少年，而森则增加了 20 岁，变

065

「我就是那个跑来给你报信的人」

——有着文学大师气魄的大江健三郎

成了 28 岁的成年人。于是，森和森的父亲都变成了成年人，儿子变成了父兄，父亲则变成了弟弟，这两个变化了年龄的人一起去参加反对核实验的示威集会。他们开始行动起来，并袭击了右翼力量的幕后黑手，最终成为政治的牺牲品。小说的落脚点还是对日本社会现实的批判和一种精神焦虑性的反映，篇幅不长，但是却犀利尖锐。

对未来的危机调查

由于日本是地球上遭受了原子弹攻击的惟一国家，因此，作为有责任感的作家，大江健三郎对此作了长时间的思考，并不断地以随笔和小说的方式来反映它对日本国民性和精神结构的影响，并"对未来进行调查"。"对未来进行调查"听上去是不可能的事情，因为未来并没有发生，你如何去调查呢？这对作家来说，却是可以实现的，因为，作家有想象力作为帮手，就能够深入到未来的疆域里。

1977 年，大江健三郎出版了长篇小说《摆脱危机者的调查书》，在这部小说里他继续对核时代进行文学想象，表达了他对人类末日可能性的强烈的忧患意识。小说的故事情节带有科学幻想色彩，描述宇宙主宰为了拯救地球面临的核时代危机，派来了两人帮来拯救地球。但是，地球并没有因为两人帮的到来而改变命运，人类自身还面临着危机——内部发生了族群对抗，因为人们的疏忽，核事故也突然发生了，结果，给地球人带来了毁灭性打击。小说以第一人称叙述来结构全书，小说的主要情节就是主人公"我"的想象和虚构，同时以"我"在现实社会中的遭遇作为双线并行的线索，将主人公对核时代的想象和当下的日本社会现实联系起来，呼唤着人性的复归和在核时代里的和平共处。

这个阶段，大江健三郎又将自己对神话原型和民间传说的关注，延伸到对核时代的观察和思考上。他明显地成为了一个思考全球性问题的思想家和作家，视野开阔，思想尖锐而深邃。

1976 年，41 岁的大江健三郎到墨西哥国立大学用英语讲授"战后日本思想史"，因为远离日本，他开始以全新的方式思考着自己的写作之路。

1979 年，他出版了长篇小说《同时代的游戏》。这部小说显然带有他在墨西哥讲学时的经历和体验，也是他自认为非常重要的一部小说，形成了大江健三郎中年时期的重要转折。

小说带有科幻色彩，是一部书信体小说，全书由 6 封长信构成，都是由叙述人写给自己的双胞胎妹妹的。他在信中讲述了从自己的故乡山村，到国家再到小宇宙的历史。叙述人的父亲是一个神官，母亲是一个江湖艺人，叙述人自己在墨西哥大学担任教师，他的妹妹则仍旧在故乡的山村里当女巫。在叙述人的讲述中，神话、科学幻想和地域文化传说奇异地重合在一起，在一个无限的空间里，两种力量在角逐：一种是巨人创造者，另外一种是巨人破坏者。小说由村庄—国家—小宇宙的历史三个层层递进的结构，将日本 20 世纪的历史融汇到小说中，以强大的想象力，把日本社会现实、人类面临的核武器的威胁以及宇宙中的创造和破坏性的力量联结起来。因为是书信体，因此，小说的叙述显得细密而紧张，生动而急促。小说的地理背景从拉丁美洲的墨西哥到日本，在太平洋的两岸展开了某种文化对话，日本文化、墨西哥古代玛雅文化、当代人类的信息文明交织成一幅绚丽的织锦，小说综合了大江健三郎过去的小说中出现的各种元素。

关于这部作品，大江健三郎在后来出版的自述中说："作家一到 40 岁前后，就想写一部格局庞大的小说，大致都会去写历史小说。我认为，几乎所有的作家都想去创作以历史为舞台的小说——但我逐渐地明白自己想要写的，是用个人的声音，通过自己的内心，来书写自己的历史，来书写自己的场所、自己的村子、自己的土地之历史。既然如此，我就开始考虑，还是从正面用个人的声音书写信函的方式更为合适。"

1982 年和 1983 年，大江健三郎接连出版了系列短篇小说集《倾听雨树的女人们》和《新人啊，醒来吧》。此时的大江健三郎，很想尝试一种新的写法，就是以主题相同的方式创作一系列小说，然后，把它们构成一个整体意义上的"类长篇"。

《倾听雨树的女人们》由 5 篇小说构成，所谓的"雨树"，就是指凝结着具有死亡和再生意味的露珠的宇宙之树，是一棵象征之树，小说书写了带有牺牲和奉献精神的女性形象。而《新人啊，醒来吧》则是以儿子大江光的康复作为主题，从《圣经》中挖掘了一些故事，来比照着描绘了残疾儿子寻找存在意义，并最终找到了音乐的旋律成为新人的故事。小说充满了父爱的呼唤和对儿子新生的欢愉。这两个短篇小说集是大江的小说序列里很重要的作品，不管是小说的形式还是小说的主题。

1985 年，大江健三郎还出版了由 8 篇小说构成的系列"类长篇"小说《河马咬人》，以河马作为连接日常生活和心灵世界的象征物，挖掘出一种别致的生存况味。

大江健三郎的长篇小说《M/T 森林里神奇故事》出版于 1986 年，这是一部带有神话和童话色彩的小说，描绘了他关于故乡森林的神话和乡愁。

在日本民间文化中，有一种说法叫做"神隐"，说的是孩子在童年时期会突然地失踪，后来又忽然回来了。一般民间传说认为，孩子是被天狗、狐狸和鬼怪等带到了另外一个灵异的世界里，等到孩子归来之后，就带有了奇异的力量。大江健三郎说："在非常幼小的时候，半夜里，我曾经独自一个人进入到了森林里，被大雨困在了大柯树的树洞里，在我因发烧而昏睡过去时，消防队的那些人把我救了下来。这个朦胧的记忆和'天狗相公'这个森林的传说便通过孩子的空想和幻想被连接起来了。"这部小说继续着大江健三郎对故乡的神话、民俗和传说的现代再造，也表达了他本人浓郁的"不能再回家"的乡愁。

灵魂的"空翻"

大江健三郎晚期的作品呈现出一些精神性小说的品格。关于"精神性小说"，我在谈论罗伯特·穆齐尔的小说《没有个性的人》的时候，有着详细的论述，读者朋友可以参阅。大江健三郎的后期作品，似乎都是直接从他的精神世界里分泌和分裂出来的文本，以他精神世界的痛楚和急迫需要解决的问题作为思考的原点来结构的。这是需要我们特别注意的，在这个时期，大江健三郎的作品的现实批判性在降低，但是却呈现出和卡夫卡、安部公房相通的气质来。

1987 年，大江健三郎出版了长篇小说《致令人怀念的岁月的信》，这部小说带有大江健三郎的精神自传色彩，按照他自己的说法，这部小说把他的壮年分成了前半段和后半段。他写这部作品的时候已经 50 多岁了，主题是关于"死亡和再生"的思考，是对他过去作品的再审视。于是，对生命和死亡的关系，对向死而生的人生，大江健三郎做了一种深情的凝视。小说中的主人公隐约和大江本人的经历相似，小说中弥漫的老年心绪使主题非常清晰地呈现了出来。

1989 年，大江健三郎又出版了长篇小说《人生的亲戚》。这部小说描绘一个生有两个残疾孩子的母亲的生活。两个残疾孩子跳海自杀之后，给母亲留下了难以弥合的伤痛。于是，如何艰难地生活下去，成为这个女性的唯一问题。后来，她寻找到了宗教的安慰，并且作为宗教团体的成员，来到了墨西哥，在墨西哥又患了癌症，却意志坚定地寻求生存的欢乐和意义，并没有被死亡所吓倒。

在随后的几年中，大江健三郎参加大量的文学和文化活动，于1990 年出版了小说集《静谧的生活》，还帮助儿子大江光发行了自己的音乐作品。

1994 年，大江健三郎获得了诺贝尔文学奖，这是继川端康成在 1968年获得了该奖之后，第二个日本作家获得了这个世界上最重要的文学奖项，这也是他人生履历中非常重要的事件，也是对他数十年写作的褒奖。

虽然一直有一种说法，说诺贝尔文学奖是"死亡之吻"，得奖者一般的创作力都会下降，但是，大江则焕发了更强劲的创作力。从 1993年到 1995 年，他后期创作生涯的重要的代表作、长篇小说三部曲《燃烧的绿树》陆续出版了。

《燃烧的绿树》翻译成中文后为 55 万字，是一部篇幅较长的小说，分为上下卷，是他晚近的重要作品。小说描述主人公回到了故乡四国的森林山村里，去寻找精神迷失的故乡，在那里，获得了"燃烧的绿树洋溢着灵魂的力量"。大江健三郎以向故乡森林出发的方式，来探索日本人精神的故乡问题。在二战之后，高速发展的日本经济使日本迅速崛起为亚洲强国，但是同时，也造成了很多社会、经济和文化问题。

「我就是那个跑来给你报信的人」

那么，日本的"灵魂的根本所在"在哪里？这是大江健三郎想通过《燃烧的绿树》所要寻求的。他的故乡森林再次作为小说想象力的出发点和最后的归宿，三卷本小说的标题分别是《"救世主"挨打之前》《踌躇》和《伟大的日子》，英语大诗人叶芝的诗篇成为了小说中第二卷精神的引导，把现实的世界和象征的世界联系起来，去挖掘日本人存在状态背后的精神世界的失落。

在进入到60岁以后，大江健三郎后期的创作主要以长篇小说为主，他的创作力不仅没有减退，还接连写出了宏篇巨著。

继《燃烧的绿树》之后，他又于1999年出版了长篇小说《空翻》，中文译本达61万字，这是他历时四年创作的篇幅最长的小说，可以说，是大江健三郎作品中的佳作。而直接促使这部小说的诞生的原因，是东京地铁中发生的沙林毒气事件和日本奥姆真理教的产生。

大江健三郎作为一个对日本负有责任的作家，立即用文学手段进行了自己的思考，探索了产生奥姆真理教这个宗教怪胎的日本社会的现实状态。小说题献给了音乐家武满彻，带有对一个千年结束、另一个新千年即将到来的、交织着末日和新生混合的气息。此时，正是日本经济出现了泡沫破灭，持续了10多年的经济萧条使日本人的精神世界发生了恐慌、焦虑和虚无等变化，而作为积极对社会和现实发言的小说家，大江健三郎必然地要对这个社会现实，尤其是日本人的精神处境进行挖掘和呈现。

小说的情节紧凑、紧张，描绘了一个新生的宗教团体领袖的精神世界发生的变化，就仿佛是原地上翻了一个空翻一样：10年之前，教主宣布团体解散，10年之后，教会领袖们重新开始了自己的活动，并且放弃了过去搞恐怖活动的方法，并把自己的教会命名为"新人教会"，实现了精神上的着陆。小说的着眼点，在于对日本人的信仰体系和灵魂与精神世界的拷问。

大江健三郎自己说："我相继发表的《燃烧的绿树》和《空翻》，其实都是我对日本人的灵魂和精神问题进行思考的产物。比如，日本出现奥姆真理教这个以年轻人为主体的邪教，就说明我们必须重视和研究有关灵魂和精神的问题。我只不过是在文学上把它反映出来罢了。"

《空翻》是大江健三郎晚近的代表性作品，是从宗教和精神层面深刻挖掘日本人灵魂问题的小说，以对宗教在现代社会的空心化的观察，展现了现代人精神世界的荒芜，并呈现出希望的因素。

朝向孩子们的世界

进入新世纪之后，大江健三郎几乎以每年一部的速度，接连出版了长篇小说《被偷换的孩子》（2000年）、《愁容童子》（2002年）、《两百年的孩子》（2003年）、《别了，我的书》（2005年），这其中，《被偷换的孩子》《愁容童子》《别了，我的书》作为了他的《奇怪的二人配》三部曲而被重新命名，出了三卷本的套装。在这三部小说中，都有相同的主人公，以两个人的反差和共同的经验，来呈现日本自明治维新以来的现代史，小说场面宏大，内部空间复杂，意义丰富。书中的主人公长江古义人就是大江健三郎本人的化身，表达了他对日本的未来和人类未来的忧虑。眼下，核时代的恐惧平衡，资本与金钱的毁灭人心，人类贪婪无尽地向大自然索取，精神世界的荒芜和涣散，都是大江健三郎非常用心观察的问题。

到了晚年，无论是在北京的演讲，还是在他的诸如长篇小说《两百年的孩子》中，他开始更多地使用"孩子"这个词汇，意在未来是属于孩子的，是属于少年的，是属于那些即将成为世界主宰的年轻人的。他以某种杜鹃啼血般的呼唤，以《两百年的孩子》这样直接写给孩子看的作品，来向孩子们发出呼唤："我们最为重要的工作，就是创造未来。"

2007年11月，大江的长篇小说新作《优美的安娜贝尔·李寒彻颤栗早逝去》出版。书名多少有些拗口，是取自美国作家爱伦·坡的一首诗。故事情节一改大江作品的晦涩复杂，线索单纯而清晰：美丽的少女樱，她父母都在战争中死亡，被一个美国军人收养，逐渐成长为电影明星，但就在这个时候，她得知了她在幼女时期，曾经遭受过收养她的美国军人的性蹂躏，因此而一蹶不振，从此退出影坛30年。在大森林里的女人们的帮助下，她在一场史诗剧中扮演了一个参与暴动的女首领，奇迹般地将自身和那个女英雄的人生重合，而获得了希望和勇气。小说将面临人生绝境中焕发希望的力量进行了呈现。2009年他又出版了长篇小说《水死》，时间背景是二战结束日本被美军占领时期，继续他对人和现实世界关系的发问与盘根问底。

大江健三郎非常勤奋，除了20多部长篇小说和多部小说集，他还出版了散文随笔集《矢志不移》《广岛札记》《冲绳札记》《在自己的树下》《康复的家庭》《宽松的纽带》《致新人》，讲演集《核时代的想象》、评论集《为了新的文学》《最后的小说》《小说的方法》等大量著作，是一个名副其实的多产作家。

很多中国读者觉得大江的作品很晦涩，似乎很难进入到他的文学世界里，而阅读大江的作品的确需要耐心，可一旦你进入了他那宏伟的文学世界，你就会惊叹他的创造力和丰富的想象力，他有着文学大师的气魄。文学在今天已经不是一个镜子般映照现实的东西，必须要经过作家的想象力进行创造性转化，使之变成一个奇特的想象世界。所以，时下的大量长篇小说大都是对现实世界的模仿，因此，阅读大江健三郎的作品，我们除了要学习他对时代的大胆而痛苦的发言和诘问，还要学习他转换现实、使之变成一个自足的想象空间的创造能力。

大江健三郎一直密切关心社会问题和国家的政治走向，2003年，69岁的大江健三郎和著名评论家加藤周一等人发起了"九条会"，这个以著名人文学者和作家组成的组织强烈反对日本政府和保守的右翼力量试图修改日本和平宪法第九条，可能为军国主义复活而铺平道路的行动。2006年，大江两次出庭，对阵日本右翼势力，丝毫不怯场，像战士一样迎接挑战，两次获得了胜利。

对于创造世界文学之一环的亚洲文学，大江健三郎曾深情地说："我的母国的年轻作家们，当然，也包括我在内，从内心里渴望实现前辈们没能创造出的世界文学之一环的亚洲文学。这是我最崇高的梦想，期望在21世纪上半叶能够用日本语实现的梦想……正因为如此，今天我才仍然像青年时代刚刚开始步入文坛时那样，对世界文学之一环的亚洲文学总是抱有新奇和强烈的梦想。"

的确，大江健三郎的写作不仅继承了日本古代和现代文学传统，他还从英语、法语和拉丁美洲西班牙语文学中吸取了大量养分，使发源自欧洲的存在主义小说在日本土地上有了一个变体，还借鉴了美国作家福克纳的神话原型小说，创造出了无愧于世界文学之一环的亚洲日本新文学。

阅读书目：

《性的人》，郑民钦译，光明日报出版社1995年5月版

《个人的体验》，王中忱译，光明日报出版社1995年5月版

《死者的奢华》，王中忱等译，光明日报出版社1995年5月版

《万延元年的足球队》，于长敏等译，光明日报出版社1995年5月版

《广岛札记》，李正伦等译，光明日报出版社1995年5月版

《个人的体验》，王琢译，中国文联出版公司1995年6月版

《人的性世界》，郑民钦译，作家出版社1996年4月版

《同时代的游戏》，李正伦等译，作家出版社1996年4月版

《摆脱危机者的调查书》，包容译，作家出版社1996年4月版

《日常生活的冒险》，谢宜鹏译，作家出版社1996年4月版

《青年的污名》，林怀秋译，作家出版社1996年4月版

《性的人\我们的时代》，郑民钦译，译林出版社1999年1月版

《燃烧的绿树》（上下卷），郑民钦译，河北教育出版社2001年1月版

《迟到的青年》，王新新译，河北教育出版社2001年1月版

《小说的方法》，王成等译，河北教育出版社2001年1月版

《空翻》，杨伟译，译林出版社2001年9月版

《广岛\冲绳札记》，王新新译，河北教育出版社2002年6月版

《被偷换的孩子》，竺家荣译，南海出版公司2004年1月版

《愁容童子》，许金龙译，南海出版公司2005年8月版

《我在暧昧的日本》，王中忱等译，南海出版公司2005年11月版

《别了，我的书》，许金龙译，百花文艺出版社2006年9月版

《两百年的孩子》，许金龙译，百花文艺出版社2007年9月版

《优美的安娜贝尔·李寒彻颤栗早逝去》，许金龙译，人民文学出版社2009年1月版

有着文学大师气魄的大江健三郎

「我就是那个跑来给你报信的人」

《大江健三郎自选随笔集》，王新新等译，光明日报出版社 2000 年 9 月版

《在自己的树下》，秦岚等译，南海出版公司 2004 年 1 月版

《康复的家庭》，郑民钦译，南海出版公司 2004 年 3 月版

《宽松的纽带》，郑民钦译，南海出版公司 2004 年 5 月版

《大江健三郎口述自传》，许金龙译，新世界出版社 2008 年 4 月版

物化世界里的追寻

——日本20世纪90年代以来的文学旗手村上春树

村上春树打通了现代主义小说和通俗小说之间的通道，将快餐小说中的元素和他对时代的敏锐观察联结起来，描绘了物化时代里的迷茫和追寻。他继承了自卡夫卡以来的异化思想，不动声色地呈现了现代社会大都会中人们的存在状态。

背景与经历

和石黑一雄有些相仿，村上春树也是一个世界主义者，他也在书写一种"世界文学"，并以其众多的作品获得了世界性的声誉。他对西方音乐，特别是爵士乐和其他流行音乐的熟悉程度，简直匪夷所思，而且，他对西餐和西方流行文化符号的了解，可以看作是日本许多年来追求"脱亚入欧"在文学上的佐证。

村上春树是亚洲名气最大的小说家之一，但是，他是不是最好的小说家，还有很大的争议。据说，有一天，在德国，著名的文学评论家拉尼茨基和一位女作家在村上春树的德文译本的读书会上，就发生了激烈的争执。拉尼茨基认为，村上春树的小说很好，但那个女作家则认为村上的作品纯粹是快餐文学，没有文学价值，以至于两个人后来在电视镜头面前互相进行人身攻击，结下了梁子。就我看来，村上春树的小说打通了现代主义小说和通俗小说之间的通道，尤其是他的长篇小说，由于小说故事情节的流行性和通俗性，甚至是有些媚俗性，降低了其小说的文学价值。但是，他的小说仍旧具有较高的社会认知价值和文学价值，他继承了自卡夫卡以来的异化思想，对人在现代社会和大都会中的存在的呈现，有独到的地方，风格鲜明。而他的作品在亚洲国家和世界各他的流行，以及其所具有的后现代小说的特征，使我们不能忽视他的巨大存在。

1949 年 1 月 12 日，村上春树出生在日本京都的伏见区。京都是一座古都，保存了大量日本古代的文化遗迹，作为日本幕府时期统治日本的首都，这座城市有着醉人的美丽，寺院、街道、御所、樱花、祇园等等，构成了城市最美丽的符号和风景，我在那里也曾是流连忘返。村上春树的父母亲都是学校的日语教师，在村上春树出生后，他们全家搬到了兵库县。少年时代，家教颇严的村上在喜欢读书的父亲的引导下，阅读了大量文学书籍，尤其是上中学之后，他连续多年一直在阅读河出书房出版的《世界文学全集》丛刊，和中央公论出版社出版的《世界文学》杂志，这些阅读外国文学的经验使村上春树很小就具有了开阔的眼界，也使他的中学时代过得很充实，埋下了他将成为一个优秀作家的伏笔。

19 岁那一年，村上春树进入到日本早稻田大学第一文学部攻读戏剧文学。在大学读书期间，正是日本社会风云激荡的年代，1968 年，席卷日本社会的学潮，也打乱了学校的平静。村上春树一边读书，一边打零工，还把很多时间都花费在歌舞伎町的爵士乐酒吧里，处于青春的迷茫当中。这个时期的感受，在他最早的几部小说中都有表现。

大学还没有毕业，22 岁的村上春树就以学生的身份和一个东京的女子阳子结婚了。大学毕业前夕，村上春树前往电视台等传媒机构应聘，经过实习，他对电视台的工作没有了兴趣，晃荡了一年多。25 岁的时候，村上春树在岳父的帮助下，加上夫妇俩打零工积攒的钱，又从银行贷款，一共用 500 万日元，开了一家爵士乐酒吧，此后多年，一直到他 32 岁把酒吧转让给了别人，他都在经营这家以自家的一只猫命名的酒吧。

　　经营酒吧长达 7 年的这段经历，在他后来的很多小说中经常涉及，这也是他的社会和人生经验的重要来源。在酒吧中，各色人等穿梭往来，而日本 20 世纪六七十年代高速增长的经济、激烈变革的社会，都强烈地刺激了他的心灵。于是，1979 年，30 岁的村上某一天在球场踢球的时候，忽然开了窍，动了要写小说的念头，于是，每天晚上，他都在自家酒吧里的餐桌上奋笔疾书，写出了他的第一部小说《且听风吟》，并且立即把稿子投寄给了《群像》新人奖的评委会，获得了《群像》杂志的这个新人文学大奖。书稿很快由讲谈社出版，前后印行达 140 多万册，从此改变了他的命运，村上也就毅然地走上了写作的道路。

村上春树的长篇小说

　　从 1979 年发表第一部长篇小说《且听风吟》到 2009 年出版《1Q84》第一、二卷，30 年里，村上春树一共出版了 12 部长篇小说。我们来逐一看看他的长篇小说的情况。

　　1979 年，30 岁的村上春树出版了长篇小说《且听风吟》，准确地说，这是一部大中篇或者说小长篇，翻译成中文大概在 7 万多字，小说讲述了大学生、主人公"我"和好朋友鼠的迷离生活。他们在一起喝掉了可以装满 25 米长的游泳池的啤酒（显然很是夸张），还抽了 6921 支烟，在酒吧里鬼混，天天过着一种百无聊赖的生活。有一天，"我"在酒吧里遇到了一个喝醉了的少女，就送她回家，发生了性关系，开始了"我"的第四次恋情。"我"一边和好朋友鼠继续自己的晃荡生活，一边和这个少女展开了爱情生活，一起去海边，一起度过青春的一些时日。18 天之后，那个少女消失不见，只留下了"我"一个人在倾听风在旷野之地歌唱。小说将日本青年人那种在高度发达的资本主义社会中的失落、孤独和迷茫情绪传达得淋漓尽致，叩动了一代青年人的心灵，小说轻巧的叙述、跳跃的情节和插科打诨式的情节插入，带有片段式样的后现代风格、大量青年亚文化的符号，那些音乐、日常对话和年轻人特有的标记，在这本篇幅不长的小说中比比皆是。村上后来的很多作品，其实都在继续着这本书确立的风格。

村上春树的第二部长篇《一九七三年的弹子球》出版于 1980 年，小说的篇幅依然不长，比第一部《且听风吟》略长，中文译本在 10 万字。这部小说从情节上应该算是《且听风吟》的续篇，前一部小说中的主人公"我"和好朋友鼠继续出场，讲述"我"在大都市中创办了一家翻译公司，并且邂逅了一对双胞胎女孩，还同居在一起，过着一种匪夷所思的迷离生活，由此传达和描绘了日本 20 世纪 70 年代高速发展的经济社会带给年轻人的精神焦虑和紧张感，小说中的主人公离奇的经历不断超越读者的想象，语言俏皮、轻快、幽默，带着青年人特有的那种伤感情绪，和对已经逝去的青春岁月的留恋和回望。小说出版之后，竟然销售了一百万册，可见其大受欢迎的程度。

村上春树的第三部长篇小说《寻羊历险记》出版于 1982 年，在篇幅上，这部小说可以称之为是一部标准的长篇，中文字数在 25 万字左右。

《寻羊历险记》从情节上来说，带有浓厚的幻想和超现实的成分，可以说是前两部小说的深化。由于小说的主人公照例是"我"和鼠，因此，村上春树的前三部小说，我看，可以把它们看成是一个系列三部曲。小说的主人公继续着他们在现代都市中的迷茫和追寻，故事情节有些荒诞不经：经营着一家广告公司的"我"在妻子离家出走之后，和一个出版社的校对员兼耳模特和应召女郎的女子有了关系，但是，"我"旋即遭到了日本一个右翼政客的威胁，要"我"在一个月之内找到一只背上有星星花纹的羊。于是，"我"和同居的女子一起，踏上了追寻那只带有星星花纹的羊的旅程，开始经历各种离奇古怪的事件，最终，在黑暗中和少年好友鼠相遇了，并了解到，眼下的日本，已经被羊进入到人体内的右翼政客所控制的现实。

小说的情节虽然荒诞不经，但却如同一面哈哈镜一样，将被政客和金权政治所操纵的日本社会现实以夸张、离奇、荒诞和超现实的面貌展现了出来。小说中继续表达着一种对青春失去的悼念，对时代不适应的现代人的精神紧张，以及对权力和金钱带给人的压力的拒斥，弥漫着一种哀伤和苍茫感。

村上春树显然越写越好，笔法越来越娴熟了。他的第四部长篇小说《世界尽头与冷酷仙境》出版于 1985 年，这部小说的篇幅进一步增加了，中文译本有 35 万字，可见村上对驾驭长篇小说开始游刃有余了。小说分为 40 章，单章结构标题为"世界尽头"，双章标题为"冷酷仙境"，交替叙述，形成了严实的叙述结构，带有寓言小说、科幻小说、侦探小说的一些元素，实际上是后现代小说的一个总体的特征，那就是，用这些类型小说的外壳，来呈现人类社会的存在状态。写这部小说的时候，村上春树已经是 35 岁的人了，因此，对世界的认识和看法，尤其是对日本社会的认识和感觉，是他这部小说要表达的主要意图。

在"世界尽头"这条叙述线索中，呈现出一派相对安宁和谐的世界景象。一座虚构的小镇如同科幻小说或者乌托邦小说所构想的地方，在那里，次第展开的都是秩序井然的世界，但是却是一个死寂世界——人们没有记忆，没有心灵生活，主人公"我"只能面对储存了大量人类记忆的独角兽的头盖骨，去倾听和冥想。

而"冷酷仙境"这条叙述线索，则以东京这个大都会光怪陆离的现代生活作为镜像，来映照当代人的精神世界。主人公、计算机高手"我"接受了一个古怪的任务，被要求计算一个复杂的数据。完成任务之后，委托人、一个老博士送给了"我"一块独角兽的头骨。"我"随后认识了一名女图书管理员，并且和她发生了恋情。但是，随即，"我"也陷入到麻烦和陷阱当中，有两个来历不明的男子将"我"挟持，要求"我"交出独角兽头骨和那份复杂的数据。于是，"我"开始经历一系列惊险复杂、险象环生的事件，甚至在大都市的地下被"夜鬼"所纠缠。最终，这条线索呈现出一线生机：一个穿粉红色衣服的女郎给"我"带来了希望，"我"来到了一座港口，恢复了平静的情绪。

《世界尽头与冷酷仙境》这部小说，在寓意、结构和情节上都比较复杂。两条并行的线索中，都是以第一人称"我"来叙述的，这两个"我"其实可以叠加成一个人，他们之间是一个硬币的两面。比如，在"冷酷仙境"这条线索中，在大都市中遭遇危险并经历了连环事件的"我"，更多地和当下的日本现实，尤其是东京这个繁荣和发达的城市带给主人公的内心投影有关，由此折射的，都是畸形发展的物质主义所扭曲的心灵映像。而在"世界尽头"中的"我"，则可以看做是前一个"我"在无意识、潜意识或者睡梦状态中所呈现出的一个澄明飘渺的世界，因此，小说呈现出意义模糊、情节荒诞的复杂感和多层次感。小说中还混杂了现代音乐、都市流行文化、汽车、广告、电脑、电视等各类信息，将一个被物质和信息、传媒和科学技术、性爱和金钱与权力扭曲的世界以夸张、变形的方式斑驳地呈现。

通过这部小说，村上春树告诉我们，现实尽管冷酷，也还存有仙境的一面，在世界的尽头，虽然那里的一切都是相安无事的，但同时，那里也是死寂的、没有任何生机的。我倒觉得，这部小说是村上春树的小说中最值得分析的作品之一，因为它相当复杂和多面，也摆脱了他一贯喜欢描绘的、以青春逝去为主题的模式（比如他最早的三部小说、《挪威的森林》和后期的小说《海边的卡夫卡》），创造出带有迷幻和异样色彩的世界。

村上春树影响最大的长篇小说，应该是《挪威的森林》。这部小说出版于1987年，至今已经发行了1000万册以上。

小说的题目"挪威的森林"，取材自20世纪60年代非常流行的甲壳虫乐队的一首乐曲，正是那首曲子，勾起了主人公渡边的回忆。他开始回忆18年前，他和两个女孩的爱情经历。渡边的第一个恋人直子是他的好朋友木月的女友，在木月自杀之后，她才成为渡边的女朋友。但是，直子显然一直无法忘怀自杀的男友木月，在她20岁生日那一天和渡边发生性关系之后，第二天，她就离开了渡边，不知所踪。后来，直子在一家山地疗养院里给他写信，告诉他自己的去向。渡边又认识了一个女孩儿绿子，活泼、大胆、野性的绿子给渡边的生活带来了新鲜感和冲击力。但是，渡边又无法忘怀直子，直到传来直子自杀的消息，渡边觉得深受打击——他遭受打击肯定是因为直子一直无法忘怀木月，而渡边又无法忘怀直子。最终，在直子生前好友玲子的帮助下，渡边振作了起来。在小说的结尾，渡边给被他伤害了的绿子打电话，渴望回到绿子的身边，开始自己的新生活。

这部小说从情节上看，写得平顺低徊，感伤动人，仿佛是一首感伤的青春恋曲，不断地在你的内心里缠绕。小说非常好读，传达出的青春逝去的哀伤感简直是到了极点，那是一种亚洲东方人普遍能够心领神会的细腻的情感，它在村上春树的笔下娓娓道来。但是，村上春树自己并不觉得这就是他最好的小说。他说："我有心把《挪威的森林》看成是另类的小说，以后相信我不会再写这类的小说。叫什么好呢？就算它是孤立的例子吧。对我来说，很想快点从中逃出来。我用写实风格去写，是为了显示不是我的东西也可以做到，所以，尽快完成尽快离开。我想回到自己本来的世界中去。"我想，他所说的"本来的世界"，指的就是带有荒诞和超现实的、充满了想象和奇遇的那种小说吧。

关于"挪威的森林"，我还记得，2005年我们穿越挪威中东部，准备去看挪威那壮丽的峡湾景色时，的确欣赏到了大片的挪威的森林，但是，真实的挪威的森林，实际上并不壮观，都是些小树林子，树木大都是杉树或者小松树，密集而细小，很像新疆天山深处的云杉林。同行者笑曰："看哪，挪威的苗条森林！"实在是恰如其分。

村上春树的第六部长篇小说《舞！舞！舞！》出版于1988年，小说的主人公仍旧是"我"，看来，第一人称叙事是村上春树最喜欢的叙述方式，他在小说的后记中说，"（这部小说的）主人公'我'同《且听风吟》《一九七三年的弹子球》《寻羊历险记》中的'我'原则上是同一个人物。"这就比较好理解了。我觉得，现在可以把他的这四部小说看成是一个沿着时间的线索发展的系列小说，也可以看成是一部篇幅在70万字左右的巨型长篇小说的四个章节。将这四部小说联系起来，做一个情节的索引的话，你会从中间发现大量互相呼应和印证的细节。

小说接续了《寻羊历险记》中的一些情节，在《舞！舞！舞！》中，"我"已经是一个34岁的离婚男人，处于壮年的徘徊和迷离中。在北海道的海豚宾馆，他和一个女子有了一次美好的性爱体验。后来，他遇到了中学同学、影视明星五反田，两个男人就召来了两个应召女郎，其中一个叫咪咪的高级妓女让"我"记忆深刻，但是，几天之后，警察发现，咪咪被人用长筒丝袜勒死在另外一家宾馆里。于是，主人公和五反田都被怀疑为杀人对象。最后，"我"被警方开释，但是五反田则离奇地开车冲向大海，自杀身亡，留下了一个谜。在小说的最后，"我"前往北海道寻找自己过去的神秘体验，包括去找那个叫由美吉的女子。"我"终于穿越了房间里的时间隧道和厚墙，与由美吉再次相遇。

这部小说的情节依然穿越在现实和超现实之间，情节也游移在侦破小说、爱情小说和后现代小说、存在主义小说之间，最终却落到了从女人那里寻找安慰的巢臼里，是我觉得很遗憾的。有时候，我总是觉得，村上春树的小说偏软、偏轻，在重要的地方打滑，主人公似乎总是长不大，总是要过于沉溺在对女人的依恋上不能自拔。不过，这部小说使村上春树继续回到了自己擅长的想象的空间里，去自由地驰骋，属于他所说的"本来的世界"。

村上春树的第七部小说《国境以南，太阳以西》，出版于1992年。我觉得，这部小说是村上春树比较一般的作品，从情节和主题上来说，都重复了他早期的作品。

《国境以南，太阳以西》仍旧是欧美一个歌手的歌曲名，小说依旧是第一人称叙事，描绘了一个出生于1951年（和作者出生年代接近）的男人"我"，在小学五年级、高中时代和30岁的时候，分别体验到的和三个女子之间的微妙感情，似乎隐约带有自传性。最后，"我"在五年级的时候喜欢的那个脚有点跛的女子岛本，在18年后突然出现在主人公面前，两个人共同度过了一个夜晚，之后，岛本又像村上春树过去小说中的神秘出现又神秘消失的女子一样，又失踪了，不知道到哪里去了，给主人公留下了无限的惆怅。小说的底色是现实主义的，甚至还相当的写实，多少描绘了日本中产阶级的生活风貌和日常状态。但这部小说篇幅单薄、情节重复、感觉钝化，实在是村上春树比较平庸的一部作品。

在村上春树的小说中，称得上巨著的，应该是小说《奇鸟行状录》。这部小说日语的直译应该是《发条鸟编年史》，共分三卷，在1994到1995年陆续出版，翻译成中文在52万字左右，篇幅较长。小说还获得了第47届日本读卖文学奖。三部曲分别为《贼喜鹊》《预言鸟》和《刺鸟人》。

小说的情节进展舒缓平和，仍旧是村上春树最擅长的第一人称叙事，描述一个失业的31岁男子在家中生活，这个时候，他们家养的一只猫失踪了，于是开始接连出现各种怪事。先是一个陌生女子打电话来，说一些显然彼此已经很熟悉的话题，比如咨询"我"到底买哪种内衣比较好；忽然，又有一个16岁的女中学生打电话问"我"，如果"我"喜欢的女生有6根指头和4个乳房该怎么办。接着，一个神秘的电话来了，威胁"我"说猫丢失了不过是一切怪事来临的开头。然后，一个老人前来找他，向他讲述

40 年前蒙古边境的一口深井的故事。在这天的傍晚，在外工作的妻子没有再回家，"我"觉得一切都匪夷所思，然后，我感到迷惑，躲到邻居家的一口井中孤独地沉思了三天，等到从井中出来的时候，已经决定要改变生活。从此，"我"踏上了经历各种奇遇、遭遇到各种离奇事件的旅程。

这个小说三部曲旨在创造一个追寻自我的模式，这和他过去的一些小说有些相似。小说中，各种关于时代感受的变形和夸张的情节与想象，以及莫名其妙的人物和行为，纷纷出现在主人公的周围，使"我"感到险象环生和危机四伏。但是，"我"似乎又能够看到前方透露出来的一丝光亮，并继续向那光亮所在的地方前进。小说似乎还包含了不少故事套故事的短小说，使小说的内部呈现出多个层次和情节的枝权。

据说，在写这部小说的时候，村上春树正在美国作短暂的停留，因此，他可以从外部的世界打量日本："日本看上去更像是翻卷着暴力漩涡的莫名其妙的国家，是扭曲变形的空荡荡的空屋，是空虚的中心。"如此观察和打量自己的祖国，使他的这部小说写得非常从容。我还注意到，一些日本现代史上的历史事件，比如在内外蒙边境的诺门坎和苏联军队大战的历史事件、二战之后日本社会的一些政治和经济动荡，都隐约出现在小说中。村上春树过去的一些短篇小说的情节，在这部小说中继续推展和演绎成了更复杂的故事。在迷茫中追寻生命的意义，在相遇中体察和表现人性的温暖，在广大的现实和想象的世界里去寻找一个生命的终点，是这部小说想表达的，但最终却没有一个确定的答案。

村上春树一般是两到三年的时间就出版一部新小说。1999 年，他出版了第九部长篇小说《斯普特尼克恋人》。"斯普特尼克"是苏联于 1957 年发射的人类第一颗人造地球卫星，这部小说以此来命名，似乎要表达带有人类普遍性的主题。小说的主人公堇是一个女性，她爱上了一个比自己大 17 岁的女性。小说的叙事者依旧是"我"，在小说中以第三人的角度，观察着堇在双性恋的世界里摇摆。小说还涉及了自我追寻和求证的主题，不过，无论是主题、人物还是故事情节，都没有超过他过去的几部小说，它更像是一个边角料，我认为是一部比较轻飘的作品。

新千年开始的 2002 年，村上春树出版了他的第 10 部小说《海边的卡夫卡》。小说的篇幅较长，长达 40 万字。看起来，村上显然想要依靠这部作品来超越他自己，同时，向他所喜爱的小说家卡夫卡致敬。小说有两条线索，一条线索是少年卡夫卡如何最终摆脱了恋母情结的束缚，另一条线索，是一个能够和猫谈话的老人所传达出的启示。

小说的主人公是一个 15 岁的少年田村卡夫卡。叙述人就是田村卡夫卡的第一人称"我"。"我"幼年被母亲抛弃，和父亲又不和，辍学离开了家庭，开始一个人在世界上流浪，向着心目中的远方进发。在成人世界里，"我"见识了各色人等，接触到了广袤的世界，也认识了人心的深广。虽然这部小说被《纽约时报》评选为年度十大好书之一，但是我觉得这部小说不是很理想，没有超越村上春树自己。比如，同样是少年题材的小说，我想起阿玛杜·库鲁马的《血腥童子军》和库切的《迈克尔·K 所生活的时代》中所描绘的更加严酷的社会现实给少年主人公造成的内心创伤，使得村上的这部作品显得小巫见大巫了。而按照描绘外部世界的广阔来说，索尔·贝娄的《奥吉·玛奇历险记》也更胜一筹，读者可以找来这几本书对照着阅读，自有心得。

村上春树的第 11 部长篇小说是《天黑以后》，出版于 2004 年。小说的篇幅不长，中文在 11 万字，讲述东京某一天，从夜晚 11 点 56 分到次日凌晨 6 点 52 分的时间里，一个从中国偷渡到日本沦为妓女的女子，因为来了月经而被一个叫白川的男人殴打，由此展开了在东京这么一个夜晚中几个人物之间的纠缠和社会关系。小说就像一个切片，切入到现代大都市夜晚的生活中，将夜晚的罪恶、人性的扭曲、物欲的疯狂和世界的无序呈现出来。时间在迅速流逝，而人的命运也发生变化。我觉得，这部小说在叙事上比较新奇，带有法国新小说派的一些痕迹，有着对时间的痕迹和物质空间的精确描绘，不同于村上春树那些以青春逝去的哀伤为主调的小说。写这部小说的时候，村上已经 55 岁了，如果他还在哀叹青春逝去，那实在有些矫情了。因此，村上春树不得不离开了自己早年孜孜以求的对青春世界的关注，走上了探索人性之恶和都市之广背后的黑暗事物之路。

2009 年，日本各大书店都在醒目的位置摆放出村上春树花了四年时间写就的长篇小说新作《1Q84》，从题目上看，与英国作家奥威尔的反面乌托邦小说《1984》似乎能扯上一点关系，有着文本上的互文性。小说是复式结构，单章讲述女主人公青豆的故事，她不光是一个健身俱乐部的教练，还是一个女杀手，专门刺杀虐待妻子的男人。双章节里则讲述一个男数学老师天吾的故事，最后，两个人、两条线索都进行了交叉，主题是对当下人类社会的处境进行警告：要防止邪恶小人破坏。

在长篇小说的写作上，村上春树作品结构性雷同的缺陷很明显。首先，在小说的叙事模式上，村上春树几乎每一部小说都使用第一人称"我"，而且，这个第一人称"我"都可以看做是村上春树的无穷的变身；其次，尽管其人物和情节不断地变化，但是青春逝去的哀伤和迷惘，是他小说的主要基调，因此，他的小说就显得不那么厚重，而显得过于轻飘。依我的阅读感受，在他的12部长篇小说中，《且听风吟》《一九七三年的弹子球》《寻羊历险记》《舞！舞！舞！》可以看成是一个主题相同、人物彼此有联系的系列小说，而题材与之相似的《挪威的森林》，也可以归入到这个系列里；《国境之南，太阳以西》《斯普特尼克恋人》则是两部情节重复、结构雷同的平庸作品；《世界尽头和冷酷仙境》《奇鸟行状录》《海边的卡夫卡》《天黑以后》《1Q84》这5部小说，则是他的长篇小说中的佳作。由此看，越往后，村上的小说越写越老辣了。

如今，考察这样一个已经60岁的小说家，我很难相信他真的有这么老了，因为，他的大部分长篇小说的主题，都和青春的迷茫与失落有关系，总是和轻柔的、忧伤的、爱情的、少男少女和少妇的情感世界有关，以至于我有一个"长不大的村上"的感觉，因此，就他的长篇小说来考察，我并不认为他是一个伟大的小说家，在他的长篇小说中，二手经验、西方文化舶来品和流行性符号太多，缺乏一个伟大作家的精神历险和灵魂深处的痛苦。和大江健三郎相比，他就像是一个不愿意长大的孩子。大江的确比村上春树要更加深厚和更有社会责任感，也更有文学的想象力。当然，这么比也许不是那么合适。

村上春树的短篇小说和其他作品

和村上春树的长篇小说相比，他的短篇小说则写得很漂亮，很难挑毛病，是独树一帜的。在20世纪末期，甚至在新千年的世界文坛上，都堪称具有自己独特风格的一流短篇小说。2006年，村上春树凭借短篇小说《盲柳与睡女》而获得了爱尔兰第二届弗兰克·奥康纳国际短篇小说奖，同一年里，他还获得了捷克的卡夫卡国际小说奖。这两个欧洲国际小说奖的获得，标志着村上春树在短篇小说方面达到了世界一流水准。

我统计了一下，到2009年，村上春树创作的标准长度的短篇小说约有70多篇，大都收录在短篇小说集《去中国的小船》（1983年）《袋鼠佳日》（1983年）、《萤》（1984年）、《旋转木马鏖战记》（1985年）、《再袭面包店》（1986年）、《电视人》（1990年）、《列克星敦的幽灵》（1996年）、《神的孩子都在跳舞》（2000年）、《遇到百分百女孩》《东京奇谭集》（2005年）中。

他的短篇小说形式感非常强，控制力和情绪的张力都很大，情节的转换和铺陈都很精到，大都短小精悍，叙述从容不迫，语言生动而有透明感，这可能和他喜欢美国"简约派"小说家雷蒙德·卡佛有很大关系。另外，像是《大象失踪》《再袭面包店》《电视人》等等，都有一个异化的核心意象在小说里起象征、暗示和隐喻的作用。我还记得他有一个短篇小说叫做《背带短裤》，描述一个女人旅行欧洲，在那里给丈夫买了一条背带短裤，并让当地一个男人试穿了一下，结果发现那个男人穿上也很合适。于是，这个女人回到日本，就坚决地和丈夫离婚了，原因就是竟然还有别的男人穿上那条短裤也很合适。这其中传达出非常难以言表的对婚姻的感受，非常微妙和精彩。

此外，他还有一些超短篇，就是每一篇只有几百字的小说，写得也特别有趣，大都收录在《夜半蜘蛛猴》（彩图短篇小说集）（1995年）《象厂喜剧》（彩图短篇小说集）（1983年）中。这些只有几百个字的超级短小说，往往可以以小见大地呈现出一个精粹的世界来。

除了上述短篇小说集，村上还出版了大量随笔、对话、童话、绘图本、摄影配文字和其他非虚构作品，其中，随笔集有《爵士乐群英谱》（1997年）、《终究悲哀的外国语》（1994年）、《如果我们的语言是威士忌》（1999年）、《朗格汉岛的午后》（1986年）、《村上朝日堂 嗨嗬！》（1989年）、《村上朝日堂》（1984年）、《村上朝日堂的卷土重来》《村上朝日堂是如何铸造的》（1997年）、《村上朝日堂日记：旋涡猫的找法》（1996年）、《日出国的工厂》（1987年）、《翻译夜话》（2000年）、《为年轻读者讲解短篇小说》（1997 年）等等。另外，《雨天　炎天》（1990 年）是他在希腊旅游的游记，《边境　近境》（1998）、《远方的鼓》（1990 年）、童话《羊男的圣诞节》等等。村上还有描写东京地铁沙林毒气事件的纪实报告文学采访实录《地下》（1997 年），以及《在约定的场所：地下之二》（1998 年），新近出版了一册描述自己在美国旅居期间写下的关于跑步的日记体随笔《当我谈论跑步时，我谈些什么》（2008 年），十分有趣。村上春树是一个痴迷于跑步的人，他还跑过马拉松，是一个名副其实的慢跑爱好者。

　　村上春树还翻译了很多美国作家的短篇小说，比如菲茨杰拉德、约翰·欧文、保罗·塞罗克斯、杜鲁门·卡波蒂、蒂姆·奥布莱恩、塞林格等人的小说。翻译得最多的是雷蒙德·卡佛的短篇小说，他竟然把他所有的短篇小说都翻译成了日文。近些年，村上春树的国际影响与日俱增，获得过捷克卡夫卡国际小说奖、以色列耶路撒冷文学奖和奥康纳国际小说奖等。

　　村上春树的小说有一个重要的特点，就是他打通了通俗小说和严肃小说的界限，将快餐小说中的元素和他对时代的敏锐观察联结起来，描绘了物化时代里的迷茫和追寻。他的作品大都表现了青春期的困惑，以及翻越这道门槛时的困难。不过，村上春树的作品从不给你提供一个确切的答案，他让答案在风中飘——就像是猫王的一首同名歌曲唱的那样，他和你一起在空中飞，但是不落到地上来。

　　他的作品对于那些在商业和市场经济的压力下人的异化感表达得很突出。不过，在这个方面，很多日本作家都有出色的描绘，像安部公房笔下的现代人的异化，更令人触目惊心。相比较，村上春树笔下的异化，往往以一个男人从婚姻的牢笼中出发作为老套的桥段，然后去经历各种奇遇，这些奇遇有的是村上春树的各种奇思妙想，有的想象则并不精彩，我看和美国好莱坞的一般警匪片差不多。但村上春树确实是抓住了一些当代人的基本精神状况，他还有着充沛的才气和非凡的创造力。他似乎在历史感和文学自觉要承担的责任上游移不定，不喜欢介入社会性的文学。有些最重要的东西被他抓到了，但他似乎又让它们轻易地溜走了，这也是我感到稍许遗憾的地方。但无论如何，村上春树都是一个巨大的存在，是不可忽视的文化现象。

阅读书目：

《挪威的森林》，林少华译，漓江出版社 1989 年版

《挪威的森林》（全译本），林少华译，上海译文出版社 2001 年 2 月版

《且听风吟》，林少华译，上海译文出版社 2007 年 7 月版

《一九七三年的弹子球》，林少华译，上海译文出版社 2001 年 8 月版

《世界尽头与冷酷仙境》，林少华译，漓江出版社 1996 年 7 月版

《寻羊冒险记》，林少华译，漓江出版社 1997 年 5 月版

《青春的舞步》，林少华译，漓江出版社 1996 年 8 月版

《奇鸟行状录》，林少华译，译林出版社 1997 年 9 月版

《国境以南，太阳以西》，林少华译，上海译文出版社 2001 年 8 月版

《斯普特尼克恋人》，林少华译，上海译文出版社 2001 年 8 月版

《海边的卡夫卡》，林少华译，上海译文出版社 2003 年 4 月版

《天黑以后》，林少华译，上海译文出版社 2005 年 4 月版

《象的失踪》，林少华译，漓江出版社 1997 年 5 月版

《电视人》，林少华译，上海译文出版社 2002 年 12 月版

《遇到百分之百的女孩》，林少华译，上海译文出版社 2002 年 12 月版

《旋转木马鏖战记》，林少华译，上海译文出版社 2002 年 9 月版

《去中国的小船》，林少华译，上海译文出版社 2002 年 6 月版

《萤》，林少华译，上海译文出版社 2002 年 12 月版

《列克星敦的幽灵》，林少华译，上海译文出版社 2002 年 9 月版

《神的孩子全跳舞》，林少华译，上海译文出版社 2002 年 6 月版

《东京奇谭集》，林少华译，上海译文出版社 2002 年 7 月版

《夜半蜘蛛猴》，林少华译，上海译文出版社 2001 年 8 月版

《象厂喜剧》，林少华译，上海译文出版社 2002 年 4 月版

《爵士乐群英谱》，林少华译，上海译文出版社 2002 年 9 月版

《朗格汉岛的午后》，林少华译，上海译文出版社 2004 年 1 月版

《如果我们的语言是威士忌》，林少华译，上海译文出版社 2004 年 1 月版

《当我谈跑步时，我谈些什么》，施小炜译，南海出版公司 2009 年 1 月版

《1Q84》（一），范小炜译，南海出版公司 2010 年 5 月版

寻觅旧事的圣手

——享誉世界文坛的"世界主义"作家石黑一雄

石黑一雄是英国文坛上的"移民文学"三雄之一，也是"无国界作家群"中的佼佼者。他把一种日本式的哀愁和精微的气质，巧妙地带到了英语文学中，将东方和西方的文学传统嫁接起来，对当代英语文学作出了独特的贡献。

影子与记忆

如同每一棵树木在太阳和月亮下都有自己的影子，一个人站在那里，也必定有影子。当一个人背井离乡，成为一棵移动的树木，也会有影子跟随着他。石黑一雄，一个你一听就是日本裔的名字，注定无法摆脱掉他亚洲人种和血缘的影子。

石黑一雄与萨尔曼·拉什迪、维·苏·奈保尔三个人一起被称为是英国文坛上的"移民文学"三雄，也是现在在欧美相当活跃的"无国界作家"群中的佼佼者。眼下，石黑一雄已经加入了英国国籍，算是一位英籍日裔小说家了。

1954年，他出生于日本的长崎，1960年，年方5岁的石黑一雄就跟随父母迁居到英国。他的父亲是一名海洋学家，受雇于英国北海石油公司，因此，他成为居住在英国乡下郊区的亚洲孩子，并且逐渐地和周围的白人文化融合。石黑一雄少年时代就读于伦敦的中学，中学毕业之后，先后进入英国肯特大学和东英吉利大学学习英国文学。1980年，26岁的石黑一雄获得了文学硕士学位，居住在伦敦郊区，开始潜心写作。

如果从上述简单的履历来观察他，我们似乎看不到一个杰出作家诞生的确切原因和理由。但是，石黑一雄的履历就是这么简单。不过，他的亚洲人种和血缘注定使他成为一个在日本和英国之间寻觅写作题材、在陈旧的往事中寻找摆渡之舟的跨越文化和记忆的人。

1982年，石黑一雄出版了他的第一部长篇小说《苍白的山色》，小说立即引起了英国文坛的瞩目，获得了英国皇家学会颁发的一个文学奖。从《苍白的山色》开始，石黑一雄就显露出他鲜明的写作特点，那就是，善于从旧事中发现一些故事的踪迹，并且把它们重新组合起来，将时光的痕迹——模拟和复原，如同摄影镜头中的景深镜头一样，他把远的东西拉近到眼前来仔细地端详，然后，继续把它们推远。

石黑一雄的文风非常风格化，和萨尔曼·拉什迪的那种狂欢、喧哗、魔幻的印度式风格不一样，和奈保尔的带有嘲讽、冷峻和十九世纪狄更斯式小说的密度叙述风格也不一样，石黑一雄的小说是一种明显带有日本文学印记的小说。他的小说叙述语调从容、淡雅，总是弥漫着一种日式的哀愁，但是，他分明又是在用英语写作，因此，他把一种日式的哀愁和精微的气质和气韵，巧妙地带到了英语文学中，给英语文学增添了特殊的活力。

"物哀"与"幽玄"

"物哀"是日本文学中一个独特的美学词汇，和"幽玄"一起成为日本文学中最重要的美学概念。但是，要想说清楚这两个词汇的明确含义比较困难，这是只可意会不可言传的一种感觉。就如同国画里面的氤氤感，你无法确定地说清楚水墨国画的好是如何的好。我想，"物哀"要表达的，是一种对物的变化和消逝的一种哀愁和忧伤情绪，和物有关，而"幽玄"这个概念则和禅宗有关系，说的是一种超脱和闲寂的心境，和心有关。

而石黑一雄的英语小说之所以立即引起了英语文坛的注意，是和他小说中的日本文化的影响和气韵有很大关系的。这和哈金的英语小说中的中国元素引起了英语文坛的重视，是一个道理。

作为石黑一雄的第一部长篇小说，《苍白的山色》的内里弥漫着对旧事物消逝的哀伤情绪，对逝去岁月的哀悼，对物是人非的感叹。

小说采取的是第一人称的叙述，叙述者是一个日本女子，她叫悦子。她离开日本来到英国的时候，已经是一位中年寡妇了。悦子住在英国乡下，离群索居，异乡的雨和雾使她内心里弥漫着哀愁，而长女的突然自杀，又使她陷入到对当年在日本长崎生活的追忆当中。二战结束之后，被美军投掷了原子弹而遭到灭顶之灾的长崎是一片废墟。在废墟中，遭到了战败教训的日本人，包括了日本士兵和平民，逐渐从日本军国主义的宣传造成的愚昧和禁锢中清醒过来，开始艰难地寻求自己的生活。悦子就是在那个年代成长，并且深深地为那个年代所影响的一个日本女子。在长崎，她和另外一个在战争中死去了丈夫的女子幸子交上了朋友，幸子还有一个女儿叫茉莉子。美国人来到了日本后，幸子主动地向占领军投怀送抱，交上了一个美国男朋友，对女儿茉莉子并不关心和爱护，最终酿成了家庭悲剧。悦子后来也找了一位白人男朋友而离开了日本，来到了英国，但是，在异国他乡，她却失去了自己的丈夫和女儿。

在悦子的叙述中，她的家人、亲戚和朋友，像记忆中的长河里驶过的船一样，在她的叙述中缓慢地漂过。他们一个个地围绕和穿越在她成长的历程中，并且给她留下了不同的印象。最终，这些人都消失了。眼下，悦子一个人在另外一个充满了雨和雾的国家，处于时间的另外一端，再也看不到日本的景色了，那些人和事物都在远去，如同苍白的山色一样隐现在她的记忆里，浮现在云雾中。小说叙述缓慢、平和，弥漫着一种凄凉和哀愁的情调，优美动人。小说还隐隐地传达出原子弹爆炸之后对幸存者的影响，尤其是对那些战争中失去了男人的女人们的影响。最后，回忆性的叙述将谜底缓慢地揭开，每个人的命运都有不可抗拒的自身的归宿，并把被战争和岁月所摧残的人生图景呈现出来。如果你对日本文学有阅读经验，那么，你就会很喜欢这部带有"物哀"气息的小说。

《苍白的山色》使英国文坛看到了另外一种英语文学的情致，他们开始瞩目于石黑一雄这个来自遥远的亚洲岛国的青年作家了。

"浮世绘"风格

"浮世绘"是日本艺术中的奇葩，是日本古代绘画艺术的独特创造。所谓的"浮世绘风格"，是日本特有的一种绘画风格，讲究精细地描绘人物和社会场景，努力传达社会的复杂风貌，其绘画风格讲究线条的描绘，对时代日常生活的精确描绘，和中国水墨画、波斯细密画一起成为东方艺术的瑰宝。

1986 年，石黑一雄出版了他的第二部长篇小说《浮世绘艺术家》。小说的主人公依旧是一个日本人，这次是一个日本男性艺术家，是一个浮世绘画家，他叫大野增次，小说以他的回忆构成了叙述的基调，用第一人称的角度来叙事。

小说把故事叙述的时间背景放到了 1948 年，讲述了在两年的时间中艺术家大野增次的生活和思绪。那个年代，是日本笼罩在战争失败的阴影中迷离彷徨的年代。

在日本发动的侵略战争期间，作为一个拥有创造力的画家，大野增次利用自己的画笔积极地投身到为日本军国主义摇旗呐喊的活动中，不仅为那些狂热的军人们画画、宣扬日本侵略者的战功，还借助军国主义者的权势，成为了当时日本画坛中的执牛耳者。但是，日本战败之后，军国主义政府垮台，日本人民陷入了战后的困顿中，大野增次也从画坛的高位上跌落下来，他家过去门庭若市，现在变成了门可罗雀，他不再被人们认为是一个艺术大师了，而是军国主义者的帮凶。大野增次也开始反思自己的行为，他的女儿也认为他错了，他过去的那些为军国主义者张目的行为被女儿认为是一种耻辱。大野增次意识到了自己的错误，陷入到悔恨当中，最后，他在女儿的男朋友面前忏悔了自己过去的愚昧和狂热的行为。

在小说的结尾，一切似乎都得到了和解，大野和外孙子在一起做游戏，他问自己的外孙，你现在把自己想象成一个什么样的人？骑着竹马的外孙回答说，他现在是美国西部的牛仔。在这一刻，衰老生命的没落和新生孩子的欣悦、美国战后对日本的文化影响，在这个场景里被凝固下来，传达出时代的气氛。

《浮世绘艺术家》这部小说如同一幅安静、沉稳、缓缓流动的画卷，给我们描绘了一个时代的氤氲印象。小说的叙事节奏相当缓慢，把一个老画家在老年将至时的对战争、死亡、名誉、生命的感悟，全都融汇到一起，同时，日本特有的风物和艺术，园艺、花道、茶道、料理、衣物和风景，在老画家的记忆里也成为了某种象征物，灿烂地成为一种类似"浮世绘"绘画作品那样的背景。小说叙述的语调在舒缓平和的节奏和中以独特的遣词造句，处处都显露出一种哀伤的情绪。这就是日本文学中的"物哀"的一种投射，而老人最后所达到的那种平和闲静的心态，也和"幽玄"的禅意有关。

可以说，在小说《浮世绘艺术家》中，石黑一雄进一步将日本文学和文化中的审美气质带入到英语文学的书写当中，使小说显得别具一格，也使英语读者耳目一新。这部小说获得了英国布克小说奖的提名，并获得了1986年的怀特布雷德奖，被翻译成10多种文字流布。

事物的痕迹

如果说前两部小说使石黑一雄被看作是英语文坛的新秀和不可小视的未来文学之星的话，那么，真正令他名声大噪的，则是他的第三部长篇小说《长日留痕》。这部小说出版于1988年，和前两部小说的题材不一样，这部小说对于石黑一雄来说显得十分国际化，如同小说的题目《长日留痕》所彰显的诗意和对时间的刻画那样，小说的故事本身也显示了时间的力量。它依旧是对旧事的打量，是对一个已经无可挽回的消逝了的世界的深情回望。

小说的主人公是一个地道的英国白人管家，这个英国管家的名字叫史蒂文生，他是一所英国贵族庄园达林顿府邸的管家，整部小说都由他的第一人称讲述来构成。我们知道，英国管家在全世界都很闻名，是一个如今已经很稀奇的特殊遗存，就像中国有皇帝、美国有牛仔、日本有武士、西班牙有斗牛士一样，英国管家也是一个十分醒目和独特的存在。

在小说的开头，似乎就隐藏了小说后来的情节冲突：主人达林顿勋爵已经去世，这个英国老式贵族的府邸庄园被一个美国人买走了，而史蒂文生本人则被留了下来，继续担任庄园的管家。1956 年 7 月的一天，在新主人的允许下，史蒂文生开着庄园主人遗留下来的那辆汽车，前往英国西部地区，去和女管家肯特小姐见面。肯特小姐是他过去心仪、但最终错失的女人。在整个 6 天的行程中，管家史蒂文生对自己的生平和达林顿府邸的生活进行了回忆和陈述，尤其是他对自我的深入的精神分析和评判、对自己过去的主人达林顿勋爵的审视和挖掘，构成了小说精彩的主体情节。

管家这个角色要求他必须对主人完全服从，并维护庄园府邸的日常运转。史蒂文生克制了自己对女管家肯特小姐的感情，因而成为了管家角色的牺牲品。在 6 天的旅程中，他回忆了 20 世纪 30 年代欧洲所发生的重大事件对英国、对达林顿庄园的影响，比如希特勒上台、纳粹势力的扩展，这些历史也隐蔽地回响在小说中，以史蒂文生解雇了一名犹太女佣作为虚写和对应。当时，达林顿勋爵作为英国的上层贵族和统治阶层，曾经利用他的权势想弥合一战结束之后英国和德国的关系，结果他间接地帮助了纳粹上台，这使管家史蒂文生的内心充满了疑虑。于是，管家也间接地影响了当时欧洲国家的外交关系和历史进程：当英国首相张伯伦的外交大臣和德国驻英大使看到了庄园里那些锃亮的银器时，心情突然好转，谈判进行得非常顺利。

于是，在小说的叙述中，在史蒂文生 6 天的行程里平行展开了两个时代、两条线索的图景，一个图景是 20 世纪 30 年代的欧洲局势，那是一个乌云密布的时代，一战结束、纳粹上台、二战爆发，都给庄园里的生活留下了浓重的痕迹，在达林顿勋爵和管家史蒂文生的生活中造成了消极的影响，因此，史蒂文生的回忆是沉重的，这条线索呈现出 20 世纪初期欧洲的面貌和价值观。但是，眼前的世界，他走出庄园去探视老朋友的时刻，却是阳光灿烂、小鸟飞翔、大道平坦、植物茂盛的世界，是一个光明的世界。前往肯特小姐的家是他现在最想做的事情，和她叙旧是他最向往的事情了。在小说的结尾，和肯特小姐的会面使他们高兴，但也使他们发现，岁月已经使他们变成了老人，并各自拥有了无法更改的、带有缺憾的人生。

整部小说的语言都模仿了英国管家那种规范、刻板、精确与省略的风格，十分老到，连英国人都很信服，这对于石黑一雄来说是一个巨大的胜利。不过，我觉得小说还是有一种日本文化的神韵在里面，连村上春树都说，"《长日留痕》在主体精神、品位和色彩上，很像一部日本小说。"小说中刻板和忠于职守的管家，最终发现自己的一生是一个悲剧，他的形象和日本武士有些相像。

《长日留痕》因为精湛地展现了一个英国管家的内心世界而获得了1989 年的英语布克小说奖，并被拍成了电影，由英国著名演员安东尼·霍普金斯和艾玛·汤普逊主演，大获成功，石黑一雄也因为电影的传播而如日中天，成为了英国"移民文学"三雄中最年轻的一个。

石黑一雄的第四部长篇小说《无法安慰的人们》出版于 1995 年。和他最早的两部小说相比，这部小说延续了石黑一雄在题材选择上的国际性和移民特性，描绘了一个白人钢琴家的游历。白人钢琴家赖特从日本到英国，又辗转来到了中部欧洲一个未标明的国家，这个国家颇有些像德国，那座城市则是柏林和慕尼黑的混合体。小说讲述了三天的故事，赖特在星期二抵达了那座欧洲城市，星期五他就离开了。但是，自赖特来到这座城市之后，各种古怪的、十分超现实的事件就在他身边发生了：行李员在电梯里向他发表了长达 4000 多字的演说，描述行李员的职责和苦恼；音乐指挥布罗茨基遇到了车祸，需要给伤腿做手术，医生却把他的假肢给锯掉了；赖特在这个他从来都没有来过的城市还遇到了他童年的伙伴——他成了电车售票员！一个宾馆的宾客请求赖特帮助他完成一个古怪的任务——去和与自己闹翻、已经不说话的女儿沟通，获得与她的和解。他发现，那个宾客的女儿叫索菲，竟然变成了他的妻子，他们还有了一个儿子。这些人和事打乱了赖特的行程和心绪，等到他在星期四去音乐厅演讲并演奏的时候，却发现舞台下面空空如也，连座位都已经被拆除了。

这部小说应该是石黑一雄的小说中的一个异数，有着离奇的情节和荒诞的、非逻辑的、超现实的风格。那些飞来横祸一样的夸张遭遇包围着主人公赖特，也使读者不断地感到惊奇。显然，主人公似乎来到了一个卡夫卡所营造的世界，每个人都需要别人安慰，但是，每个人都面临着自己去解决的问题。

石黑一雄在谈到这本书的时候说："让人物出现在一个地方，在那儿他遇到的人并不是他自己的某个部分，而是他过去的回声、未来的前兆、他害怕自己会成为什么样子这种恐惧的外化。"他已经把话讲得很明确了。可以说，小说的情节更像是主人公的一次梦游，在梦游中，赖特发现了一个可能的世界，一个时间错位与并置的世界，一个和他的过去与未来相遇的世界，不过，我觉得小说的荒诞性和超现实性也使小说的能指和所指之间有些错位，使小说丧失了清晰和透明的感染力。

眺望远东

石黑一雄如同一个书写记忆的行家，他注定将与东方纠缠不休。

2000年，在新千年即将开始的年份，石黑一雄出版了他的第五部小说《上海孤儿》。这一次，他动用了家族的隐形记忆，以眺望的方式书写了一个新故事。在20世纪30年代，石黑一雄的祖父曾经来到上海，打算在这座当时的世界大都会和商业中心城市开办一个丝织工厂，最终，他失败了，然后回到了日本。

小时候，石黑一雄曾经在祖父遗留下来的照片中看到了祖父当年在上海的模样。照片所显示的时间漫漶、事物陌生、经历残缺，都让小小的石黑一雄震惊，给他留下了难以磨灭的印象和想象的空间。于是，多年之后，祖父的经历被他结晶为小说《上海孤儿》。但是，在小说中，他并没有以自己的祖父作为主人公，而是写了一个英国孩子的成长。在 20 世纪 30 年代，英国孩子班克斯在上海度过了自己的童年，可他的父母亲在上海离奇地失踪了，从此，班克斯就成了一个孤儿。回到了英国之后，他下决心成为一名侦探，并且打算揭开父母亲失踪的谜底。于是，他重新回到了上海，开始调查真相。班克斯来到了上海，此时正是二战爆发前夕的 1937 年，经过一番调查，他发现，父亲并不是像他原先认为的那样，因为对自己从事的鸦片贸易感到耻辱而离开了公司，而是因为一个女人的吸引而离开了班克斯的母亲，母亲随后也消失在战乱之中的上海。在小说的最后一章，1958 年 11 月 14 日的伦敦，叙述者终于在香港的一家修道院里和母亲见面了，但是母亲的神志已经出现了问题，并不认识眼前的儿子。他明白了，现在，他获得的一切，都是建立在母亲的苦难之上，个人的努力在历史的无情面前都是渺小的。

《上海孤儿》延续了石黑一雄擅长的第一人称叙事方式，在小说中，最动人的也许不是这个怀旧故事，而是旧上海和旧伦敦交相辉映的景物和气息的描绘，片段式的回忆和对历史现场的模拟使小说充满了旧照片一样的神奇效果。虽然，时间使家庭人物关系、婚姻的冲突和背叛都被化解，但是，历史造成的悲剧仍旧令人动容。小说中描述的人性温暖也是小说打动人的地方。这部小说对于石黑一雄来说，是一个写作上的挑战，使他能够不断地开拓创作题材，创造了一种国际化的小说风格。

到目前为止，石黑一雄的 6 部小说都是用第一人称来叙述的，这顺应了 20 世纪大部分的现代小说对人物内心的关注和对自我的挖掘，同时，第一人称的叙述并不是全知全能的视角，是当事人的有限视角，因此，石黑一雄在运用第一人称叙事上十分精当。他的叙述语调也很有特点，很善于模仿不同的主人公的语感甚至是语言，用舒缓的、慢节奏的叙述，来讲述时光早就消失了的故事和消失在时光里的人物。

一种国际化小说

石黑一雄保持着 4 年左右出版一部小说的速度，使他能够稳步地获得关注。2005 年，他出版了第六部长篇小说《千万别丢下我》。从汉译的小说题目上看，似乎有些矫情——在汉语的语境里，这个"千万别丢下我"属于一种弱者的请求，显得比较小气和柔弱，似乎不是一部好小说应该叫的名字。小说依旧是第一人称叙事，讲述者是一个叫凯蒂的寄宿学校的护理员，她 31 岁，小说的时间背景是 20 世纪 90 年代的英格兰。

在那所寄宿学校里，有很多学生，他们被校规严格管理，学校的纪律很严明，大家一起生活在一个封闭的小空间里。但是，奇怪的是，这些学生似乎都没有直系亲属，从来都没有父母、亲人前来探望他们。似乎有一种特殊的遭遇在他们身上发生，有一种必然的命运在等待他们。最后，他们明白了，等到他们长大了，都要做一段时间的护理员，然后就要给需要的人捐献身体的器官。在多次的捐献之后，他们的生命也就完结了。

这部小说的情节显然带有幻想性和虚构性。从报纸上，我得知一些黑心的家伙利用弱智人的缺陷，强迫他们在砖窑里干活，也知道有人专门从事拐卖儿童的犯罪行径，但是，一所寄宿学校培养学生的目的就是为了捐献器官，这就是石黑一雄的超人想象了，在现实中很难发生。小说涉及了爱情、真相和潜在的暴力，涉及到了死亡等问题的终极追问，但是，小说的故事本身却因为没有现实的依托而显得空泛。

这是石黑一雄的几部小说中最让我失望的一部——无论是小说的题目还是小说的故事情节，都是我不喜欢的，它散发着一种虚饰的、矫揉造作的感觉，其叙述的语调和要表达的东西都显得过于精致，那么残酷的人物命运被雅致的语言所讲述本身就不很协调。也许是因为语种和文化的差异，使我产生了这样的感觉，我想，石黑一雄的优点和缺点都是过于细腻，他要是粗鄙一些就好了。因此，这部作品更像是石黑一雄在书斋里困兽犹斗地凭想象写出来的平庸之作。

但是，无论如何，石黑一雄对当代英语文学的贡献都很独特，他的文学观念也很明确，因为他特殊的文化背景和血缘出身，使他具有了一种跨文化的视野和经验。他的文学观念，明确地说，就是写出一种国际化的小说。对此，他说："我是一位希望写作国际化小说的作家。什么是国际化小说？简而言之，我相信国际化小说是这样一种作品：它包含了对于世界上各种不同文化背景的人们都具有重要意义的生活景象。它可以涉及乘坐喷气式飞机穿梭往来于世界各大洲之间的人物，然而，他们又可以同样从容自如地稳固立足于一个小小的地区。

"所谓写作国际化作品的小说家，具有多种含义。他不该僭越读者的知识范围。例如，他描绘人物之时，不可借助于他们所穿衣服或他们所消费的商标的名称；这类情节除了很狭窄的圈子内的读者之外，对于其他人都是毫无意义的。他也不能依赖巧妙的语言手法，特别是双关语，因为不能指望对此作出传神的翻译。在我看来，任何一位作家，如果认为他自己所使用的文字是世界上惟一的文字，那么他的读者极为有限是理所当然的。最为重要的是：他必须能够鉴别那些真正为国际读者所关心的主题。

"这个世界已经日益变得国际化，这是毫无疑问的事实。在过去，对于任何政治、商业、社会变革模式和文艺方面的问题，完全可以进行高水准的讨论而毋庸参照任何国家的相关因素，然而我们现在早已超越了这个历史阶段。如果小说能够作为一种重要的文学样式进入到下一个世纪，那是因为作家们已经成功地把它塑造成为一种令人信服的国家化文学载体。我的雄心壮志就是要为它作出贡献。"

石黑一雄以他的 6 部长篇小说，建立了一个国际化的题材和想象的文学世界，他非常善于从已经消失的时间和世界里重新打捞记忆，并且把人性的表现深刻地呈现在历史的深处，笔法细腻生动，情绪饱满，张力无限，氤氲弥漫。他还结合了日本文学中的美学风格，将东方和西方的文学传统嫁接起来，创造出一个只属于他自己的小说世界。这个世界，远看似乎十分清晰，等到你靠近的时候，它似乎又是一团浓重的迷雾。

享誉世界文坛的「世界主义」作家石黑一雄

寻觅旧事的圣手

阅读书目：

《上海孤儿》，陈小慰译，译林出版社 2002 年 1 月版

《长日留痕》，冒国安译，译林出版社 2003 年 7 月版

《千万别丢下我》，朱去疾译，译林出版社 2007 年 8 月版

穿越全球文明的冲突地带

——"无国界"作家的代表人物维·苏·奈保尔

维·苏·奈保尔是印度裔英语作家中的佼佼者,阅读他的作品,你会感到整个当代世界在你的面前徐徐展开。跟随那些离散者的脚步,我们逐渐看清了人类所居住的所有大陆的清晰轮廓。2001 年,他荣获诺贝尔文学奖。

大街上的孩子

我记得,早在二十多年前,维迪亚达·苏莱普拉沙德·奈保尔就被英国某评论家称为是"没有写过一句败笔的作家"。对于一个在世的作家,这样的评价相当高了。几十年间,维·苏·奈保尔的足迹遍布世界,其见识之广,视野之开阔,都是在世作家中十分罕见的。因此,他长久以来一直是诺贝尔文学奖强有力的候选人,在 2001 年他终于众望所归地摘得了这个奖项。早在 20 世纪 70 年代,自他发表长篇小说《游击队》之后,在英语世界的很多读者和评论家看来,维·苏·奈保尔就已经是一个当代经典作家了。

维·苏·奈保尔祖籍印度，1932 年他出生在拉丁美洲加勒比海地区的岛国特立尼达和多巴哥共和国。这个名字拗口的国家的人口总数只有一百多万，绝大多数是黑人和印度人，宗教信仰是天主教和基督教。特立尼达和多巴哥自 1814 年开始沦为英国殖民地，经过了漫长的被殖民统治时期，1962 年独立后成为英联邦国家成员，经济支柱主要是石油产品和一些海产品。

1880 年，维·苏·奈保尔的祖父作为劳工，从印度移民到了加勒比海的小安德列斯群岛。据说，他祖父出身于印度最高种姓——婆罗门阶层。到了维·苏·奈保尔的父亲这一代，又从乡下到了西班牙港生活，一开始他在一家报社当记者，结婚生子并勉强维持家庭，还怀有当作家的梦想，努力地拉扯孩子们长大，对儿子维·苏·奈保尔寄予厚望，但是他自己的作家梦始终没能实现。

奈保尔在特立尼达和多巴哥的首都西班牙港度过的童年和少年时期，给他留下了难以磨灭的印象，尤其是他早年生活的一条大街，最终化身为"米格尔大街"，成为他一部短篇小说的素材源泉。1948 年他就读于西班牙港女王学院，1950 年，18 岁的维·苏·奈保尔获得了一份奖学金后，前往英国伦敦，在牛津大学攻读英语文学。从穷乡僻壤来到了繁华的伦敦，他感到一切都是那么的新鲜和刺激。在大学里，他勤奋学习，尤其对英语文学下了很深的功夫来研读。从大学毕业之后，他做过英国广播公司的编辑、《新政治家》杂志的评论员等工作，在英国待了下来。由于一开始在新闻机构和政治评论性杂志工作，他惯于从了一个犀利的批判视角，去观察审视当代世界的政治、经济和社会文化的冲突。

1955 年，他正式定居在英国。之后，他不断地从英国出发，足迹遍布全世界。他尤其喜欢去一些不同文明的冲突与融合的地带，像非洲、中东、南美、美国、加拿大和南亚的印度、巴基斯坦、印度尼西亚、马来西亚等等国家和地区，并用笔写下了对于这个世界的全部印象。

维·苏·奈保尔之所以后来成为一位大作家维·苏·奈保尔，是因为特立尼达和多巴哥这个岛国本来就是一个融合了黑人文化、印度文化和北美及西班牙文化的混合文化的国度，在那样的地方长大，维·苏·奈保尔自然就有一种天生的多元文化意识。而在后来的环球旅行当中，他更是能够在发达国家和不发达国家、第一世界和第三世界、伊斯兰社会和基督教社会、印度和英国的对比中，找到了文化的差异和类同，能够去雄心勃勃地描绘 20 世纪人类生活的全景图画，写出了人类文明冲突地带的复杂景象。

维·苏·奈保尔是一个多产作家，至今已经出版了三十多部作品，其中，一半是小说，一半是非虚构作品，质量都属上乘。在他的非虚构作品中，游记又占有很大分量，游记和小说这两种文体在他的作品序列里是等量齐观的。阅读维·苏·奈保尔，我总是可以感觉到他的愤怒和讽刺，以及人道主义情怀和丰富的想象力。他以角度别致的作品，拓展了英语文学的疆界，成为所谓的"后殖民文学"、"离散作家"、"无国界作家群"的代表作家。

维·苏·奈保尔的处女作是长篇小说《灵异按摩师》，出版于 1957 年。这是他自牛津大学毕业之后，窝在伦敦的一个穷亲戚家的地下室里写出来的东西。小说的篇幅不大，以特立尼达和多巴哥作为小说的地理背景，讲述了一个叫甘涅沙的乡村按摩师的故事。这个按摩师以能够包治百病作为幌子，给很多人治病，奇迹般地使一些人痊愈，因此使自己带有了神汉和地区明星相混合的光环。而且，这个狡猾、聪明的按摩师很会经营自己，他借助大家对他的盲目信服，逐渐地走到了那个岛国社会的中心——他开始写书，到处演讲，后来竟然成了国会议员，还获得了大英帝国的勋章。

小说是以第三人称的角度来叙述的，叙述语调平实缓和，耐心地将岛国的气氛和按摩师甘涅沙本人的奇特经历呈现出来，带有 19 世纪英国小说的传统叙事风格，并隐含一种温和的讽刺和滑稽荒诞的感觉。

1958 年，维·苏·奈保尔出版了自己的第二部长篇小说《艾薇拉的投票权》，继续描绘特立尼达和多巴哥的特殊人文环境，以一个名叫艾薇拉的女人的政治境遇，来折射那个加勒比海岛国的社会制度困境，带有令人啼笑皆非的荒诞感。这两部小说都是维·苏·奈保尔的起步阶段的作品，比较平实质朴，也呈现出他鲜明的个人风格，那就是，一些诸如印度、特立尼达和多巴哥、殖民地、穆斯林、移民、多元文化等他后来小说中的关键词汇，当时就已经成为这两部小说中重要的字眼了。

其实，维·苏·奈保尔动笔最早的小说是短篇小说集《米格尔大街》。但是，这部小说集的出版时间是 1959 年，按照出版顺序算是他的第三本书，该书出版之后获得了英国的毛姆小说奖。我认为，它是我们了解维·苏·奈保尔的重要入门书。它的中文译本早在 1992 年就由花城出版社出版了，在他获得诺贝尔文学奖之前，这是他唯一一本中文译本。《米格尔大街》带有系列小说的特征，描写了西班牙港一条街上的人和事，书中的人物都是小人物，几十个人物栩栩如生，他们生活在一个十分闭塞的小地方，却觉得自己生活在天堂里。他们都有着令人啼笑皆非的命运和遭遇、生活的喜乐和困境。《米格尔大街》具有串珠式和橘瓣式小说的形式感，我猜测这部小说的形式感也许受到了美国作家舍伍德·安德森的《小城畸人》，或詹姆斯·乔伊斯的小说集《都柏林人》的启发。《米格尔大街》的叙述扎实，语言平实，情景生动活泼，刻画人物的细节准确生动，寥寥几笔就把一个人写活了，全书弥漫着奈保尔的人道关怀和善意的讽刺，实在是 20 世纪短篇小说中的珍品。每次有朋友要找短篇小说作为范例，我就给他推荐这本小说集。

维·苏·奈保尔不到 30 岁就凭借上述三部小说在英语文坛上显示了他卓越的写作才能，完成了他的初试啼声。很快，他就进入到自己写作的第二个阶段。

1961 年，他出版了长篇小说《毕斯沃斯先生的房子》，这是他早期重要的一部长篇小说。《毕斯沃斯先生的房子》的创作灵感，来源于他的父亲——他的父亲是一个想当作家的记者，但是，他在那个岛国上的命运是悲凉的，一生都在为生活奔忙，在为房子努力，被各种生活琐事所困，最终没有能成为一个作家。因此，小说描写的，就是类似维·苏·奈保尔的父亲这么一个小人物的命运和挫败感。维·苏·奈保尔的父亲西帕萨德死于 1953 年，很可惜，只要他再等上 3 年多一点，他就能看见儿子成为一个作家了。因为，1957 年，他儿子的第一部小说《灵异按摩师》就出版了。西帕萨德一生都想成为一个作家，也希望儿子维·苏·奈保尔能够成为一个作家，并且坚信这一点。1975 年，成名之后的维·苏·奈保尔在英国一个出版商的帮助下，终于出版了父亲生前留下的唯一一部小说集，算是了却了父亲的遗愿。

长篇小说《毕斯沃斯先生的房子》描述了特立尼达和多巴哥的一个印度裔家庭的生活。毕斯沃斯是这个家庭的主人，作为印度移民的后代，他有着远大的理想，总想着要有一番抱负，但是，却受到了社会环境的严重限制。他一生都在为能够有一幢自己的房子而努力，他营建的第一幢房子被种植园的工人烧毁了，第二次建造的房子被他在烧荒的时候不慎烧掉了。最后，他离开了乡下种植园，来到了特立尼达和多巴哥的首都西班牙港，在那里，他在一家报社干起了记者，地位不高，却十分努力，最终买了一幢属于自己的房子，却因为负债和压力过大，心脏病发作去世了。

小说给一个卑微努力生活在这个世界上的小人物画了一幅细致的画像。在阅读这部小说的时候，读者很容易感受到作者叙述功底的扎实、细节和环境描写上的周到细致。如同电影慢镜头和工笔画一样，他带领我们来到了一个特定年代的特立尼达和多巴哥，在45万字中文的篇幅里，详细地描绘了毕斯沃斯先生——他父亲的化身——的命运和遭遇。这部小说显示了维·苏·奈保尔完美地继承了19世纪英国现实主义大师狄更斯卓越的写作技巧，并且将之发扬光大了。这部小说后来还被美国一家报纸评选为"20世纪100部最佳英文小说"之一。

"幽暗的国度"

维·苏·奈保尔的游记和随笔作品占了他全部作品的一半，说明了他在非虚构作品体裁方面获得的成就。我觉得，他的游记所取得的成就是他获得诺贝尔文学奖的一个重要因素，因为，他的游记不是那种简单的所游所记，而是对所到国家和地区的文化、社会、政治和历史的精确观察和描述，是对他所游历的那些世界文明的冲突地带的历史和现实进行深入思考和犀利批判的文化著作，拓展了一般游记的概念，把游记这种文体提升到一个新的高度。我觉得，除了塑造出20世纪全球移民独特形象的那些小说，奈保尔对游记的新发展贡献了巨大才华，他的游记是将纪实风格的现场采访、历史探询、哲学、宗教和社会学思考相融合的一种新文体，是对 20 世纪文学文体的一大贡献。因此，要想全面了解维·苏·奈保尔所创造的文学世界，必须要研读他的那些非虚构的游记作品。

1962 年，他出版了长篇游记《中间通道：对五个社会的印象》，第一次展示了他在游记方面的写作水平。这是一本专门描述西印度群岛地区的五个小国家的历史、文化、政治与命运的游记。这个地区一些小国家在摆脱了旧殖民者之后，所选择的道路并没有给人民带来幸福和安宁，欧洲老牌的殖民主义者英国、法国和荷兰带给这个地区的文化、政治和经济后遗症非常明显，至今没有消退。维·苏·奈保尔毫不掩饰地表达了他对此种状态的批判态度，同时，这五个国家刚好处于贩奴时代从非洲经过大西洋到达美洲的航道的中间位置，因此才取名"中间通道"，暗示这些地区现在处于世界的尴尬位置。

维·苏·奈保尔是一个左右手都能写的作家，左手刚刚完成了游记《中间通道：对五个社会的印象》，右手就写出了长篇小说《史东先生和骑士伙伴》。小说出版于 1963 年，他把小说的背景第一次放到了伦敦这个他逐渐熟悉起来的大城市，描绘了一个叫史东的老年人的生活状况。史东先生是一名图书管理员，他在 62 岁这一年遇到了一个寡妇，两个人萌发了爱情。他们结婚之后，史东先生感到自己的年纪越来越大，对岁月和人生的留恋也更加迫切了，于是，他就组织了"骑士伙伴"这么一个关怀退休人员的组织，去慰问那些孤独老朽的退休者，并且获得了大家的赞许。

小说中弥漫着一股温暖的暖色调，叙述语调舒缓平和，将一个老年人对岁月流逝的感觉传达得十分真切。写这部小说时的维·苏·奈保尔刚 30 岁出头，他竟然能将老年人的心理状态描绘得如此逼真。但是，从他的整体创作来说，这部小说很一般，其题材多少也显得有些突兀。不过，也许写这部小说是为了证明他也能写英国背景的小说。小说后来获得了英国霍桑登奖，这给了他一些信心。

20 世纪 60 年代以后，维·苏·奈保尔花了很多时间在全球各地旅行。他穿越了今天仍旧是战乱频繁的非洲，穿越了人类文明发祥地之一的两河流域，穿越了他的祖籍之国——印度，写下了关于这些地区的游记，将这些地区的文化冲突、社会矛盾和复杂的前景进行了毫不遮掩的展现和批判，犀利地表达了他的文化忧虑。

关于他的祖籍之国印度，在近 30 年的时间里，他前后写了三部游记：1964 年，他出版了《幽暗国度：记忆与现实交错的印度之旅》，到 1977 年，他又出版了《印度：受创伤的文明》，1990 年，他出版了这个系列的最后一部《印度：百万叛变的今天》。

仅仅从书名上，我们就可以判断出，他对印度的热爱，以及深切的忧思和毫不留情的批判。我常常拿他的游记来和一些散文作家的游记比较，我们的一些作家往往以旅游小册子作为资料，在那些资料的基础上进行文学的加工改写，发一点肤浅和矫情的感慨，把篇幅拉长，然后就成了"大文化散文"。这样的写作实在缺乏良知、深度和批判精神。而维·苏·奈保尔的游记能够展现出一个社会的现实和历史的深广度，体现出现代知识分子的大无畏的批判精神。尤其是他关于印度的这三部游记，是他多次到印度进行深度观察并以大量的历史材料作为素材所构筑的宏篇巨制：1962 年，维·苏·奈保尔第一次踏上了印度的国土，在印度主要的城市游历，并且回到了他祖父的故乡。但是，他的所见所闻令他感到失望和震惊，印度的落后、贫穷、愚昧使他感到了疏离，甚至感到了愤怒。于是，在《幽暗国度》中，他以尖酸刻薄的语调书写了自己对祖籍之国的这种恼恨。阅读他这本书，有时候觉得他像一个画家，他细致地描绘了风景中的人群和他们的生活状态。

1975 年，在甘地夫人颁布了紧急状态令之后，奈保尔再次来到印度进行了一番观察体验后，他写出了《印度：受伤的文明》。这一次，他从印度文明的成因出发，将印度现实的独特境遇描绘了出来，笔法依旧保持了讽刺和警觉，将发展中国家印度的困境以及文化上的尴尬和无所适从逼真地描绘了出来。

1988 年，他第三次来到印度，采访了大量的印度当代人，自己则扮演了一个聆听者的角色，把印度当代人的声音记录了下来，写成了对印度现实和历史的口述之作《印度：百万叛变的今天》。他的关于印度的此系列游记，是我们了解印度历史与文化的最佳参考书籍。他不仅以自身的游历作为主线，还将小说的技巧也运用出来，纵横开阖地在历史和现实的天地间往来，使游记具有了巨大的力量。我想如果我去印度旅行的话，我一定会带上他的这三本书。

1967 年，维·苏·奈保尔出版了两本小说：短篇小说集《岛上的旗帜》和长篇小说《模仿人》。这两部小说的题材又回到西印度群岛，他继续探讨特立尼达和多巴哥人独特的生存状况。在小说集《岛上的旗帜》中，他继续运用在《米格尔大街》中所使用的写作技巧，以冷静的语调、白描的手法和略带嘲讽的口吻，塑造了一群目光短浅但却想改变命运的岛民们。长篇小说《模仿人》中，塑造了一个加勒比海某个岛国的失意政客形象。这个印度裔的政客叫辛格，他在伦敦回忆自己的生平：年轻的时候，他准备投身到政治生活当中，但是却因在时代的漩涡中不能掌握自己的命运而失败了。小说探讨了 1962 年独立之后的特立尼达和多巴哥的政治处境。虽然已经获得了独立，有了国家意识和自身的文化特性，但是，无论是经济、政治还是外交，这个岛国都无法摆脱过去的宗主国英国的影响，而这种影响也投射到像辛格这样心怀大志最终却碌碌无为的人身上。

1969 年，他出版了一部将游记和历史研究综合起来的著作《黄金国的沦亡》，这一次，他把目光投向了特立尼达和多巴哥的遥远历史，将这个地区的历史命运与寻找新大陆、寻找黄金国度的欧洲人的历史联系起来，探讨了加勒比海岛国的历史文化成因，以及走向现代化的艰难历程，是一次对历史遮蔽的去蔽，是对殖民主义者留下的遗产的一次清算。

世界的裂缝

维·苏·奈保尔很快迎来了他的创作高峰期，这个高峰期，我看是从 20 世纪 70 年代初到 80 年代末期，前后延续了 20 年的时间。1971 年，他出版了长篇小说《自由的国度》，这部小说的结构看上去更像是一部中短篇小说集，可实际上，这部小说是由不同的主人公以相互关联的口吻叙述所构成的一个整体。

小说分为五个部分，描述的都是到异国他乡创业的人的故事：一个加勒比海青年到达伦敦，两个白人来到了到处都是敌意的非洲，一个印度厨师到达美国华盛顿，叙述者本人在小说的开头部分和结尾部分来到了中东，经历了以色列和巴勒斯坦的冲突和血腥的战争。小说形成了结构上的向心力，在娓娓道来、不显山不露水的叙述语调中，呈现出这个到处都是文化冲突和敌视的世界的真实面貌。

维·苏·奈保尔似乎是从全世界取景，在几个带有特殊人物形象的取景器里，对人类生存的状况作了描绘。小说中，似乎每个身在异国他乡的人都和所处的环境格格不入，但是，他们为了新生活又不得不背井离乡。这种两难的处境，正是二战之后逐渐兴起的全球移民大潮所带来的社会问题。维·苏·奈保尔非常敏感地率先将这种世界处于文化裂缝的境况描述了出来。

《自由的国度》因其开阔的视野和忧思的情怀，获得了英语文学最高奖布克小说奖，从此，他进入到一线英语小说家的行列。1972年，维·苏·奈保尔出版了一本随笔集《过分拥挤的奴工营》，选取了他的几篇探讨当代世界生存状况的长篇散文，表达了他对一些文化和政治问题的看法。维·苏·奈保尔怀有一颗济世之心，他把整个世界形容为一个过分拥挤的奴工营，猛烈地批判和分析这个不公不义的世界到底是如何形成的。

长篇小说《游击队》是奈保尔最重要的小说之一，它出版于1975年，小说的情节生动紧张，描绘了一个虚构的加勒比海国家爆发了革命，最后，政府军和游击队之间展开了持续的战争，社会陷入战乱。小说塑造了加勒比海地区的多元文化所孕育的三个人物形象，他们血统复杂，有黑人、白人、华人和印度裔血统，都有一种莫名的漂泊感和文化上的无根感。最后，他们率领的游击队在与白人政府的斗争中失败了，主人公遭到了灭顶之灾，革命的最终命运就是彻底覆灭。《游击队》讲述了加勒比海国家的人民寻求自由独立的艰难，也描述了解放运动的局限性。小说出版之后，在美国获得了绝佳的评论，《纽约时报书评周刊》发表了一组文章来评价这本书。

这个阶段的维·苏·奈保尔十分关心世界政治。1975年印度实施了紧急状态，他就立即赶到了印度，如我前面所说的，他于1977年出版了《印度：受伤的文明》，这本书引起了印度政界人士的不快。但是，奈保尔可不管这个，他注定要经常冒犯第三世界的统治者，他走到哪里，都是拿着放大镜在挑毛病。

1979年，他出版了长篇小说《大河湾》，通过一个虚构的被战乱和军事独裁所袭染的非洲国家中一个小商人的命运，描述了非洲国家的整体命运。书中那个不知名的国家像是乌干达，它刚刚获得独立，内战也结束了，但是，一个终身制的总统开始统治国家。商人沙林是一个印度裔的穆斯林，他来到这个国家的一个海滨小镇，安分守己地做买卖，是一个恪守道德准则的人。但是，独裁总统开始施行严密的社会控制，逐渐影响到了沙林的生活。政治局势开始动荡，他的生命和财产都受到了威胁。最后，沙林选择了离开，因为他的生意越来越不好做了。在小说的末尾，起义军和政府军之间爆发了激烈战斗，这个国家重新陷入到战乱当中。

《大河湾》将视线投向了艰难地走现代化之路的非洲国家，在批判非洲有些国家的政治独裁和社会动乱方面，他是相当不留情面的。摆脱了殖民统治之后的非洲国家的独立并没有立即给人民带来和平和幸福，相反，更为复杂的种族暴力冲突又兴起了，死亡的悲剧每天都在上演。《大河湾》继续书写全球移民的悲情故事，维·苏·奈保尔把一种无根的飘零感扩散到了非洲。

在写了一部小说之后，他往往会接着出版一部非虚构作品。1980年，他出版了《埃娃·庇隆的归来以及特立尼达的杀戮》，这是一部记录他在阿根廷见闻的游记作品，他将阿根廷的社会现实和文化焦虑感清晰地表达了出来。1981年，他出版了游记《在信徒们中间》，将他在伊朗、巴基斯坦、印度尼西亚和马来西亚旅行的感受，结合他对这几个伊斯兰国家的历史、宗教、文化和社会现实的分析，结构成一部文化巨著。

1984年，奈保尔出版了一本篇幅不大的论著《寻找重心》，里面只收录了两篇长文，一篇是长达几万字的关于写作技艺的随笔。在这篇结合他自身写作经验的文章中，他探讨了在20世纪写作小说的目的、意义、方法和技巧。从他的夫子自道可以看出，他对英国传统现实主义情有独钟，尤其对狄更斯更是推崇备至。在狄更斯的时代里，读小说就是一种消遣，狄更斯甚至可以同时为几家报纸撰写连载小说，他的小说臃肿拖沓。可在维·苏·奈保尔看来，狄更斯的小说带有强烈的冲击力和对社会的不懈的批判精神。另外一篇文章是他在象牙海岸——后来改名叫科特迪瓦——游历后写下的游记作品。两篇文章之间似乎有着一条裂隙，就如同他一直在观察和分析着的这个世界的裂隙。

抵达的谜底

1987年，维·苏·奈保尔的长篇小说《抵达之谜》出版了。这是他非常重要的一部小说，在诺贝尔文学奖的答谢辞中，他也提到了这部小说，可见其重要性。

《抵达之谜》分为5个部分，是用倒叙手法来叙述的，小说以一个过来者的口吻在讲述，实际上，这个叙述者就是作家本人的化身。小说将主人公的经历以画同心圆那样的手法展开叙述，而作者和主人公本人也一起经过了由游移到确定、由漂泊到定居的过程，深刻分析了他这个外来移民和宗主国英国之间的爱恨关系。和奈保尔一样，叙述者从加勒比海地区出发，来到英国求学，后来又获得了英国的居留权，并开始从英国出发在全世界漫游。最终，叙述者在英格兰乡下定居下来，找到了安身的幸福感。

小说带有强烈的自传性，奈保尔作为来自旧殖民地的移民的愤怒、不平和自卑感都消失了，这些感觉在英国的多元文化交融的人群中，已经被各种肤色和语言以及行色匆匆的背影所取代了。看来，心怀愤懑情绪的奈保尔，最终与殖民宗主国和解了。不过，在他的笔下，即使是对英国美丽乡间的如诗如画的描述，也可见到一种沉闷、僵硬和衰败的景象，小说弥漫着一种淡然的哀伤，一种凭吊气息。奈保尔把全世界的景象都纳入到他写作的题材范围之内，这种气魄前所未有。

1989年，一生都喜欢旅游的他出版了游记《南方一瞥》，记述他在美国南部省份的见闻。他看到的同样是一个日渐衰败的、类似福克纳笔下的景象——虽然种族主义消失了，南方种植园阶层也不见了，但历史留下来的却是黑洞一样吸食一切的东西。1990年，奈保尔被英国女王册封为爵士，真正成了一位成功打入英国上层社会并拥有贵族头衔的文化名流了。

1994 年，奈保尔意犹未尽地继续书写移民身份在异质文化中的游移和漂泊这个主题，出版了长篇小说《世间之路》。在这部小说中，他将自传、游记和历史研究三者完美地结合在一起。从历史中，他发掘出那些曾经到达加勒比海地区的欧洲人的踪迹，对他们的生平进行了探寻；从现实中，他表达了全球化时代里的移民们为了寻找新生活而自我放逐的那种疏离感；从自我出发，他对自我身份的怀疑最终得到了一种确认。《世间之路》里弥漫着一个寻找者、发现者面对人类普遍生存境遇时的那种迷惑和哀愁，是《抵达之谜》的继续和新发展，共同构成了奈保尔最重要的小说作品。

1998 年，奈保尔出版了游记《超越信仰》，这是他在 1981 年出版的游记《在信徒们中间》的姊妹篇。《超越信仰》描绘了他再度在伊朗、巴基斯坦、马来西亚和印度尼西亚这四个亚洲伊斯兰国家旅行的见闻。他从对一些人物多年的追踪和观察入手，描绘了这些国家在文化上的撕裂感和走向现代化的艰难过程。

阅读这本书，我钦佩他深入到陌生的国度里还能深刻地体验那个国家的社会生活的勇气，他在这方面似乎有着超凡的能力。在游记中，他描写了小到老百姓，大到最高统治者的群像，他像一个进行精准报道的记者，一个精通历史的学者，一个言语尖刻的讽刺作家，一个有着浪漫满怀的诗人，把游记写成了深广度惊人的、难以归类的作品。

1999 年，奈保尔又出版了书信集《父子通信集》，收录了当年他在伦敦求学期间和父亲的通信。我想，声誉日隆的他出版这部书信集，显然意在缅怀他的父亲，因为他父亲对他寄予了厚望，年仅 47 岁就怅然去世了。在书中的那些信件里，我们可以看到一个踌躇满志、并不知道世界险恶的初生牛犊维·苏·奈保尔，艰难地在伦敦求学。如今，一个来自旧殖民地的穷小子，最终获得了英国的文化认同并被封为了爵士，他可以以这本书告慰父亲的在天之灵了。

进入新千年之后，维·苏·奈保尔放慢了自己写作的步伐，但仍旧具有创造的活力。

2000 年，他出版了一部讲述读书和写作经验的散文集《读与写》，无私地和读者分享了他的阅读经验与写作的秘密。

2001 年，他又出版了一部长篇小说《半生》，继续以半自传的方式，结合他父亲和他的亲身经历，讲述了一个作家从加勒比海的岛国来到了英国，成年之后又带着拥有葡萄牙血统的妻子移居非洲的故事，描绘一个人半生漂泊在世界上的故事。我感觉这部小说在表现力和感染力上都弱于《抵达之谜》和《世间之路》，其探索的主题有重复感，不过带有了新千年来临的时代感。在如今全球化的浪潮中，反全球化的声浪越来越高，《半生》所表达的人生感喟，要更加的复杂和生动。

2001 年 10 月，一个历史性的时刻到来了：维·苏·奈保尔当之无愧地获得了当年的诺贝尔文学奖。在瑞典文学院颁布的授奖辞中，是这样描绘他的："他独辟蹊径，不受文学时尚和各种流行模式的影响，从现存的文学类型之中创造出他自己的独特风格，以小说叙述而论，自传因素和纪实文学在奈保尔的写作中融为一体，并不总是能够发现哪种因素居于主导地位。"

可以说，奈保尔创作出了现代人缺乏归属感的新小说，描绘了这个分崩离析的时代状况，也因此而成为最敏感、视野最开阔的当代小说家。

奈保尔老骥伏枥，继续耕耘，2004 年，72 岁的他出版了长篇小说新作《魔种》，并且宣布，这是他的封笔之作，因为年迈的他感觉已经没有精力来创作新小说了。

小说《魔种》讲述了一个来自印度的 40 岁的移民威利的故事，他一开始在伦敦和西柏林生活，后来，他又来到了非洲寻找新的可能性。于是，小说的故事穿插在亚洲的印度、欧洲的英国和德国、非洲中部的战乱国家等三个地区之间，将印度人威利作为小说的主角，拿他当一个世界流浪汉，让他到处跑，并且经历半个世纪的混乱和各种人生的磨难，最终，他发现似乎有一粒魔种在自己的内心里发芽了。

《魔种》继续着奈保尔在自传和虚构、历史和现实、文化和宗教之间的比较与质疑，是一部不失水准的作品。维·苏·奈保尔曾经言辞激烈地说，长篇小说已经死亡了，自从狄更斯之后它就已经死了，现在似乎人人都可以写作长篇小说，但是长篇小说的精神已经死了。他推崇的作家，也没有一个是 20 世纪被公认的现代派的大家，比如乔伊斯、卡夫卡、普鲁斯特等等，他推崇的全部是 19 世纪甚至更早的一些欧洲文学巨匠——这是颇值得玩味的一种态度。

他还有一个特点，就是在自己的新书出版之前，喜欢开口骂人，据说，是为了宣传他的新书而吸引人们注意。2008年12月，一本爆炸性的奈保尔传记《世界是其所：奈保尔传》出版了，这本书描绘了奈保尔自高自大、对婚姻不忠和嫖妓的经历，展现了这个复杂作家的复杂性，引起了很大轰动。

维·苏·奈保尔是20世纪印度裔英语作家中的佼佼者。阅读他的作品，你会感到整个当代世界的画卷在你的面前徐徐展开，他那愤懑的情怀、尖酸的讽刺和忧伤的语调弥漫在他描写和塑造的流散于全世界的移民心中。跟随着那些离散者的脚步，我们也渐渐看清了人类居住的所有大陆的清晰轮廓和遍布其上的裂缝。

阅读书目：

《米格尔大街》，张琪译，花城出版社1992年9月版

《米格尔大家》，王志勇译，浙江文艺出版社2003年1月版

《毕司沃斯先生的房子》，余珺珉译，译林出版社2002年6月版

《灵异推拿师》，吴正译，上海译文出版社2008年1月版

《自由国度》，刘新民等译，上海译文出版社2008年5月版

《魔种》，吴其尧译，上海译文出版社2008年1月版

《幽暗国度》，李永平译，三联书店2003年8月版

《印度：受伤的文明》，宋念申译，三联书店2003年8月版

《印度：百万叛变的今天》，黄道琳译，三联书店2003年8月版

《河湾》，方柏林译，译林出版社2002年6月版

《抵达之谜》，邹海仑等译，浙江文艺出版社2004年1月版

《世间之路》，孟祥森译，台湾天下文化出版社2002年12月版

《超越信仰》，朱邦贤译，台湾联经出版社2003年12月版

《奈保尔家书》，北塔等译，浙江文艺出版社2006年1月版

《作家看人》，孙仲旭译，南京大学出版社2009年4月版

《浮生》，孟祥森译，上海译文出版社2010年4月版

摩耶生死观

——构造当代新神话的萨尔曼·拉什迪

　　萨尔曼·拉什迪的小说最神奇的地方，体现在现实和虚幻之间可以随意地转换。他形成了自己印度式的魔幻现实主义，也构建起了一个以印度和英语文学为出发点，并混合了其他元素的神奇宏阔的文学世界。

智慧神鸟

　　当今世界文坛上，尤其是英语世界的读者会发现，印度作家特别会讲故事，用英语写作的印度本土作家或者有印度背景的"无国界作家"越来越多。他们四海为家，走南闯北，不断地讲述那个南亚次大陆上的国度的传奇，这成为一个非常重要的文学现象。

　　在他们中间，萨尔曼·拉什迪是最杰出、最具有传奇性的小说家。他的作品所具有的巨大争议性，和他的人生遭遇的传奇性，给我们构造了一个当代作家的神话。

1989 年 2 月 14 日，欧洲人过情人节的这一天，萨尔曼·拉什迪也收到了一份礼物——一则死亡追杀令——伊朗当时的最高精神领袖霍梅尼下令，全世界的穆斯林都可以在任何地方以任何手段处死他，出版他的小说《撒旦诗篇》的出版商也在这个追杀令的范围之内。于是，后来就爆发了很多关于他和他那本惹祸的书的游行、抗议与暴力冲突，由此也导致了英国等西方国家和阿拉伯穆斯林国家之间的文化论战和决裂，萨尔曼·拉什迪也成为了由英国派专人 24 小时不间断保护的小说家。多年之后，伊朗总统宣布，已故的精神领袖霍梅尼的那则追杀命令"从来也没有被认真地执行过"，宣示了一种谅解的态度，萨尔曼·拉什迪本人也发表了和解声明。最近一些年，他出席国际文学活动就多起来了。不过，尽管他可能仍心有余悸，但是他却从来都不甘寂寞，无论是私生活还是每次出版新书，都会继续掀起一些波澜，制造一些新闻，并惹出一些官司和麻烦。

萨尔曼·拉什迪可以说是引领了 20 世纪 80 年代之后越来越突出的"无国界作家群"现象和文学大潮的领军人物。就像加西亚·马尔克斯把全世界读者的目光吸引到拉丁美洲一样，萨尔曼·拉什迪也将读者的目光和小说创新的主潮转移到了南亚次大陆，将小说的大陆漂移和文学创造的增长点强有力地转向了亚洲。

在 1947 年，印度和巴基斯坦同时成为独立国家的那年，萨尔曼·拉代迪出生在印度孟买的一个中产阶级家庭。他的祖父是一位著名的乌尔都语诗人，他的父亲则是一个信仰伊斯兰教的穆斯林商人，家境殷实，对文学也有着很强的鉴赏力。他的母亲也对印度历史有所研究，对自己的家谱的研究也很用心，这使得萨尔曼·拉什迪从小就能够在一种很好的文学氛围里成长，祖父和父母亲的文学修养，一直在滋养他。

1961 年，还在上中学的萨尔曼·拉什迪就被父亲送到了英国接受教育。在英国，从高中时代开始，他就开始面对面地接触纯正的英国文化，中学毕业之后，他进入到英国著名的剑桥大学攻读历史学，同时，还参加了学校里的戏剧社举办的一些演出活动。1968 年，21 岁的萨尔曼·拉什迪获得了历史学硕士学位，他回到印度，和父母亲一起迁居到巴基斯坦这个穆斯林占大多数人口的国家，只待了不到一年，他就又回到了英国，和一个英国女子结婚生子，从此就在英国定居了下来。

在英国，一开始，他主要靠撰写广告脚本谋生，但是他心里想的却是要成为一个作家。1975年，28岁的萨尔曼·拉什迪出版了他的第一部长篇小说《格里森姆》，这是一部篇幅不长的小说，是萨尔曼·拉什迪初试啼声之作，带有魔幻和科幻的色彩，讲述了一个长生不老的印地安人的故事。这个印地安人想寻找生命的意义，于是，他就迈上了寻找真谛的旅程。在后来的旅行中，他遭遇了各种各样离奇的事情，遇到了很多非常古怪的人，并获得了很多的见识和思想的结晶，寻找到一种人生的智慧。

这部小说类似那种史诗和传奇的现代变种，又有些像英国古典文学中的浪漫传奇"罗曼史"，因此引起了英语读者对这个不到30岁的印度移民作家的浓厚兴趣。小说的题目有些奇怪，其中暗含着一个隐喻："格里森姆"这个书名是"姆森里格"倒过来的书写，而"姆森里格"是古代波斯神话史诗中的智慧神鸟，非常会讲故事，早在12世纪，就有一位著名的波斯诗人写过一首描述这只神鸟的长篇叙事诗《百鸟之会》，因此，萨尔曼·拉什迪写这本小说，隐含了多重寓意。在这萨尔曼·拉什迪的第一部小说中，就呈现出他后来的小说更加突出的特点：基于印度文化的魔幻性和传奇性，用一种狂欢化的叙事语调和语言风格来讲述离奇古怪的人间故事，他本人就像是那只会讲故事的智慧神鸟的现代转世。

向《一千零一夜》致敬

萨尔曼·拉什迪真正出手不凡的作品，应该是他的第二部小说《午夜的孩子》，这也是他迄今为止最出名的小说，我觉得，可能也是整个20世纪最好的长篇小说之一。《午夜的孩子》一经出版，立即引起了巨大的反响，小说接连获得了英语最高文学奖布克小说奖、詹姆斯·泰德·布莱克纪念奖、美国英语国家联合会文学奖、1993年的25周年布克小说奖纪念奖、2008年的40周年布克小说奖纪念奖等多项大奖，萨尔曼·拉什迪也一鸣惊人地成为最为耀眼的世界文坛的文学明星。

这部小说翻译成中文在 50 万字左右，气势恢弘，场面宏大复杂，故事线索和人物众多，是一部雄心勃勃的作品，它在最近 30 年里重新树立起一个伟大小说的标杆——如果我们把一些重要作品的出现作为 20 世纪小说史不断转折的象征的话，那么，《尤利西斯》《城堡》《喧哗与骚动》《百年孤独》《午夜的孩子》等，就构成了带有转折意义的小说新标杆，也标示了一种创作伟大小说的接力棒不断地在欧洲、北美洲、拉丁美洲、南亚次大陆上被传递，由此可见《午夜的孩子》的重要意义。

《午夜的孩子》广泛地动用了萨尔曼·拉什迪的个人经验和家族历史的很多材料，小说展现了 20 世纪印度风云变幻的复杂历史，呈现出一种波澜壮阔和令人眼花缭乱的叙事效果。按照结构，《午夜的孩子》可以分为三个部分。在第一个部分里，小说的叙述者是一个叫萨利姆的青年，他和创作《午夜的孩子》的萨尔曼·拉什迪年龄相仿。萨利姆向一个叫帕德玛的女性（后来他们俩结婚了）讲述自家的身世，由此，构成了小说的全部叙述基调，标明了这是一部带有回忆和讲述性的小说。

小说是这样开头的："话说有一天……我出生在孟买市。不，那不行，日期是省不了的——我于 1947 年 8 月 15 日出生在纳里卡尔大夫的产科医院。是哪个时辰呢？时辰也很要紧。嗯，那么，是晚上。不，要紧的是得更加……事实上，是在午夜十二点钟声敲响时。在我呱呱坠地的时候，钟的长针短针都重叠在一起，像是祝贺我的降生。噢，把这事说说清楚，说说清楚——也就是印度取得独立的那个时刻，我来到了人世。人们喘着气叫好，窗外人山人海，天空中放着焰火。几秒种过后，我父亲把他的大脚趾给砸坏了；不过，他的这个麻烦同在那个黑暗的时刻降临在我身上的事情相比，就是小事一桩了，因为那些和蔼可亲地向你表示欢迎的时钟具有说一不二的神秘力量，这一来我莫名其妙地给铐到了历史上，我的命运和我的祖国的命运牢不可破地拴到了一起，在随后的三十年中，我根本摆脱不了这种命运。"

在萨利姆的讲述中，时间在不断地向过去深入，又不断地被拉回到他们的眼前，而这个眼前实际上在读者读到的时候也是过去时了。小说的第一部分是从 1917 年开始叙述的，讲述了萨利姆的祖父从德国归来，在印度北部的克什米尔地区行医的经历。他的女儿嫁给了一个穆斯林、皮货商人艾哈迈德，组建了一个小家庭之后，他们就搬到了德里经商，但是，在德里，他们的货栈遭到了反对穆斯林的印度教极端势力的袭击，货栈被烧毁了，他们无法再继续做生意了。于是，艾哈迈德带着妻子又来到了孟买，继续开拓新的生意。在 1947 年 8 月 15 日的零点，印度和巴基斯坦同时成为了独立国家的那个重要时刻，艾哈迈德和妻子的结晶——他们的儿子萨利姆出生了。萨利姆一出生，就接到了当时的印度总理尼赫鲁的贺信，贺信说，他是和祖国一起诞生的，他的成长将成为独立印度的历史印证。

这是小说的第一个部分，萨尔曼·拉什迪动用了他自己的家世材料，尤其是关于他祖父、父亲的一些生平，但又有所改造和挪移，虚构和创造。

《午夜的孩子》的第二个部分，则把叙述的重点放到了萨利姆的成长上，萨利姆可以看成是萨尔曼·拉什迪的一个化身，是从萨尔曼·拉什迪的体内分裂出来的另外一个萨尔曼·拉什迪。这个部分讲述了萨利姆的童年、少年，一直到他长到了 18 岁的这段岁月的故事。

这个时候我们才发现，原来，萨利姆实际上是一个印度下层说唱艺人的孩子，他刚出生的时候，在医院的产房里就被护士给弄错了，于是，他进入到一户穆斯林中产阶级的家庭，而艾哈迈德夫妇的亲生儿子，则跟着那个卖唱艺人到处奔波，卖艺为生，过着颠沛流离的生活。

小说描述了在 1947 年 8 月 15 日这一天的午夜，全印度一共出生了 1001 个孩子，这就是小说点题的地方：午夜出生的孩子的历史和后来不同的命运，构成了印度自 1947 年独立以来的历史。

这 1001 个"印度之子"很多都有特异功能，有的可以穿透镜子，有的则可以随意地放大和缩小自己的身体，有的还可以改变自己的性别。其中，有些孩子在出生的时候离午夜 12 点这个时刻越近，他的特异功能就越强大。比如萨利姆，他可以随意地进入到很多人的意识世界和内心，进入到他们的睡梦中，有着心灵感应的强大力量。这些在 1947 年午夜里出生的孩子，可以在萨利姆的心灵感应之下，于午夜 12 点之后都汇聚到他的头脑中开会，由他向他们发布命令和各种信息。在萨利姆 11 岁的时候，他当年在医院里被掉包的真相大白了，当年的医院护士、后来成为他家保姆的玛丽自己说出来了，于是，艾哈迈德夫妻之间就出

119

摩耶生死观

构造当代新神话的萨尔曼·拉什迪

现了裂痕，结果，萨利姆被母亲带走了，她和丈夫分居了。

此外，在萨利姆的个人生活之外，印度现代史上的诸多重要的历史事件在这部书中都有所呈现，并且在每个人物的命运中打上了烙印。比如，1962 年爆发了中印战争，在这场以印度宣告失败的战争过程中，分居长达 4 年的艾哈迈德和妻子终于和好了，萨利姆被父亲带着去做了一次关于鼻子的手术，结果，他的心灵感应功能消失，而硕大如黄瓜的鼻子可以嗅闻到人们内心的各种情绪，也就是说，他心灵感应的功能转移到了鼻子身上。随后，萨利姆全家离开了印度，迁居到了巴基斯坦的卡拉奇，小说的第二部分结束。

《午夜的孩子》的第三个部分，则是从萨利姆参军说起。他 24 岁的时候被派往东巴基斯坦执行任务，东巴基斯坦在印度的暗中策划和帮助下，独立为孟加拉国。萨利姆在混乱的局面中遭遇了生命危险，被巫女帕瓦蒂藏到了柳条筐子里带回了印度，一起来到了德里的贫民窟，在那里，他遇到了一个杂耍艺人，这个杂耍艺人是一个共产党员，受到了他的影响，萨利姆开始投身于政治运动。萨利姆后来和巫女帕瓦蒂结了婚，但是，他却不愿意和妻子圆房，巫女帕瓦蒂很生气，用魔法招来了印度军队中的一个上校湿婆，湿婆其实就是艾哈迈德夫妇真正的儿子，当年，正是护士玛丽把湿婆和萨利姆搞错了，掉了包。湿婆对萨里姆产生了影响，帕瓦蒂终于和丈夫有了性生活，他们的孩子在 1975 年印度总理英迪拉·甘地夫人宣布紧急状态的时候出生了。随后，萨利姆投身于反对政府对贫民窟的改造计划的行动而被捕入狱，蹲了两年大牢，在 1977 年出狱之后，开始到处寻找妻子和儿子的下落。后来，他发现老婆巫女帕瓦蒂已经去世了，儿子还在，他就带着儿子回到了孟买，在那里，找到了经营着一家辣酱工厂的他的奶妈玛丽，在工厂里担任管理人员，还同工厂里的女工帕德玛结了婚，开始向他讲述自己家族的故事，由此构成了小说内部圆圈式的叙述结构。

《午夜的孩子》显然是在向伟大的叙事作品《一千零一夜》致敬，它的叙述语调也带有戏仿《一千零一夜》里的故事的腔调，小说里有 1001 个孩子，也是向《一千零一夜》致敬的一种隐喻。整部小说的叙述时间跨度将近 70 年，将印度和巴基斯坦独立前后几十年的历史贯穿其间，囊括了现代印度历史上所有的重大事件。小说中的地点也在不断转移，在克什米尔、德里、孟买、卡拉奇之间穿梭，并把虚构和想象、历史和现实、幻觉和巫术完美地结合起来，仿佛给我们端上了一盘五味杂陈的印度酸辣酱。它全面描绘了南亚次大陆上的神奇历史和现实，以及英国长期统治印度、撤离之后给印度和巴基斯坦带来的后遗症。小说还因为真实描绘了1975年印度实施的紧急状态和在孟加拉发动的战争，一度被印度的执政党国大党列为了禁书。

在我的阅读经验里，《午夜的孩子》带给我的阅读快感不亚于读《百年孤独》等很多伟大小说时的感觉，一种伟大小说的叙事风格在萨尔曼·拉什迪的笔下诞生了，这个喧闹、复杂、幽默、斑斓、神奇的叙述风格，似乎从遥远的拉伯雷的《巨人传》和塞万提斯的《堂吉诃德》那里传来了回声。

一本书惹来了杀身之祸

1983年，延续《午夜的孩子》成功的余波，萨尔曼·拉什迪出版了长篇小说《羞耻》。这一次，他把小说的地理背景从印度转移到了巴基斯坦，以巴基斯坦两个前总理布托和齐亚·哈克为原型，再以一个巴基斯坦中产阶级家庭的发展和崩溃作为巴基斯坦成立几十年历史的缩影，继续他对南亚次大陆现实和历史、文化和精神的挖掘和批判。小说将政治隐喻、历史、艺术与语言、宗教、文化等巧妙地结合起来，以"羞耻"这个核心概念作为小说的原点，把巴基斯坦社会，尤其是上层统治阶层不顾羞耻，争权夺利，以暴力去维持统治的政治生态描绘得淋漓尽致，呈现了巴基斯坦在1947年独立之后的艰难的发展历程。

小说分成了5个部分16个章节，处处都是非常有趣和离奇的故事情节，比如，在小说的一开始，小说主人公的家庭就和外部社会隔绝开来，以一台升降机作为联系外界的工具，在小说的结尾，一场爆炸毁灭了那座诞生了无数故事和人世纠葛的老宅子："接着是爆炸声，冲击波摧毁了大宅，她燃烧的火球尾随冲击波，像大海一样滚向天边；最后是那团云，它升起，扩散，悬挂在现场的虚无之上，直到我再也看不见再也不在那里的东西；那团寂静的云，状如一个灰白、无头的巨人，一个梦的形影，一个鬼魅，抬起一只手臂，作出告别的姿势。"

《羞耻》这部小说也一度遭到了巴基斯坦上层人士的不满，但是并没有遭到禁止。我感觉小说虽然在表现历史的宽度和厚度上要逊色于《午夜的孩子》，但也是一部成功的作品，小说获得了法国年度最佳外语图书奖。1986年，萨尔曼·拉什迪到拉丁美洲的尼加拉瓜旅行了半年，写出了一部游记《美洲虎的微笑》，描述了自己的亲身经历和所见所闻，表达了他对尼加拉瓜和拉丁美洲社会现实的批判和对未来的希望。

萨尔曼·拉什迪给自己引来杀身之祸的小说《撒旦诗篇》出版于1988年，《撒旦诗篇》将印度和巴基斯坦裔穆斯林移民在英国的生活和伊斯兰教的历史兴起结合起来，做了一个多层面的描述，小说延续了萨尔曼·拉什迪本人那种狂欢式的叙述，语言夸张，情节离奇，思想复杂，场景繁多，梦境缤纷，结构多层。

在一开始，小说的情节就非常惊人：在伦敦上空，一架被恐怖分子劫持的飞机爆炸了，结果，从空中掉下来两个人，他们就是本书的主角加百列和萨拉丁。他们都是穆斯林，但是都失去了信仰，离奇地掉到了英国的海滩上，从此，开始了在英国光怪陆离的生活和经历："飞机裂成了两半，像只裂开的豆荚吐出了它的种子，也像只蛋壳破裂后的鸡蛋暴露了它内部的所有奥秘……"

不过，离奇的是，小说中的这个场景和不久之后发生的美国泛美公司103班机在空中爆炸的"洛克比空难"简直一模一样。那场空难最终被证明是仇恨美国的利比亚恐怖分子干的。小说虚虚实实，诡异而离奇，似乎描绘了来自南亚次大陆上的两个主人公的信仰缺失和堕落，但是又描绘了他们的蜕变和再生。你要是仔细阅读，就会发现，小说的叙事者是魔鬼撒旦本人，是他在讲述加百列和萨拉丁在现代英国社会发展的故事。

小说是复调的，多层次的，其中一个层次是主人公以梦境的方式，讲述了伊斯兰的先知穆罕默德的故事，这是小说最受争议，也是惹下了祸端的地方。在这条线索中，萨尔曼·拉什迪细致地描绘了一个阿拉伯商人的精神履历。他自称受到了真主安拉的启示，自己命名自己是先知，创立教派，但实际上，他却是一个奸诈淫乱的人，还将魔鬼撒旦的一些文字混入了《古兰经》去欺骗信徒——小说的主人公梦中出现的这些情节，成为穆斯林愤恨的原因，认为萨尔曼·拉什迪亵渎和侮辱了伊斯兰教的先知穆罕默德。因为，即使他在描述一场梦境，也容易被看成是一种诋毁，我也觉得他的这种写法并不妥当。

小说很快在印度和南非遭到了禁止，在英国北部一些印度和巴基斯坦穆斯林聚集区也遭到了抗议和焚毁，1989 年 2 月 14 日，霍梅尼的死刑追杀令发出后，一些穆斯林国家抗议和焚毁这本书的事件不断发生，该书的意大利文、日文、挪威文的译者也接连遭到袭击，受伤或者死亡。一本书惹这么大的祸端是 20 世纪头一桩，这也是萨尔曼·拉什迪本人都没有想到的结果。他也立即被英国政府保护了起来，有几十个伊斯兰教国家宣布禁止此书的发行，同时，有几十个西方国家宣布支持萨尔曼·拉什迪。世界为此分成了两大阵营，剑拔弩张，互相对立。萨尔曼·拉什迪紧急发表了道歉声明，但是，并没有获得穆斯林社会的谅解。

一直到 1998 年，在英国外交官员的不断努力下，伊朗政府宣布，并不打算真正执行已经去世的霍梅尼的刺杀命令，萨尔曼·拉什迪才结束了长达 9 年的东躲西藏的生活，开始在一些场合公开露面。

在萨尔曼·拉什迪到处躲避刺杀的时候，他给自己的儿子写了一本书《哈伦和故事海》，于 1990 年出版。我们知道，《故事海》是印度著名的民间故事书，萨尔曼·拉什迪写这本书，是为了平复在躲藏期间纷乱的心绪。小说讲述了一个半神话、半童话的故事：在一个虚构的国家里，有一座无名的城市，在无名城市里生活着一家三口，说书人拉希德、妻子索拉亚和他们的儿子哈伦。拉希德因为很会说书，结果被竞选的政客们拉去为自己的党派和政治势力说书，因为政客本人的声名狼藉，结果拉希德失去了说话的能力。哈伦为了帮助父亲恢复说话的能力，和父亲一起乘坐火焰鸟，来到了一座城市，在哈伦的帮助下，他的父亲经历了种种的磨难，终于喝到了水精灵提供的故事海的水，重新获得了说话和讲故事的能力，回到了无名城，而和情人私奔的哈伦的母亲也回来了，一家人重新团聚在一起，过上了幸福的生活。

萨尔曼·拉什迪写这部作品，明显是在向自己的幼子扎法尔表达父

构造当代新神话的萨尔曼·拉什迪

摩耶生死观

爱和一种特殊的心境，在那个被封杀的特殊岁月里，他写这么一个故事，是在盼望自己能够像恢复了说话能力的拉希德一样，可以重新获得说话和写作的能力。《哈伦和故事海》这本薄薄的小说，延续了萨尔曼·拉什迪善于从印度民间传说和神话的传统中取材的手法，以印度文化给他带来的魔幻灵感，创造出一个充满了想象色彩的、匪夷所思的神话和童话世界。小说中，神话人物、机器人、鬼怪、会说话的鱼、火焰神鸟、黑色歹徒、漂亮的阿拉伯公主等等，构成了一个神奇的世界，是老少皆宜的一部作品。

1991年，萨尔曼·拉什迪出版了散文随笔集《想象的故国》，收录了他的70篇随笔，其中大部分文章都是谈论当代世界文坛和文化热点问题的，对眼下的全球化、种族与多元文化冲突，表达了他的真知灼见，一些书评闪耀着智慧和犀利的光芒。1994年，他又出版了短篇小说集《东方，西方》，收录了一些描述从印度和巴基斯坦来到了欧洲特别是英国的移民，在东方和西方都有些无所适从的故事，每一篇小说自身是独立的，但是它们的主题却是统一的，仿佛是一个由"东方，西方"这个主题所串起来的串珠，精致而有意思。

脚下的土地在叹息

萨尔曼·拉什迪在1995年出版了长篇小说《摩尔人的最后叹息》。由于有死刑追杀令的威胁，萨尔曼·拉什迪自1989年之后一直四下躲藏，这本小说完全是在他到处躲避的期间里写出来的。

小说的故事背景依然是印度，实际上，他已经有多年没有回到印度了，可以说，这本书完全是他想象中的印度，带有史诗的风格。小说共分四部分，分别是"家族的分裂"、"马拉巴的马萨拉"、"孟买市中心"、"'摩尔人的最后叹息'"。小说描绘了一个印度香料商人家族四代人的故事，讲述者就是主人公摩尔本人，他小时候就被母亲逐出家门，由此开始了自己艰难的求生和在世间的流浪。小说叙述的时间起点是1900年，在那一年，摩尔的祖父和祖母结婚了，从此，这个家族开始了纷繁复杂的演变，一个个家庭成员都有着奇异的经历和与众不同的性格，由此导致的命运也异常多样，构成了小说中离奇的故事情节。摩尔的父母亲宗教信仰和文化背景完全不同，他们的结合生下了摩尔，摩尔的命运因此而带有悲剧的因素。

在这部小说中，萨尔曼·拉什迪过去最喜欢将印度的真实历史事件融合到人物命运中的手法并没有怎么使用，他着墨最多的，还是这个家族的内部事务和复杂的人物关系。小说环环相扣，动人心弦，主人公摩尔在对家族的追寻中似乎接近了家园、爱和母亲的世界，但是，他在时间的长河里瞬间又失去了这一切。

小说命名为《摩尔人的最后叹息》，有着两重的含义。首先，主人公叫做摩尔，小说讲述的是他的故事；其次，摩尔的母亲绘制的系列绘画作品叫做"摩尔系列"，其中的一幅画就叫作《摩尔人的最后叹息》，画面上表现的是1492年黯然退出现在的西班牙格林纳达地区的摩尔人首领苏丹波布迪尔，他的脸上充满了惊恐、痛苦、衰败和失落的表情。摩尔人是阿拉伯人和北非的柏柏尔人的统称，在西罗马帝国崩溃之后侵入现今西班牙伊比利亚半岛的大部分地区，带来了发达的伊斯兰文明。数百年之后的1492年，在基督教国家的攻击下，摩尔人又黯然退出了整个半岛。但是，摩尔人留下的文明和文化，在今天的西班牙仍旧可以看到踪迹，在《堂吉诃德》中都可以看到隐约的痕迹。萨尔曼·拉什迪的这部小说中的主人公的远祖，就是那些来自伊比利亚半岛上的信奉伊斯兰教的摩尔人，小说的最后部分，主人公来到了西班牙，烧毁了母亲所居住的一个大宅子。因此，摩尔这个人的身上附着了太多的历史和文化信息。

摩尔这个人物命运还揭示了印度本身内部存在的文化分裂感，小说带有浓厚的感伤气息，似乎和萨尔曼·拉什迪隐藏起来、四处躲避着写这本书的苍凉、孤独的心境有着很大的关系。在小说的结尾，主人公摩尔似乎找到了讲述整个家族故事的方式，他写下了整个故事的结局："……闭上我的双眼，按照我们家族的老习惯，每当碰到麻烦时，总能沉沉睡去，并期望能在一个更新、更快乐、更好的时光中醒来。"

这本书是萨尔曼·拉什迪在一个特殊时期写出的，是关于他的祖国的一次深情的打量和回忆，动用了他的家族经验的部分素材，也是他投入感情最大的一本书。

1999 年,时年 52 岁的萨尔曼·拉什迪出版了他的第六部长篇小说《她脚下的土地》,小说的主人公是一位女歌手维娜,她就仿佛是希腊神话中擅长音乐的俄尔甫斯一样,一旦唱起歌来,能够感动天地万物和虫鱼鸟兽。她的丈夫奥马是她所在乐队的灵魂,他创立了以妻子维娜为主唱的世界上最流行的摇滚乐队。小说描绘了这两个人离奇的爱情经历。他们俩在维娜 15 岁的时候于孟买相识,但是,随后维娜就消失了,10 年之后她才再次出现在奥马眼前,把奥马从重病的昏迷中唤醒。随后,他们就开始了在印度孟买、英国伦敦和美国纽约之间的穿梭,一边演出,一边演绎他们的人生故事。不过,小说的叙述者是以维娜以前的一个情人、摄影家瑞尔的视角来叙述的,他以旁观者的口吻描绘了维娜一生中和男人的纠葛,特别是和奥马与瑞尔本人的三角恋情。

阅读这本书,我感到最惊奇还是萨尔曼·拉什迪对自 20 世纪 40 年代之后发展迅猛的摇滚乐的熟悉程度。对音乐比较懂行的作家中,米兰·昆德拉和托马斯·品钦都是佼佼者,萨尔曼·拉什迪与之相比毫不逊色。小说中,大量摇滚乐的历史、人物和乐曲的名称成为小说的音乐谱系信息的支撑。而孟买、伦敦和纽约的地理和文化背景也很清晰精确地被描述,显示了某种“世界小说”的影子。小说中也有着多个层次的叙述,萨尔曼·拉什迪把一些历史事件以真真假假的方式搀杂到小说人物的生活中,并对主人公产生了影响,这是他的拿手好戏。我觉得这部小说还隐藏了一个雄心,就是对 20 世纪最流行的音乐、摇滚乐作一个脚注,把借助电子传媒而流行和扩展开来的流行音乐的历史作了一次全景式的书写。小说延续了萨尔曼·拉什迪的繁杂的、多层次的、眩目的、令人眼花缭乱的叙述风格,以三个艺术家的生平,结构出一个 20 世纪的人间故事和新传奇。

纽约的视线

2001 年,已经移居到纽约,并且迎来了自己的第三次婚姻的萨尔曼·拉什迪出版了长篇小说《愤怒》。这一次,萨尔曼·拉什迪把小说故事的背景完全放到了纽约。

小说的主人公是一位来自孟买和伦敦的大学哲学教授（似乎是他的化身），他对玩具娃娃有着特殊的兴趣爱好，发明了一种后来在市场上非常畅销的玩具娃娃"小脑袋"，并且依靠这个玩具赚了不少钱。但是，他忽然对这一切感到厌倦了，于是，他抛弃老婆孩子，独自从伦敦自我流放到了纽约——这个人物颇有些像毛姆在《月亮和六便士》中以画家高更作为原型所塑造的主人公。来到纽约之后，教授的生活不仅没有改观，还凭空多了一腔的愤怒，因为，纽约曼哈顿岛上充满了人类贪婪的欲望和金钱的气息。有两个女人围绕着他在旋转，她们漂亮，能说会道，而且都被他所吸引，教授一方面为他抛弃妻儿跑到了这个世界的欲望之都感到后悔，另外一方面，他又为自己吸引了那些美丽的女人而自我满足和陶醉。

小说描绘了曼哈顿一种世界末期沉醉在金钱和欲望中的那种浮躁、奢华、迷乱和疯狂的气息，将一个中年男人寻找生命意义的困顿放到那个特殊的背景幕布上，投影成一个巨大的、低头思索和满怀莫名的愤怒的形象。小说中描绘的多元种族和文化冲突中的纽约，使我觉得它似乎为 2001 年发生的"9·11 事件"预言了结果、埋下了伏笔，萨尔曼·拉什迪这家伙一个令人惊奇的地方，就是他总是能够在小说里预言到一些东西，他也敢于去触碰敏感的话题，得罪了任何人都不在意，他依然擅长讲故事，只不过在《愤怒》中，这个故事多少显得单薄和煽情了。

2002 年，萨尔曼·拉什迪出版了他的第二部随笔集《跨越这道线：非小说文集 1992—2002》，收录了他 10 年来写下的 60 多篇文章，内容涉及当代政治、文化、音乐等多个领域，他对当代世界的重大政治事件一点也不避讳，对克什米尔、科索沃、北爱尔兰问题都发表了自己尖锐的看法。其中，还收录了他四处躲藏时期的日记和一些评论库切、安吉拉·卡特这些英语世界著名作家的评论和回忆文章，英文版封面是一根竖立起来的铅笔头，铅笔头则演化成了火柴头，显示了萨尔曼·拉什迪以笔为枪和火药的暴烈性格。

虽然《愤怒》不被叫好，但萨尔曼·拉什迪继续他的小说探索。2005 年，他出版了长篇小说《小丑撒拉利尔》，获得了一定的好评。

小说的故事开始时的背景是在美国的洛杉矶，叙述者是一个神秘的女人。一天，当地的一个有权势的人物马克西米连在他的私生女家门口被莫名其妙地枪杀了，杀人者还没有逃走，他竟然是马克西米连的司机。这个司机是印度克什米尔人，他自称是"小丑撒拉利尔"。小说由此导引我们进入了萨尔曼·拉什迪的叙述迷宫。原来，马克西米连是二战期间法国地下抵抗运动的一个重要首领，二战结束之后，他成为戴高乐政权的高级官员，后来，又来到了美国继续担任外交官，曾经担任过美国驻印度的大使，还领导过美国的反恐怖机构。一开始，无论是警察还是媒体，都认为这是一桩涉嫌政治的谋杀案，尤其是司机的印度人身份和死者的复杂政治履历。但是，警方调查后发现，原来，马克西米连、马克西米连的司机、马克西米连的私生女、马克西米连的一个神秘的情妇，这四个人共同构成了一种奇特的恋爱关系，最后才导致了谋杀的发生。

萨尔曼·拉什迪以他一贯的叙事策略，把故事讲得扑朔迷离、盘根错节、斑斓生动。小说还把美国、英国、印度的一些场景转换，变成了小说中人物活动的背景，呈现出20世纪末期在全球化时代里被多元文化影响着的人的命运纠葛。小说的叙述风格如同蝴蝶展开了翅膀那样斑斓美丽，优美而翩然扇动，作者的想象力和对20世纪复杂政治情势的观察，使他将一种巧妙的隐喻藏在小说里若隐若现，使小说具有了复杂性和阅读快感，是一部非常成功的作品。

摩耶生死观

2008年，主要活动在美国纽约的萨尔曼·拉什迪又传出新闻，他和名模出身的第四位妻子分手了，一时间，各路记者争相报道关于他的逸闻逸事，十分热闹。同年的4月，他出版了一部长篇小说新作《佛罗伦萨的女巫》。在小说中可以看出，萨尔曼·拉什迪努力想拓展自己的写作题材和空间。他就像一个会魔法的说书人，一边说书，一边还能从口袋里掏出来你意想不到的东西来吸引你的视线。

《佛罗伦萨的女巫》讲述了一个历史故事，并且和印度有关。小说的时代背景是16世纪，故事的叙述者是一个从欧洲前往印度莫卧儿王朝的旅行者德拉默尔。他历经了千难万险，终于来到了印度莫卧儿王朝的皇帝阿克巴的宫殿，并且随身携带着一个他自己写的故事，四下散布。很快，莫卧儿王朝的人们都开始痴迷于他所讲述的这个故事了。在这个带有自传性的故事中，年轻的欧洲旅行者德拉默尔自称是莫卧儿王朝曾经失踪的一个公主所生的孩子，而失踪的公主正是现在的阿克巴皇帝的小姑奶奶，是一个有着黑色长睫毛、大眼睛的美人，在当年莫卧儿王朝和北部的乌孜别克部族打仗的时候，她被乌孜别克军阀首领掠走了，最后不知所踪。这个旅行者讲述了后来发生的故事。原来，这个公主后来流落到了波斯皇帝的手中，被遗弃后又成了佛罗伦萨一个年轻军官的情人。当她和军官从苏丹的军队中回到了他的故乡佛罗伦萨的时候，她使用了自己的巫术，使整个佛罗伦萨发生了很多离奇古怪的事情。他们还生下了一个孩子，这个孩子就是德拉默尔，他现在来到了莫卧儿王朝，来给皇帝阿克巴讲述这个故事。

小说穿针引线地将 16 世纪的印度和文艺复兴时期的意大利佛罗伦萨的历史连接在一起，将两个国家的王朝和政权所面临的问题，通过一桩爱情故事呈现出来。失踪的神秘公主那强大的巫术使世界被包裹上了一层神秘的面纱。阅读这本小说，我不得不佩服萨尔曼·拉什迪强大的想象力和巨大的消化能力，他总是能够令读者感到一种小说的魔力和神奇，并在他的小说中的每句话、每个场景和每个故事细节中呈现出来，他还可以将庞杂的历史知识和时间线索都囊括到他那结构复杂、叙述生动的小说中。

萨尔曼·拉什迪的作品内容相当复杂，但是其核心思想，则体现了印度哲学的摩耶生死观。印度哲学中的摩耶观看待世界有着独特的理解，这种哲学观点认为，世界是现实的，但是又不是真实的，幻觉和现实本身有着相同的地位，真实和虚幻常常在不停地转化，彼此对立、融合和消解。"摩耶"这个词本身的意思就是"幻觉、魔术、把戏"的意思，印度古代哲学典籍《奥义书》集中体现了这种思想，宇宙万物显现的都是幻象，也因此会消亡不见，世间万物的存在无理由、无常，幻象迷惑人眼人心，只有识破了它和现实本身之间可以自由转换的本质，才可以消除心灵上的困惑和痛苦。因此，在萨尔曼·拉什迪的小说中，虚构和想象、

129

摩耶生死观

——构造当代新神话的萨尔曼·拉什迪

历史和魔幻常常互相混淆，在时间和空间的层次上都处于相同的地位。

　　很长时间以来，西方一些读者和评论家，都把萨尔曼·拉什迪的小说归入到"魔幻现实主义"小说的名下，这很不恰当。实际上，"魔幻现实主义"是拉丁美洲的独特产物，和萨尔曼·拉什迪的小说有着根本的不同。阅读萨尔曼·拉什迪的小说，你可能会联想到加西亚·马尔克斯的那些神奇的作品，但是，萨尔曼·拉什迪的"魔幻现实主义"是基于印度哲学的"摩耶观"而生发出来的一种魔幻现实主义写作，他是在自身的文化土壤上，以他本人的强大文学天赋和小说创造力所创造出来的。他的小说最神奇的地方，就体现在现实和虚幻之间可以随意地转换这个层面上，形成了萨尔曼·拉什迪自己的印度式的魔幻现实主义，也形成了他的一个强大、宏阔、神奇的，以印度和英语文学作为基点出发，并混合了其元素的文学世界。萨尔曼·拉什迪因此成为世纪转折时期最重要的小说家。

阅读书目：

《哈龙和故事海》，北京少年儿童出版社 1995 年 6 月版

《哈乐和故事海》，彭桂玲译，台湾皇冠出版社 2001 年 8 月版

《午夜之子》，台湾联经出版公司 2001 年版

《羞耻》，黄灿然译，台湾商务印书馆 2002 年 7 月版

《羞耻》，黄灿然译，江苏凤凰出版集团 2009 年 5 月版

《魔鬼诗篇》，佚名译，台湾雅言出版公司 2002 年 10 月版

《摩尔人的最后叹息》，黄斐娟等译，台湾商务印书馆 2003 年 11 月版

《愤怒》，台湾皇冠出版社 2004 年版

《THE SATANIC VERSES》，英文版，维京出版社 1988 年版

《ThE GROUND BENEATH HER FEET》，英文版，维京出版社 1999 年版

《SHALIMAR THE CLOWN》，英文版，JOAnthan Cape 2005 年出版

《想象故国：1981—1991》，英文版，企鹅出版社 1992 年版

《跨越这道线：1992—2002》，英文版，维京出版社 2003 年版

印度的万花筒
——复活了狄更斯宏大叙事传统的维克拉姆·赛思

维克拉姆·赛思的文化背景相当复杂，既有母国印度文化的滋养，又受到了欧美文化和中国古典文化的深刻影响。他复活了狄更斯宏大的叙事传统，嫁接了现代小说的复杂叙事技巧，真正地丰富了英语文学本身。

"拉什迪的孩子"

在印度裔英语作家中，维克拉姆·赛思是非常重要的一位。20 世纪 80 年代之后，萨尔曼·拉什迪的创作带给了印度英语小说以强劲的影响，他那喧哗、复杂、绚烂到极致的叙事开创出一种独特的英语新小说，在他之后，受到他影响的一批用英语写作的年轻作家，则被誉为"拉什迪的孩子们"。这中间，维克拉姆·赛思最令人关注，也是我最喜欢的一位印度裔作家。因为，维克拉姆·赛思复活了狄更斯宏大的叙事传统，并嫁接了现代小说的复杂叙事技巧，引领了一条小说新道路。

印度的英语小说写作一直非常繁盛，自这个国家在 1947 年获得独立之后，英语作为殖民主义者遗留下来的语言，不仅没有在这个国家消失，反而逐渐成为一种更主流的文学写作语言了。过去很多用英语写作的作家比如纳拉扬、拉迦·拉奥等就不说了，单是最近 30 年，印度裔作家写的英语小说就一直在西方世界大放异彩：

1971 年，奈保尔以长篇小说《游击队》获得了英国的布克小说奖，这是印度裔作家第一次荣获这个英语文学的最高奖；

到了 1981 年，萨尔曼·拉什迪凭借长篇小说《午夜的孩子》再度成为布克小说奖的印度裔作家获奖者，标志着印度裔作家所创作的英语小说达到了一个颠峰，备受世界瞩目；

此后，1993 年，维克拉姆·赛思的长篇巨著《如意郎君》出版，成为整个英语文坛的一件大事；

接着，居住在加拿大的罗辛顿·米斯垂以长篇小说《完美的平衡》获得了 1995 年的吉勒奖；

到 1998 年，印度女作家阿鲁德蒂·罗伊以自己的长篇小说处女作《卑微者的上帝》获得了布克小说奖；

八年之后，35 岁的印度裔女作家基兰·德赛的《失落》获得了 2006 年的布克小说奖；

2008 年，布克奖得主仍是一个印度作家：33 岁的阿拉德温·阿迪加凭借长篇小说《白虎》拔得了头筹，从而将印度英语文学又推上了一个新境界。有趣的是，《白虎》这部小说是以一个印度企业家给准备访问印度的中国总理温家宝写的几封长信结构而成的，描绘了印度当代新富人在崛起的过程中是如何不择手段，如何经受着道德和良心的拷问，内心挣扎却又无济于事，忏悔之情陈满纸页的状态，也刚刚被翻译成中文出版了。

正是因为上述这些印度裔英语作家在几十年间不断地将一种混合了印度的社会现实和文化景观，并将之与西方现代主义小说技巧结合的英语小说贡献给世界文坛，在英语文坛上兴风作浪，掀起波澜，才使世界文学的版图有力地转向了东方大陆。

维克拉姆·赛思 1952 年出生在印度的加尔各答一个中产阶级上层家

庭，家族属于印度种姓制度下上流的"婆罗门"阶层，母亲是印度高等法院历史上的第一个女性大法官。出身于这样一个家境殷实、颇有社会地位的家庭，维克拉姆·赛思自然可以受到很好的教育。他从小在多种语言的熏陶下成长，中学毕业后，他远赴英国，在牛津大学学习文学，获得了学士学位。接着，他又到美国名校斯坦福大学攻读了经济学硕士学位。后来他还是决定改行学习文学。这一次他来到了中国，在南京大学中文系攻读中国古典诗词专业，于 1982 年获得了中国古典文学的博士学位，对中国的唐诗宋词颇有研究。

可以说，维克拉姆·赛思的文化背景相当复杂，既有母国印度文化的熏陶，又受到欧洲和美国文化的深刻影响，最后，他还得到了中国古典文学和文化的滋养。这样一个横跨世界上几大文明和文化，在三个大陆之间自由游走并游刃有余的作家的确十分罕见，这也是我特别注意他的原因。

像很多作家一样，维克拉姆·赛思最开始的写作，也是从诗歌开始的：1980 年，28 岁的维克拉姆·赛思出版了自己的第一部诗集《地图集》。1983 年，他出版了游记《从天池归来：穿越新疆和西藏的旅行》，获得了英国托马斯·科克国际旅游图书奖。1985 年，维克拉姆·赛思出版了自己的第二部诗集《拙政园》，该诗集获得了英联邦国家诗歌奖。1986 年，他又出版了叙事体长诗《金门》，第二次获得了英联邦国家诗歌奖。这个阶段，我认为是维克拉姆·赛思文学创作的第一个阶段，从创作题材上看，他主要以诗歌、评论和游记为主，还没有尝试写小说，但是已经在语言探索和形式实验上积极地做着准备。

《地图集》和《拙政园》这两部诗集中，维克拉姆·赛思以清澈的语言和简约的风格，描绘了他在印度、美国和中国之间来回穿梭的奇特感受。在诗集中，几大文明的文化符号和特征，情绪、细微感受和日常生活的面貌，都展现出种族和文化的差异性，并带给了他新奇感，这种对异质文化的惊喜感完全呈现在他的诗篇里。长篇游记《从天池归来：穿越新疆和西藏的旅行》则记述了他从南京出发一路西行，在新疆、西藏这些和印度接壤的中国省份旅游的见闻，当地的少数民族风情和地域文化特点，宗教文化习俗和大自然奇丽的景观在他的笔下栩栩如生。他还以西方人能够接受的方式描绘了中国的"文化大革命"带给中国国家和人民的创伤和后遗症。

维克拉姆·赛思的叙事长诗《金门》把视野投向了美国，描述了美国旧金山5个白领青年的生活和爱情。诗歌语言机智诙谐，情节生动具体，采取了交叉叙述的方式，将他看到的美国青年一代的生活方式呈现出来。他的这部叙事长诗明显受到了普希金的长诗《叶甫盖尼·奥涅金》的影响，以普希金的瓶子装了他自己的酒。

在20世纪80年代后期，维克拉姆·赛思又出版了两部诗集《今夜酣睡的你们》和《各个地方的残暴故事》，无论是题材还是诗歌的风格，都呈现出鲜明的世界主义风格。除了诗歌写作，他还从事翻译工作，将16世纪著名探险家拔都的日记翻译成了英文，还将中国唐宋时期诗人作品以《三大中国诗人》为名，翻译成英文在英国出版。

在维克拉姆·赛思的早期写作阶段中，他不遗余力地尝试了抒情诗、散文、评论、文学翻译、叙事长诗和游记等多种文体的写作，训练了自己的文学技巧，初步将自身的多元文化特征和感受呈现了出来，给英语文学带来了新鲜的活力和清新的空气，并标志着一种新的文学现象出现在了世界文坛上。维克拉姆·赛思说过："如今的世界，英语早就被那些母语并非英语的人们所接受，喜欢和使用了。"的确，很多非洲和亚洲国家中用英语写作的作家，在最近30年集中出现，既丰富了英语文学本身，也表现了第三世界的历史、文化和社会现实的真实面貌，使第一世界的人们看到了第三世界的丰富和复杂性，由此形成了所谓的"后殖民文学"潮流和"对大英帝国的反击"。在这个层面上来看维克拉姆·赛思的创作，会更有启发性。

狄更斯的继承人

我发现，维克拉姆·赛思最值得关注的地方，不是他对西方现代主义小说的直接嫁接，而是来了一个隔代遗传，将19世纪英国文学巨匠狄更斯的小说传统发扬光大了。在实验了各种文学形式的写作之后，维克拉姆·赛思因为写作叙事体长诗《金门》而获得了信心，发现自己能够驾驭叙事性作品。他渐渐地找到了表达自我的新文体：小说。于是，从1986年开始，他就在埋头写作一部大部头小说，一时间似乎从英语文坛上消失了。

1993年，经历了长达7年的写作，他抛出了自己的重磅炸弹——长篇小说《如意郎君》。这部小说的英文版厚达1474页，篇幅宏大，可以说是一部名副其实的巨著，尽管这是一个一切都崇尚快捷的时代里，但这部小说照样受到了英语世界的读者的热烈欢迎，在很长时间里都是书店中的畅销书，在一些畅销图书排行榜上长久占据首位，还获得了当年的布克小说奖的提名，但是最终很遗憾地没有夺得桂冠。但是，随着时间的推移，《如意郎君》的重要性开始日益显现了。如今，十多年过去了，很多人都认为这部小说无疑是20世纪最重要的英语长篇小说之一。自问世之后，在英国就销售了200万部，至今仍旧是书店的常销书。我的一册英文版的《如意郎君》就是在新加坡的一家书店里买到的。

《如意郎君》翻译成中文在150万字左右，可以说是18世纪以来最长的单本英语小说之一。按说，这么大篇幅的小说在眼下似乎不会吃香，因为现在的读者十分懒惰和浮躁，没有耐心去读这么厚的小说。可是，情况恰恰相反，《如意郎君》以其独特的叙事风格，以连环套一样讲故事的手法，以万花筒般的叙述技巧和对社会与人心的细致描绘，将读者带到了20世纪50年代的印度，给我们呈现出印度世界的万花筒。

我们知道，1947年，摆脱了英国殖民统治的印度和巴基斯坦同时宣布成立为各自独立的国家。此后，这两个国家的发展道路截然不同，文化的分裂和敌对，政治的博弈和战争的威胁总是横亘在这两个国家之间。

维克拉姆·赛思将小说的叙述视点放到了他出生前一年，也就是1951年，由此展开了对印度社会的观察。他虚构了一个位于恒河之滨的城市，叫做布拉姆普尔。显然，这个城市是以他的出生地加尔各答作为原型的。在这座城市中，有一个中产阶级家庭，女主人叫梅拉，她的丈夫是印度铁路公司的高级管理人员，已经去世了。她有两个儿子和两个女儿，大女儿已经结婚了，二女儿拉塔还在当地的大学读书，没有交男朋友。拉塔个性独立、聪明、反叛，让她母亲梅拉非常担心。梅拉决定，一定要给拉塔物色一个无论在社会地位、经济收入还是宗教信仰、种姓阶层上都和她家相配的女婿，一个金龟婿。梅拉寻找"如意郎君"的大戏就此拉开了序幕。

小说从这个缘由开始，以穿针引线的方式，将梅拉找女婿的过程作为主干线，牵连出四个家庭的人物出场，由这四个印度家庭又引出了很多印度其他社会阶层的人物，全书场景广阔，情节生动复杂，从而将印度20世纪50年代初期的社会风貌以全景观的方式展现了出来。

小说一开始，寡妇梅拉信奉印度教的大女儿已经和印度普尔瓦普拉迪什邦的税务部长卡普尔的儿子订婚了。之后，梅拉就对二女儿拉塔的婚事格外担心。她开始物色"如意郎君"。可是，对"如意郎君"的寻找注定是艰难的。拉塔很优秀，她自己也很希望能够有一位好丈夫，能够过上幸福的生活。她有三个追求者，他们分别是穆斯林教徒卡比尔、拉塔嫂子的弟弟阿米特——他是从英国牛津大学毕业归来的带有西方人做派的诗人，以及一个依靠自身才能不断奋斗的青年企业家哈雷西。在这三个追求者之间拉塔颇费踌躇，不知道如何选择，促使着故事不断地向前推进。

在小说的第一章里，梅拉一家在亲家卡普尔部长家里举行盛大婚礼，梅拉的大女儿嫁给了卡普尔部长的大儿子。卡普尔部长的小儿子马安钟情于穆斯林艺妓萨依达，他把萨依达请来参加婚礼，成为婚礼的座上宾，立即引发了保守的印度教徒梅拉内心的不满，使她感到这个婚礼受到了亵渎。她的二女儿拉塔也和刚刚认识的穆斯林青年卡比尔一见钟情了，结果引发了几个家庭的纠葛。于是，接下来，仿佛一幅巨大的印度社会画卷被缓缓打开，各种人物开始上场了，无数故事纠葛出现了，无数的阴差阳错纷纷开始上演了。

我觉得，对《如意郎君》这部小说，不能仅仅理解为它是一部描绘印度婚姻、爱情与家庭的社会风俗小说，要是那样的话，小说在立意上就显得狭窄了。小说不仅描绘了社会风俗画，还批判了印度社会和文化的病态，并且在叙事技巧上扭转了后现代主义小说日益把读者引向死胡同的大方向，在叙述方面创造出一种独树一帜的风格，争取到了读者对严肃小说的热烈兴趣。

为了让读者了解这部小说的语言和叙事风格，我在这里引用小说第一章的第一节的开头部分：

"'你将来的丈夫也要由我来挑，'鲁帕·梅拉太太以毫不通融的口气对她的小女儿拉塔说。

对母亲的这番训诫，拉塔掉转头去避开了。她望着普莱尼·尼瓦斯那个灯火通明的大花园，草地上全是些参加婚礼的来宾。'嗯，'她答了一声。这更使她的母亲生起气来。

'小姐，你这么嗯是什么意思我全明白，告诉你，在这桩事情上你跟我嗯是不行的。怎样最好只有我知道。我这样全是为了你们。你爸不在了，四个孩子的事情都要我一个人操心，你以为这容易吗？'一想到她的丈夫，她的鼻子有点发红了，她毫不怀疑，她丈夫也在天堂的某个地方满心慈爱地分享他们现在的欢乐。鲁帕·梅拉太太自然是相信轮回转世的，但在感情特别冲动的时刻，她也仿佛觉得故去的丈夫拉格比尔·梅拉的样子仍同当年他在世时没有两样。他四十二三岁，身体健壮，高高兴兴的，在第二次世界大战最激烈的当口，由于操劳过度，心脏病突发而去世了。八年了，已经八年了，鲁帕·梅拉太太伤心地想。"

可见，这部小说的叙事语言是现实主义的，是非常清晰和具体的，尤其在场景的转换和刻画上自然生动，小说的核心问题在一开始就和盘托出了。而贯穿小说的语调、语速和开头这几段一样，大量类似电视连续剧的场景接连出现，使读者觉得饶有趣味。我想，读者完全不会遇到像《尤利西斯》那样的每个章节之间的文体、主题、语感和语调的巨大变化，《如意郎君》在整体上是一以贯之的。

另外，在这部小说中，人物的刻画是非常成功的。比如，卡普尔部长就是一例。维克拉姆·赛思通过对税务部长卡普尔及其周围人士的描绘，将印度独立之后广阔的社会关系和面貌、社会矛盾和冲突、文化分裂和隔膜都呈现了出来。税务部长卡普尔是一个跟随甘地和尼赫鲁的政治家，他响应尼赫鲁的政策，打算改变印度严重的贫富分化、官员贪污受贿、农村弥漫封建迷信和暴力的社会现实，要推动强有力的土地革命，想制订政策，剥夺一些地主和土邦主的土地拥有权。但是，在各种势力的压迫之下，卡普尔部长的均贫富的理想没有实现。为了让自己的次子马安改变放浪的生活作风，接受朴素的生活观念，卡普尔把儿子送到了乌尔都语老师那里，马安由此体验到了印度农村的贫困生活，逐渐接受了自己父亲和老师带有社会主义色彩的思想主张。这是小说中一条非常重要的副线。最后，拉塔经过了生活的磨练之后，最终选择了踏实的企业家哈雷西作为自己的丈夫，也满足了挑剔的母亲希望钓到一个金龟婿的愿望。

维克拉姆·赛思将几条线索交织在一起，编织了一面巨大的叙述的花毯。他把卷起来的花毯逐渐打开，绚丽的色彩、曲折的故事、缤纷的场景和个性突出的人物纷纷涌现，成就了一部包罗万象的小说巨作。不过，小说的结尾似乎显得有点保守了——拉塔挑来选去，还是服从了家庭和世俗的标准，和哈雷西这个有钱人在一起了，让人觉得有些说不上来的失望和无趣。也许，这就是婚姻的实质——过日子，物质的保障是非常重要的，东方的那种世俗的观念占了上风。小说的风土气息非常浓厚，这也是《如意郎君》最可贵的地方。本来，这部小说想讲的是一个富裕的寡妇为她的二女儿挑选女婿的故事，但是，由于维克拉姆·赛思在故事的背后藏了深意，结果，小说成了对印度全社会在那个特殊时期的政治、宗教、文化、经济、种姓、城市、农村、革命、暴力、民族等各种矛盾和特征的总写照。小说中人物活动的场景也相当丰富，维克拉姆·赛思以生花的妙笔，将莫卧尔王朝的宫殿建筑、中产阶级的家庭环境、富人的桥牌俱乐部、男人喜欢的妓院、印度贵族上层居住的古堡塔楼、伊斯兰教的清真寺、印度教神庙、恒河边的大众浴场、古城里喧嚷的市民集市、安静的小巷、衰败发臭的皮革厂和穷人居住的贫民窟——呈现，统统作为了小说中各色人物活动的场景以这些场景，将印度各个社会阶层的人物都牵引出来，把他们之间的关系不可思议地联系起来，看上去，人物像走马灯一样地你来我往，令人惊异。因此，《如意郎君》的长度在这个时候发挥出优势了，它可以展开广阔、深入的历史画面，能够全景展现印度刚刚独立那几年的社会生活,最终成就了一部少见的小说杰作。

　　和大多数读者一样,我喜欢这部小说的缘由,是它的故事讲得特别好。眼下,故事讲得好的小说不多了,这主要是因为我们的眼光不一样了,各种稀奇古怪的事情每天都发生在我们周围,我们一般都能从媒体上知道,能够让我们大开眼界的事儿并不多。但是,从这部小说来看,维克拉姆·赛思似乎没怎么受到欧美现代主义、后现代主义各种小说流派的影响,他倒是直接继承了英国 19 世纪的杰出作家狄更斯所开创的现实主义叙事传统,我感觉就仿佛是狄更斯的叙述在维克拉姆·赛思的笔下又复活了。

　　狄更斯（1812 年—1870 年）在 34 年的创作时间里,一共写下了 14 部长篇小说,还有不少中短篇小说,逼真地描绘了 19 世纪英国广阔的社会面貌,刻画了大量的典型人物,故事也讲得生动曲折。但是,自 20 世纪以来,现代主义、后现代主义文学思潮一浪高过一浪,将小说的实验和探索不断地推到绝境中,以现实主义风格写作的狄更斯和巴尔扎克都被认为是完全过时了。有些现代派作家的作品以晦涩和复杂著称,尽管饱含了深意,但的确不太好被读者接受。可是《如意郎君》却读着非常轻松自然,没有玩文学技巧的花样。

　　《如意郎君》一共有 19 章,每一章又分大小不等的 20 节左右的场景片段,以生动、诙谐、幽默的对话,以简约、准确的人物和场景的描绘为主要的写作手法。可以说,从结构上和写法上,《如意郎君》都相当老实,但是,就是这种老实和扎实的风格,以它巨大的感染力和讲故事的能力,把一些因为现代主义、后现代主义小说的晦涩而远离小说的读者又拉了回来。

　　我读《如意郎君》,感觉它每章的二三十个小节,就仿佛是电视连续剧中一个个的连续场景,非常生动有趣。但是,我要说的是,维克拉姆·赛思的这部小说又绝对不等同于一部电视剧的脚本,而是一部不折不扣的小说,它的对话、场景、白描和心理描写等等技法运用得十分精到。因此,我以为,《如意郎君》在西方世界的成功,可以看作是 20 世纪末小说发展的一个风向标,它意味着小说讲故事的传统依然具有生命力,它是现实主义文学风格的一次有力的回归。加上它罕见的 150 万字的长度和上百个人物群像,小说就更加令人刮目相看了。

一种"世界小说"

自《如意郎君》获得了巨大成功之后，人们一直期待着维克拉姆·赛思再度捧出力作，并且为他当年没有获得布克小说奖而叫屈不已。

1999年，时隔6年之后，维克拉姆·赛思才出版了一部长篇小说《相等的音乐》。这是一部中等篇幅的小说，从内容上看，这一次，维克拉姆·赛思没有把目光继续投向印度社会，而是将小说的背景放到了英格兰。人物也比较少，只有在一个演奏四重奏的乐团里的四个乐手。我感觉这部小说似乎不是维克拉姆·赛思写的一样，显得轻而薄了：小说的主题是音乐和爱情，以这个四重奏乐队的四个人的情感生活为线索，逐一展开了叙述。四个人中，第一个是脾气古怪的迈克尔，第二个是心地善良的姑娘海伦，第三个是海伦的弟弟皮尔斯，他是一个同性恋，第四个是已婚的作曲家比利。这四个人沉浸在他们自己的小圈子里，并不愿意和更多的人和事情搅和在一起。《相等的音乐》中，叙事者是迈克尔。他感到自己在精神上特别孤独，因为他悄悄地爱上了一个姑娘，但是和那个姑娘擦身而过了。小说中弥漫着一种伦敦的雾气一样湿冷和孤独的气氛，对英国社会中人和人之间的疏离与隔膜，可以说描绘得相当精彩，对四个人的内心也作了深入挖掘。

因此，我感觉维克拉姆·赛思写这部小说，也许是为了证明他能够驾驭英国题材，而不止是一个写印度生活的高手。但是，我感觉《平等的音乐》显然是一部一般化的作品。从题材、人物、篇幅、主题上来考察，显得狭小、稀少、短小和集中，和他此前的《如意郎君》的开阔和复杂相比似乎有着相当大的差距，令我有些失望。不过，维克拉姆·赛思在这部小说中显示了他丰厚的音乐修养和对英国社会的精确观察。维克拉姆·赛思想证明他能够驾御英国题材，可是一不小心，陷入到某个狭窄的缝隙里了。

2005年，维克拉姆·赛思又推出了一部长篇小说《二人行》，小说的篇幅翻译成中文在30万字左右，具有着鲜明的纪实性。小说的时间跨度几乎囊括了整个20世纪，以一对夫妻的一生来呈现20世纪的历史以及历史变幻打在个人生活和经历中的烙印，场景主要在欧洲，再次展现了维克拉姆·赛思宏阔的视野。他写这部作品，是以自己的大伯和大伯母作为人物原型的。

小说描绘了印度青年山迪·赛斯的故事，他出生于印度一个偏僻的山村，从小勤奋好学，1931年，他来到了德国柏林学习医学。第二次世界大战前，山迪·赛斯又来到了英国爱丁堡，在那里碰到了来自德国的犹太姑娘汉妮，两个人相爱了。于是，这两个人经历了生离死别，在第二次世界大战结束之后才结为了夫妻。他们共同经历了第二次世界大战的残酷、印度的独立、东西方的冷战、柏林墙的倒塌等等20世纪的重大历史事件，但是，不管外部世界如何变化，他们之间的感情却越来越坚固。小说中还有一条副线，描绘的是维克拉姆·赛思自己在英国留学的时候，和他的大伯与大伯母接触与生活的情况，以及他后来从英国到美国斯坦福大学留学的生活。最后，他决定放弃学习经济学，改行开始写作诗歌，并且热爱上了文学。

这部带有浓厚纪实性的作品似乎很难归类，到底是他关于自己亲戚的传记，还是一部带有虚构色彩的小说，仁者见仁，智者见智。但在一些细节、场景和对话的描绘上，显然还是小说的写作笔法，虽然，人物的主要经历带有作者自己亲戚的影子。我认为它仍旧是一部小说作品。而且，这部作品要比他的《相等的音乐》水准高。

维克拉姆·赛思现在还不到60岁，他还有可能写出更好的作品。可以说，维克拉姆·赛思和很多用英语写作的印度裔作家一起，从印度文化出发，以世界性的眼光写出了一种跨文化、跨种族的"世界小说"，这种"世界小说"并没有简单地迎合西方对东方的猎奇心理，没有专门去讨西方读者的好，也没有以东方的眼光重新打量西方世界。维克拉姆·赛思从印度文化中汲取真正有价值的营养，写出了描绘广阔的印度社会的新现实主义小说，这可能是20世纪末相当重要的一个文学现象。

眼下，不少作家从非洲、亚洲和拉丁美洲出发，以第一世界的语言来讲述第三世界国家和民族的故事，他们的作品丰富了20世纪末和21世纪初的世界文学。现在，几乎每年的布克小说奖的入围名单上，都有来自南亚印度、巴基斯坦、拉丁美洲加勒比海地区的国家的作家，像维克拉姆·赛思、罗辛顿·米斯垂这样的小说家，以他们丰富的写作真正地丰富了英语文学本身，这也是英语文学目前非常强盛的主要原因。也许，那么多"后殖民"或者"无国界"作家的出现，预示着在 21 世纪里，将会有一种新的融合各个民族的文学和文化的"世界小说"的出现？我还不能完全肯定。我不知道这是不是歌德所说的那种"世界文学"，是不是卡洛斯·富恩特斯所提倡的那种"无国界文学"，也不知道是不是大江健三郎所呼唤的、作为世界文学之一环的亚洲文学。但是，在维克拉姆·赛思的笔下，这样的小说已经诞生了。

阅读书目；

《如意郎君》(选译)，刘凯芳译，载《世界文学》杂志 2001 年第 1 期

《A SUITABLE BOY》,（《如意郎君》英文版），英国凤凰书屋 1993 年版

在印度的微光中

——将印度女性的视野和感受带入英语文学的安妮塔·德赛

安妮塔·德赛是一位著名的印度裔女作家，她以独特的女性视角传达出印度人灵魂深处的五彩斑斓，深刻地刻画了上个世纪印度人的心灵世界，并且将印度女性的视野和感受带入到英语文学的浩瀚江河中。

精神分析：《哭泣吧，孔雀》

印度和印度裔作家创作的英语文学是 20 世纪下半叶世界文学的一个亮点。我在和一些西方作家的交流中，不止一次听到了诸如"印度作家太会讲他们的故事了"的感慨。除了萨尔曼·拉什迪、维·苏·奈保尔、维克拉姆·赛斯、罗辛顿·米斯垂这些闻名世界的男性小说家，安妮塔·德赛可以算是印度裔作家中最杰出的女作家了。她以精微的笔触、细腻的感受、丰富的心理刻画与深度的精神分析，以女性的独特视角传达出印度人灵魂深处的五颜六色，把 20 世纪印度人的内心世界描绘得栩栩如生。

安妮塔·德赛1937年出生于印度德里的一个中产阶级家庭，她是一个混血儿，父亲是孟加拉人，母亲是德国人，因此，她自小就在两种文化混合的家庭环境里长大，既熟悉印度文化，又从小学习了英语和德语。她在家里和母亲说德语，出门遇到了其他人则说印地语。安妮塔·德赛属于早慧型作家，她7岁的时候就能用英语写作了。据说，9岁开始，她用英文写的文章就在报刊上发表了。中学毕业之后，她进入德里大学英语文学专业学习，20岁的时候获得了文学学士学位。大学毕业之后，她来到加尔各答，参加了当地大学的一个写作训练班，认真地学习文学写作，在反观自身所受到的多种文化的熏陶中，努力地寻找自己的文学道路。

纵观安妮塔·德赛的文学创作，我把她的小说创作分为三个阶段。第一个阶段从1963年起，这一年里，她出版了自己的第一部长篇小说《哭泣吧，孔雀》。这部小说以女性的视角，探讨了印度女性在社会中的真实处境和受压抑的状况。在这第一个阶段里，她将笔触放到探讨印度女性的社会处境和精神状态上，写出了非常奇特的带有精神分析和心理分析特征的小说。《哭泣吧，孔雀》的主人公是一个有着独立思想见解的女性玛娅，她一直渴望能够有自己独立的生活空间。但是，在印度种姓制度的阴影下，在男权社会的影响下，在印度传统文化习俗的压抑下，她不得不选择了一条死亡之路。

小说的叙述是第三人称的，主要情节是以玛娅的成长为主线，描绘她成长，结婚以及在婚姻中感到严重的不适应的情况。从小说的叙述方式上可以看出安妮塔·德赛受到了意识流小说和存在主义小说的影响，语调是那种神经质的，内部紧张的，模仿了玛娅的精神恍惚的状态。

这部小说也可以说是一部精神分析小说，我感觉到主人公玛娅似乎是弗吉尼亚·伍尔芙和萨特笔下的某个人物——比如《达罗卫夫人》和《恶心》的主人公——的混合体。玛娅总是感到周围的环境给她施加了压力，她感到非常的不适应。从玛娅的视角，几个女朋友的境遇都不很好，没有一个是幸福的，都是在男性社会和夫权社会的桎梏下苦苦挣扎。而玛娅的父亲也在不断地给她灌输印度传统观念中的宿命论和来世观，这些压力加到了弱女子玛娅的身上，给她形成了一个精神紧张的磁场。于是，她开始出现幻觉，一种死亡的预感也纠缠着她。我感觉，安妮塔·德赛如同在用这部小说解释弗洛依德所提出的"死本能"，主人公玛娅仿佛着魔一样地开始感到自己被死亡的意念所俘获了。结婚之后，她的生活平静温馨，但是，玛娅却有强烈的窒息感，她渴望被大家接受，可大家却觉得她离他们越来越远。她的丈夫戈马塔对她很好，却不知道妻子的精神状态出现了异常，正在逐渐走向崩溃。玛娅本来视丈夫为和她外界交往的唯一窗口与途径，但是，她发现这扇窗户对于她的心灵世界来说也是关闭的，他们之间缺乏心灵呼应和沟通。最后，在精神崩溃之后，玛娅杀死了无辜的丈夫，随后也自杀身亡了。

从上述情节来看，《哭泣吧，孔雀》显然是一部女性悲剧之书，它塑造了女主人公的刚烈性格和决绝勇气所导致的自身毁灭的形象，带有控诉和批判的色彩。不过，我感觉安妮塔·德赛设计玛娅杀掉自己无辜的丈夫这样极端的情节，多少显得有些理由不充分，就像是专门为女权主义者量身定做地写了这部小说一样。因为事实上，绝大部分印度女性很难有这样决绝的选择——杀掉自己的丈夫，而且是在丈夫没有明显过错的情况下。我觉得，这是这部小说容易被诟病的地方。但是，当我把这部小说理解为是"一个有精神疾患的女人杀死了自己的丈夫"的故事之后，似乎就说得通了。

现在看来，这部小说带有浓厚的象征性——玛娅的丈夫戈马塔其实就是印度的男权社会、传统习俗和宗教桎梏的象征物，她出手杀掉他，实际上是在以极端的方式向男权社会进行反抗。我还联想到台湾女作家李昂在20世纪80年代写的中篇小说《杀夫》，不知道是否受到了这部小说的影响。也许，在女权主义高涨的20世纪后半叶，杀夫的想象和幻觉，持续地在世界各地的女人们的内心里爆发和闪耀，尤其是在女作家的想象中沸腾。不过，作为一个通情达理的男人，我很欣赏安妮塔·德赛在26岁的时候，在印度那样一个严重压抑女性的社会里，能写出这样一部带有深度精神分析和女性主义色彩的现代小说，十分难得。她的书写细腻生动，描述精微敏感，心理描写尤其漂亮。

可以说，《哭泣吧，孔雀》以冒犯男权社会的情节，以耸人听闻的结局，将印度女性的隐秘愿望和社会处境以决绝和惨烈的方式呈现了出来，来引发大家的注意，小说也因此获得了巨大成功。安妮塔·德赛也依靠这本书而一跃登上了印度文坛。

女性视角：《城市里的声音》

安妮塔·德赛的小说里，声音、感觉和心理描写一直占有着重要的地位。安妮塔·德赛创作的意义恰恰在于这个地方。她发挥了女性细腻的心理感知的长处，从小的地方入手，不断地描绘着一个被女性所体察的复杂的印度社会，用女性的视角来重新估量印度社会的一切价值观。

《哭泣吧，孔雀》获得了成功之后，1965年，她出版了自己的第二部小说《城市的声音》，继续通过女性视角来观察印度社会。小说中的主人公叫莫尼莎，是一个具有独立思想的现代印度女子，她的形象和安妮塔·德赛的第一部小说中的玛娅多少有些相像。但是，这个莫尼莎似乎要更加现代和激进一些，而且还更强有力一些。她爱上了一个印度男青年尼罗德，因为尼罗德富有魅力，有自省精神，试图追寻一种有价值的人生。他们陷入了爱河。

但是，由于双方家庭的社会地位和宗教习俗的反差，使他们两个人很难结婚。尼罗德本人也反对婚姻，他认为，在到处都是羁绊的印度社会里，婚姻是痛苦的、有危害性的，他无法以结婚的方式给她以承诺。这使莫尼莎感到了痛苦和强烈的孤独，个性很强的她认为，假如不能和心爱的男人在一起过有意义的婚姻生活，那么等待她的就将是死亡。最后，她感到谋求婚姻无望，随即以自焚的激烈方式告别了人世。尼罗德在她自焚之后，似乎有所了悟，后悔自己应该坚强一些，抵抗住社会的压力和她在一起，但是他的这种了悟来得太晚了。

《城市的声音》这本小说讲述了一出悲剧，有着撼动人心的力量。书中所描绘的社会气氛是令人窒息的。小说中，安妮塔·德赛强调的就是印度城市中那种看不见、摸不到的声音，那实际上是无形的文化习俗和社会风气给人带来的压抑与控制。在写这本书的时候，安妮塔·德赛有意识地将印度现代都市的面貌和声音都纳入到小说中，尤其是对市声的描绘。小说中的市声是一种潜在的巨大力量，那种声音如同美国作家唐·德里罗笔下的"白噪音"一样，广谱般地分布在印度社会的各个角落，城市的嘈杂和低频声分布在女主人公的周围，以单调、乏味、保守和僵硬的姿态，禁锢着人们的生活和心灵。最后，女主人公自焚了，男主人公在通往了悟的途中警醒。

《城市的声音》仍旧是一部带有精神分析和心理分析特征的作品，安妮塔·德赛深入到人物的内心里，去探察主人公幽暗的精神世界。按照我们一般的经验，一个女人，你看见她坐在那里，你很难知道她有一个什么样的内心世界。安妮塔·德赛也认为，人们平时看到的"只是一个人的表面，如同冰山浮现在水面上，只是十分之一的部分，剩下的十分之九都需要作家去仔细挖掘了"。

我觉得，她这个理论和海明威的那套"冰山理论"有所不同。海明威的"冰山理论"说的是作家要直接写出那冰山浮在表面的七分之一，用这七分之一来显现那没有被明确显现的七分之六的部分，那七分之六就不写了；而安妮塔·德赛的"冰山理论"的意思是，一个人表面上显现出来的只有十分之一，那没有显现、等待挖掘的有十分之九，她写的小说本身，就是那十分之九的内容。这等于说是海明威做了减法，而安妮塔·德赛则做了加法。因此，她注定要像绣花一样，或者像做科学实验那样，把人的内心世界的切片放在显微镜下，把主人公的思想、情绪、内心、灵魂的波纹都放到文字的显微镜下去呈现，把十分之九的内容写出来。这是她的小说的一大特点。

我觉得，安妮塔·德赛笔下的女主人公，和卡夫卡笔下的人物多少有一些呼应的关系。这两个作家都描绘了一系列和现代社会的具体环境激烈冲突的人物，不同的是，卡夫卡笔下的人物更加抽象，更像是寓言中的人物，是一个被抽空了的符号和象征物在和同样被抽空了的世界相对抗；而安妮塔·德赛笔下的人物都是非常具体的可感的人，在和现存的世界发生具体而生动的、可感的冲突。

自先前两部小说获得成功之后，安妮塔·德赛又出版了长篇小说《再见，黑鸟》（1968）《今年夏天我们去哪里》（1975）《山火》（1977）等，大都从女性视角来呈现当代印度社会对女性的压迫和歧视，以及女性的觉醒和反抗。

小说《再见，黑鸟》中，安妮塔·德赛动用了家族史的一些材料，以自己母亲的一些亲身经历作为素材，将东西方文化的冲突作为主题，描绘了在印度生活的西方人如何最终融入印度社会的艰难过程。她的母亲作为德国人，融入到印度社会的过程异常艰难。大量生活的细节雕刻出关于母亲的肖像，读起来亲切而具体，使我们看到一个时代的诞生和消逝。

安妮塔·德赛的小说《今年夏天我们去哪里》翻译成中文在10万字左右，可以说是她的小说里篇幅较短的一部，故事线索比较单一，但有着一种凝聚的力量。安妮塔·德赛一贯善于描绘精神状态异常的女人，这部小说的主人公又是这么一个女性，好像只有这样的女性形象才可以完全地表达她的观念。

女主人公叫希塔，她想逃避现实婚姻的烦扰，一个人跑到了她在少女时代曾有过一段奇异经历的海岛上，想借助父亲当年在这里施展过的魔法的力量，使自己成为一个再也不生孩子的女人——把她肚子里怀着的第五个孩子永远地留在肚子里。在那座海岛上，希塔想起自己的少女时代在这里体验过的那种神奇的感受，回忆了已经度过的人生岁月，她的婚姻、家庭、丈夫和已经有的孩子们，这些回忆在她的内心深处激荡起复杂的感情。

于是，在不断的回忆性叙述中，希望、绝望、喜悦、痛苦、欢乐、恐惧等各种情绪不断地交织着，在她的内心里形成了一股股激流和波浪。最后，她的丈夫来到了海岛上，找到了她，把她接回家，她也并没有召唤到魔法，来使自己肚子里的孩子留在那里。她不得不跟随丈夫一起回家了，准备继续去生下自己的第五个孩子。

我感觉这部小说不像她的《哭泣吧，孔雀》那样有着极端的故事情节，但是，女主人公希塔的形象塑造则更加真实。小说中，希塔自己演绎了一出显得有些滑稽的出走喜剧，她经历了一番幻想，却发现父亲当年表演的魔法是假的。她最终认可了自己的命运，重新回到过去生活的轨迹中。小说以精细的心理描绘将一个印度女性复杂和微妙的内心感受表现了出来，也呈现了她的生存境遇的两难。由于对女性社会地位和心理世界的精确描绘，该小说获得了 1979 年印度出版家和作家联合会所颁发的优秀小说奖。

长篇小说《山火》的写作表现出安妮塔·德赛继续开拓女性主义题材小说写作空间的努力。小说中，一个和她过去的小说所塑造的主人公玛娅、莫尼莎等差不多的人物又出场了。有时候，我觉得对于一些作家来说，可能他们一辈子都在写着同样一本书，不同的是，每本书都是那一个终极版本的变形而已。安妮塔·德赛的小说就让我产生了这样的联想，我希望她最终能够让我解除这个想法。

《山火》的主人公依旧是一个女性，她的名字叫楠妲。从表面上看，她是一位非常传统的印度女性，小说的一开始，她就过着一种相夫教子的平静生活。她喜欢穿印度妇女常穿的衣服，喜欢孩子并且操持着所有的家务，也很听丈夫的话。不过，在每天下午的时候，楠妲会留出一个小时的时间，专门给自己用于沉思默想。这个时刻完全属于她自己，如同伍尔芙强调要"有一间自己的屋子"，楠妲则需要每天有自己的一小时。在那一个小时里，楠妲喜欢沉浸到自己的世界里，拒绝外部的一切，完全入定。而且，她后来到了拒绝一切来访者的地步。

她这么做，显然是为了给自己在琐碎的日常生活中的消磨和压抑寻找一种精神安慰，寻找一种解脱。在表面平静的生活中，她感到了一种莫名的痛苦，但是，这种痛苦又无法言说，这使她陷入到一种尴尬的境地。于是，楠妲就越来越孤独，也就越来越陷入到孤独的静默当中了。小说在呈现楠妲的孤绝的精神世界的时候，用笔非常细腻生动。而和楠妲相对应的人物是她的小孙女拉卡，她也是一个喜欢孤独并且总是躲在一边独处的小女孩。最后，拉卡为了引起大家的注意，跑到了附近的森林里，点燃了山火。熊熊的大火吞噬了森林，也使楠妲的内心受到了巨大的震动，使她获得了佛教中的某种启示，准备打开心扉，改变对生活的看法。

我注意到，在安妮塔·德赛后来的小说中，情节不再那么极端、离奇和富有戏剧性，而是在波澜不惊的状态里完成对心灵世界的塑造。小说《山火》获得了 1978 年英国皇家文学会颁发的威尼弗德雷文学奖。

149

家族经验：《白日悠光》

1980 年出版的《白日悠光》是安妮塔·德赛最具代表性的作品，也标志着安妮塔·德赛的写作进入到第二个阶段。在这个阶段，安妮塔·德赛的视野明显扩大了，她不再将注意力放到某个女性的身上，而是更多地表现社会和家庭之外的历史、现实对印度人的精神世界造成的影响。她的小说的主人公也不再是精神幽闭的单个的女性，而是什么样的人都有了。《白日悠光》这部小说动用了安妮塔·德赛本人一些非常重要的家族史的经验材料，将家庭编年史和当代印度的历史编织在一起，以一个家庭的四个孩子的成长、变化和分离，间接地反映了了现代印度历史本身所具有的生长和裂变的力量。

我喜欢安妮塔·德赛这部小说的最主要的原因，在于她强有力地突破了自己擅长的女性视角的小说巢臼，描绘了更加广博的印度世界。也就是说，她不再是一个专门描绘多少带有些精神疾患的女性的高手，不再着重于对印度女性社会地位、社会环境的批判，不再将笔触更细微地放到主人公的心理感受上，而是以相对粗粝的笔触，把四个兄弟姐妹的人生轨迹如歌如泣地呈现了出来，仿佛是一部四重奏，又仿佛是一部有四个乐章的大型交响音乐，把印度现代史上的社会动荡、种族冲突、宗教冲突、文化隔阂和人内心的恐惧与忧伤统统表现了出来。而且，安妮塔·德赛在写这部小说的时候，也运用了自己很擅长的从小处入手和着眼的写作技法，把四个主人公的成长阶段里最重要的事件、最强烈的内心感受作为小说的主要部分，如同中国画中的点染和重彩部分，与其他次要的情节的氤氲和熏染连接起来，形成了独特的叙述面貌。

美国作家安妮·泰勒评价这部小说的时候说："《白日悠光》确实做到了唯有最棒的小说才能达到的境界：它完全淹没了我们。它让我们深深地沉入另一个世界，深到我们几乎担心再也爬不出来。"

这部小说出版之后，获得了广泛的好评，并且进入到 1981 年英语布克小说奖的决选名单，但最终败给了拉什迪的《午夜的孩子》，与这个英语文学大奖失之交臂。安妮塔·德赛一生中有三次最终入围了英语世界的最高文学奖布克奖，但是三次都与之擦肩而过。1985 年出版的长篇小说《在拘留中》也是如此。

从小说的题目上看,《在拘留中》显然是一部描绘当代印度社会矛盾和冲突的小说。这一次,安妮塔·德赛小说的主人公终于变成了一个男性,他叫戴文,是一个老师,也是印度大街上到处都有的那么一个普通人。他喜欢家庭,热爱生活,但是在生活和事业中却不断地遭到失败:在学校遭受排挤,在社会上遭受奚落,只有家庭是他的避风港。后来,一个著名的乌尔都语诗人请他做私人秘书,戴文欣然答应了,因为他崇拜印度诗人奴尔。在奴尔的具有印度文化和完美语言的诗歌感召下,戴文找到了精神的故乡。

这部小说通过对戴文这个小知识分子在印度特定的文化环境和历史阶段中的生存困境和精神寻求,把一个印度小人物试图冲破生活的沉沦和打击,去寻找精神和文化归属的历程描绘了出来,生动异常,没有获得布克小说奖的确很遗憾。

1989 年,安妮塔·德赛出版了小说《鲍姆加特纳的孟买》,进一步将小说的题材和视角放大。这部小说的主人公是一个流落到印度的德国犹太人,在二战期间,他为了躲避纳粹的屠杀而跑到了印度。一个德国犹太人在印度,那种巨大的文化差异和疏离感一定是非常强烈的。这个叫鲍姆加特纳的德国犹太人不得不在孟买开始他的新生活。由于犹太文化的巨大影响,他很难进入到以家庭为单位的印度社会的内部。结果,鲍姆加特纳成了孟买的局外人,成了印度社会的边缘人。他为了躲避屠杀来到了一个陌生之地,可是,这里也不是他的归属之地,他像浮萍一样漂浮在印度社会的水面上,没有根基,没有方向,也谈不上有生活的希望和喜悦。

我前面说了,安妮塔·德赛的母亲就是一个德国人,因此,她从小就非常熟悉在印度的德国人所遭遇的文化命运。这部小说将东方和西方、印度和犹太人文化之间的隔膜都表现在一个人的遭遇上,体现出文化差异和交融的困难,是她的一部扩大了题材范围的突破之作。

安妮塔·德赛 1995 年出版的小说《伊萨卡之旅》和上面这部小说主题接近,继续以印度社会的外国边缘人作为主人公,来探讨印度文化的特性和中西文化交融的困难。小说的主人公是一对来自西欧的夫妇,他们过去是嬉皮士，喜欢那些神乎其神的东方宗教体验，因此，他们来到印度的目的主要是体验印度的宗教神秘。于是，在体系庞大、复杂深奥的印度宗教文化面前，在印度唯灵论宗教组织中，这两个来自欧洲的夫妇受到了很大的震撼，自身的生活和精神都卷入到印度庞大的文化和宗教体系的漩涡里，演绎了一出多少带有滑稽色彩和荒诞情节的故事。这是一部关于文化相遇的小说，是多元文化时代里异质文化之间相互倾听和沟通的文化小说。安妮塔·德赛使她笔下的主人公跨越了文化的障碍，找到了一条通向伟大而神秘的印度文化的小径。

跨越国界：《禁食，饕餮》

安妮塔·德赛的小说在结构上并无新奇之处，她最大的特点在于，她确立了一种自己独有的叙述语调，这种叙述的语调决定了她作品的一种叙事基调。她的语言有着诗歌才具有的清新、明晰和流畅的风格，其间夹杂大量诗歌的意象，一些描述又颇具象征性。在内心独白、意识流动和心理描述上，她都有过人的功力。

1982 年，已经 45 岁的安妮塔·德赛第一次真正地离开了印度，开始在欧洲、北美等地周游和居住，期间也在一些大学教书，在美国波士顿、印度德里、墨西哥的墨西哥城、英国剑桥、德国柏林之间来回穿梭，成为了"无国界作家群"中很重要的一位小说家。这个时期，安妮塔·德赛进入到她的晚期写作阶段，也就是她写作的第三个阶段，以长篇小说《禁食，饕餮》的出版作为标志。

《禁食，饕餮》出版于 1999 年。此时的安妮塔·德赛已经 62 岁了，岁月的沧桑和在全世界的游历，使她的视野更加开阔了，小说的背景带有了全球性地理特征，美国、印度、英国、墨西哥都是她笔下人物活动的范围。于是，运用他者的眼光来反观印度，又从印度内部出发来看世界，是她小说写作的一个新的方向。从篇名上，《禁食，饕餮》这部小说显然和食物有关。的确，这部小说的切口，也就是切入点，就是不同种族和文化对待食物的看法、观点和态度。

《禁食，饕餮》里的主人公有三个，分别是一个家庭的两个女儿和一个儿子。大女儿乌玛出身于印度一个中产阶级家庭，她是这个家庭的长女，父母对她非常忽视，整天就让她干家务，做活计，而把全家的希望寄托在了乌玛的弟弟阿伦的身上。乌玛还有一个妹妹，聪明漂亮，和乌玛的性格刚好相反，很受父母的喜欢和宠爱，因此，长女乌玛在大家庭里就是一个被忽视、被轻看的人。小说就围绕着这三个孩子在婚姻、爱情、求学的遭遇，展开了他们不同的人生道路。显然，在这部小说中，长女乌玛是安妮塔·德赛寄予最多同情的人物，她被父母做主和一个男子订婚，最终这场姻缘却失败了，这使得乌玛的内心遭受了巨大的打击，她感到无比痛苦和伤心，而她的家庭也为此损失了一些钱财，父母对她的态度就更加恶劣了。妹妹凭借自己容貌出众和聪明伶俐倒获得了一桩好姻缘，她嫁给了一个家庭富有、相貌英俊的青年，这给乌玛的内心带来了更大的压力。乌玛于是陷入到禁食的地步，她对食物由喜欢到厌恶，最后到连饭都不想吃了，开始拒绝进食。她的弟弟阿伦带着父母的全部希望到美国求学，寄宿在一户人家里，但阿伦发现，房东的太太和女儿都是那种反对大男子主义的人，和房东先生的大男子主义形成了鲜明的对比。而房东先生是一个非常喜欢吃烤肉的男人，对烤肉和烤肉架的喜欢超过了一切其他乐趣。房东先生的饕餮与阿伦姐姐对食物的厌烦形成了对比，也构成了这部小说的内部隐喻，将印度移民家庭和美国家庭之间的文化冲突和差异性表现得非常生动具体，将现代社会的种族和多元文化的离散状态下人性的挣扎、灰暗和亮色都呈现了出来。

1999 年，这部小说入围英语小说布克奖决选名单，最终以微弱的差距惜败于南非作家库切的小说《耻》，不能不说是一个遗憾。

安妮塔·德赛创作后期重要的小说还有出版于 2004 年的长篇《曲折人生路》。安妮塔·德赛周游列国，曾经在墨西哥城讲学，因此，这部小说的背景放在了墨西哥。

小说讲述了一个美国人埃里克在墨西哥这个美国的南部邻邦艰难求生存和寻找人生意义的故事。埃里克是一个刚刚从大学毕业的年轻人，他有志于成为一个历史学家，但是，他对自己的人生方向并没有确切的认识。于是，他和打算进行科学考察的女朋友艾姆一起来到了墨西哥。

最后，在墨西哥尤卡坦半岛上，两个人争吵之后分手了，艾姆回到了美国，埃里克则一个人留了下来，因为他寻找到了自己的方向，那就是，去追寻自己的先人在墨西哥的开拓史。他来到了一个有银矿的小镇上，通过对历史资料的查看和对当地矿工的调查，逐步了解到自己的祖先在这里的生活面貌。同时，他的调查研究也触动了当地的政治势力，他被一个矿主的遗孀多娜盯上了。多娜的历史非常复杂，通过和她的接触与了解，埃里克渐渐了解了多娜鲜为人知的过去，迸发出情感的火花。多娜的经历和埃里克对自己祖先的调查，共同构成了埃里克的历史调研的最重要的原始材料。

小说的结尾是墨西哥非常隆重的节日——万圣节，这一天，一切死去的灵魂都重新出现了，时间和空间交叉在这个点上，历史、现实、未来，墨西哥印地安文化、美国文化和当代西班牙语文化都纠缠在一起，显示了人的一生将走过的曲折的道路，使小说的内部空间遽然变大了，埃里克也找到了属于自己的道路。

有趣的是，尽管安妮塔·德赛三次入围布克小说奖，最终都功亏一篑，但是，她的女儿基兰·德赛却凭借自己的第二部小说《失落》轻松获得了2006年的布克小说奖。所以评奖的事儿，有时候全靠机缘。我看安妮塔·德赛的命运之所以不济，是因为两次评奖都碰上了强劲的对手——拉什迪和库切。凭心而论，获奖作品《午夜的孩子》和《耻》都是非常出色的，安妮塔·德赛的小说碰巧和这样杰出的作品在同一年里相遇，也是比较倒霉。因此，她深知写作的难度和获得成功的难度，就一直告诫出生于1971年的女儿基兰·德赛，不要想着去走文学道路。可是，基兰·德赛不听母亲的，她在15岁之后移居到英国，后来到美国和母亲团聚，在哥伦比亚大学学习写作课程。1998年，基兰·德赛27岁的时候就出版了第一部长篇小说《番石榴果园里的喧闹》，以描绘了当代印度生活的丰富性而获得了英语世界的好评。

2008年5月，在帕慕克来华举办的演讲会上，我似乎见到了基兰·德赛坐在前排的身影。2006年10月10日，在帕慕克获得诺贝尔文学奖的前两天，当年的布克小说奖揭晓，基兰·德赛凭借《失落》夺得了该奖的5万英镑。评审委员会对《失落》高度赞扬，认为它是"一部伟大的小说，深刻地刻画了人性，文风淡雅而带点戏谑，针砭时弊而又犀利痛快"。《失落》的获奖，使基兰·德赛帮助母亲安妮塔·德赛实现了自己的愿望——摘得英语最高文学奖布克小说奖。基兰·德赛在布克奖颁奖仪式上说，她的母亲安妮塔·德赛虽然三度入围三度失利，但此时也会为女儿感到骄傲的。

《失落》这部小说从结构上形成了复调特征，以主线和副线的形式讲述了两个故事。

主线讲述了在印度位于喜马拉雅山南麓地区的一个退休法官家里，来了一个不速之客——他的失去了双亲的孙女赛。赛的到来，不仅改变了老法官的生活，也刚好与尼泊尔发生的革命同步。我们知道，尼泊尔一直是一个山地王国，多年来，尼泊尔政局不稳定，一直有反政府的尼共（毛主义）游击队和王国的政府军对抗，并且不断地发生流血事件，最终导致了2008年的国王退位和还政于民，使国家走上了议会民主制的现代共和之路。小说《失落》的背景是在20世纪90年代，正是喜马拉雅山下的地区骚乱频繁的时刻。特定地域的特定政治和文化环境纠缠着个人生活的突然变化是这部小说的特点。

小说的另外一条线索是这个退休法官的两个儿子的故事。他们来到美国，在一家餐厅非法打黑工，在美国这个社会里艰难求生存。就这样，《失落》将喜马拉雅山下的印度退休法官的生活和美国的新移民的生活联系起来，给我们提供了全球化背景下一种多元文化和生存的复杂景象。

眼下，全世界正在变成一体，如同"南美洲的蝴蝶扇动翅膀，就会带来喜马拉雅山下的一场暴风雨"那样，这部小说给我们呈现的就是这样的一幅全球化的图景。可以说，小说恰到好处地解释了美国"9·11"产生的原因：在21世纪全球化背景下，种族、文化、宗教、经济和科学技术之间的冲突和矛盾，不仅没有消弭，反而更加激烈了。这是人类面临的新问题，到达的新境况。小说也以其独特的结构和叙事方式而赢得了广泛赞誉。

安妮塔·德赛和她的女儿基兰·德赛，两代母女作家共同成为了耀眼的印度裔女作家，她们的小说写作丰富了英语文学的内容，并且将印度女性的视野和感受带入到英语文学的浩瀚江河中。

阅读书目：

《白日悠光》，姚立群译，台湾麦田出版公司 2005 年 9 月版

《失落》，基兰·德赛著，韩丽枫译，重庆出版社 2008 年 1 月版

从斯里兰卡出发

——反叛和颠覆传统的迈克尔·翁达杰

迈克尔·翁达杰身上具有跨越种族、国家和文化的特征，他自觉地运用这种混合的文化身份和文化意识，实践着自身"生于此地却居于彼处的国际混血儿，终身都在为回归或者离开故土而奋斗"的理念。

"无国界作家"代表人物

2009年5月18日，世界上很多媒体都报道了斯里兰卡反政府武装"猛虎组织"的首领普拉巴卡兰被击毙的消息，斯里兰卡现任总统拉贾帕克斯于19日宣布结束长达25年的内战，首都科伦坡一些老百姓放鞭炮庆祝。

斯里兰卡是印度洋上的一个岛国，和印度隔海相望，曾经是英国的殖民地，1948年独立后定国名为锡兰，1972年正式改称斯里兰卡。它的人口有2000多万，主要民族是泰米尔和僧加罗人，大多信仰佛教。"猛虎组织"是斯里兰卡民族矛盾的产物，是少数民族泰米尔人为了争取自己的民族权利所建立的反政府武装。这其中有合理的民族权利诉求，因为，斯里兰卡多数族裔僧伽罗人曾经于 1956 年通过了"只能使用僧伽罗语法案"，这是一项民族歧视法案，点燃了民族矛盾的导火索。法案推行到 1970 年，政府机关中的大部分职位已经由泰米尔人变成了僧伽罗人。因此，激进的泰米尔人开始创建准军事组织进行武装对抗，"猛虎组织"应运而生。他们的目的是想谋求在斯里兰卡的东部和北部聚集区建立独立的泰米尔族民族国家，也得到了国际社会的一些国家和组织的同情与支持。

自 1983 年"猛虎组织"打死了 13 名斯里兰卡政府军人之后，流血的内战就持续上演了 25 年，一共造成了 7 万多人丧生，几百万人无家可归。

由于泰米尔人广泛地分布在印度东南部和世界各地（光是加拿大就至少有 40 万泰米尔人），因此，"猛虎组织"能够长期得到来自国际上一些势力的支持和援助，金钱和武器通过庞大的国际走私网，源源不断地流入到斯里兰卡。但是，1991 年，"猛虎组织"炸死印度总理拉吉夫·甘地成为了一个转折点，有 30 多个国家宣布"猛虎组织"为恐怖组织并加以制裁。

后来，"猛虎组织"不断以人肉炸弹刺杀斯里兰卡政要，包括前总统普雷马达萨等几十个高级官员都被刺杀身亡。"猛虎组织"的首领普拉巴卡兰因此也越来越不得人心，加上他清除异己，对任何可能替代他的人，甚至是可能的接班人都采取清除措施，并杀害了很多泰米尔族知识分子，就更加为人所抨击。

2006 年之后，随着政府军和"猛虎组织"的军事实力发生了倒转，"猛虎组织"开始走向了衰落，加上早先普拉巴卡兰的手下大将、东部指挥官卡鲁纳率领 6000 多名武装人员向政府军投降，"猛虎组织"内外交困，走向灭亡就是不可避免的了。

最终，在 2009 年的 5 月 18 日，斯里兰卡内战结束了。不过，斯里兰卡政府军在军事上的胜利，还是无法解决存在已久的民族矛盾，除非政府真正落实有民族都接受的民族和解共荣政策，斯里兰卡全社会才能达成享有的和平。

因此，在这个时候，我就想起了从斯里兰卡走出来的作家迈克尔·翁达杰。迈克尔·翁达杰是眼下的"无国界作家"群中非常重要的一位，他的最著名的小说作品是《英国病人》，不仅获得了英语布克小说奖，拍摄的同名电影同样影响巨大，很多人都知道。

1943 年，迈克尔·翁达杰出生于斯里兰卡一个富裕的农场主家庭，父亲主要经营茶园，家境殷实。迈克尔·翁达杰的血统比较复杂，身上流着荷兰人、僧伽罗人和泰米尔人等多个民族的血液，因此，他后来成为跨文化和跨国界的"无国界作家"群中的重要一员，写作一种"世界小说"并且享誉世界就是理所当然的了。

幼年的他在父亲的大茶园里度过了愉快的无忧无虑的童年，11 岁的时候，他跟随母亲来到英国伦敦，在那里读了小学和中学。1962 年，19 岁的迈克尔·翁达杰从英国来到了加拿大，在多伦多大学就读并获得了文学硕士学位，后来，他主要在多伦多一所大学教授英语文学。

迈克尔·翁达杰最早也是从诗歌开始自己的写作生涯的。

1967 年，24 岁的迈克尔·翁达杰出版了第一部诗集《优雅的怪物》。从风格上看，这部诗集明显受到了法国超现实主义诗风的影响，诗句短促，意象丰富，表现了一个由语言所创造的想象世界，把眼睛所看到的社会不公化成一些畸形和突兀的象征物在诗歌中呈现。

1969 年，他又出版了第二部诗集《七个脚趾的人》，将澳大利亚——他曾经去那里旅行了一段时间——的中部地区那广阔且原始的荒野风景以一种半神话半民间传说的方式呈现，形式上以片段和截面为主，有的诗篇带有叙事性，有的则非常冷峻简短。

1973 年，他出版了诗集《鼠肉冻》，截取了现代人复杂的心理状态作为诗歌片段。

1979 年，他又出版了第四部诗集《我学会了用刀的技巧》，以非常生活化的句子，结合了英语意象派诗歌的风格，逐步地从日常生活中寻找到了诗歌的身影。该诗集获得了加拿大总督文学奖。

1984 年和 1992 年他还出版了诗集《世俗之爱》和《剥桂皮的人》，歌咏了爱情、婚姻和日常生活中的美丽和波折。可以说，迈克尔·翁达杰首先是一位杰出的现代主义诗人。

"身着狮皮"，浪迹荒野

我对迈克尔·翁达杰十分倾心的地方在于，他是一个杰出的文体家。在他后来的作品中，出现了拼贴、杂糅、互文的丰富形式感。他的作品最重要的特点，我觉得首先就在于其形式，形式本身就是内容。其次，则在于他的多元文化的广阔视野。而他的那些虚构和非虚构的文本大都具有强烈的实验性，其自身带有片段和解构的特征，因此，迈克尔·翁达杰被一些人贴上了"后现代主义小说家"的标签。不过，对于一个作家来说，被贴上什么样的标签，往往不被作家本人所认同，迈克尔·翁达杰似乎对自己是不是"后现代"和"无国界"作家没有什么兴趣，他不辩解，不反对，也不承认。

迈克尔·翁达杰在文体和形式上的实验是最应该被重视的。在出版了两部诗集之后，1970年，他开始了小说和其他文体的实验。这一年，他出版了一本跨文体的作品《小子比利作品选集》，假托美国历史上出现的草莽英雄、左撇子枪手小子比利的作品集的名义，将诗歌、散文、照片、访谈、剧本等文体组合起来，运用了多层结构和后现代的拼贴手法，把历史传说、作家想象、文体杂糅结合在一起，探讨了美国梦的暴力特征，又将加拿大和美国那种开拓荒野的精神注入其间。这本书因为其有趣的文本杂糅和对美国历史的戏仿与再解释而获得了赞誉，并荣获当年的加拿大总督文学奖。在这一年，他还出版了一部学术著作《伦纳德·科恩评传》。

由于《小子比利作品选集》获得了好评，迈克尔·翁达杰对自己能够驾轻就熟地运用各种文体信心大增，并继续在他后来的作品中进行大胆尝试。1976年，他出版了带有纪实文本特征的小说《经过斯洛特》，继续他在文体上的实验。《经过斯洛特》是以美国新奥尔良一个著名的黑人爵士乐手博尔顿的真实生平作为蓝本，他把真实历史人物、实地采访和小说虚构结合起来，描绘了一个著名的爵士乐乐手的生活和他所在的时代的气氛。小说以多视点、全透视的方式结构，以意识流和片段性拼贴的写法，使文本具有了画面和意识流动的结合特征，那些连续但是不断被隔断的画面，产生了一种顿挫感。小说以多人的视角来回忆，再现了当时的场景，以碎片式的缤纷印象，带领我们再度回到了那个爵士乐摇曳多姿的黄金年代。这部作品获得了评论家和普通读者的好评，并荣获了《加拿大书评》杂志颁发的小说奖。

1981年，迈克尔·翁达杰出版了一部篇幅在中文10万字左右的小说《世代相传》。这是他根据自己的家世所写的一部带有自传性的小说作品，非虚构文本的成分很大，有着迈克尔·翁达杰鲜明的个人风格：对历史人物和材料的精确把握，对形式感的痴迷，对片段叙述的爱好和强调。《世代相传》的品质非常特殊，介乎小说和自传之间，因此，我不把他的这部作品完全当做是"小说"。这部作品带有史实的成分，而迈克尔·翁达杰也很擅长在史实的基础上展开想象、描述和结构。

它的叙述是以小的段落来构成一个个的章节，仿佛到处都是空隙，作者只拣了一些最重要的东西呈现出来。在这些片段之间，留下来的空隙则是需要读者去回味的。因此，《世代相传》的形式很像是一部由文字片段所描述出来的老电影，画面感十分强烈，而且是那种黑白电影画面的效果。

那些在迈克尔·翁达杰的家族树上生长的祖先们，一个个宛如生动的水果停悬在历史的深处，被迈克尔·翁达杰用摄影机拍摄、定格、放大、缩小，被他剪辑成充满了蒙太奇趣味和诗意的纪录片。小说的语言似乎还带有爵士乐的那种并不很规矩的节奏和韵律。其中，照例插入了一些照片作为文本的补充。

我印象最深的一幅照片，是迈克尔·翁达杰的父母一起对着照相机做鬼脸的那一幅。两个成年人的鬼脸看上去滑稽、古怪，也投射出这两个人内心的疯狂。在作品中，最令我难忘的是迈克尔·翁达杰对他的舅舅的描述。他的舅舅性格奔放，不守规矩，像一个带有破坏性的艺术家那样落拓不羁，做事情往往超出常理，经常把事情搞得一团糟，甚至敢拉下闸使疾行的的火车都停下来。但是，他又是一个有浓重人情味的人，是对迈克尔·翁达杰最好的人。

通过这部小说，我们可以看到迈克尔·翁达杰如何剪裁自己复杂的血脉系统，使它成为一棵挺拔的、详略得当的家谱树，人性的微暗和丰富性在这部作品中得到了完美的呈现，从遥远的斯里兰卡发出的回声，在加拿大广阔的土地上回响。

迈克尔·翁达杰后来还尝试了写作电影剧本，他的小说风格的形成，可以说带有电影剧本的高度文学化和小说化的特征。身为加拿大新一代移民，迈克尔·翁达杰一直到多年之后才开始真正触及加拿大题材。1987年，他出版了小说代表作《身着狮皮》，将他独特的写作手法发挥到了极致。《身着狮皮》这个名字来自于古代巴比伦的神话传说史诗《吉尔伽美什》，说的是英雄吉尔伽美什在朋友死去之后，独自披上狮子皮浪迹于荒野之中，而这部小说显然是拿史诗作为一个互相映照的象征。

这个书名使我想到，小说一定和加拿大的荒野气息有关系。你想想，一个人身披狮子皮站在那里，独自面对荒野，这是一种什么样的感觉？一定是加拿大那种荒野气息带给了迈克尔·翁达杰灵感。同时，这个书名还有着诗歌的意象，斑斓、荒野、强悍和粗犷的气息扑面而来。

《身着狮皮》以迈克尔·翁达杰居住了多年的加拿大多伦多作为地理背景，在小说的内部时间的跨度上、在历史信息的容量上都是他的作品中最丰富的。

20世纪初期的加拿大多伦多，是一个移民众多，充满了拓荒气息的地方。迈克尔·翁达杰将他的视点聚焦在来自北欧的芬兰、西欧的意大利和南欧的马其顿的几户移民的身上。这些移民，在当时以英国人和法国人为主的加拿大移民中间也属于边缘人群体，因此，他们的故事就带有了边缘族群的特征。

迈克尔·翁达杰在翻阅一些历史资料的时候发现，在20世纪20年代，有一个加拿大的百万富翁叫安布罗斯·斯莫尔，有一天，他神秘地失踪了，从此没有音讯，这引发了迈克尔·翁达杰的文学想象力。由于对这个失踪的百万富翁的兴趣，他发现，官修的历史书记载的，都是那些有权力和有钱人的历史。他于是把目光放在了在历史书中消失的默默无闻的边缘移民们身上。他们才是多伦多历史的真正创造者。

小说虚构了一个和那个失踪的百万富翁多少有些联系的边缘人群，讲述了他们是如何在历史的夹缝里取得生存的权利。他们中间有工人、打工者、革命者等等。小说的核心故事是围绕着一座大桥的建设来展开的，以帕特里克·刘易斯这个从加拿大乡村来到多伦多谋求新生活的新移民作为主角，他接受了委托去寻找那个失踪的百万富翁，同时他也靠挖掘安大略湖底下的隧道来谋生。以他为中心人物，一些次要人物纷纷登场，由此演绎了一出非官方书写的历史和人生的大戏。尤其是他和两个女人的关系是小说着墨的重点，帕特里克在遭遇了两个女人的爱情之后，也准备披着狮子皮独自走向加拿大蛮荒之地，去迎接自己的命运。爱情、激情、愤怒和贫穷以及革命，这些东西在小说那片段式样的描绘中成为不断闪烁的主题，每个人都在寻找，都是历史琥珀中的蠓虫，都在寻找着人生的意义，并与时代的溃疡战斗。

在小说中，迈克尔·翁达杰并没有给我们一个确切的答案，他的写作风格也严重区别于狄更斯和左拉这些描绘下层百姓和边缘人生活的现实主义大师。

在狄更斯和左拉的笔下，大众是被同情被歌颂的主角，叙述更加真实有力，而这部小说由于片段式和摄影机眼式的叙述，反倒使得小说缺乏了一种厚实和密度感，在获得了后现代闪烁、不确定、碎片式的新小说的新奇之外，也失去了伟大小说本身应该具有的密度和厚度。因此，在读迈克尔·翁达杰的作品的时候，我一方面为他那摄影机眼式和片段式的叙述方式感到兴奋，感到新颖和新鲜，感到一种前所未有的活力，另外一方面，我又觉得他的小说缺乏史诗小说所具有的那种厚度、长度和密度。

《英国病人》：迈克尔·翁达杰的杰作

由于迈克尔·翁达杰的片段式、蒙太奇式的叙述使我觉得他有些投机取巧、偷奸耍滑，所以我觉得他的作品分量有些轻，不够厚重。一直到 1992 年，他出版了长篇小说《英国病人》，我的这种感觉才消失。

《英国病人》是迈克尔·翁达杰最好的小说作品，也是他影响最大的作品。小说的故事背景放在了第二次世界大战的后期，地点是意大利佛洛伦萨北部的一个废弃的别墅里。

163

从斯里兰卡出发

——反叛和颠覆传统的迈克尔·翁达杰

　　在第二次世界大战期间，那里是一个临时的战地医院。小说中出现了四个人物，他们之间构成了小说最重要的人物关系。迈克尔·翁达杰紧紧围绕这四个人，展开了有密度和强度的叙述。这四个人是：一个全身烧伤的神秘人物，被其他三个人称为"英国病人"，印度锡克族工兵辛格，护士汉娜，汉娜父亲的老朋友、英军特工卡拉瓦乔。

　　这四个人因为战争的原因，都聚集在那座废弃的残破别墅里。其他三个人搞不清楚这个全身都缠着绷带的伤员到底是什么人，对他的底细完全不清楚，因此，轮番地和他谈话，试图搞明白他的身份和受伤的原因。尤其是护士汉娜，她才20岁，父亲和母亲都在战争中死亡，因此她痛恨战争，悉心地照料这个"英国病人"。

　　后来，她才逐渐地了解到，"英国病人"是一个著名的地理学家和考古学家，名字叫奥马尔希。他原来是一个匈牙利贵族，在北非沙漠中考古的时候，他爱上了有夫之妇凯瑟琳。发现他们关系的凯瑟琳的丈夫驾驶飞机撞击她，结果，凯瑟琳受了重伤，生命垂危。为了营救凯瑟琳的生命，这个考古学家离开营地，前往英军那里寻求帮助，结果被英军当成是德国间谍控制起来。

　　为了能够尽快营救凯瑟琳，他找到机会逃脱了英军的控制，又被德国人俘虏了。为了营救在山洞的营地中等待他的垂死的凯瑟琳，他以地图和一些地理资料和德国人作了交换，换得了一架飞机。他驾驶飞机来到等待他的凯瑟琳那里，带着伤势越来越重的她冒险驾驶飞机离开了沙漠地区。但是，在飞行途中飞机遭到了盟国军队的攻击，飞机落到了沙漠里起火爆炸，奥马尔希侥幸生还了，凯瑟琳却死去了。浑身烧伤的奥马尔希被护士汉娜他们营救到那座破败的别墅里。这些都是他自己讲出来的。在汉娜获得了他的信任之后，他才开始给她讲述上述自己的生平和爱情经历。

　　最后，"英国病人"死去，间谍卡拉瓦乔也死去了，工兵辛格和护士汉娜之间却迸发了爱情，他们一起离开了那座废弃的别墅——临时的医院。

　　《英国病人》出版之后，获得了很大反响，还获得了1992年英语布克小说奖，使得迈克尔·翁达杰成为国际瞩目的小说家。

　　《英国病人》这部小说从写法上延续了典型的迈克尔·翁达杰的叙

事方式，就是打乱时间的顺序，将事件作为时间的一个个节点来重新编织故事，以片段的形式，将人物关系紧密联系起来，以之结构全部作品。

《英国病人》获得了巨大的成功，显然是因为它聚合了多种元素。首先是战争，可以说，这是一部广义上的反战小说，战争使书中的四个人物和没有直接出场的其他人物的命运都发生了改变，而且，其中很多人都面临了死亡的威胁、考验和最终结局。对战争的思考和描写是20世纪作家的一大主题，因为两次世界大战都发生在这一百年，战争使得每个人的生命轨迹都发生了重大的变化。

其次，小说对欧洲在20世纪上半叶推行的殖民主义也进行了反思，正是因为第二次世界大战的结束，才掀开了殖民地纷纷独立为民族国家的历史浪潮。

再次，小说对爱情、婚外情、欧洲文明、友情和历史文化都做了深入的表现，尤其是对两个主人公的爱情的描述，打动了无数人的心灵——虽然这段爱情是一场不道德的婚外情，但是却壮烈美好。而似乎只有婚外情才能被迈克尔·翁达杰写得这么的壮烈和华美：以飞机撞击谋杀情敌，出卖情报给德国纳粹去换取飞机救情人，飞机被盟军攻击爆炸后浑身受伤还在医院里念念不忘自己的情人，这些情节都是大众感兴趣的。因此，《英国病人》以混合了战争、历史、爱情、背叛和死亡的多侧面、多角度的元素成为了一部大热的作品。

迈克尔·翁达杰的作品的题材跨度非常大，寥寥几部作品的背景分别是美国、加拿大、澳大利亚、欧洲、北非、亚洲，可见他的视野之宏阔。

2001年，他出版了长篇小说《阿尼尔的幽灵》，终于将小说的背景放到了斯里兰卡。斯里兰卡也是一个多灾多难的国家，和亚洲、非洲自二战结束后所掀起的民族国家独立运动中纷纷独立的国家所遇到的内部问题一样，自20世纪80年代中期开始，在执政党和反政府的"猛虎组织"之间爆发了全国性的内战，一度，政府军、南方反政府军和北部的泰米尔分离主义游击队形成了三股厮杀的力量，形成了血腥的内战局面。这部小说就是以血腥的战争逐渐平息之后的斯里兰卡作为背景，来呈现这个岛国所经历的创伤。小说的中文译名非常好，叫做《菩提凝视的岛屿》。

佛陀在凝视着一个内战频繁的国家民不聊生的景象，成为小说的一个核心的意象。

小说讲述了曾经离开了斯里兰卡15年之久的安霓儿，带着联合国人权组织给她的使命，前往内战暂停之后的斯里兰卡，调查一场血腥屠杀中死亡的真相。斯里兰卡政府为了跟踪和控制安霓儿，专门派了考古学家瑟拉斯一同调查。结果，在一个考古现场，竟然发现了最近一些年死亡的人的骨骸。

安霓儿认为，必须调查这场屠杀的真相，即这些死者是什么人因什么原因被杀害的，但是她的调查却遇到了各种各样的困难和阻力。真相就在眼前，可她似乎无法取得进展。小说的主人公安霓儿有些像是作者迈克尔·翁达杰的化身，小说的写作技巧也非常高超，作者在这部小说中依旧采取了片段式的结构叙述方法，在写法上是以多角度、多声部呈现出多个视角来观察斯里兰卡，既有外部的打量，也有内部政府、市民和反叛者的注视，每个人、每个角度都是不一样的。他们共同在安霓儿寻找屠杀真相的过程中扭合成一种充满了复杂性的张力，使小说在以来自西方的眼光打量自身的民族矛盾导致的内部分裂的同时，还呈现出东方国家的文化特性和东方迈向现代国家的艰难性。在佛陀的面前，屠杀之血已经凝固，而人类的生命价值和生存的境遇，则依旧是一个艰难时世。

《菩提凝视的岛屿》是迈克尔·翁达杰以巨大的勇气来呈现祖国内部伤痛的作品。他以他者的眼光来重新审视祖国的现实，小说达到了人道主义的高度，又明显增大了叙述密度，具有了悲剧性的力量，其诗人般清晰明确的笔触依旧鲜明，拼贴般的叙述段落构成了小说的当代性和国际性，贯穿全书的线索非常清晰，都是按照安霓儿的视线来进行的。这是迈克尔·翁达杰的一部上佳之作。

远眺故国和历史

2007年5月，迈克尔·翁达杰出版了小说新作《远眺》，这一次，他把小说的背景放到了1970年代的美国。在小说的前半部分，主要人物活动在美国的加州和内华达州，他们都是同一个家庭的成员：安娜姐妹、她们的父亲和一个被收养的孤儿库柏，这四个人的命运非常复杂地纠结在一起，逐步将家庭内部的纷争、困苦和暴力的阴影呈现了出来。

其中，农场加州的景象和生活在迈克尔·翁达杰的笔下被描绘得栩栩如生，而孤儿库柏后来在内华达州赌场成为职业赌徒，其赌博业的专业性描写使我怀疑作者本人可能就是一个赌博高手。在小说的第二部分，他把叙述的地点挪到了法国南部的一个地方，安娜这个时候已经成长为一个学者，她在研究法国文史上一个冷僻的作家，她自己的生活也开始和这个作家有些关系。小说在这里继续分岔，那个法国作家的生平开始以虚构的方式进入到小说中，一直到这条线索结束，小说也就结束了。

从小说的情节主干上来说，《远眺》似乎是一部在叙述上不断分岔的作品，最终导致了小说所有主要情节的迷失。这是一部带有鲜明的实验性的作品。

我想，当迈克尔·翁达杰的《英国病人》获得了世俗性的巨大成功，《菩提凝视的岛屿》也呈现出人道主义的厚重的力量，他似乎想写一部主题和内容都不那么确定的作品，这就是《远眺》的来由。根据书名《远眺》，我可以推断，有人在眺望时间消逝的尽头，在那里，有些人物在孤独地活动着，为着一些或卑微、或宏伟的目标在努力，但是，所有人的身影最终都消失在地平线上了。这部小说继续着迈克尔·翁达杰过去作品中的反复出现的诗歌意象和叙事的片段结构，线性的叙述时间也被打乱、被扭曲，隐喻了世界的模糊和命运的不可知。我觉得，小说真正的主角是时间，是时间使人物的命运和走向漫漶起来，成为被远眺的逐渐模糊的身影。可以说，《远眺》是一部相当精粹的后现代风格的拼贴小说。

迈克尔·翁达杰两次获得了加拿大总督文学奖，他认为自己既是亚洲作家，也是加拿大作家。但是，我想，他首先是一个英语作家。作为"无国界"作家群中的代表作家，迈克尔·翁达杰的身上有着跨越种族、国家和文化的特征，他也非常自觉地运用这种混合的文化身份和文化意识，实践着自身"生于此地却居于彼处的国际混血儿，终身都在为回归或者离开故土而奋斗"的理念。

和迈克尔·翁达杰一样从斯里兰卡走出来，并用英语写作，近年来逐渐获得了注目的另外一个小说家是罗米虚·古奈塞可拉。他出生于1954年，12岁之后就跟随银行家父亲来到了菲律宾，15岁就已经开始写诗。

1972年他到英国利物浦大学攻读文学和哲学，并立志要成为一个作家。1992年，他出版了第一本书——短篇小说集《鲛鳒鱼之月》，题材是关于斯里兰卡的内乱和在英国的移民的故事。

1994年，40岁的罗米虚·古奈塞可拉出版了长篇小说《暗礁》，讲述了他对斯里兰卡的成长记忆。小说进入到布克小说奖的决选，在欧美产生了影响。之后，罗米虚·古奈塞可拉还出版了长篇小说《沙漏》（1998年），以两个敌对家族在国家独立之后的历史作为主情节，捕捉了时光的记忆碎片。《天堂边缘》（2002年）则是对一个虚构的岛屿的描绘，带有浓厚的乡愁感。他在丹麦、香港、新加坡和伦敦都居住过，也属于那种"无国界作家"，值得关注。

其实，罗米虚·古奈塞可拉的分量稍轻，在加拿大，眼下能够和迈克尔·翁达杰并驾齐驱的是另外一位来自南亚的小说家是罗辛顿·米斯垂。

1952年，罗辛顿·米斯垂出生于印度孟买，从小生活在印度的波斯人聚集区。1975年他移居加拿大，1984年毕业于多伦多大学，目前在加拿大专门从事写作。

1987年，罗辛顿·米斯垂出版了他的第一部短篇小说集《费洛查拜格的故事》，以他从小司空见惯的孟买波斯人聚集区的生活作为原型，将一种异质的文化带入到印度文学和北美的英语文学当中，在加拿大和美国声名鹊起。

1991年，罗辛顿·米斯垂又推出了他的第一部长篇小说《漫长的旅途》，以印度20世纪70年代的特殊政治气氛和社会环境为背景，描述了一个孟买的银行职员在当时的政治阴谋和陷阱中挣扎求生的故事。小说获得了加拿大总督奖、英联邦作家奖等奖项。

1995 年，罗辛顿·米斯垂出版了自己的代表作——长篇小说《完美的平衡》，以 20 世纪 70 年代印度实行紧急状态时期作为背景，描绘了在一个单元楼里居住的四个人物的遭遇，将印度的当代历史、政治冲突、社会矛盾和文化特性以及普遍的人性完美地表现了出来。这四个人分别是女缝纫工、两个裁缝和一个来自喜马拉雅山区的学生。

当紧急状态令颁布之后，这四个普通的印度人的命运和国家的命运紧紧地结合在一起，形成了复杂多彩的人生图景。罗辛顿·米斯垂的这部小说还呈现了喜马拉雅山下的印度地区特殊的文化面貌，这些文化以一个独特的符号系统作为显现自身的象征。小说的政治性也明显得到加强，以罗辛顿·米斯垂的眼光，实现了对印度这个遥远祖国的"远眺"。

2002 年，罗辛顿·米斯垂出版了他的第三部小说《家庭琐事》，以 20 世纪 90 年代的印度孟买作为故事的背景，讲述了一个 79 岁的鳏夫与两个继子继女生活在一起的故事。小说在人性的维度上展开，将这个老鳏夫和儿子、女儿之间的冲突、忍让和爱纳入到印度当代的日常生活、社会环境当中，把普遍的人性和印度的地域文化、老年人和中年人的冲突、人性的温暖和黑暗、家庭内部的纷争和纠缠写得相当逼真传神，在描绘人类生活琐碎庸常的一面时透露出人性的温暖。

迈克尔·翁达杰、罗辛顿·米斯垂、罗米虚·古奈塞可拉这些来自南亚的小说家，四海为家，以自身的飘零来书写离散人群的飘零感，以远眺故国、历史和时间的方式结构自身想象的故事，成为了这个时代一群新作家中的佼佼者。

阅读书目：

《英国病人》，章辛等译，作家出版社 1997 年 4 月版

《菩提凝视的岛屿》，陈建铭译，湖南文艺出版社 2004 年 5 月版

《身着狮皮》，姚媛译，2003 年 1 月版译林出版社

《一轮月亮与六颗星星》，张琰译，译林出版社 2000 年 8 月版

——反叛和颠覆传统的迈克尔·翁达杰

从斯里兰卡出发

《经过斯洛特 / 世代相传》，侯萍等译，译林出版社 2000 年 3 月版

《暗礁》，王娟娟译，台湾麦田出版社 2005 年 4 月版

《A Fine Balance》（《完美的平衡》），Faber and Faber 出版社 1996 年版

以色列人的记忆和形象
——使希伯来语文学成为武器的阿摩斯·奥兹

阿摩斯·奥兹属于典型的以小见大，从描绘家庭出发，进而描绘以色列人、以色列社会乃至全体人类共通性的大作家。他为我们打开了通向以色列人的心灵世界和现实处境的大门，让我们看到了以色列人的生存图景和生命体验。

以色列犹太人的心灵和生存图景

2007 年，阿摩斯·奥兹本人来到了中国。在译林出版社举行的读者见面会上，我作为年轻的小说家，和作家莫言一起出席了阿摩斯·奥兹与中国读者的见面会。在那次见面欢迎会上，我很快感觉到这个以色列最著名的当代小说家的深邃、幽默和俏皮，也从他那犹太人特有的锐利目光中感受到了某种力量。

在欢迎会上，我说：

"阿摩斯·奥兹本人比他的著作晚到中国 14 年之久。1993 年，阿摩斯·奥兹编选的短篇小说集《以色列的瑰宝》的中文译本由河南人民出版社出版，其中收录了他本人的短篇小说《风之路》。接着是 1998 年，他的第一部长篇小说《何去何从》由译林出版社翻译成了中文出版。再后来，他的 13 部长篇小说已经有 10 部被翻译成了中文，这些著作已经先于他本人带给了中国读者一个鲜明的阿摩斯·奥兹的形象。今天，他本人来到了中国，和中国的作家、学者和读者进行面对面的交流。我很兴奋地看到了他本人和阿摩斯·奥兹来到这里之前，以他的 10 部作品出现在中国读者眼前的形象奇妙地重叠了，并继续带给中国读者以丰富的想象和美好的感觉。

对于以色列文学和文化，我所知甚少，除了《圣经》，我阅读过以色列的犹太文化经典著作《塔木德》。对于当代以色列作家的作品，我和大多数中国读者一样，读过的也为数不多。比方说，我阅读过现代以色列小说大家阿格农的几部作品，还阅读过诗人耶胡达·阿米亥的诗歌——他本人在生前也曾经来到中国，他的诗集《开·闭·开》不久前才被翻译成了中文。此外，还有一些以色列当代作家，比如大卫·格罗斯曼的作品《证之于：爱》等，也受到了中国读者的欢迎。但是，谈到当代以色列作家和诗人的作品，我举不出超过 10 本书来。而在以色列当代作家中，作品被翻译成中文最多的、在中国影响最大的作家，就是阿摩斯·奥兹先生。如果说上述作家通过他们被翻译成中文的少量作品，带给中国读者的是一个不算很清晰的侧面像，那么，14 年来，阿摩斯·奥兹的作品一部部地被翻译成了中文，带给我们的则是一张越来越清晰的正面相片。"

在我发言的时候，阿摩斯·奥兹认真听着翻译传译，露出了微笑。他认为，了解一个民族的捷径就是去读这个民族的作家所写的书，尤其是文学作品。显然，他把以色列人的文化、生存景象和喜怒哀乐带给了我们，使我们看到了别致的、和中国一样有着悠久历史文化渊源的以色列犹太人的广阔的心灵世界和生存图景。

　　1939 年，阿摩斯·奥兹出生在耶路撒冷城，他的父母在 20 世纪 30 年代受到犹太复国主义思想的巨大影响，毅然从俄罗斯辗转回到了当时的巴勒斯坦地区。他的父亲博学多才，通晓十多种欧洲语言，梦想能够到大学当教授，但是生逢乱世，竟然一生壮志未酬。他的母亲也有很强烈的文艺气质，喜欢文学和音乐。阿摩斯·奥兹从小在一个充满了文艺气息的家庭里长大，阅读了大量经典文学作品，尤其是以色列经典作家的著作和 19 世纪俄罗斯作家列夫·托尔斯泰等人的作品。

　　在阿摩斯·奥兹 12 岁那一年，他那多愁善感的母亲忽然自杀身亡，此事使小阿摩斯·奥兹和父亲的隔阂加深了。刚刚 14 岁，阿摩斯·奥兹就离开了只有父亲的家庭，悄然来到以色列的集体公社组织"基布兹"生活，还把自己的父姓改成了"奥兹"，这个词在希伯莱文中是"力量"的意思。他的出走和改名，都是为了想告别父亲，获得一种独自生活的能力。

　　"基布兹"是 20 世纪的以色列的一个非常特殊的社群组织，由 20 世纪初期回到以色列的犹太人移民所组建，有点儿类似我们建国之后曾经存在过的"人民公社"那种集体组织，带有一定的共产主义色彩。在"基布兹"中，大家要一起劳动，劳动获得的东西也要共同拥有和分享，在这个集体中大家的地位理论上完全平等，要彼此互相帮助，财产由专门的人管理，但是属于所有的人，人人有份。不过，"基布兹"里的生活条件和劳动条件却很艰苦。可以想象，14 岁的阿摩斯·奥兹离开了父亲和家庭，毅然投身到"基布兹"中去会是一个什么样子。据说，一开始，他根本就不会劳动，不会干农活，因此受到了大家善意的嘲笑。但是，小阿摩斯·奥兹有自己的算盘，他一边尽快地适应环境，熟悉周围的人群，还把自己立志要当作家，要去讲述别人的故事的理想告诉了大家。因此，在必须分享一切的"基布兹"里，大家在接受了这个有些特别的少年之后，就开始轮番地把自己的经历告诉他，与他一同分享，这成为了阿摩斯·奥兹早期写作的最重要的材料来源。

　　此后，一直依靠劳动自食其力的阿摩斯·奥兹被"基布兹"送入大学学习文学和哲学，毕业之后，他在集体公社"基布兹"中教书达25年之久，同时从事文学写作。后来，他获得了牛津大学的硕士学位和以色列特拉维夫大学的荣誉博士学位。离开集体公社的学校后，他一直在以色列本－古里安大学任教，教授文学史和文学写作课程。

阿摩斯·奥兹属于早慧型作家。1965年，27岁的阿摩斯·奥兹就出版了短篇小说集《胡狼嗥叫的地方》，将视点放在耶路撒冷地区的犹太人和"基布兹"这样的集体农庄性质的生活上，去表现当代以色列犹太人的情感和生活方式，其主题主要是人性中的爱和恨、社会中的理想和现实之间的距离，以令人觉得可信、可悲、可叹、可爱的犹太人群像，一鸣惊人地出现在以色列文坛上。

在阿摩斯·奥兹之前，早他一辈的杰出小说家阿格农（1888年—1970年）已经奠定了现代希伯来语文学的基础，是以色列现代文学的开山者。阿格农于1966年获得了诺贝尔文学奖，这给以色列作家以巨大的鼓舞和信心。阿格农的作品也深刻地影响了阿摩斯·奥兹。

深受犹太文化影响的阿格农，其作品带有经典现实主义的特征，着力于描绘犹太复国主义思想兴起时期东欧和以色列犹太人的复杂心路。在长达半个世纪的创作生涯里，他以《婚礼的华盖》《宿客》《一个简单的故事》《逝去的岁月》《只是昨天》《希拉》等长篇小说，和20多部中短篇小说、自传、散文随笔、书信集等作品，给以色列现代希伯来语文学树立了一座丰碑。

在阿格农的作品中，表现了哈西德教派的深层影响决定着犹太人的日常生活和精神意识，表现了犹太人传统的生活方式在20世纪前半叶剧烈变动的社会大潮面前逐渐崩溃的过程，表现了犹太人的心灵在传统的束缚下和现代社会的召唤中显得无所适从的特殊状态，以复杂和丰富的写作内容呈现出以色列人精神世界的分裂和痛楚。阿摩斯·奥兹继承了阿格农那浓郁地描绘犹太人民族文化的笔调，但是，在对人性的开掘和表现力上，在对20世纪后半叶现代以色列人的精神世界的把握和描绘上，更加具有批判的锋芒，达到了一个新的高度。可以说，经过了40年的努力，阿摩斯·奥兹最终取得了与阿格农比肩而立的地位。

阿摩斯·奥兹很快就在文学之路上出发了。1966年，阿摩斯·奥兹出版了第一部长篇小说《何去何从》。这部小说的风格是非常朴素的现实主义风格，在扉页上，他把小说题献给了自己的母亲。根据情节我可以断定，小说是完全取材于阿摩斯·奥兹在以色列集体公社"基布兹"里的生活体验。尽管他后来对"基布兹"这种社会体制一直持有一种批判态度，认为这种体制和日益变化的以色列的社会现实的距离越来越大，已经不能适应现代以色列犹太人的处境了，但是，在"基布兹"中人和人的关系、人的存在状态还是成为了他特别关注的东西。

长篇小说《何去何从》讲述了三个家庭之间的生活故事。这三个犹太人家庭都是生活多少有些残损的家庭，都是那种混乱不堪的家庭。对家庭生活的描述是阿摩斯·奥兹毕生喜欢的题材，因为家庭是社会的细胞，是人类生活的基本场景，从家庭入手，一个民族的生活方式就全部显现了。小说中的这三个家庭，其中一个是诗人兼教师鲁文的，他的妻子和自己的堂兄偷情后私奔了，有流言传说他的女儿诺佳被卡车司机埃兹拉强奸了；而第二个家庭中，卡车司机埃兹拉的老婆、女教师布朗卡又是鲁文的同事，传说鲁文和布朗卡有私情，所以丈夫一怒之下才去强奸了鲁文的女儿作为对他勾引了自己老婆的报复；当流言传播开来之后，喜欢诺佳的男青年拉米——第三个家庭出场了——的母亲就坚决反对他们的恋爱关系，她不能接受儿子娶一个被强奸之后变得失去名誉的女孩子。于是，三个家庭中的每个人都不知道自己应该到哪里去，不知道应该如何处理生活中的难题。

小说就这样把三个家庭的关系纠结起来，呈现出当代以色列人的婚姻、家庭、性爱和背后的文化传统之间的复杂关系。阿摩斯·奥兹还把小说的背景放到了"基布兹"这么一个封闭的环境里，将三个家庭中的两代人的命运和以色列当代日常性的生活同时呈现，并隐约批判了决定犹太人文化性格的传统因素，把一种社会和政治制度对人的影响和个人性格与内心的冲突结合起来，创造出一种略带喜剧特点的文学风格。

阿摩斯·奥兹很善于从人和人之间最紧密的关系——家庭关系、爱情关系和情人关系来入手，书写人性的多个侧面。

1968 年，阿摩斯·奥兹出版了他的早期代表作——《我的米海尔》。

这可以说得上是一部爱情题材的悲剧小说，带有心理分析小说的浓厚色彩。

小说的故事背景是阿摩斯·奥兹很熟悉的圣城耶路撒冷，小说中的叙述者是女主人公汉娜，这是一个充满了自主意识的女性，她幻想有美好的婚姻和爱情，并且很想嫁给一名学富五车的学者。但是，她遇到了地质系的学生米海尔，两个人很快坠入了爱河，不久就结了婚。婚后，米海尔忙于自己的事业，疏于和妻子汉娜的感情交流，使汉娜渐渐地感到了不满。但是，他们的婚姻又没有明显的矛盾和问题，这使汉娜的内心充满了挣扎、焦虑和愁闷。其实，她本人也有一些心理问题。最后，根据主人公的自述可以看出，汉娜无力摆脱外表看来毫无问题的婚姻，但是她的精神却开始濒临崩溃，已经出现了自杀的倾向。

《我的米海尔》对女性的心理分析非常细腻生动具体，令人有触目惊心之感。据说，汉娜的形象取材于阿摩斯·奥兹的母亲的形象，是他向自己自杀的母亲的献礼。在小说中，阿摩斯·奥兹能够细腻地把握女性的内心世界，同时，还对以色列现代家庭关系进行了精妙的精神分析和社会学分析。

我想，阿摩斯·奥兹的父亲和母亲的冲突，最终导致他的母亲的自杀，是阿摩斯·奥兹一生所携带的巨大阴影，也是他后来离开家庭，走向了广阔的社会并走向文学之路的源泉和动力。我感觉《我的米海尔》这部小说最动人的地方还在于对耶路撒冷这座城市的精微描绘，以及对以色列人的日常生活和情感世界的精确把握。小说获得了巨大的成功，被翻译成20多种语言，再版50多次。小说中所呈现出的汉娜和米海尔的婚姻情况似乎描绘了一种普遍的人类状况，因此，《我的米海尔》成为了阿摩斯·奥兹早期的代表作，也是他最受读者欢迎的小说之一。

饱含犹太味道的文化小说

在阿摩斯·奥兹所写下的绝大部分小说中，其地理背景大都是耶路撒冷这座石头城和像"基布兹"这样的以色列所特有的集体公社组织。

犹太人的文化传统和丰富的自我意识是他小说的核心，而人性的复杂和幽暗在日常生活中的表现是他的小说要着力呈现的重点。我有时候觉得他的小说有些保守和传统，在形式上似乎并没有进行过多的实验，没有突出的现代主义或者后现代主义小说特征。但是，他的作品却有着一种强度，其中总是洋溢着一种特殊的情调和氛围，那是一种犹太味道非常浓烈的文化小说的味道。这就像我阅读列夫·托尔斯泰的小说那样，他那种沉郁和悲怆的俄罗斯文化的气息弥漫在小说中，掩盖了小说形式本身的笨重和拖沓。

阿摩斯·奥兹的前两部小说大获成功之后，他的第三部长篇小说是《触摸水，触摸风》出版于 1973 年，继续探讨犹太人家庭内部的复杂关系，但是在题材上有所重复，并没有引起更大的反响。

他的第四部长篇小说《沙海无澜》（1982 年）有点儿像《何去何从》的姊妹篇，这两部小说出版的时间间隔长达 16 年，小说的地理背景和《何去何从》一样，也放在了"基布兹"里。

小说的叙述者以第三人称描述了一个在基布兹生活了 22 年的青年约单拿在沉闷的家庭环境里感到的不适应：他和作为政治家的父亲产生了冲突，和妻子的关系也很冷淡，这些都是约单拿想摆脱的困境，因此，他很想远走高飞。当一个俄罗斯青年哲学家来到他家做客，并引起了他妻子的注意时，他感到时机来了。于是，他就趁着大家没有注意，悄然离开了家庭。他的离去使他父母之间爆发了激烈的争吵，他妻子似乎也意识到了什么，对在她家中留宿的俄罗斯青年保持了距离。

由此小说开始叙述了约单拿离家出走后的经历，构成了小说最动人的部分。他一开始就想穿越可怕的沙漠地区，前往约旦的红石城。在危险的边境，他感受到了战争和死亡的威胁，在黑夜里，他想了很多，担心自己被巡逻边境的阿拉伯士兵射杀。到达边境后，他在以色列士兵驻扎的一座军营中留宿，并且和一个萍水相逢的女兵有了鱼水之欢。这一路上，他接连体验到了性爱的欢欣、死亡的威胁和黑暗中的沙漠地带的空旷和无边无际。

当他在兵营中听说约旦的红石城爆发了激烈的战斗冲突之后，就决定不再继续前行了。最终，他悄然返回了"基布兹"的家庭。他回

177

以色列人的记忆和形象
——使希伯来语文学成为武器的阿摩斯·奥兹

来之后，大家如释重负，但是也感到了不解，问他到底去了哪里，看到了什么，他都讳莫如深，不想解释。不过，这次远足使约单拿感受到了生命的脆弱和无常，人生的短暂和缥缈。他决定和父母、妻子一起好好相处，好好生活，也和那个喜欢他妻子、但却没有得到回应的俄罗斯青年哲学家一起友好相处，但也暗示了他和父亲那一代的隔膜将一直存在。

在小说的结尾，他的父亲在日记里写道："*冷漠的大地，神秘的苍天，永远威胁着我们的大海，还有那些草木和候鸟。死亡主宰着一切，连岩石也死一般地沉寂。我们每个人都有残酷的一面。每个人都或多或少地是个杀人凶手，即使没有杀人，也可能正在杀害自己。*"

小说以对某种人生不确定的复杂状态的描述，将主人公生活中展开的开放式的可能性作为小说的结尾。

阿摩斯·奥兹的小说格局并不大，但是，他如同一个雕刻师那样，在细微处见长。1987年，他出版了长篇小说《黑匣子》，这是一部书信体小说。

书信体小说在19世纪比较常见，在20世纪也有长足的发展，但是从总体上说处于衰落状态。我觉得这种小说形式显得比较笨拙，不容易往更深的地方开掘。可阿摩斯·奥兹能熟练地掌握书信体小说形式，还在其中加进去一些电报和其他文本，使书信体小说显得不那么笨拙。

在这部小说中，他继续他最拿手的叙述经验，那就是描绘男女关系的变化所导致的家庭问题和纠纷：阿里克塞和妻子伊兰娜最初的感情很好，他们结婚之后也度过了一段热烈而幸福的时光。

不久，人性中的复杂性和他们的性格缺陷、男人和女人之间的控制欲和占有欲，使他们之间爆发了"战争"，结果两个人分手了，在对方的生活里彻底消失了。7年之后，已经重新组建了新的家庭的伊兰娜因为无法管教越来越桀骜不驯的儿子，不得不求助于前夫阿里克塞，于是，在他们的鱼雁往还中，小到这两个人过去的婚姻生活、中到现在的婚姻处境、大到以色列和犹太人在当代中东的地位和社会问题，纷纷在书信中有所涉及，以色列人的社会和现实境况、与阿拉伯人的冲突等重大问题也涌现出来，使小说如同一个有着巨大扇面的折光镜那样，将当代犹太人生活的全景画面都折射了出来。

小说在爱情、性、婚姻、代沟、种族、国家、政治等各个主题上都有所探讨和挖掘，可以说是一部举重若轻的小说，而书信体的形式也发挥了其妙用，读起来妙趣横生，而"黑匣子"则是一个寓意丰富的象征。

阿摩斯·奥兹小说中的女性形象是非常饱满、突出和丰富的。1989年，阿摩斯·奥兹出版了颇具争议色彩的长篇小说《了解女人》，更显示了这一点。

小说的主人公约珥是一个以色列特工，他是以色列的情报机构"摩萨德"的成员，"摩萨德"是能够与苏联时期的"克格勃"和美国的中央情报局齐名的著名情报机构。作为一个特工，约珥有着超人的分析问题和解决问题的能力。但是，现在，他遇到了一个巨大的难题：在一个暴风雨的清晨，他的妻子不慎触电身亡，当时一个男邻居在前往救助她的时候也触电身亡了。一个男人和一个女人都触电身亡，这个事件在当地引起了很大的社会震动，自然也会有一些非议和谣言。

受到了家庭瞬间分崩离析的打击，约珥无法承受，就提前退休了。他打算对家庭有所补偿，开始和母亲、岳母以及女儿一起生活，亲自操持家务。在他的周围，都是和他有着最亲密关系的女人，因此，他也逐渐进入到一个女人的世界里。他忽然发现，由母亲、岳母和女儿所构成的这个女人的世界，和他的特工组织"摩萨德"完全不同，甚至是一个完全相反的世界……

小说带有对主人公进行精神分析的风格，以细致精妙的笔触，描绘了这个"摩萨德"前特工的生活世界，把约珥寻找自我、发现自我的精神旅程描绘得深入浅出、淋漓尽致，还带有一点存在主义的味道。在小说的结尾，约珥到一家医院做义工，继续寻找生命的意义，也发现了妻子死亡的真相——妻子是清白的，所有的谣言都像是写在水上的文字一样随水漂走了。

我觉得，在阿摩斯·奥兹的小说序列里，《了解女人》是一部相当突出的作品，它那浓厚的精神分析的笔调、注重心理描绘的手法、对女人精神世界的呈现，结合了一个充满了怀疑精神的男性特工的心灵悸动，都是非常到位的。《了解女人》可以说是一个男人的发现自我之书，在他逐渐了解了生活和女人的真相的时候，他也找到了自己存在的意义和生活的意义。

从总体上说，阿摩斯·奥兹并不喜欢在小说的形式上做更多的探索和冒险，他的小说都有着现实主义的外壳，有些小说只能算是现实主义风格的微弱变形——书信体、精神分析和结构现实主义等等，他对小说内部的时间和空间的运用都不突出。但是，在他的第七部长篇小说《费玛》（1991年）中，就有了明显的现代小说意识，小说对限定时间内人物的活动有了精确的空间和时间感。

我感觉，这部小说明显受到了《尤利西斯》和《追忆逝水年华》的影响，小说的内部叙述时间是从1989年2月12日到1989年1月17这六天，主人公是一个中年男性诗人费玛，他的正式职业是一家妇科诊所的前台接待。

小说似乎带有浓厚的自传色彩，不过，我经过仔细地阅读和分析之后发现，小说中的诗人费玛完全是生活中的阿摩斯·奥兹的一个反面。不过，他的主要生活经历和阿摩斯·奥兹很相像：费玛的母亲也是自杀而死。但是，和阿摩斯·奥兹不一样的是，费玛处理起自己的生活很弱智、很糟糕，他和妻子关系紧张，他的精神状态也不稳定，喜欢沉浸在自己的文学世界里。他怀念自杀的母亲，经常在梦中梦见母亲的形象，并且把她的形象不断地写成诗歌。他和妻子离婚了，妻子到美国定居后又和别的男人结婚了，他感到很内疚。他思想激进，带有犹太复国主义思想，但在行动上却是一个矮子，非常迟缓。他的诗歌写得很好，却又没有任何行动能力。

总之，这部小说呈现了一个精神世界和外部的生存景象严重分裂的、非常普通和平庸的以色列当代人的生活状态，他在6天里的生活：吃饭、睡觉、交往、回忆、上班、性交——精细地描绘了他一边沉浸在琐碎的日常生活中，一边不断地通过自由联想和下意识的心理活动，对自己过去和女人之间的交往，对以色列的当代政治、社会问题和文化处境做的联想和评述，以之来呈现出他的整个存在状态。比如，他还幻想和政府的内阁成员对话，在自己的大脑中虚构了一个一百年之后生活在以色列的人物，并且和这个虚构的人对话，探讨以色列的未来。

阿摩斯·奥兹把《圣经》与犹太经典著作《塔木德》对以色列人的日常生活和行为方式影响深远的文化辐射也投射到小说主人公的身上，对他的日常行为作了更为深入的分析，描绘出以色列人的深层文化心理积淀。我十分喜欢这部小说，它算是一部我中意的、小型的、经过了删节和某些修正的《尤利西斯》和《追忆逝水年华》，以一种令人亲切而不是令人生畏的方式，把以色列人的生存景象带给了我们。和阿格农那样秉承了犹太人复国主义理想的第一代希伯来语作家善于描绘英雄人物不同，阿摩斯·奥兹属于第二代作家，他更喜欢把笔触放到普通人的身上，从以色列普通人的存在状态来折射出整个社会、国家、民族和人性的状态。这样的写作显得更平实、逼真，也更加亲切，具有了感染人的力量。

阿摩斯·奥兹说："我的小说主要探讨神秘莫测的家庭生活。家庭是古老的社会构成单位，大概也最为神秘。现代中国和以色列之间尽管差别很大，但我相信，我们在家庭生活的组合、家庭生活的温情、家庭生活的深处等方面有共同之处：传统和现代、价值观念与情感通常带有普遍性。"

1994年，阿摩斯·奥兹出版了长篇小说《莫称之为夜晚》。小说描绘了年龄差异比较大的一对夫妻之间的故事：西奥和诺雅在南美洲某个国家旅行的时候认识了，很快成为情侣，两个人一起回到了以色列的一座偏僻的沙漠小城市结婚并居住下来。但是，随着他们婚姻生活的展开，以色列的沙漠小城那种沉闷、闭塞的氛围逐渐地吞噬了两个人的生活。这两个人的婚姻生活从表面上看非常平静，但是内里却充满了角逐、争斗和埋怨。西奥由过去的战斗英雄变得猥琐和沉默，而他担任中学英语教师的年轻妻子诺雅则以和其他男人发生性关系的方式来排遣生活的平庸和内心的郁闷。后来，诺雅开始帮助一个从俄罗斯回来的犹太音乐家，试图寻找生活的重心所在。《莫称之为黑夜》在叙述上带有轻盈的语调，以夜晚般的从容、神秘和幽暗，描绘出人性的幽暗和温暖交织的微妙。

以色列人的记忆和形象

　　阿摩斯·奥兹在这部篇幅不长的小说里显示了他卓越的叙事才能，那就是，他没有只是去描绘一对似乎不那么匹配的夫妻之间的悲剧生活，而是把两个人的生活延展开来，扩大到社会学的层面，将 20 世纪 90 年代以色列人的精神面貌和生存处境表现了出来，这就是阿摩斯·奥兹的高明之处。而反观那些水平低劣的小说家，他们往往会对夫妻关系的远近和互相背离处进行精微刻画，但是却看不见其背后的社会背景和文化背景，更看不见人性中更为丰富和复杂的内容，以及和外部世界的广阔联系。所以说，阿摩斯·奥兹是属于那种典型的善于以小见大、从描绘家庭出发，进而描绘了以色列人、以色列社会乃至全体人类共通性的大作家。

　　阿摩斯·奥兹后期的长篇小说还有《地下室中的黑豹》（1995 年）、《一样的海》（1998 年）等，因为没有中文译本，我没有读到过。除了早期的短篇小说集《胡狼嗥叫的地方》，他还出版有两个中篇小说集《一直到死》（1971 年）和《鬼使山庄》（1976 年），都是从很小的地方切入到人物的内心，然后展开一个细腻和微观的世界，在形式上也更加灵活，是他长篇小说序列的重要补充。

爱与善的书写者

　　2002 年，阿摩斯·奥兹推出了迄今为止他最厚重的长篇小说《爱与黑暗的故事》。这部小说翻译成中文在 50 万字左右，是阿摩斯·奥兹的小说中篇幅最长的。可以说，阿摩斯·奥兹在写这部小说的时候，动用了他最重要的写作资源，那就是他的家族历史。

　　《爱与黑暗的故事》呈现了以色列百年风云在一个家族的历史和生活中的浓重投影。小说的设计可以说是雄心勃勃的，可以看出阿摩斯·奥兹的宏大追求和超越自我的努力，因为写作这部小说的时候，他已经越过了 60 岁的门槛。看来，他一般不轻易地动用自己的一些写作资源，不到觉得能够完整和彻底使用那个资源的时候，他就不去动它，直到感觉到成熟了，感觉到小说将破土而出了，他才下笔。

小说将犹太人和阿拉伯人两大民族之间的百年恩怨展示了出来，20世纪发生在中东地区的重大历史事件，在小说中都有反映，并且影响着这部小说中人物的命运。小说的叙述者是第一人称"我"，也就是作者的化身，从他自己的出生写起，然后展开了一个家族三代人的命运。他的祖父母是在20世纪最初的20年里从波兰和乌克兰移民到巴勒斯坦的，他们深受犹太复国主义思想的影响。

在他们的理念感召下，第二代，也就是叙事人"我"的父亲，被祖父母寄予了很高的希望，祖父母希望儿子在《圣经》和《塔木德》等典籍的滋润和照耀下成长为一个大知识分子和学者，而不是成为受到当时一些激进思想影响的人。

但是，到了"我"这一辈，对上述两代人都产生了叛逆思想。当"我"的母亲自杀之后，叙述者"我"就离开了家庭，毅然来到了"基布兹"，成为了老派的犹太人家庭在文化上和思想上的叛逆者。最终，"我"在艰难地求生存的道路中，逐渐地成为了一个著名作家，实现了自我价值，也实现了祖父母对后代的希望。

阿摩斯·奥兹自己说过，"我写了一部关于生活在火山口下的以色列人的小说。虽然火山近在咫尺，人们仍旧坠入爱河，感觉嫉妒，梦想升迁，传着闲话。"

在他的这部最厚重的小说当中，爱和黑暗像水一样滋润和漫溢。阿摩斯·奥兹将自己的家族故事与以色列的历史演变和处境完美结合起来，给我们描绘出以色列人的现实处境和整个当代人类社会的现实处境。我看到，在书写爱与善的主题的时候，阿摩斯·奥兹更像是一个温情的男人，一个善良的教士，一个慈祥的父亲和兄长，一个温和的被女人所喜欢和钟情的男人。在他的很多小说中，他都在描写男人与女人应该如何相处，人与人之间应该如何互相尊重和互相爱护，不同的种族应该如何在文化差异中寻找共同点，然后，共同地生存下去。

阿摩斯·奥兹最新的长篇小说是出版于2007年的《咏叹生死》，这个时候，阿摩斯·奥兹已经68岁了。年迈的感觉袭击了他的心灵，让他体验到死亡和生命的存在感。小说在探讨生命和死亡的意义上，有着全新的呈现。可以说，阿摩斯·奥兹总是能够将自我的体验不断地放大到

以色列人的记忆和形象

使希伯来语文学成为武器的阿摩斯·奥兹

人类的境遇中，去呈现尖锐和疼痛的一面。

2009 年，他又出版了篇幅较短的长篇小说《生死诗韵》，讲述了一个喜欢观察当代以色列人生活的作家一天夜晚所遭遇的故事。小说带有沉思性，将一个作家创作内外的思考和对生活的观察巧妙地结合了起来。

在中文的阅读世界里，阿摩斯·奥兹为我们全面打开了通向以色列人的心灵世界和现实处境的大门，让我们看到了以色列人的生存图景和生命体验，他们的悲欢与歌哭，他们的焦躁与不安，他们日常生活中的烦恼和欢喜，他们的精神状况和宗教世界的苦闷和欣悦，他们寻找心灵家园和文化故乡的哀愁。阿摩斯·奥兹用他的 13 部长篇小说和其他大量的中短篇小说、政论随笔、文学文化评论以及儿童文学作品，为我们建立了一个丰富的文学世界。

阿摩斯·奥兹热切关心现实，还出版了文学评论和政论随笔集《在炽热的阳光下》（1979 年）、《在以色列的国土上》（1983 年）、《黎巴嫩斜坡》（1987 年）、《局势报告》（1992 年）、《天国的沉默》（1993 年）、《以色列、巴勒斯坦与和平》（1994 年）、《我祖母的真正死因》（1994 年）、《故事的开头》（1996 年）、《我们所有的希望》（1998 年）等 10 多部，因此，阿摩斯·奥兹还有另外一个形象，那就是，他是一个呼唤和平的斗士。

这个和平斗士的形象，是那么巧妙地和他温和的小说家形象结合在一起，共同成为一个统一的阿摩斯·奥兹。他从来都是敢于担当社会责任的——他是当代以色列的少数公共知识分子，多年来，他不断地通过小说、政论和散文随笔作品，对困扰以色列人生存的重大社会问题发言，大胆批判，对巴勒斯坦和以色列之间的纷争，不断呼吁采取和解与和平的方式来解决，这些都是为很多人所激赏的，也是一些以色列极右人士所痛恨的。

在战乱和恐怖事件不断出现在中东地区人民的生活中的今天，在炮火和死亡的恐惧仍旧笼罩在巴勒斯坦和以色列人民头上的今天，作家应如何作为？阿摩斯·奥兹作出了有力的回答，那就是，作为一个文化勇士和社会活动家，他呼吁和平，以他并不宽大的身影，发出了有力的声音，成为了中东和平曙光出现的报喜天使。

我想，阿摩斯·奥兹首先是爱与善的书写者。在他的多部小说里，家庭和爱情生活所导致的人性复杂的变化是他不断书写和探询的主题。他的每部小说里都在讲述爱——这种在今天这个混乱的世界里越来越稀缺的东西是如何被我们每个人所渴望，如何被我们每个人所梦寐以求的故事，因为爱是我们每个人每一天都需要的氧气一样的东西。但是，对爱的追寻，却因为文化、政治、经济、社会、人种的种种原因而变得艰难而复杂。而讲述当代人类社会追寻爱与善的艰难的故事，正是阿摩斯·奥兹的拿手好戏。因此，他才获得了很多褒奖，包括法国费米娜文学奖、德国歌德文化奖、西班牙阿斯图里亚斯王子文学奖等等国际大奖，也成为了近年诺贝尔文学奖有力的竞争者。

在欢迎阿摩斯·奥兹的致辞的结尾，我说："中华民族和犹太民族都是饱经沧桑的古老民族。阿摩斯·奥兹在致中国读者的一封信中曾经说，'我不但希望我的小说让富有人情味儿的中国读者感到亲切，而且，要在战争与和平、古老文化身份在现代的变化、深厚的文化传统的重建与改变方面，唤起人们对当代以色列状况的特殊兴趣。'我想，阿摩斯·奥兹的希望，肯定能够在面临着相似的复杂文化处境、同样经受巨大变革的中国完美地实现。而阿摩斯·奥兹本人来到了中国，更说明了这一点。"

阅读书目：

《以色列的瑰宝》，何大明译，河南人民出版社 1993 年 6 月版

《何去何从》，姚永彩译，译林出版社 1998 年 8 月版

《我的米海尔》，钟志清译，译林出版社 1998 年 8 月版

《了解女人》，傅浩等译，译林出版社 1999 年 6 月版

《沙海无澜》，姚乃强等译，译林出版社 1999 年 10 月版

《费玛》，范一泓等译，译林出版社 2001 年 3 月版

《黑匣子》，钟志清译，上海译文出版社 2004 年 4 月版

《莫称之为夜晚》，庄焰译，南海出版公司 2006 年 4 月版

《鬼使山庄》，陈腾华译，南海出版公司 2006 年 6 月版

《爱与黑暗的故事》，钟志清译，译林出版社 2007 年 8 月版

《咏叹生死》，钟志清译，浙江文艺出版社 2010 年 1 月版

编织叙述艺术的花毯

——土耳其文坛巨擘奥尔罕·帕慕克

奥尔罕·帕慕克是在世的最年轻的诺贝尔文学奖获得者，正是伊斯坦布尔这座伟大的城市，造就了这样一个杰出的作家。在他的笔下，"呼愁"如同黄昏一般缓慢地降临那样，弥漫在土耳其整个大地和城市上空，弥漫在人们的心头。

土耳其的"呼愁"

我最早接触到奥尔罕·帕慕克的作品是在 2004 年。当时，我在澳大利亚墨尔本的一家书店里看到了他的英文版《雪》，立即感到这是一个不容忽视的作家。眼下，他已是在世的最年轻的诺贝尔文学奖获得者了。2008 年 5 月，他来到了北京，出席了一系列的文学活动。据接触和接待过他的人说，他是一个集欧洲人的严谨、庄重与西亚人的散漫和随意于一身的人，在座谈和开会当中，他会不按常理出牌，会忽然消失不见，让接待方无所适从。而且，他还经常改变早就安排好的行程，不断地推迟或者提前一些活动的安排，既有着孩子气的调皮，也有着难以应付的刁钻和耍大牌的毛病。但是，在另外一些地方，他又显示出超越一般人的对艺术和文化的理解。比如，他对中国古代美术和建筑就非常感兴趣，花了几万元在琉璃厂买了很多中国美术画册。当我们靠近他的时候，我们看见了他的调皮和散漫，骄傲和嬉皮，但同时也看见了他灼人的才华。那么，就让我们进入到他所创造的文学世界中去，在那里，我们才会发现他真正的魅力，因为，一个作家所有的魅力和秘密，都深藏在他的文字中。

奥尔罕·帕慕克 1952 年出生于土耳其的伊斯坦布尔，这是土耳其最大的海滨城市，横跨欧洲和亚洲，大部分城区在亚洲，只有一小部分城区在欧洲，博斯普鲁斯海峡分隔开了她的欧洲和亚洲部分。土耳其位于亚洲的西北端最靠近欧洲的地方，和希腊与保加利亚接壤。她的首都安卡拉则位于国家的中部，其文化地位比不上伊斯坦布尔重要。伊斯坦布尔有着辉煌的历史，在 15、16 世纪是奥斯曼土耳其帝国的首都，当时叫君士坦丁堡。1923 年，在凯末尔元帅的领导下，摆脱了西方帝国主义的控制，成立了土耳其共和国，从此，土耳其走上了世俗化的现代国家之路。

奥尔罕·帕慕克出身的家族属于土耳其富裕的中产阶级工厂主家庭，在父母的悉心照料和教导下，奥尔罕·帕慕克受到了很好的教育。他很早就对绘画感兴趣，6 岁开始学习绘画，幼年时在一所美国人开办的学校学习英语。后来，他在伊斯坦布尔科技大学学习建筑，接着，又在伊斯坦克布尔大学学习新闻。这期间，他迷恋上了文学，逐渐开始放弃了想当建筑师和画家的念头。从 1974 年开始，22 岁的他最终选择了文学道路，开始埋头写作。笔耕 30 多年来，他以 10 多部畅销的、惊世骇俗的小说和非虚构作品，成为当代世界最杰出的作家之一。

奥尔罕·帕慕克的第一部小说就是一个大部头。这是长篇小说《杰夫代特先生》，翻译成中文大约 50 万字。小说发表于 1979 年，获得了《土耳其日报》的一个小说征文奖。一直到 1982 年，这部小说才正式出版了单行本，并获得了第二年的土耳其凯末尔文学奖。写这部小说花了奥尔罕·帕慕克 5 年的时间，这是一部带有 19 世纪欧洲现实主义风格的小说，写法还比较传统，但叙述非常从容，描绘非常真切感人。小说分三个部分，讲述了伊斯坦布尔一个上层人物杰夫代特州长和他的儿子、孙子等三代人的故事，细节精雕细刻，细致地描绘出伊斯坦布尔在一个特定年代的人群和日常生活，语调中带有浓郁的哀伤感。一个旧时代和旧人物逐渐老去和消逝，一个新时代和新的人不断诞生的景象令人感怀。

我在这里引一段小说的开头部分，让大家感受一下小说的叙述风格："杰夫代特先生嘟囔道：'睡衣的袖子，我的后背……整个教室……床单和被子……唉，整个床都湿透了！是的，所有的东西都湿透了，我终于醒了！'所有的东西都像他刚才在梦里见到的那样湿透了。他翻了个身，想到刚才的梦，感到一阵恐惧。他梦见自己坐在小学老师的对面……"

可以说，这样扎实严谨的现实主义叙述是需要耐心，也需要功力的。奥尔罕·帕慕克的第一部小说就达到了令人眩目的地步，显示一个有着远大前程的小说家的诞生。

接下来，奥尔罕·帕慕克的第二部小说《寂静的房子》出版于1983 年，这部小说花了他 3 年多的时间。后来，他基本上保持每 3 年左右出版一部新作的速度，持续地建构着自己五彩斑斓的文学世界。

《寂静的房子》在叙述的语调上是平缓的，小说的总体风格仍旧是现实主义的，但在结构上则采用了现代主义小说的形式，用了五种角度，以五个人的叙述来构成一个多声部的叙述，形成了小说层次丰富的内部结构。小说描绘了几个孙子、孙女辈的孩子们，从大城市伊斯坦布尔来到乡下僻静的房子里看望年迈的祖母。20 世纪初期，孩子们的祖父塞拉哈亭被政敌击败，离开了伊斯坦布尔，和妻子法蒂玛一起住在了一个叫"天堂堡垒"的远郊别墅里。他打算写一部百科全书，但到死都没有完成。当孩子们来临之后，一时间，这座寂静的房子里充满了喧闹，也由此展开了他们的故事。

在表面祥和气氛的掩盖下，通过几天时间里人们的交叉叙述，你会发现，每个人都有自己的悲伤和痛心之处。可以说，这部小说以多个角度呈现出土耳其特定年代的文化、政治和社会氛围，我觉得小说的主人公之一是那座没有说话但处处都在人物背景中的寂静的老宅子。这部小说获得了 1991 年的欧洲发现奖，并且很快被翻译成了法文，进入到欧

编织叙述艺术的花毯

洲人的视野之内。

通过《杰夫代特先生》和《寂静的房子》这两部小说的写作，我感觉奥尔罕·帕慕克完成了他最早的写作练笔阶段，开始进入到他写作的下一个阶段。在这个新阶段里，现代主义和后现代主义小说的技巧开始明显频繁地出现在他的作品中，他所擅长的多角度、多视点、多声部地描绘事件、人物和时代的手法也运用得炉火纯青，他所具有的美术、建筑的知识和修养成为了他小说中最重要的材料，由此开始形成了他自己独特的叙事风格。

1985年，他出版了篇幅不长的长篇小说《白色城堡》。从题材上说，这是一部历史小说，描绘了奥斯曼土耳其帝国时期和欧洲的意大利之间的一些文化交往，以及欧洲和西亚帝国在文化和精神上的碰撞。

小说讲述一个年轻的威尼斯学者从意大利东部的亚得里亚海坐船前往那不勒斯，但是，在地中海上遭到了奥斯曼土耳其帝国海军的袭击，被俘之后被带到了奥斯曼帝国，成为帝国贵族霍加的一个奴隶。霍加发现，这个年轻的意大利俘虏实际上是一个学者，而且，他长得和自己竟然很像，就和他成了朋友。两个人互相接触，对对方的语言和文化产生了浓厚的兴趣，开始互相学习。后来，他们一起联手对抗袭击土耳其的瘟疫，获得了最高统治者苏丹的嘉奖。他们还一起为苏丹设计对抗来自西方国家威胁的秘密武器，但在欧洲军队来袭的时候，他们的武器没有派上用场，帝国失败了。就在战火纷飞的时刻，一件重大的事情发生了，霍加趁机逃跑，奔向了他朝思暮想的威尼斯，而那个和他相像的威尼斯人则变成了他的替身，继续留在宫廷里扮演霍加。

这部小说巧妙地书写了东方和西方互相发现和认同的历史，是一则历史寓言。不过，我觉得，这部小说写得有些矫情和拘谨，没有完全放开，小说人物的设置也显得机械和缺乏个性。无论如何，我很难相信，一个土耳其人和一个意大利人会相像到分不出彼此的地步。而且，这部小说虽然主题宏大，但是却写得有些单薄了，不够丰满。

有趣的是，我在卡尔维诺的《我们的祖先》那本书中，发现了奥尔罕·帕慕克写这本书的灵感来源。奥尔罕·帕慕克自己宣称，卡尔维诺是他喜爱的作家，因此，受到他的影响在所难免。在《我们的祖先》三部曲之《树上的男爵》的第7章，小说主人公的父亲有一个来历复杂的私生子弟弟，"人们关于他的说法很多，说他出任过要职，当过苏丹的显赫高官，土耳其国务会议的水利工程师，或者其他类似的官。后来一次宫廷谋反，或是一次为女人发生的争风吃醋事件，或者是一纸赌债，使他坠入了困境，沦为被贩卖的奴隶。据说，人们在一艘俘获的土耳其战船上发现他戴着锁链和奴隶一起划桨，他们释放了他。"

那么，是不是根据这段文字，奥尔罕·帕慕克写出了他的《白色城堡》？我有理由作出这样的推断。《我们的祖先》之《树上的男爵》写于1957年，而《白色城堡》写于1985年前，可以推断是卡尔维诺的小说中这段话，使奥尔罕·帕慕克迸发出虚构的热情，将17世纪的东方和西方、奥斯曼土耳其帝国和意大利之间的文化差异和互相的好奇描绘了出来。《白色城堡》这部小说的英文版还获得了1990年美国外国小说独立奖。

需要强调的是，在奥尔罕·帕慕克的作品中，土耳其最重要的一个文化概念"呼愁"，是无法忽视的。那么，什么是"呼愁"呢？

奥尔罕·帕慕克说："'呼愁'一词来自，土耳其语的'忧伤'，它出现在《古兰经》时，词义与当代土耳其词汇并无不同。先知穆哈默德指他的妻子哈蒂洁和伯父塔里涌两人过世的那一年为'忧伤之年'，证明这个词是表达内心深处的失落感。但如果说'呼愁'起先的词义是指失落及伴随而来的心痛和悲伤，我自己所读的书却指出，伊斯兰历史在接下来几百年间有一条哲学断层逐渐形成。随着时间的推移，我们看见两个迥然不同的'呼愁'出现，各自唤起某种独特的哲学传统。根据第一个传统，当我们对世俗享乐和物质利益投注过多时，便体验到所谓的'呼愁'：其含义是'你若对这无常人世如此投入，你若是善良诚实的回教徒，便不会如此在意世间的失落'。第二个传统出自苏菲神秘主义思想，为'呼愁'一词以及失落与悲伤的生命定位提供一种较积极、较悲悯的认识。对苏菲派来说，'呼愁'是因为不够靠近真主安拉，因为在这个世上为安拉做的事不够而感受到的一种苦闷。"

你看，在奥尔罕·帕慕克的所有小说中，都弥漫着"呼愁"的情绪，在他的笔下，"呼愁"如同黄昏一般缓慢地降临那样，弥漫在土耳其整个大地和城市上空，弥漫在人们的心头。"伊斯坦布尔的'呼愁'，不仅仅是由音乐和诗歌唤起的情绪，也是一种看待我们共同生命的方式，不仅仅是一种精神状态，也是一种思想状态，最后既肯定人生，又否定了人生……现在我们逐渐明白，'呼愁'不是某个孤独之人的忧伤，而是数百万人共有的阴暗情绪。我想说明的是伊斯坦布尔整座城市的'呼愁'。"理解和进入奥尔罕·帕慕克的小说世界，必须要将这一段话深刻理解后才明白为什么他的小说中总是弥漫着一种莫名的忧伤，因为，这就是"呼愁"。

黑色和红色：颜色之名

1990年，奥尔罕·帕慕克出版了长篇小说《黑书》。这是一本在结构上带有多声部叙述和复调特征的小说，还有一个侦探小说的外壳。但是，其内里却是对伊斯坦布尔这座城市的文化、男人和女人、婚姻和爱情、背叛和忠诚进行的诘问和探询。

小说的故事情节是这样的：律师卡利普有一天进门，发现自己的妻子茹梦忽然消失了，只留下了一张语焉不详的纸条。和她一起消失的，还有她的同父异母的哥哥耶拉。耶拉在伊斯坦布尔是一个很有名的专栏作家，他在报纸上长期开了一个介绍伊斯坦布尔这座城市的文化和历史的专栏。于是，这些文字就成为了卡利普找寻妻子的线索，他觉得只有读懂了这些文章，他才会发现妻子失踪的线索。小说的故事情节就在他一边寻找妻子，一边大量引用耶拉文章的过程中徐徐推进，最终，他发现了他们死亡的真正原因：耶拉被刺杀身亡，当场倒在大街上，而茹梦则同时中弹，跟跄着进入到一家玩具店中，倒在一堆洋娃娃中。后来，卡利普顶替耶拉，成为了描写伊斯坦布尔的专栏作家，继续撰写关于这座伟大城市的文章。

这部小说混合了多种元素，将很多关于伊斯坦布尔这座城市和博斯普鲁斯海峡的资料与对人生、婚姻的刨析结合起来，写得绵密、紧张，内容非常驳杂。1992年，奥尔罕·帕慕克自己将这部小说改编成了电影

《隐蔽的脸》。奥尔罕·帕慕克曾经离过婚，我在阅读这部小说的时候，似乎可以感觉到小说的主人公卡利普在寻找消失的妻子的心情，与奥尔罕·帕慕克对婚姻的感觉有关。当然，这只是一种猜度罢了。1995 年，这部小说的法文版获得了法兰西文化奖。在奥尔罕·帕慕克的小说序列里，我很喜欢《黑书》，我觉得这是他写的最好的三部小说之一，它厚重、深沉，信息量巨大，是关于伊斯坦布尔的一部中型史诗。

接下来，在 1994 年，奥尔罕·帕慕克出版了长篇小说《新人生》。据说，这是土耳其历史上销售得最快的小说。

这部小说的叙述人是第一人称"我"，叙述语调依旧是典型的奥尔罕·帕慕克式的，迟缓，警觉，稠密，似乎有什么事情要发生在主人公身上了。果然，一天，一个叫奥斯曼的大学生读到了一本书，感到了强烈的震撼。此时，他爱上了一个神秘的女子嘉娜，同时还目睹了情敌被谋杀未遂。然后，他离开了相依为命的母亲，由此卷入到一场命案中。他开始按照那本书的引导，去寻找未来生活的轨迹。他横跨国境线，吃到了一种叫做"新人生"牌子的奶糖，还遭遇了连串的车祸。这些经历都带给他一些新的人生感悟。他的叔叔死后给他留下了一张纸条，使他逐步地接近了事件真相。于是，他自己的爱情和叔叔的爱情生活成为两条线索。当他探明了究竟，这才发现，他失去的往日生活才是他真正需要珍惜的。在小说的结尾，人物和读者都重新回到了起点。

这么介绍故事情节，不知道读者是否明白这本书写了什么。我读这本书的时候，多少感到了迷惑：这样一本书，会是土耳其历史上销售最快的小说吗？土耳其人真正看懂了这本书吗？《新人生》要表达的东西相当模糊和多义，甚至没有给出一个确定的答案。《新人生》如同一团雾，当你走进去再走出来的时候，你看见的仍旧是一团雾，它并不是那么好理解。

1998 年，奥尔罕·帕慕克出版了他最重要的长篇小说《我的名字叫红》。小说的时间背景是在 16 世纪末期达到顶峰后开始衰落的奥斯曼土耳其帝国时代，小说的故事情节围绕离开家庭达 12 年之久的艺术青年黑回到了伊斯坦布尔之后，不仅要面对一场他期待的爱情，还被卷入了一场谋杀案：统治帝国的苏丹让一批细密画家们帮助他制作一本伟大的书，来赞颂苏丹本人的丰功伟绩和帝国的荣耀。他准备以当时意大利文艺复兴时期盛行的艺术风格来绘制细密画。但是，伊斯兰教原教旨主义思想是不允许带有阴影和透视风格的绘画出现在歌颂苏丹的书中的。一群卓越的细密画画家开始为苏丹工作，但是，很快，其中一个画家就被谋杀了。是谁干的？小说由此展开了对画家之死的调查。统治者苏丹要求画家们三天之内查出到底谁是凶手，于是，在逐步的推理中，在排除一个个的怀疑对象的过程中，小说也将故事推向了高潮。

《我的名字叫红》是奥尔罕·帕慕克迄今为止最好的小说。回过头来看他的创作生涯，《杰夫代特先生》《寂静的房间》《白色城堡》这三部小说是他写作第一阶段的作品。在这个阶段，他实验了现实主义、自然主义、历史小说、多角度多声部的叙事技巧等写作手法。

由长篇小说《黑书》开始，包括《新人生》，他已经知道了自己的长处和短处在哪里——他发挥了自己学习了多年的美术和建筑艺术的长处，在写作技艺上，他就像一个波斯细密画家那样，精雕细刻地描绘着没有阴影但实际上却阴影重重的世间万事万物，并且，以多个声音、多个角度来呈现多层次的内容。他往往把自己的小说伪装成侦探小说，或者，精心营造出一种悬疑的气氛，一开始就制造出一个悬而未决的大疑问：到底是怎么回事？读者会萌发好奇心，在不断的情节推展过程中，小说逐渐地逼近了事件的核心，这样也牢牢地抓住了读者的心。

奥尔罕·帕慕克讲故事的技巧十分精湛，甚至连诺贝尔文学奖的评委马悦然先生都说："他太会讲故事了。"比如，在《黑书》中，一开始，小说男主人公的妻子和她的同父异母的哥哥都消失了，那么，他们到哪里去了？他们遇到了什么事情？他们之间是一种什么关系？他们是死是活？就是在这种种的疑问中，作者和读者一同经历了一场逐渐明晰的解谜过程，也澄清了人心的迷雾。

《我的名字叫红》也是这样，在小说的第一节，标题就是"我是一个死人"，由在枯井底死去的死者说话，一下子就抓住了读者的心。这部小说最典型的，就是它在叙述手法上采取了多声部的叙述手段，在全书59个章节中，几乎每个章节的叙述者都在变化，约摸有20多个叙述者，轮番上阵，讲述围绕着被谋杀的细密画家的案件，展开了混音与大合唱。

而且，在他们的讲述中，各个声音之间形成了佐证和旁证，形成了互相的补充和差异，有时候你感觉似乎离揭开谜底已经很近了，可是，有时候，你又会觉得距离事实和真相反而更远了。就是在这种扑朔迷离的叙述中，小说将一个时代的整体风貌呈现了出来。

《我的名字叫红》中的多个角度的叙述手法，其实，在奥尔罕·帕慕克写《寂静的房子》的时候，就已经开始运用了，只不过那个时候他的技法还比较呆板。在《黑书》中，以穿插报刊专栏文章的引文手法，他也实现了小规模的多声部，至少是两个声部的叙述。现在，在《我的名字叫红》中，这个多声部达到了令人吃惊的20多个声音，在众声喧哗中不断推演，小说一开始分开的岔路和缝隙，奇迹般地缝合了，一直到最后真相大白。

另外，在结构上，这部小说还体现了建筑之美。小说似乎是用一块块的砖头垒起来的，是用一幅幅的壁画拼接起来的，使小说体现出严整和具体的美。

从小说的外形上，侦探小说的壳完美地罩在情节主干上面，这是因为人类天性就喜欢谜语，喜欢刨根问底，喜欢谜底被揭开。但是，当你去掉它的侦探小说的外壳，你会发现，原来，这其实是一部现代历史小说，还是一部文化小说，小说的内容十分庞杂，涉及16世纪奥斯曼土耳其帝国的政治、文化、宗教，尤其涉及东方和西方的关系。

奥尔罕·帕慕克说过，"在我所有的小说中，都有一场东方和西方的交会。当然，我很清楚所谓的东方和西方，其实都是文化的概念，也就是说，它们都是想象的产物。尽管如此，无论两者的想象成分有多少，东方和西方毕竟仍是事实……东方和西方蕴含深邃而独特的传统，决定了人们的智慧、思想、感知能力以及生活方式。东方与西方的交会，并非如人们以为的是通过战争，相反，一直以来，它都发生在日常生活的种种细节中，通过物品、故事、艺术、人的热情与梦想进行，我喜欢描述人们生活中此种活动的痕迹。"

的确，在《我的名字叫红》中，大量东方的、也就是奥斯曼土耳其帝国时代，和西方、也就是希腊与意大利等地中海国家交往细节出现在小说中。其中，关于宫廷书籍的制作，尤其是关于细密画的风格和意大利文艺复兴时期美术之间的关系，是小说着墨很多的地方。所以，我说这也是一部文化小说，它承载的文化信息不亚于一本专门研究那个时期的历史学著作，其信息量甚至要大于任何一本年鉴学派的研究地中海物质和精神文化的著作，除此之外，它还描绘了人心，描绘了那个时期人的存在状态。难怪它出版之后，很快就获得了法国的文学奖、意大利纳扎·卡佛文学奖、爱尔兰都柏林文学奖等多个重要的欧洲文学奖，并且被翻译到40多个国家和地区，成为20世纪十分重要的一部小说。

奥尔罕·帕慕克还很喜欢用颜色来命名小说，红色、黑色、白色、"别样的色彩"等等，使读者的眼前有了颜色所代表的所有的感觉和意味。

白雪覆盖下的冲突

进入新千年之后，奥尔罕·帕慕克似乎对现实政治越来越关心了。在当代土耳其，存在着世俗化、欧洲化和极端民族主义者之间的深层矛盾。奥尔罕·帕慕克带有自由主义思想，他公开批评土耳其政府，认为政府应该对20世纪初的一场针对亚美尼亚人的"百万人大屠杀"负责，结果，他的言论引来了土耳其极端民族主义者的仇视，他们甚至威胁要刺杀他，并将他告上法庭。奥尔罕·帕慕克也不得不上法庭去应诉。而抱有同样观点的一个土耳其记者已经被极端民族主义者杀害了。但是，他并不胆怯和害怕，相反，他毫不妥协，也绝不收回自己的言论。虽然他批评政府，但土耳其政府对他则比较宽容，这一点，在2008年5月为他举办的北京欢迎会上，根据土耳其驻华使馆外交官的发言，我可以看出来，他们为他获得了诺贝尔文学奖、成为闻名全世界的土耳其作家而感到十分自豪。

关于"百万"亚美尼亚人被屠杀事件，我在美国作家冯内古特的小说《泰坦星的海妖》中，看到了这样的描述。在那部小说中，叙述者就是亚美尼亚人在土耳其遭受大屠杀的幸存者。可见，"百万"亚美尼亚人被屠杀事件，和波兰数万军官被斯大林派兵屠杀的"卡廷事件"一样，是20世纪的重要事件，是很难磨灭的历史记忆。但土耳其极端民族主义者不喜欢奥尔罕·帕慕克来说这件事情，认为他是在向西方献媚。奥尔罕·帕慕克也敏感地察觉到土耳其当代社会的文化分裂，并坚定地选择了自己的道路。

美国政治学家亨廷顿曾经把土耳其看做是一个"无所适从"的国家。在20世纪20年代，在现代土耳其共和国的国父凯末尔元帅的带领下，这个国家放弃了传统伊斯兰社会的道路，走向了一条向欧洲靠近的世俗化道路，同时，随着后来全球化的发展，土耳其这些年的国内政治、经济、文化矛盾越来越复杂，极端民族主义、极端宗教势力都在发展，因此阻碍了土耳其加入欧洲联盟的步伐。这些现实矛盾和问题，也理所当然地反映在敏感而杰出的作家奥尔罕·帕慕克的笔下。2002年，他出版了长篇小说《雪》，就触及了上述所有的矛盾。

《雪》在土耳其语中念"卡尔"，小说的主人公，一名记者，也叫卡，他在一个大雪天前往的城市叫卡尔斯。于是，自然物质、人物、地点，三者在名称上奇妙地构成了互相映衬的关系，彼此有着一种呼应和隐喻。小说描述诗人兼记者卡从德国法兰克福回到土耳其，前往故乡卡尔斯去调查当地的市长被刺杀的事件，以及另外一桩女性自杀事件。于是，冒雪来到卡尔斯市的卡，在卡尔斯这么一个偏僻的土耳其小城市里遇到了各种各样的人，还遭逢自己过去的恋人，并再次迸发了爱情。同时，在卡尔斯这个被白雪覆盖的城市下面，隐藏着激烈的文化、宗教矛盾，极端宗教势力正在对世俗化的政府发起挑战，最后，围绕着卡尔斯国家剧院，他们上演了一出惊心动魄的暴力活动。卡成为事件的目击者和亲身经历者，他就犹如从外部射过来的一道强光，照亮了土耳其今天的社会境况。小说的结尾，卡最终完成了一首关于雪花的诗篇，从另外一个角度阐释了土耳其文化的内在美丽与忧伤。

《雪》最打动人的地方，我觉得是营造的气氛。比如，在读卡洛斯·富恩特斯的小说时，我总是感觉到他的语言如同急风暴雨，语调急促而奔泻，你会非常不自觉地就被他语言洪流给带走了。而奥尔罕·帕慕克的《雪》则显得舒缓、平和、忧伤，整个小说里似乎都弥漫着一场大雪，雪还在缓缓地落下，在这一场大雪中，另外一场人生激烈对抗的好戏，却在酝酿并最终暴烈地上演。

197

编织叙述艺术的花毯

美国作家约翰·厄普代克对这本书给予了精确的评价："他热衷于剧场表演中非真实的现实，虚假的真实，而《雪》在其政治含义方面，以卡尔斯国家剧院两个夜晚的演出为支点，真真假假，幻觉和现实搅成一团，令人难以分辨。"

《雪》在奥尔罕·帕慕克的小说里最具政治性，这部小说出版之后，土耳其的极端势力公开焚烧这本书，并且向他发出死亡的威胁，一度使他都不敢在大街上散步了。《雪》因此获得了更大的名声，成为2004年美国《纽约时报书评周刊》评选的年度好书，2005年，又获得了德国书业和平奖和法国美第契外国文学奖，这一年，在欧盟的压力下，对于民族主义者对他的起诉案，法院判他无罪。2006年，这本小说又获得了法国地中海外国文学奖。

除了写作小说，奥尔罕·帕慕克还写了不少非虚构作品。2005年，他出版了长篇散文《伊斯坦布尔：一座城市的记忆》，立即引起了轰动。奥尔罕·帕慕克说："要想传达伊斯坦布尔让儿时的我感受到的强烈'呼愁'感，则必须描述奥斯曼帝国毁灭之后的城市历史，以及此一历史如何反映在这城市的'美丽'风光以及其人民身上。"

现在，轮到奥尔罕·帕慕克来讲述他记忆中的伊斯坦布尔了。这座充满了过去的荣耀和帝国遗迹的城市，有着特殊的地理位置和文化地位。全书以37章的篇幅，从奥尔罕·帕慕克的家族历史、城市遗迹、帝国记忆、日常生活、建筑环境、气候变化等多个角度，和一座伟大城市展开了心灵对话。仿佛是逐渐地展开了一幅有些陈旧，但依然绚丽无比的地毯，奥尔罕·帕慕克不疾不徐地带领我们走进他成长和记忆的时空中。书中还选用了很多老照片，有的是他过去成长的瞬间，有的则是城市风景的片段和人物的特写。照片和文字之间形成了特殊的互文关系，使这本书成为非常别致、优美、生动、历史信息量巨大的作品。

据说，就是这本书使他再度获得了诺贝尔文学奖的提名，2006年，这个桂冠就戴到了他的头上。

2007年，他出版了随笔集《别样的色彩：关于生活、艺术、书籍与城市》，收录了他无法在小说中表达彻底的文学艺术随笔和评论。自传性和敏锐的感受性是这本书的最大特点，我们可以看到，一个在生活、美术、文学和建筑中间自由穿梭的人，他打通了时间和艺术门类，把阅读、思考、写作和漫游变成了一种美好的乐趣。

奥尔罕·帕慕克最新的长篇小说是《纯真博物馆》，出版于2008年，这本书是一部地道的关于爱情的小说。小说以一个恋物癖男人的眼光，搜集整理了他记忆中和现实中的恋人的各类物品，叙述和描绘依旧带有花毯般的繁复和优美沉静。

奥尔罕·帕慕克是当代世界耀眼的明星作家之一。美国作家约翰·厄普代克曾评价他说："帕慕克不带感情的真知灼见，与阿拉伯花纹似的内省观察，让人联想起普鲁斯特。"他还说："奥尔罕·帕慕克很有天赋，善于运用轻快、荒诞主义的手法，拖长闹剧的情节，甚至暗示在这个冷漠和混乱的世界里，任何情节都是可笑的。"

在谈到奥尔罕·帕慕克的时候，我国作家莫言说："天空中冷空气跟热空气交融会合的地方，必然会降下雨露；海洋里寒流和暖流交汇的地方会繁衍鱼类；人类社会中多种文化碰撞，总是能产生出优秀的作家和优秀的作品。因此可以说，先有了伊斯坦布尔这座城市，然后才有了帕慕克的小说。"

奥尔罕·帕慕克也说："伊斯坦布尔的命运就是我的命运——我依附于这个城市，只因她造就了今天的我。"

的确，是伊斯坦布尔这座伟大的城市，造就了奥尔罕·帕慕克这样一个杰出的作家。

199

阅读书目：

《我的名字叫红》，沈志兴译，上海世纪文景出版社2006年8月版

《我的名字叫红》（插图精装注释版），上海世纪文景出版社2007年8月版

《白色城堡》，沈志兴译，上海世纪文景出版社2006年12月版

《伊斯坦布尔》，何佩桦译，上海世纪文景出版社2007年3月版

《雪》，沈志兴等译，上海世纪文景出版社2007年5月版

《黑书》，李佳姗译，上海世纪文景出版社2007年6月版

《新人生》，蔡鹃如译，上海世纪文景出版社 2007 年 7 月版

《寂静的房子》，沈志兴等译，上海世纪文景出版社 2008 年 5 月版

《杰夫代特先生》，陈竹冰译，上海世纪文景出版社 2009 年 2 月版

《帕慕克在十字路口》，帕慕克、陈众议等著，上海三联书店 2009 年 10 月版

《纯真博物馆》，陈竹冰译，上海世纪文景出版社 2010 年 1 月版

《别样的色彩：关于生活、艺术、书籍和城市》，宗笑飞、杨卫东译，上海世纪文景出版社 2010 年 7 月版

《白色城堡》，陈芙阳译，台湾麦田出版社 2004 年版

《新人生》，蔡鹃如译，台湾麦田出版社 2004 年版

《SNOW》(《雪》)英文版，英国费伯出版社 2004 年版

黑非洲的瓦解和新生
——"非洲文学之父"钦努阿·阿契贝

钦努阿·阿契贝是一位世界闻名的小说家、诗人和散文家,凭借《尼日利亚四部曲》等著作,他奠定了自己不可动摇的文学地位。这四本书给他在全世界带来了巨大的声誉,也使人们看到了一种新的非洲小说的面貌和可能性。

黑非洲贡献给世界的杰出小说家、诗人和散文家

在我的想象里,整个 20 世纪的小说发展史由一股巨大的创新力所推动和造就,并在地理上呈现出在大陆之间不断转移的面貌:从欧洲到北美,从北美到南美,从南美到亚洲、非洲,次第展开了一幅不断被发现和拓展的 20 世纪小说新大陆的景象。而全世界的地缘政治格局的变化,两次世界大战、冷战、民族国家的独立和柏林墙的倒塌,这些重大历史事件也引起了世界文学版图的新变化。

特别是在 20 世纪 80 年代之后,很明显,小说的创新能

力转移到了那些出生在贫穷的第三世界国家，使用第一世界发达国家的语言来进行叙述的小说家身上。他们不仅描绘了第三世界国家广阔的当下现实和丰富历史，还深入探讨了第一世界和第三世界之间的错综复杂的关系。这些"跨文化作家"、"无国界作家"、"后殖民小说"、"离散作家"共同构成了最近二三十年一个写作的世界主义潮流，甚至"世界小说"是否诞生，都成为了一个热闹的话题。

因此，探讨、研究和发现那些非洲、亚洲国家出现的对20世纪小说史作出贡献的小说家，就显得十分重要了，正是因为这些作家的存在，我们才能有一个全景观的20世纪世界文学地图，我们才可以看到"小说的大陆漂移"是如何在各个大陆之间不断进行转换的。

在非洲，二战结束后民族国家纷纷独立是一个重大历史事件，一种新的非洲文学也应运而生。经过了几十年的发展，在1986年和1988年，两位非洲作家都摘取了诺贝尔文学奖——尼日利亚的索因卡和埃及的马哈福兹，从而使小说的世界版图正式扩大到非洲。此前，非洲文学要么被漠视，要么被遮蔽。

在非洲，尼日利亚是一个文学重镇，她和埃及、南非一起，构成了非洲北部、中部和南部的三个诞生了当代文学巨匠的国家。尼日利亚是非洲人口最多的国家，地处中部非洲靠西一点，接临大西洋，是非洲最古老的国家之一，也是一个命运坎坷的国家。

早在15世纪，葡萄牙殖民者就入侵了尼日利亚，1914年，英国人占领了尼日利亚，使之成为大英帝国的殖民地。1960年10月1日，尼日利亚正式独立。这个国家拥有250多个部族，其中，伊博族和约鲁巴族是主要的部族，英语为官方语言，因此，20世纪60年代之后，从这个国家逐渐走出一批杰出的可以直接用英语写作的小说家。在他们中间最著名的小说家是钦努阿·阿契贝。他是尼日利亚培养出来的第一批英语文学专业的大学生，也是黑非洲贡献给世界的杰出小说家、诗人和散文家。

1930年，钦努阿·阿契贝出生于尼日利亚东部的奥吉迪，小学上的是教会学校，后来，他进入到伊巴丹大学学习英语文学。大学毕业之后，他在尼日利亚国家广播电台工作，其间，还曾经到英国广播公司短暂地工作过。他很早就立志从事文学创作，由于有英国文学扎实的底子，加之他很注重积累，因此，在新闻机构的工作也使他获得了观察尼日利亚社会的绝佳视野。当他寻找到一个独特角度的时候，他的创作就一发而不可收了。

1958年到1966年，也就是在钦努阿·阿契贝28岁到36岁之间，他接连出版了四部长篇小说《崩溃》（一译《瓦解》)《动荡》《神箭》《人民公仆》。这四部小说被称为是钦努阿·阿契贝的《尼日利亚四部曲》，从此奠定了钦努阿·阿契贝不可动摇的文学地位。这四本书给他带来了全世界巨大的声誉，使人们看到了一种新的非洲小说的面貌和可能性。1966年，为了专心从事写作，钦努阿·阿契贝辞掉了国家广播电台的工作。但是正在这个时候，1967年到1970年之间，尼日利亚爆发了激烈的内战，这场内战给国家和人民造成了巨大创伤和裂痕，也带给钦努阿·阿契贝难以磨灭的印象。他当时支持的是反对联邦政府的比夫拉政权。

尼日利亚的内战结束之后，1971年，钦努阿·阿契贝创办了在非洲影响很大的文学杂志《奥基凯》，团结了很多非洲作家，发表了他们大量的作品，使之成为非洲新文学的摇篮和集结地。后来他主要在尼日利亚大学的非洲研究所工作，其间还曾经到美国的一所大学担任访问学者。

1981年，51岁的钦努阿·阿契贝创办了尼日利亚作家协会，并被选举为尼日利亚作家协会的第一任主席，在研究、教学之余勤奋写作。他一直对尼日利亚的社会现实和政治生态持有着尖锐的批评态度，他说："一个非洲作家如果试图避开巨大的社会问题和当代非洲的政治问题，将是十分不恰当的。"他的这个态度使那些掌握了权力的人感到十分不满。

1990年，他遭遇了一场可疑的车祸，但是他躲过了一劫。之后，他就去美国治疗，落下了半身不遂的毛病。后来，有人怀疑那场车祸是独裁的尼日利亚军政府所采取的暗杀行动。由于他一直受到尼日利亚一些反对他的势力的威胁，此后，他长期客居美国，担任了纽约州巴德学院的教授，很少再回到尼日利亚了。

　　除了著名的长篇小说《尼日利亚四部曲》，多才多艺的钦努阿·阿契贝在短篇小说、儿童文学、诗歌、文学评论等方面都有建树，出版了不少著作。

　　他出版有短篇小说集《祭祖的蛋》（1962年）、《战火中的姑娘》（1972年），这两个集子分别从非洲神话传说以及尼日利亚独立后爆发的内战中获取素材创作而成；儿童小说《契克与河的故事》（1966年）、《蜥蜴为什么有了爪子》（1972年）、《笛子》（1977年）、《鼓》（1977年）等，带有非洲童话和民间传说的那种神奇、荒诞和原始感；他还出版了两部诗集《小心！我心灵的弟兄》（1971年）和《比夫拉的圣诞节和别的诗篇》（1973年），诗歌的风格清澈简明，带有非洲歌谣和英国象征主义混杂的风格。

　　此外，他还写下了很多的文学评论和政治评论，结集为《创世纪那一天的黎明》（1975年）、《文学与社会：一个观点》（1980年）、《尼日利亚的不幸》（1984年）等。在这几本文学评论、随笔和政论集中，他首先确认了非洲作家的一个基本的职责，那就是要做一个传送真实声音的解释者，一个人民的教师，要具有鲜明的社会责任感和使命感，这是非洲作家之所以是非洲作家的第一要义。

　　1987年，钦努阿·阿契贝出版了他的第五部长篇小说《热带草原的蚁山》。这部小说也可看作是他的《尼日利亚四部曲》的续篇。1989年，他还出版了文学评论集《向詹姆斯·鲍德温致敬》。在他贯穿至今长达50年的文学创作中，他总是将笔触放到非洲，描绘出尼日利亚从被西方殖民主义者侵占到20世纪独立之后的矛盾重重的混乱历史，给我们带来了一个国家及其所在大陆的沧桑命运的写照。

阿摩斯·图图奥拉笔下的魔幻世界

　　其实，谈到尼日利亚的小说，我还想起来另外一个作家，他也应受到特别关注。他就是阿摩斯·图图奥拉。图图奥拉的名气不在钦努阿·阿契贝之下，不过汉语世界的读者对他很陌生。

阿摩斯·图图奥拉生于 1920 年，死于 1997 年，算是比钦努阿·阿契贝早半辈子的小说家。我认为他是最有非洲味道的小说家。他只受过 6 年的学校教育，二战期间，他曾经在英国皇家空军中担任技师。战争结束后，图图奥拉开始用英语写作。他的主要作品有《棕榈酒鬼以及他在死人镇的死酒保》（1952 年）、《我在鬼魂丛林中的生活》（1954 年）、《勇敢的非洲女猎手》（1958 年）、《丛林中的羽毛女郎》（1962 年）、《阿杰依和他所继承的贫困》（1967 年）、《边远城镇的草药医师女巫》（1981 年）、《贫民、争吵者、诽谤者》（1987 年）、《乡村巫医》（1990 年），以及《约鲁巴神话》（1986 年）等十多部，从书名就可以看出来，他所走的路子和非洲原始神话、传说有关，和钦努阿·阿契贝的小说之路完全不同。

阿摩斯·图图奥拉虽然也用英语写作，不过，他似乎和 20 世纪西方的现代主义、后现代主义文学潮流一点关系都没有，完全看不到他受到了英语文学的影响。他的创作主要得益于非洲民间文学、口头文学和尼日利亚约鲁巴文化传统中的神话鬼怪传说。

1952 年，阿摩斯·图图奥拉写于 1946 年的小说《棕榈酒鬼以及他在死人镇的死酒保》由英国著名的费柏出版社出版了，他那在英国人看来很奇怪的非洲英语、约鲁巴部族魔幻和神奇的神话、小说那天真和离奇的鬼怪故事所散发出的想象力，都让英语世界的读者大吃一惊。这部小说还获得了英国超现实主义诗人迪兰·托马斯的赞赏，他写了一篇文章大力推荐这部小说，于是，英语文坛开始注意到这个尼日利亚的小说家了。

《棕榈酒鬼以及他在死人镇的死酒保》讲述了一个喜欢喝棕榈酒的酒鬼的离奇故事。在小说中，他可以忽然死去，又可以瞬间复活。他能够完成任何几乎不可能完成的任务，完全像神话时代里的人物，穿越时间、空间、穿越生死的界限。但是，你会觉得这个酒鬼又是 20 世纪非洲的社会中可能存在的人物。

在小说中，没有任何情节连贯的逻辑，你也不可能去预测下一步小说的情节会向哪个方向发展：女人的大拇指会突然迸裂，里面诞生出一个喜欢吃喝的婴儿；某个小镇上到处都是红色，连食物和水都是红色的；

死人镇上的人都是在倒退着走路，而一个巨大的蛋可以让所有的人满足食欲并且它从不缩小等等，这些离奇和神秘的情节，在小说里比比皆是，引领我们进入到洪荒年代的人类记忆深处。

阅读这本小说的感觉十分奇妙，那是对另外一种陌生文化散发出的离奇效果的惊奇。小说里弥漫着原始的气息和童话般的透明，接近了人类口头文学时代诞生的创世神话，风格质朴得仿佛是直接从非洲那些口头说唱艺人的嘴上录下来的，张开神奇和魔幻的翅膀，在人类的想象力所能够达到的边界飞翔。可以说，这部小说带有鬼魂、巫师、魔术、幻想等元素，给英语文学增添了一个很有意思的样本。

阿摩斯·图图奥拉的第二部小说《我在鬼魂丛林中的生活》，讲述一个8岁的男孩子在部落战争之中被遗弃，然后进入到鬼魂丛林里生活的故事。他后来的小说，大部分都维持了《棕榈酒鬼以及他在死人镇的死酒保》所体现出的风格，并在细节上呈现出运用不同神话原型和传说元素的特点。可以说，图图奥拉的小说世界是一个人鬼不分的世界，充满了魔幻气息和时间的混乱感。时间和空间、活人和死人在不断地自然转换，完全不同于我们所具有的时空感和世界观，是20世纪小说中比较少见的一种类型。

不过，我觉得图图奥拉的小说也有着很大缺陷，他的小说展示出的是尼日利亚约鲁巴文化的神秘、神奇和魔幻性，但是，小说却没有对非洲历史和当代社会进行清理、发现和批判，尤其是西方殖民主义者对非洲侵害的历史事实，在他的作品中很少反映。他的作品宛如一个超越了一切现实和历史的童话和神话的世界，虽然扩大了非洲民间文学在西方视野中的影响，却属于那种文化奇观性的小说，多少有些剑走偏锋。

《崩溃》：钦努阿·阿契贝的代表作

和图图奥拉的那种带有非洲部族神话传说与童话风格的小说不同，钦努阿·阿契贝一开始走的就是尖锐批判非洲现实社会的路子。他认为，非洲作家必须要投身于当代社会重大的政治斗争当中，不能掩耳盗铃，或者当一个把脑袋埋到沙子里的鸵鸟。所以，他将自己的笔直接对准了遭受西方殖民主义长久侵害的非洲那独特的社会现实，以及非洲国家自身存在的社会问题和文化问题，毫不留情地以文学的方式给予揭示和呈现。

长篇小说《崩溃》是钦努阿·阿契贝的代表作，也是被称为《尼日利亚四部曲》的系列小说的第一部，是钦努阿·阿契贝直接用英语写成的，于1958年出版。小说很快就获得了英语文坛最高奖布克小说奖，在随后的很多年里，它被翻译成了50多种语言，全球销量达1100万册，成为20世纪最为重要的小说之一。

阅读《崩溃》的感觉，对于我来说也是一个极其新鲜和令人惊奇的享受过程。小说的篇幅不长，翻译成中文才14万字，英文版似乎要更短一些，只有148页。

这部小说分为25章，每个章节都很短小精悍，小说的叙述风格十分扎实有力，前面15章描述的是外国传教士还没有来到非洲大陆之前非洲人的生活状态。在欧洲老牌殖民主义者尚未进入非洲这块古老的土地之前，非洲人，具体说是尼日利亚人，还处在一种原始部落的生活状态里，这种生活形态十分古老，他们的日常生活还被祖先崇拜、鬼神崇拜和各种原始信仰和习俗所左右。其中，有些风俗是十分有趣的，比如，他们对自己祖先的尊重到了过分的地步，说话和交往过程中喜欢用一些比喻，读起来特别有趣。而有的风俗则十分野蛮，比如，部落里的人会认为生下双胞胎是可怕的坏事，要把双胞胎扔到树林里去，等等。

《崩溃》通过主人公奥孔克沃悲剧性的一生，呈现了19世纪英国殖民主义者侵入到尼日利亚后对当地的文化、宗教、习俗和社会生活进行的巨大破坏，展现了西方殖民者进入非洲前后的真实历史。

奥孔克沃属于尼日利亚古老的部族伊博部落，他有一个名声不好的父亲，在部落里以懒汉和赖皮闻名——借了人家的钱很少归还。但是，奥孔克沃却从小就立下了远大的志向，要成为和父亲完全不一样的、受大家尊敬的人。

207

非洲文学之父 钦努阿·阿契贝

黑非洲的瓦解和新生

很多年过去以后，经过他自己的不懈努力，比如通过锻炼自己强健的体魄，他在 18 岁的时候就打败了其他所有的挑战者，成为部落里的摔跤高手，获得了部落人的广泛赞誉。然后，他又辛勤地耕作自己的土地，依靠劳动致富，娶了三个妻子，使自己成为了部落里的富人，因而他也成了部落里掌握发言权和在宗教仪式上扮演古代神灵的重要人物。

但是，在部落举行的一次葬礼上，纯属偶然，发生了一次枪支走火事件，奥孔克沃打死了同部落一个人的孩子。对于这样的失误，按照部落的传统习俗，是要惩罚肇事者的，肇事者必须离开自己的家庭和部落，在外面躲避 7 年之后，等被误杀的人的灵魂得到安宁了才能够重新回到部落和家庭中。因此，奥孔克沃必须离开自己的部落。他到了自己妻子所在的另一个部落里，从这个时候开始，他开始走人生的下坡路了。这个时候，欧洲传教士已经开始在非洲各地传教，传来了很多传教士在传教过程中和当地传统习俗以及宗教信仰相对抗的流血事件——有的传教士被杀害了，而杀害传教士的村庄也遭到了白人的报复性洗劫。

7 年之后，奥孔克沃终于等到回到部落的这一天，他回来了，但是，他吃惊地发现，自己所在部落的生活已经今非昔比了。很多过去被部落抛弃和蔑视的懒汉、二流子都加入了欧洲人的教会，其中竟然也包括了他的儿子。他最为不解的是，自己的部落也在急剧地衰落，难以和教会势力抗争。最后，奥孔克沃愤恨于部落的软弱，他单枪匹马亲手杀了一个传教士的走狗。然后，他期待部落群起反抗，但是竟然没有任何响应，于是，奥孔克沃为了免遭白人的羞辱，悲壮地上吊自杀了。小说的结尾处，一个白人传教士正在写一本书，书的名字他已经想好了，就叫做《尼日利亚原始部落平定记》。

《崩溃》这部小说的基调是批判现实主义的，小说中所描述的尼日利亚人所特有的民间文化、原始宗教信仰和生活方式，无论是西方读者还是东方读者，读起来都会感到惊奇和新鲜。这是文化陌生感所带来的愉悦。不过，小说传达的悲剧性沉思相当深沉，以非洲人的方式呈现出殖民主义者根本就想不到的历史的另一面，同时，也将尼日利亚自身的社会、文化和历史问题摆在了人们的面前。

最振聋发聩的文学声音

钦努阿·阿契贝的《尼日利亚四部曲》是他一生中的重头戏。这个系列的第二部是长篇小说《动荡》，小说描述了 20 世纪的尼日利亚在摆脱了殖民统治后、获得独立之前的社会状况：在 20 世纪上半叶，尼日利亚已经由原始的部落氏族农耕社会，跨越了一些历史阶段，直接进入到殖民地资本主义时期。她自身的文化传统在西方殖民主义文化的冲击下逐步瓦解了，但是，英国殖民者所带来的基督教文化也无法在尼日利亚生根，社会中充满了一种动荡不安的气息，人们的内心也充满了惶恐。

小说重点塑造了一个从英国留学归来的尼日利亚青年，以他的遭遇来折射时代的变迁。他打算报效祖国，有所作为，但是，在尼日利亚那种如同烂泥地一样的社会环境中，他无法施展自己的抱负，四处碰壁之后，他逐渐消沉了。后来，他违反众人的规劝，和一个本族人所鄙夷的女人恋爱，结果犯了众怒，那个女人被自己部族隔绝了，而这个男青年则被判处了监禁。这部小说是一部带有浓厚悲情色彩的成长小说，以一个青年人的挫折来显现钦努阿·阿契贝对尼日利亚的文化境遇的忧思。

《尼日利亚四部曲》的第三部是长篇小说《神箭》，小说的着眼点放在了英国传教士在非洲的传教活动上，准确地呈现出西方宗教文化是如何系统地侵蚀了尼日利亚历史悠久的万物有灵的宗教信仰体系，以及尼日利亚的氏族部落社会制度。

小说中的主角是一个部落的老祭司，他发现，面对来势汹汹的英国人带来的基督教，他是无力去正面对抗的，需要用灵活的手段去适应。于是，他把儿子送进了白人办的教会学校，目的是想让儿子了解西方人的宗教。但是，祭司逐渐与殖民者发生了不可避免的冲突，他们之间无论在文化还是宗教方面都是对立的，白人来到非洲，就是为了占领和掠夺。最后，白人巧妙地利用祭司的性格弱点，将他和部族中大多数人对立起来，使其他人皈依了基督教，完全孤立了掌握部族宗教仪式的老祭司，部族人再也不相信老祭司所主导的民族传统宗教了。在

黑非洲的瓦解和新生

[非洲文学之父] 钦努阿·阿契贝

这个时候，另外一个打击接踵而至——老祭司的儿子也死于非命，最后，老祭司崩溃了，整个部族也沦为了英国人的附庸，在精神上和物质上都被白人控制。

我觉得，这部小说在主题上，是《崩溃》的继续和延伸，它一方面将英国殖民主义者的宗教入侵系统地呈现出来，同时，也将非洲人自身的不团结和分裂、目光短浅和唯利是图不留情面地揭露出来，指出内因和外因的综合才是非洲崩溃的原因。

在《尼日利亚四部曲》的第四部小说《人民公仆》中，钦努阿·阿契贝将批判的锋芒指向了尼日利亚的当下社会现实。小说中，独立之后的尼日利亚，英国殖民者被赶走了，似乎迎来了一个新的时代。于是，各个党派和政治势力在尼日利亚纷纷登台。其中，一个混迹革命运动的政客南加当上了新政府的部长，他被称为"人民公仆"，他也自称是"人民公仆"。但南加掌握政权之后，开始迅速腐化，他利用自己的权力巧取豪夺，拼命地搜刮钱财，最终导致了反对他的革命的发生，南加这个腐败堕落的政客被赶下了台。小说把英国殖民主义者退出尼日利亚之后的社会政治环境表现得很逼真。那些上台的"革命者"和"民族解放者"，不久就陷身于贪污和腐败的丑闻中，那么，"人民公仆"到底有没有？他在哪里？钦努阿·阿契贝沉痛而绝望地发问，他自己也无法回答这个问题。

1987 年，钦努阿·阿契贝出版了他的第五部长篇小说《热带草原的蚁山》，进一步地描绘了尼日利亚当代社会的内部分裂。在小说中，钦努阿·阿契贝虚构了非洲某个国家，但显然这个国家就是尼日利亚。在尼日利亚的热带草原上，有一种独特的蚁穴，巨大而醒目，是当地特有的自然风景。小说的主人公有三个，他们都是大学同学，后来，其中一个当了总统，另外一个当了报社主编，成为总统的对立面，第三个人则当了政府中的情报部长，相对中立。总统利用权力对国家实行军事独裁统治，而主编则组织舆论的力量对总统进行批评，情报部长则在两个人之间摇摆，左右逢源。钦努阿·阿契贝以这三个同学的不同道路，将尼日利亚当代现实社会面临的多种选择以及其内在冲突作了一个呈现。小说中，政治风云变幻，人如同走马灯一样往来，但是热带草原上的蚂蚁山则巍然屹立在那里，成为一个大自然的永恒象征。

上述五部长篇小说，是钦努阿·阿契贝最值得分析和阅读的作品。在这些小说中，他通过一个个具体的非洲人的命运展示，既展现了西方殖民主义进入非洲大陆之后带给非洲文化和社会组织的全面损害，以及非洲旧有的文化和信仰体系在崩溃的情况，又展现了独立之后尼日利亚新的当权者信奉权力和金钱，贪污腐败堕落，致使国家继续处于动荡之中的情况。

2004 年，钦努阿·阿契贝发表了给尼日利亚总统的公开信，拒绝了尼日利亚颁发给他的最高荣誉勋章。他以自己的行动对当代尼日利亚内部的动乱危险提出了警醒，对政客的腐败表示了抗议。

2007 年 6 月，钦努阿·阿契贝战胜了萨尔曼·拉什迪和多丽丝·莱辛，获得了第二届曼布克国际文学奖，此前，他已经获得了尼日利亚国家文学奖、第一届英联邦诗歌奖等多项大奖，欧美有二十多所大学给他颁发了名誉博士学位。

可以说，钦努阿·阿契贝的小说带有一点非洲文化的陌生感和奇观性，同时还带有批判性、战斗性和现实性。他的作品都直接指向非洲的社会现实，这个现实是殖民者退出之后的千疮百孔的现实，是政客贪污腐败和军事独裁的现实，是穷人更加悲苦、妇女命运悲惨的现实；是充满了种族偏见和传统文化不断瓦解的现实，是贫困滋生、没有办法找到未来的现实。面对这样的现实，钦努阿·阿契贝只能强调作家的社会责任感和使命感，强调文学应该像匕首和剑，去勇敢地向不义的政治、战争和腐败宣战。他不断运用文学的手段，以审美的视角，来呈现非洲的历史和现实的丰富性，来重新构造他理想中的非洲的未来，并发出了最响亮的文学声音。

阅读书目：

《崩溃》，林克等译，重庆出版社 2005 年 9 月版

《瓦解》，高宗禹译，重庆出版社 2009 年 1 月版

黑非洲的瓦解和新生 [非洲文学之父] 钦努阿·阿契贝

《人民公仆》，尧雨译，重庆出版社 2008 年 10 月版

《神箭》，重庆出版社 2010 年 7 月版

《荒原蚁丘》，朱世达译，重庆出版社 2009 年 6 月版

《棕榈酒鬼以及他在死人镇的死酒保》，吴贞仪译，台湾麦田出版社 2004 年 8 月版

中间人、解释者、警告者和语言家

——"非洲的莎士比亚"渥雷·索因卡

渥雷·索因卡创造出了新的非洲戏剧，将一种新的戏剧风格带入世界文学的殿堂里。除此之外，他还是一位非常优秀的小说家、诗人。1986 年，渥雷·索因卡作为非洲第一个诺贝尔文学奖得主，摘取了诺贝尔文学奖的桂冠。

"非洲的莎士比亚"

渥雷·索因卡是 20 世纪非洲涌现的最重要的剧作家、诗人和小说家，是现代非洲文化的代表人物，也是非洲第一个获得了诺贝尔文学奖的作家。他和钦努阿·阿契贝作为尼日利亚英语作家的双璧和巨擘，共同出现在 20 世纪下半叶的国际文学舞台上，以鲜活、复杂和富有创造力的大量作品，将非洲的真实面貌带给了世界，也将非洲丰富和优美的文化带给了我们。进入世界文学视野的非洲文学十分年轻，大部分现代非洲文学作品都是 20 世纪 30 年以后出生的作家创作的。

很多作家使用的是英语和法语，这使他们的作品能够更好地为西方所熟悉，也就是为世界所认知。

但是，将渥雷·索因卡收入到本书，一开始我却有些踌躇。因为他主要的文学成就在戏剧，长篇小说只写了两部。和他相比，萨谬尔·贝克特也是戏剧作品比他的小说作品要好、要重要的作家，但是我却没有将贝克特收入本书第一卷。最终，渥雷·索因卡相对于 20 世纪文学大陆转换的重要性使我改变了想法，渥雷·索因卡自身的多才多艺，在诗歌、小说、文论、自传方面的写作使他成为一个全方位的作家，我还是决定收录渥雷·索因卡。

渥雷·索因卡 1934 年出生在尼日利亚西部地区阿倍奥库塔市，这个城市名字的意思是"岩石的下面"，整座城市分布在一条古老的河流奥更河的两岸，在河流的岸边悬崖上，到处耸立着巨大的石头，从古代开始，这里就是氏族和部族的居住地，尤其是约鲁巴族祭祀的圣地，有着大量的文化传说、文化积累和历史遗迹。

渥雷·索因卡出生于一个约鲁巴族的小知识分子家庭，父亲是一所英国圣公会教会小学的校长，他自小就受到了约鲁巴文化和英国基督教文化的影响，母亲也是一个基督教徒。再加上出生地浓厚的民族文化氛围，他获得了一些特殊的文化滋养，英语和约鲁巴语都很熟练。他后来来到了西尼日利亚的首府依巴丹上中学。1952 年，他和钦努阿·阿契贝一样，稍后进入到尼日利亚伊巴丹大学学习。20 世纪 50 年代，就是从这所大学，走出了后来影响了尼日利亚和非洲的很多文化人物、政治家和法律、教育工作者，尤其是 1960 年尼日利亚独立之后，这些大学生都发挥了重要的作用。

1954 年，渥雷·索因卡获得了一个去英国利兹大学深造的机会，在那里他学习文学，参加了学生剧团，演出各种戏剧。他还认识了一个姑娘，两个人结婚并且生下了一个孩子。1958 年，24 岁的渥雷·索因卡在英国上演了自己的第一部戏剧《发明》，这是一出独幕剧，内容是讽刺南非种族隔离政策的，带有浓厚的喜剧特点。1959 年，在英国和尼日利亚接连上演了他创作的两部戏剧作品《沼泽地居民》和《狮子与宝石》。以上三部戏剧作品，初步奠定了他作为非洲现代戏剧开创者的地位。1960

年1月，他从利兹大学毕业之后回到了尼日利亚，起初当演员和戏剧导演，后来在拉各斯大学等多所大学担任文学教授。1967年，尼日利亚内战爆发之后，他呼吁双方放弃暴力，结果被关进监狱近两年，出狱之后流亡英国、美国多年。

渥雷·索因卡是一个非常关心尼日利亚政治和社会现实，有着强烈社会批判性的作家，他前后9次被捕，还曾经有一次被判处死刑，但最终没有被执行。2004年5月，已经70岁高龄的渥雷·索因卡因为在尼日利亚首都拉各斯参加了反对尼日利亚现政府总统奥桑巴乔的示威游行，而被短暂关押。渥雷·索因卡现在住在尼日利亚的一所乡间别墅，有时候在全世界周游。他曾经到我国台湾地区参加过文化节活动，和台湾地区的作家有过交流，台湾地区出版了4部以上他的作品。

《沼泽地居民》是一出独幕剧，描绘了1960年尼日利亚独立之前，居住在沼泽地区的尼日利亚居民的生活。剧本围绕一个从大城市回到老家沼泽地区的青年伊格韦祖的遭遇，来呈现特定历史阶段中的尼日利亚普通人的生活和现实处境。剧本中揭示了伊格韦祖和他的母亲阿露、父亲马古里之间的关系，其间，还有乞丐、祭司、祭司的跟班和鼓手等几个次要人物出场，伊格韦祖在尼日利亚大城市遭到的是殖民主义者所带来的资本主义的盘剥，回到了故乡沼泽地区，则遭到了祭司等人所把持的封建势力的压迫，感到无所适从，没有出路，他最终还是离开了即将被洪水围困的沼泽地，前往别的地方去寻找生路了。

历史的中间人

《狮子和宝石》是渥雷·索因卡一生中非常重要的剧作，和《沼泽地的居民》的悲剧风格不同，《狮子和宝石》是一出喜剧，主要刻画了在1914年英国殖民者入侵尼日利亚之后带来的变化。农村姑娘希迪又聪明又漂亮，被很多人喜欢，在这出戏里被看作是"宝石"。而"狮子"指的是那些围绕着她、追求她的男人们，这些人包括了年轻的小学老师拉孔来和年老的酋长巴罗卡。青年教师满嘴西方名词，他反对尼日利亚农村的各种陋习，反对奢华的婚礼和彩礼，同时他也很穷困。而老酋长则反对英国殖民主义者带来的任何现代的东西，像铁路、电话、宗教等等，他宁愿保留传统的一切，过着妻妾成群的生活。最后，希迪还是选择了有钱的酋长，在酋长的花言巧语和财力的吸引下，被酋长迎娶到了家中。

小说带有的讽刺气息并没有遮蔽整个戏剧的喜剧风格，整个戏剧显得轻松愉快，洋溢着欢快的调子，略微带一些嘲讽，对迂腐的青年教师和狡猾的酋长，以及天真又世故的漂亮姑娘希迪都有温和的讽刺。这出戏是渥雷·索因卡自己很喜欢的戏剧作品，多年来一直在不断地演出，受到了热烈欢迎。

1960年，渥雷·索因卡组建了尼日利亚第一个现代剧团"一九六零剧社"，上演自己写的剧本。渥雷·索因卡一生最主要的文学成就在戏剧创作上，他一生写出的戏剧剧本超过了四十个，其中包括了大量舞台戏剧和小部分广播剧、活报剧，以及一个电影剧本。除了上述三个剧本之外，渥雷·索因卡写作的戏剧作品还有《裘罗教士的磨难》（1960年）、《枝繁叶茂的紫木》（1960年）、《森林之舞》（1960年）、《强种》（1964年）、《路》（1965年）、《孔其的收获》（1967年）、《疯子和专家》（1971年）、《裘罗变形记》（1971年）、《酒神的伴侣》（1973年）、《死亡与国王的侍卫》（1975年）、《瓦尼奥西歌剧》（1977年）、《未来学家安婚曲》（1983年）、《巨头们》（1984年）等，1985年还写了电影剧本《浪子布鲁斯》。

自20世纪60年代尼日利亚获得民族独立之后，社会发生了很大的变化，局势变得更加复杂，渥雷·索因卡的戏剧写作风格也发生了很大的变化。他由早期现实主义的戏剧风格，逐渐地转变成为带有浓厚象征主义色彩和超现实主义色彩的戏剧风格，同时，他将非洲文化中特有的魔幻色彩和神话元素以及民俗符号等，都纳入到自己的戏剧创作里，将伟大的莎士比亚戏剧传统和20世纪以来的象征主义、表现主义、荒诞派等戏剧流派的风格，结合非洲特别是尼日利亚独特的文化传统，创造出了新的非洲戏剧，将一种新的戏剧风格，带入到世界文学的殿堂里。

这个时期的戏剧作品中，《裘罗教士的磨难》是一出代表性讽刺喜剧，据说，渥雷·索因卡写这出戏只花了一个星期。剧情讽刺了具有江湖骗子气质的传教士裘罗，是如何利用基督教的神秘性，加上使用非洲传统宗教的仪式，去迎合尼日利亚一些利欲熏心的政客特殊的心态行骗的故事。实际上，裘罗教士是一个很适应非洲特殊政治和现实环境的宗教骗子。这出戏带有浓厚的闹剧色彩，轻松、滑稽、讽刺性强，上座率很高。1971年上演的《裘罗变形记》则是《裘罗教士的磨难》的续篇，继续将殖民主义者带给尼日利亚的后遗症表现得淋漓尽致，机智幽默，带有强烈的讽刺意味。

为了庆祝尼日利亚的独立，渥雷·索因卡创作了一出欢闹的戏剧作品《森林之舞》，在这出戏剧中，以非洲的丛林为背景，现实中的人物如国王、奴隶贩子、御医、卫兵、宫廷诗人，和虚构的大象精、河神、蚂蚁王、黑暗神、火山神等鬼魂、妖怪以及树精灵和其他人神同体的怪物，都一同出现了，这些人和鬼怪精灵们，将非洲的历史伤痛——贩卖奴隶作为贸易——和现实的复杂性，融会到一场类似莎士比亚的名剧《仲夏夜之梦》那样的狂欢戏剧中，将非洲元素和现代戏剧的批判性、娱乐性完美结合起来。

《强种》是一出带有古希腊悲剧色彩的戏剧，它描绘了尼日利亚农村的一个文化传统陋习：每年的新年前夕，村子里的人都要拿一个偶然路过的外乡人作为牺牲品，给他灌麻醉药，在除夕夜将他在全村人面前拖过，大家可以肆意地往他身上倒垃圾和其他各种脏东西，可以辱骂他，虐待他，最后将这个受尽了侮辱的外乡人赶出村子。他们这么做，主要是相信这个外乡人可以将过去一年的全村人的罪孽、不顺利、厄运和倒霉事情都带走。在剧情中，一个年轻的教师埃芒和一个白痴孩子都是外乡人，但是埃芒为了保护那个白痴孩子，主动要求做这个被全村人侮辱和损害的人，埃芒就这样把自己送上了祭台。埃芒作为一个主动要求牺牲的人，和他父亲曾经担当村里的献祭者，象征性地将垃圾顶在头上顺河流走，最后因此死去的形象叠加起来了，埃芒因此成为了敢于牺牲自我的"强种"，就是强大的种子的意思。

在青年老师埃芒的身上，实际上凝聚了渥雷·索因卡自身的理想诉求，他认为，尼日利亚和其他非洲国家，在独立之后，迫切需要像埃芒这样的敢于牺牲自我的"强种"，来将人们从愚昧和麻木的环境中唤醒过来。

中间人、解释者、警告者和语言家 ｜「非洲的莎士比亚」渥雷·索因卡

过去的解释者与现实的警告者

在渥雷·索因卡的戏剧作品中，《路》也是一部有代表性的作品，值得重视。戏剧的主人公是一个教授，他生活得非常认真，但是性格古怪；他希望探求人生的真谛，但是却在周围污浊的环境里生存。他在教堂边上摆了一个摊位，专门给想当司机的人伪造执照，黑夜里又去教堂后面的墓地和那些鬼魂对话。以怪教授为中心，尼日利亚 20 世纪 60 年代独立之后这一时期的各色人物纷纷出场，构成了教授周围复杂的环境，象征着尼日利亚独立之后复杂的社会环境和政治环境。

该剧带有明显的象征主义和存在主义戏剧风格的色彩，观众很难立即明白渥雷·索因卡要表达什么，似乎这是一出"只能让人感受，而不是让人看明白的戏"。实际上，这出戏就是对尼日利亚存在状态的讽刺，而老教授也是尼日利亚本身的一个象征，"路"则是本剧中无形的主人公，它自身分裂和幻化出卡车司机、偷窃者和搭车的人，使人看到了尼日利亚走向现代国家的艰难之路。

戏剧《疯子和专家》写于尼日利亚 1967 年爆发的内战结束之后的 1971 年，描绘了一对父子在内战中变成了对立的两派，内战结束之后，父亲回到了家乡，遭到了已经担任政府情报处长的儿子的监视，四个残疾军人轮流监视他父亲，而老父亲则疯疯癫癫的，甚至鼓吹吃人合法。渥雷·索因卡写这出荒诞色彩浓厚的戏剧，主要是探讨内战给尼日利亚人民带来的深深的内心伤痕，从这出戏中可以看出法国荒诞派戏剧的明显影响，和渥雷·索因卡善于化欧洲影响为非洲营养的能力。

在 1971 年尼日利亚军事独裁者下台之后，他写了一些象街头活报剧一样能够灵活演出并且狠力批判现实的剧本，如《回家做窝》、《狩猎大野兽》、《失去控制的大米》、《重点项目》、《巨头们》。从这些题目就可以看出，这些剧作直接针对尼日利亚的现实问题进行讽刺和批判，讽刺投机的政客，描述尼日利亚经济危机，挖苦非洲独裁者，抨击和政府中的腐败分子勾结在一起的不法房地产商。这些短剧带有强烈的批判性，和意大利剧作家达里奥·福的很多剧作很相像。达里奥·福所写作和演出的大量戏剧中，很多甚至都没有剧本，或者每次演出的时候剧本本身都会不断地作一些变动。渥雷·索因卡也是以这些类似的作品，讽刺尼日利亚的社会现实和政治，表达知识分子的判断和批判精神。

1975 年上演的戏剧《死亡与国王的侍从》讲述了一个悲剧故事。第二次世界大战期间，尼日利亚某个城邦部落的大酋长死亡了，按照非洲的约鲁巴传统，酋长的马夫和侍从必须殉葬。侍从的儿子为了营救父亲，尽管他在西方受到了很好的教育，但他还是代替父亲殉葬了。这出戏剧将欧洲文明和非洲文明之间的激烈冲突以悲剧的形式揭示出来，残酷、激烈而又带有宗教关怀的意味。

渥雷·索因卡还把一些西方著名的戏剧剧本改编成适合非洲历史和社会现实的剧本，如《酒神的伴侣》、《瓦尼奥西歌剧》等作品，巧妙地将非洲独特的社会现实装进去，创造出有互文性特点和戏仿性结构的新剧作。

1986 年，渥雷·索因卡作为非洲第一个诺贝尔文学奖得主。他的获奖理由是："由于他的文学天才——他的艺术技巧、语言魅力和独创性——的非凡成就，索因卡的热忱尤其表现在对非洲传统的信奉之中，并成功地综合了其他民族的优秀文化，为人类的自由而献身。"

在这句评语中，显然包含了以下的因素：从戏剧创作上说，他深受约鲁巴文化中的口头文学、民间文学和神话传说的影响，而且还综合了古代希腊的悲剧、英国莎士比亚开创的戏剧传统和 20 世纪表现主义、象征主义、存在主义和荒诞派戏剧流派的广泛影响，将之熔于一炉，写出了当代非洲的戏剧经典，并以大无畏的精神参与到现实政治和争取尼日利亚人民的自由行动中去。可以说，他的戏剧是行动的戏剧，也是超越了现实的充满了寓言和讽刺的未来戏剧。他的戏剧中，常常有舞蹈、面具、音乐甚至是哑剧的片段，作为戏剧本身的组成部分，独具一格，他的剧本属于那种可以阅读的剧本，读起来像小说一样有趣。

语言学家和未来的设计者

除了在戏剧上取得了巨大的成就，渥雷·索因卡还是一个出色的小说家，他一共写了两部长篇小说，分别是《阐释者》（一译《痴心和浊水》）

和《混乱的岁月》（一译《千魔之林》）。

《阐释者》是一部描绘 1967 年尼日利亚内战之前的社会现实的小说。小说描绘了 5 个回国的留学生在尼日利亚的遭遇。这 5 个人的职业分别是工程师、艺术家、新闻记者、外交部职员和大学老师，他们可以说是新一代的中产阶层知识分子。但是回到祖国之后，他们发现自己处于一个到处由贪污、贫穷、权势和罪恶所主导的世界。他们每两个星期聚会一次，并试图在各自的领域有所发展，对尼日利亚有所帮助，但是都遇到了挫折，最后都陷入到迷惘和痛苦的漩涡里。

小说的写作风格也很独特，表面上看是一部现实主义作品，实际上，5 个人的经历像编织细密的纺织物一样，交叉、连续、彼此呼应地表现出尼日利亚的全景社会图像。小说中还大量地描写非洲独特的万物有灵论的宗教文化和基督教的《圣经故事》，以意识流和跳跃式的叙述构成连缀在一起的碎片式的结构，带有詹姆斯·乔伊斯的浓厚烙印，描绘出尼日利亚社会弊端的症结所在。

小说出版之后，很快被翻译成多种语言，而且在 1968 年获得了英国的《新政治家》杂志颁发的国际文学奖，进一步地扩大了这部小说的影响。

《混乱的岁月》出版于 1973 年。这是一部带有幻想色彩的寓言小说，借用希腊神话中俄耳甫斯与欧律狄克故事的框架，具有象征主义和表现主义特征。故事情节的主干很清楚，讲述主人公奥费伊去寻找被抢走的情人的故事，但是，他必须要穿越一个专制的政权所控制的国家，于是，在整个穿越和寻找的过程中，奥费伊看到了这个虚构的国家的混乱、冷漠和腐败，还有这个国家的传统带给人的影响。约鲁巴文化一个很重要的特点是过去、现在和未来之间可以自由地穿越，死亡和生命、存在和不存在、祖先和后代，都是无法截然地分开和区别的，因此，这几个阶段中，人是自由地穿越在所有的时间和空间里，并且为眼下的困苦找到了逃避的道路。

除了上述的戏剧和小说作品，渥雷·索因卡还是一位非常优秀的诗人。他出版了四部短诗集和一部叙事长诗：《伊丹尔》（1967 年）、《狱中诗抄》（1969 年）、《地窖里的梭子》（1972 年）、《曼德拉的大地和其他诗篇》（1988 年），叙事长诗《奥贡·阿比比曼大神》（1976 年）等。

《伊丹尔》根据尼日利亚创世神话写成，描述人类将铁神（奥贡神）从山上召下来，但是人类的血使奥贡神双目失明，奥贡发狂了，打死了很多朋友和敌人。叙事长诗《奥贡·阿比比曼大神》分三个部分，将对约鲁巴文化中奥贡神的赞美和书写提升到了一个新的层次，渥雷·索因卡成功地塑造出盗火者普罗米修斯式的英雄奥贡，他那无穷的精力、创造力和破坏力，是为了庆祝莫桑比克对白人统治的罗德西亚政权宣战所写下的颂词，充满了史诗复活的现代精神与力量。

他创作的短诗，语言复杂，句法古老。我在这里引一些他的诗歌片段如下：

锈是成熟，锈红／还有憔悴的玉米穗／花粉是配偶时间，当燕子／编织／羽箭之舞／把玉米秆织入／飞翔的光柱。而我们多想听到／风拼接的语句，听到／田野里的磨锉声，当玉米叶子／像竹片一样尖利。／而现在，我们，收割者／等待穗子生锈，在黄昏时／拉出长长的影子，在林烟中／编结干燥的草顶。荷重的秆子／催送胚芽的枯萎——我们等待／锈红色的希望。
（《季节》）

渥雷·索因卡多才多艺，他还出版了纪实作品《人死了——狱中笔记》（1972 年），讲述了 1967 年尼日利亚内战导致的屠杀，知识分子在象牙塔里无所作为的困惑，以及对腐败的执政者的愤怒。1981 年，渥雷·索因卡出版了自传《阿凯：童年生活》，这是一部充满了感情的作品，他深情地回忆了童年时代，不断地从在他面前打开的世界那里汲取的各个方面的营养。

进入 20 世纪 90 年代之后，渥雷·索因卡的作品越来越少，国内的政治活动和世界性的文化交流活动却很多。此外，渥雷·索因卡还出版了两部非常重要的随笔和评论集：1976 年，出版了文学评论集《神话、文学和非洲世界》，在这本书中，他系统地将自己文学创作的理念与自己所受到的文化影响，表达了出来；1995 年，渥雷·索因卡出版了《艺术、对话与愤怒：文学和文化随笔集》。

2004 年，根据他在一家电台的谈话整理成的《恐惧的气氛》，是他比较新的著作。在这本论著里，70 岁的渥雷·索因卡以饱满的激情，探讨"9·11"之后世界的分裂和被恐惧气氛包围的现实。对权力和自由之间的对抗、对仁慈和暴力的选择、对人类未来信息和电脑社会的担忧和希望，都进行了分析，表达了一个世纪老人的忧思。

2006 年，他出版了第二部自然《从黎明出发》，这是他的回忆录《阿凯：童年回忆》的续篇，他回忆了自己成年之后的岁月，在充满了动荡的尼日利亚独立之后的政治风云和社会变化中的成长，包括对自己写作道路的选择，自己如何反对军政府的独裁，如何因为文学而获罪，如何与当代世界英语文学大家进行交往，对尼日利亚首都拉各斯的描述，对非洲乡村景色的沉醉，他获得了诺贝尔文学奖的喜悦等等。这部回忆录是探寻渥雷·索因卡的内心世界非常重要的文本。

渥雷·索因卡认为，作为一个非洲作家，他不仅仅是描绘社会风俗和人类经验的编年史家，还应不断地确定自己的非洲作家身份，起到担当历史的中间人、过去的解释者、现实的警告者和未来的设计者的作用。可以说，渥雷·索因卡几乎都做到了。

阅读书目：

《痴心与浊水》，沈静等译，外国文学出版社 1987 年 9 月版

《狮子和宝石》，邵殿生等译，漓江出版社 1990 年 11 月版

《死亡与国王的侍从》，蔡宜刚译，湖南文艺出版社 2004 年 5 月版

《在阿凯的童年时光》，谭莲香译，湖南教育出版社 2008 年 1 月版

《黎明时出发》，《世界文学》杂志 2010 年第 1 期

《阐释者》，台湾时报文化出版公司 2004 年版

《狱中诗抄—索因卡诗选》，黄灿然等译，香港倾向社 2003 年 2 月版

《恐惧的气氛》，陈雅汝译，台湾商周文化出版公司 2007 年 6 月版

《路》，王勋等译，载《非洲戏剧选》，外国文学出版社 1983 年 4 月版

《奥贡·阿比比曼》，汤潮译，载《现代世界诗坛》第二辑，湖南人民出版社 1989 年 8 月版

非洲的歌
——创造非洲英语小说经典的本·奥克利

本·奥克利以非洲民间神话作为创作的出发点，结合尼日利亚的独特现实和历史，编织出独特的小说世界。其代表作《饥饿的路》使我们看到了黑非洲的苦难和历史悲情，堪称 20 世纪诞生的最有想象力和魔幻色彩的小说之一。

尼日利亚! 尼日利亚!

在我的印象里，尼日利亚英语小说家的活跃程度仅次于印度英语小说家，这些来自黑非洲的"说故事的人"和印度小说家一样会讲故事。尼日利亚英语文学是非洲文学中最强劲的一支，她已经向世界贡献了图图奥拉、阿契贝、索因卡等享誉全球的重要作家，而且，尼日利亚英语文学还后继有人，不断有新人冒出来，去摘取英语文坛的重要奖项，他们构成了阵容整齐的老中青三代英语小说家。这其中，本·奥克利就是一个重要的不可忽视的小说家。和索因卡等老作家相比，本·奥克利算是一个"中生代"，1991 年，他凭借英语长篇小说《饥饿的路》而获得了英语文坛最高奖——布克小说奖，时年 32 岁，那部小说从此成为非洲英语小说经典，也丰富了整个英语文学本身。如今，本·奥克利也才刚刚五十出头，正是创作力旺盛的好时候。

在详细谈论本·奥克利之前，我先简单地说说女小说家阿迪切。尼日利亚的新生代作家也十分活跃，2007 年，年仅 29 岁的尼日利亚女小说家阿迪切凭借自己的长篇小说《半轮黄月》，获得了专门颁发给女作家的橘子文学奖，再度使人们对尼日利亚作家刮目相看。橘子文学奖的授奖词中说："阿迪切的小说展现了其巨大的感染力、野心和写作技巧，我们很高兴这样一部叙述非洲苦难和生存的小说能够获奖。"

《半轮黄月》是关于尼日利亚历史的小说，其中充满了对时间的印象和对战争的记忆。小说故事的背景是 1967 年至 1970 年之间在尼日利亚爆发的内战，正是这场内战，使尼日利亚至今仍旧处于一种文化上的撕裂和伤痛中。小说描绘了这场战争带给尼日利亚人民的深重灾难和心灵创伤。本来，这已经是老辈作家的题材了，像索因卡等老作家曾经用文学描绘了那场他们亲身经历的内战，如今，内战过去快 40 年了，人们都在淡忘那场战争，可是年轻的女作家阿迪切没有忘记，因为，在内战期间，尼日利亚作为一个不算很大的国家，就有近 300 万人失去了生命，战争后遗症几乎涉及了每一个家庭。像阿迪切，她的祖父祖母都在这场战争中遇难了。

阿迪切后来离开了尼日利亚，在美国耶鲁大学非洲研究系攻读学位，是美国给她提供了一个独特的视角和优越的物质条件，使她可以重新打量祖国。阿迪切认为，如今，全球化的"世界是平的"这么一个伪命题，很容易使人们忘记了非洲、亚洲一些国家的社会问题和贫富分化，在全球化的力量主导下，很多东西被遮蔽了，而她作为非洲新一代小说家，写作的目的之一，就是为了要改变西方社会对非洲的误读。

但是，阿迪切本人没有经历过内战的可怕岁月。在上学的时候，她发现学校的课本至今对那场民族内战只字未提，在描述那一段历史的时候，出现了空白叙述，一下子就从 1967 年直接跳到了 1970 年，中间三年什么都没有说。那么，这三年到底发生了什么，是阿迪切后来十分想知道的。于是，在写《半轮黄月》这部长篇小说之前，阿迪切与她的父亲多次深谈，把她父亲不愿意再回顾的那些痛苦记忆重新挖掘出来。她觉得，对于新一代人而言，小说在某种程度上，是可以承担历史教科书的功能的。因此，她激情满怀地写出了《半轮黄月》，重新讲述了尼日利亚的故事。

处于非洲东南部的尼日利亚历史悠久，是非洲的古老国家之一，早在一千多年以前，这里就有了灿烂的部落文化。我就一直很纳闷，尼日利亚为什么会涌现这么多引起世界关注的作家，原来，尼日利亚素有"非洲黑人文化诞生地"之称，比如，尼日利亚有举世闻名的诺克文化、伊费文化和贝宁文化。这些古代文化在非洲乃至全世界都是独树一帜的。

那么，什么是尼日利亚的诺克文化呢？1943年，在尼日利亚中部乔斯高原边缘的一个名叫诺克的小村庄里，考古学家挖掘出了一个赤陶人头像。之后，考古学家在今天的尼日利亚中部北抵扎里亚、南至阿布贾、西达卡杜纳河、东接卡齐纳河的大约8万多平方公里的范围内，陆续发现了160多件风格相同的陶器、陶塑、青铜雕塑、象牙雕刻、铁制品、木雕、石器，以及人和动物的塑像等等，由此，一种古老文化就被命名为"诺克文化"了。诺克文化大约起源于公元前10世纪，兴盛于公元前5世纪到公元1世纪之间的数百年，是非洲灿烂的古代文明的标志性阶段，诺克文化的产生和兴盛，标志着非洲已经从石器时代进入到了铁器时代。这是非常重要的发现。

尼日利亚的另外一种古老文化是伊费文化。伊费是尼日利亚西南部的一个城镇，也是全尼日利亚的一个宗教中心。在历史上，这里曾是强大的伊费土邦的统辖地。1938到1939年，考古学家在伊费出土了大量的铜制品和陶器。其中，很多出土文物用碳14法鉴定为公元8世纪至公元18世纪的东西，时间跨度长达千年。其中，尤其以8世纪的手工制品最为生动，再现出人类的铜雕艺术发展的一个高峰。在伊费出土的那些工艺品做工精细、形象逼真、栩栩如生，有的甚至带有抽象的风格，可以说是黑非洲乃至世界上少见的艺术佳品。伊费文化的存在，使侵占非洲数百年的老牌欧洲殖民主义者所散布的"非洲文化由西方人带来"的谬论不攻自破。除了上述两种古老的非洲原始本土文化，尼日利亚还有活着的约鲁巴文化，以独特的民间信仰、民俗和口头传说为特征，带有神秘、神奇和魔幻性。

因此，可想而知，本·奥克利身处这样一种文化中，自然会深受其影响。1959年，本·奥克利出生于尼日利亚港口城市拉各斯的一个乌尔霍伯族家庭，他的父母亲属于当地殷实的中产阶层。在幼年时期，本·奥克利就受到了来自父系和母系的家族亲戚们带给他的约鲁巴文化中的神话传说和口头文学的影响。后来，本·奥克利来到了伦敦读小学。在他7岁的时候，父亲又带他回到了尼日利亚。中学毕业之后，本·奥克利曾经在一家店铺中当店员，18岁移居到英国，在艾塞克斯大学攻读比较文学。这是他走上文学道路之前的简单履历。

本·奥克利属于早慧的作家，在他19岁的时候，就写出了他的第一部长篇小说《鲜花和阴影》，此书于两年后的1980年出版，获得了一些评论家的注意。这部小说以尼日利亚的当代现实为背景，讲述了尼日利亚的移民在英国的生活，以他自身的经验为素材，描述了非洲人在宗主国的文化身份的分裂感。在英国，他一边在大学里勤奋读书，一边努力写作，把自己对尼日利亚约鲁巴文化的理解和掌握、对尼日利亚当代现实的敏锐观察和英语20世纪的现代主义文学技巧结合起来，试图创作出一种别开生面的非洲英语新小说。

本·奥克利于1981年出版了他的第二部长篇小说《内部景观》，从书名上就可以看出来，这是一部描绘尼日利亚的作品。小说以1970年尼日利亚内战结束之后的社会现实作为叙述的背景，塑造了几个家庭中的青年人的命运，将尼日利亚的部族分裂、政治动荡的现实描写得毫厘毕现。

1986年，他出版了短篇小说集《圣殿中的意外事件》，其中收录了10多个短篇小说，大部分也取材于1967年到1970年尼日利亚那场惨绝人寰的内战所造成的对个体生命的伤害，复原了尼日利亚人的记忆残缺。同时，这部小说还将鬼魂世界、现实生活、历史文化和神话传统结合起来，带有尼日利亚文化和英语文学传统结合起来的神奇力量和形式感，备受关注，显示了他独特的小说面貌，因此，这部短篇小说集获得了英联邦国家非洲文学奖、法国《巴黎评论》杂志颁发的阿加汗小说奖，在英国和法国都受到了瞩目，本·奥克利由此成为一颗冉冉升起的非洲文学新星，被欧洲文坛所广泛注意。

1989 年，本·奥克利出版了短篇小说集《晚钟声中的新星》，继续描绘古老的尼日利亚传统文化在当代尼日利亚人生活中的影响。小说中，那些传统习俗如同集体无意识和深层的文化心理，沉淀在尼日利亚每个人的日常生活中。小说带有鲜明的尼日利亚本土文化的奇观性，很受欧洲文学评论家的追捧。本·奥克利的短篇小说情节紧凑而又带有魔幻性，所使用的英语是一种混杂的英语，在这一点上和拉什迪有些相似。他将黑非洲古老的传说结合当代英语，铸造出一种新的文学语言，以别致的词汇、句子和叙述，给英语文学带来了强大的活力。

非洲之路："饥饿的路"

每个作家都会有一部代表作。1991 年，本·奥克利出版了他的长篇小说《饥饿的路》。这是一部相当厚重的作品，出版之后，获得了广泛的好评，被视为是他的代表作，不仅摘取了英语最高文学奖——布克小说奖，而且还被认为是非洲裔作家写出的一部具有里程碑意义的作品。这部小说规模不小，翻译成中文有 40 万字，共分三卷，8 个部分，52 章。

小说以尼日利亚约鲁巴文化中关于"阿库比"的神话传说作为核心意象，来展开其独特的故事结构。由于尼日利亚大部分地区还保持着原始传统的生活方式，医疗条件差，导致婴儿死亡率较高，那些夭折的婴儿在约鲁巴文化传说中会转化成婴孩幽灵，这些婴孩幽灵在幽灵国王的命令下，要继续投胎到人间，又在未成年的情况下突然夭折，成为不断转世的孩子，这就是"阿库比"的传说。而且，阿库比们在投胎前都已经在冥界商量好了，一旦投胎到人世间，就要尽快脱离人间苦海，重新回到鬼魂世界里去。于是，阿库比就这样不断地往返于幽灵鬼魂的世界和现实的世界。

《饥饿的路》中的叙事者是第一人称，他也是小说中重要的主人公，是一个阿库比。在小说的一开始，他就投胎到一个尼日利亚穷苦人的家里。他的父亲曾经作为英国军队的雇佣军，前往亚洲参加了英军在缅甸的镇压当地民族独立运动的行动，退伍之后，在尼日利亚小镇上当搬运工。他的母亲是一个小商贩，平时主要靠贩卖一些生活用品过活，维持家用。这一家人虽然贫穷，但是生活还是祥和平静的。父母也很爱这个孩子，因此，投胎到这家的阿库比就很不忍心离开他们，不断推迟回到冥界去和阿库比们相聚的时间。但是，其他的阿库比经常来纠缠他，要他尽快离开人世。最后，这个小阿库比终于得了重病，死亡之后被父母亲装进了棺材里入殓了。结果，幽灵国王怜悯他父母的仁慈和善，就又让这个阿库比还阳，他从棺材里站起来，复活了，引起了大家的惊慌。重新复生的阿库比备受父母宠爱，他父母给他起了一个名字，叫拉扎路，这个名字和《圣经》中死了四天又奇迹般复活的拉撒路相接近。而他的母亲则昵称他为"阿扎罗"。

于是，整部小说就是通过阿扎罗的遭遇和他的视线变化，来审视和呈现尼日利亚的当代历史、现实政治和传统文化。阿扎罗在冥界中那些不断催促和诱惑他的阿库比们的纠缠下，顽强地生活在一个动荡不安、飘摇不定的世界上。他一方面要抵挡功力越来越强的阿库比们的引诱，同时还在经历着尼日利亚动荡的现实生活的洗礼。比如，他亲眼看到了尼日利亚的穷人党和富人党之间的争斗，看到了政客和富豪的帮凶们的嘴脸，看到了大量普通人生活的穷困和悲惨。他眼看着苦难不断地降临到他的父母和周围人的头上，感到了困惑和痛苦，同时，他对亲情十分依恋，不愿意失去这人世的牵挂。阿扎罗看到了尼日利亚的现实世界被巫师所统摄，整个世界也陷入权力所带来的混乱和暴政中。

阿扎罗的父亲由于从过军，身体强壮，退伍后成为一名孔武有力的搬运工。一次，他参加了带有赌命性质的拳击比赛，结果被对手打伤，很快就死去了。在小说中，他的灵魂几经周折回到了家中，他对家人说："我的妻子和儿子，你们听着。在我沉睡期间，我看见了许多奇妙的东西。我们的祖先教会我许多哲学。我的父亲'道路祭司'在我面前出现，告诫我务必把门打开。我的心必须打开。我的生命必须打开。一条打开的路永远不会饥饿。奇异的时光就要到来。"

在这里，小说点题了——一条饥饿的道路打开之后就不再饥饿了。阿扎罗明白了，他决定不再返回冥界，他要在人间那条饥饿的路上坚强奔走，在人世间继续成长，并且去接受人所面临的各种挑战。

从总体气质和风格上说，《饥饿的路》是一部具有尼日利亚本土文化传统风格的魔幻之书。小说利用了阿库比的传说，将现实的世界和鬼魂幽灵的世界完全混淆起来，使我们看到了黑非洲的苦难和历史悲情。小说中的现实世界和鬼魂世界在篇幅、结构和情节上，都是等量齐观的，也就是说，人和鬼的世界是平行的。这是这部小说最令人叫绝的地方。大量的阿库比在两个世界之间自由穿梭，因此带有着强烈的神话、传说和魔幻色彩，让我在阅读时感到惊奇和欣悦。小说中隐含了对尼日利亚社会现实的批判，对整个非洲的现实处境也都作了深入的呈现：在小说中，阿库比本身就是一个隐喻，象征着20世纪中的非洲国家纷纷独立之后，人民争取人权、民主、自由和富裕的梦想的夭折、诞生、再夭折、再诞生，象征着非洲人民为了美好生活不断在现实面前碰壁，又不断地再生并且充满了渴望的社会现实。这就是这部小说的核心思想。

在小说中，路也是一个巨大的象征。《饥饿的路》这个书名，据说来自于索因卡的一首诗《黎明之歌》的句子：

"可能你永远不会走了／那时饥饿的／道路在等待着。"

在小说中，路是一个活的物体，和人一样存在于世界上，并不断地生长。在小说的开头这样写道："起先是一条河。河变成了路。路向四面八方延伸，连通了整个世界。因为曾经是河，路一直没能摆脱饥饿。"

阿扎罗的父亲在他小的时候告诉他，大路之王的胃口特别大，人们要不断给它献祭，只有这样才可以满足它的贪婪，因此，路上才有那么多的带来死亡的车祸。如今，由于大路王吃了带有毒性的祭品发了狂，开始吃掉树木、石头、房屋和更多的人们，人已经控制不住路王了。在这里，我们可以猜测，"大路王"也许在暗示欧洲殖民主义者带给非洲走向"非洲现代文明"的路，可是，恰恰是这条路，是以血腥、贪婪、资本和罪恶为特征形成的。因此，这部小说寓意丰富复杂，十分隐晦，值得深入挖掘和探讨，玩味和品读。小说还非常具有形式感，写法上明显受到20世纪60年代以来拉丁美洲作家作品的影响，不同的是它是非洲本土文化催生的结果。

我觉得，与《饥饿的路》在想象力和气势上接近的小说，有加西亚·马尔克斯的《百年孤独》和萨尔曼·拉什迪的《午夜的孩子》。我注意到，这三部小说都有着大量神奇魔幻的情节，分别以尼日利亚约鲁巴神话体系、拉丁美洲印地安神话体系和南亚印度湿婆神话体系作为小说背后的文化支撑，使这几部小说成为了20世纪诞生的最有想象力和魔幻色彩的小说。不过，和其他两部小说相比，本·奥克利显然利用了更多的文化和文学资源，他既借鉴了拉丁美洲的魔幻现实主义，又挪用了非洲传统的神话传说，还使用了《圣经》故事等等欧洲文明符号，在几种强有力的文化体系的支撑下，本·奥克利写出了一部呈现了非洲古老文化和丰富现实的小说力作。

非洲的歌：挽歌

在非洲那块得天独厚的土地上，美好的动物和人共同生活在大地之上，却不断遭受外来的侵略和自身的分崩离析，因此，这是一块苦难和欢欣交集的大陆。描述这样一块大陆上的人的故事，具有挑战性、奇观性和独特性。在《饥饿的路》获得了巨大成功之后，本·奥克利意识到他找到了一条独特的写作之路。于是，他接连出版了多部以非洲约鲁巴文化为基础，展现非洲独特历史和现实面貌的小说。其中，有继续以"阿库比"作为小说叙事者的尝试。

1992年，本·奥克利出版了小说《非洲挽歌》。这是一部描述非洲苦难的小说，里面引用了一段诗歌：

"我们是上苍造就的奇迹／注定要品尝时间的苦果／我们珍贵无比／终有一天，我们的苦难／将会化做世上美妙绝伦的事物。"

因此，非洲神话、民间传说构成了小说的底色，而本·奥克利所探讨的，都是非洲人的命运的可能性。这一点，在他后来的小说《魔幻之歌》（1993年）、《神灵为之惊异》（1995年）、《危险的爱情》（1996年）中都有所表现，都有所侧重和加强。因此，这些小说尽管在力度和广度上无法和《饥饿的路》相比，但是仍旧不断地在欧洲的英语文坛上获得嘉许。

本·奥克利需要不断地超越自我。自《饥饿的路》出版之后，他好像活在了这部小说的阴影之下，人们觉得他很难超越那部作品。但是他要做的，就是一定要超越自我。

1998 年 6 月，本·奥克利出版了长篇小说《无限的财富》。他把这部小说的背景放到了 1945 年第二次世界大战即将结束时期的尼日利亚，小说的叙事者仍旧是《饥饿的路》那个可以不断地在人间和冥界往返的阿库比——阿扎罗，如今，他离开了父母亲，前往尼日利亚的森林地带，看到了尼日利亚原始传统文化的神奇巫术和仪式、文化遗存和符号。但是，他父亲发现儿子失踪了，感到很愤怒，他母亲的精神也开始不安起来。在这个时期，统治国家的白人统治者被迫要把政权交给独立之后的本土政客，当政客和军阀们掌权之后就开始了一场席卷全国的暴乱。于是，活人在游行示威，而死人也从坟墓里走出来参加游行。

小说描绘了 20 世纪 60 年代之后尼日利亚取得独立，但是导致了军阀混战、政客互相倾轧、政府腐败横生的社会现实。

本·奥克利在写这部小说的时候，依旧采用了非洲式的魔幻现实主义手法，将各种不可能发生的事情，都描述为尼日利亚现实社会中的故事：女人变成了蝴蝶，死人复活在人间，神灵和鬼魂出现在活人的生活中，所有的人和动物都能对当代尼日利亚社会发生影响，小说中到处都是离奇的想象和超现实的描绘，而根基则是对尼日利亚政治局势和社会现实的强烈批判与担忧。我觉得，这部小说重复了《饥饿的路》中的主题和写作技法，感染力和艺术表现手法明显减弱了。可惜的是，本·奥克利本打算完成了一次对自己的超越，但是超越变成了一次复制，尽管这一次的复制并没有失去其高水准。由此可见，超越自我是多么的困难。

2007 年，48 岁的本·奥克利出版了长篇小说新作《星书》。这部小说完全是虚构的，本·奥克利把小说的背景放到了想象中的古代社会。在那个年代，世界上没有全球化，没有任何能够影响我们生活的科学技术的出现，世界是原始的。

在非洲一个国家里，魔术是这个国家的人民生活中最重要的部分。

小说以四个章节交织出一幅织锦一样的画面，描绘了西方殖民主义者来到非洲之前的文化状态。第一部分，讲述一个王子喜欢一个少女，但是他最终不能在纲纪败坏的国家里独善其身，郁郁寡欢地丧失了理想，无法带领百姓走向美好生活。小说的第二个部分，则描绘了王子喜欢的少女，她来自一个会魔法的家族，这个家族以令人叫绝的魔法使人们欣悦和狂喜，发疯和狂乱。在小说的第三个部分，则和第一个部分开始呼应，讲述有一股白色的风来了，开始影响和吹拂这个国家，于是，他们原来具有的魔法逐渐失去了效果，他们中间的一些人，也不再相信那些部落魔术了。王子从颓废中醒过来，担当了神秘少女的父亲、一个部落首领的助手，不过，他们都无力抵抗那"白色的风"所带来的巨大破坏。这"白色的风"刚开始温和而缓慢，但是很快就肆虐起来，破坏了这个非洲国家的一切信仰体系和百姓的日常生活。

小说是用象征主义的手法写成，带有梦幻色彩。而那"白色的风"，显然是象征了欧洲殖民主义者的白人文化对非洲的入侵。这仍旧是一部探讨非洲文化和西方文化相遇之后发生的悲剧的小说，本·奥克利有能力继续思考非洲文化、历史和现实处境，并对此进行批判性呈现。

本·奥克利才50岁，就已经出版了10多部长篇小说和一些短篇小说集、散文随笔集、文学评论集，是一个多面手。如今，作为访问作家，他常年居留在英国，担任了剑桥大学三一学院的文学教授，讲授非洲文学和写作。本·奥克利创造出了"非洲魔幻现实主义"这么一种小说，他的根基牢牢地扎在尼日利亚的约鲁巴文化传统之中，吸收和借鉴了《圣经》传说与英语现代文学的技巧，是"神话原型理论"在非洲的一种文学响应。他以非洲民间神话作为创作的出发点，结合尼日利亚的独特现实和历史，编织出花团锦簇、令人眼花缭乱的神奇的小说来，我们对他的关注应该持续下去。

阅读书目：

《饥饿的路》，王维东译，译林出版社 2003 年 8 月版

寻找心灵安身之地

——埃及小说新旗手哲迈勒·黑托尼

哲迈勒·黑托尼是 20 世纪 70 年代以来埃及最重要的小说家之一，也是埃及"六十年代作家群"中的佼佼者。他沿着马哈福兹所开辟的埃及现代文学的道路，站在新的历史起点上，引领着埃及文学开辟了一个新天地。

纳吉布·马哈福兹的继承人

埃及，作为非洲重要的国家之一，其地理位置与横跨了欧洲和亚洲的土耳其很相似，她横跨亚洲和非洲两个大陆：埃及的非洲部分紧靠地中海东南部，而苏伊士运河以东的西奈半岛，则属于亚洲大陆的西南角，东侧以红海为界与西亚的沙特阿拉伯接壤。因此，埃及在文化上必然要受到来自地中海北岸的古希腊罗马文化的巨大影响，同时，也要受到来自西亚两河流域的阿拉伯文明的深远影响。加上埃及本来就处于非洲大陆之上，非洲大陆的本土文明也是源远流长，这些文明源流在埃及共同交汇成一种独特的文化形态。

伊斯兰教国家埃及的官方语言是阿拉伯语，和同属于非洲的尼日利亚与南非官方语言是英语、很多作家也用英语写作不一样，埃及作家大都用阿拉伯语写作，因此，较少被西方所关注。在整个 20 世纪前半叶，埃及的文学比较沉寂，后来，埃及逐渐地摆脱了英国的殖民统治，于1953 年成为共和国，她的文学也逐渐地兴盛起来。

紧随着尼日利亚作家索因卡于 1986 年获得诺贝尔文学奖之后，1988年，埃及作家纳吉布·马哈福兹再次以非洲作家身份获得了这个文学奖，象征着埃及现当代文学真正得到了西方主流文坛的高度评价。

纳吉布·马哈福兹（1911 年—2004 年）属于埃及现代文学的开山者，他一生写下了超过 40 部的长篇小说和中短篇小说集，还有大量的剧作、评论和散文作品。他的小说全部都取材于埃及丰富的古代历史和 20 世纪以来的社会现实生活，既能够从埃及古老历史中挖掘素材，创造出和埃及伟大文明相匹配的篇幅巨大的历史小说（以《宫间街》《思宫街》《甘露街》为代表作），又写出了像《街魂》《平民史诗》《米达格胡同》等反映埃及现当代社会生活、带有批判现实主义色彩的社会小说，在一片荒芜中顽强地走出了一条新路，创造出一种簇新的埃及阿拉伯语文学。他还积极地借鉴了自卡夫卡和乔伊斯以来的欧洲现代主义文学技巧，以长达 60 年的写作生涯和出版的大量作品，使古老的埃及文明中的文学因子复活，将一个已经衰老的文明重新带到了世界文学的版图上。因此，要谈到埃及和非洲文学，纳吉布·马哈福兹是一个绕不过去的人物。

不过，我这里要谈到的，是更为年轻的埃及新一代作家的代表人物——哲迈勒·黑托尼。哲迈勒·黑托尼是 20 世纪 70 年代以来埃及最重要的小说家之一，也是埃及"六十年代作家群"中的佼佼者。在埃及文学史上，"六十年代作家群"的由来如下：在 1967 年 6 月所爆发的第三次中东战争最终以埃及和阿拉伯国家参战一方惨败，以色列大获全胜而结束，使埃及人民和整个阿拉伯世界感到了震惊和痛苦。于是，一批作家开始认真思考埃及和阿拉伯国家的真实处境，认识到自身的文化问题和国家、社会、政治、经济的复杂矛盾。这批作家的作品带有明显的反思和批判社会现实的特征，同时，他们从埃及的民间文学、神话传说和历史故事中寻找素材，创作出一大批反映埃及古代历史和现代社会生活的作品，形成了"六十年代作家群"的创作热潮，并将这个文学潮流延续了20多年，一直延续到20世纪90年代，才因一部分作家的谢世而逐渐衰落。而这个作家群体的重要人物之一哲迈勒·黑托尼，他的创作就贯穿了整个40年的历史。

1969年，哲迈勒·黑托尼出版了他的短篇小说集《千年前的一个青年的日记》，将埃及古代历史中的一些场景和历史人物，与当代埃及的社会现实交错对接起来，以复调的形式形成了小说的独特结构。有些小说还利用了电影蒙太奇的手法，把埃及的历史文化中的场景和当下埃及人的生活联系起来，起到了历史文化反思和社会批判的目的。这部小说集可以说是"六十年代作家群"中最早的、相当重要的作品，其融合欧洲现代主义作家的表现技巧，并将之与埃及独特的文化传承和社会现实相结合的风格异常鲜明。

哲迈勒·黑托尼可以说是纳吉布·马哈福兹的继承人，他沿着后者所开辟的埃及现代文学的道路，顽强地将埃及文学引领到一个新天地。

哲迈勒·黑托尼1945年出生在上埃及的农村，很小的时候就随父亲迁居到首都开罗，生活在开罗一个古老的城区里。在整个少年时代，他都勤奋好学，勤于读书，还坚持参加纳吉布·马哈福兹举办的文学讲座，可以说，哲迈勒·黑托尼就是在纳吉布·马哈福兹的影响下，逐步地成长为埃及新一代作家的。

后来，他学习了工艺美术设计，接触到了埃及的民族艺术。20世纪70年代，他随军当过多年的战地记者，对埃及参加的几次中东战争，都有着切身的体会，这些人生经验和生命履历，构成了他写作的一个基点。

从1969年出版第一部短篇小说集至今，40年多来，他已经出版了长篇小说20部，短篇小说集10多部。哲迈勒·黑托尼全面地描绘了20世纪下半叶的埃及社会现实，并以埃及古老的历史资源和哲学资源作为后盾，创造出不可忽视的新小说。因此，要想了解埃及阿拉伯语文学，必须要研读哲迈勒·黑托尼的作品。

阅读哲迈勒·黑托尼的小说，最令我感到心仪的是他对欧美现代主义小说的文学技巧的看重，和对阿拉伯民族文化的融会贯通的重视。他的小说都具有鲜明的结构主义特征和形式感，尤其是，他的每部小说在文体上都很新颖，能够巧妙地利用一些其他文体，如报告、游记、历史文献等等，来作为小说的基本结构，扩大了欧美现代主义小说潮流和小说文体的实验在非洲的影响，是 20 世纪人类小说之树上新长出的枝条。那些报告、文献、游记和资料等其他一般性文体，组成了小说的叙述内容，使小说显示了多个层次，多个角度，彼此互相映衬，扩大了小说的内涵和外延。

相对于哲迈勒·黑托尼，他的前辈纳吉布·马哈福兹在小说的文体、结构和语言的实验上，就显得保守了。不过，因为他们是两代人，不能拿那样的眼光去看埃及现代文学的开山者纳吉布·马哈福兹。纳吉布·马哈福兹已经完成了他的历史使命，在他所存在的时间段里出色地开创了埃及的现代文学，以气势宏大的历史小说和现实主义小说，将埃及的阿拉伯语新小说带给了全世界，功不可没，而哲迈勒·黑托尼则继承了马哈福兹的文学遗产，站在新的历史起点上，继续引领着埃及文学向前进。

我对哲迈勒·黑托尼感兴趣的另外一个原因，就是作为同属于后发展中国家和文明古国的阵营，埃及和中国作家在面对欧洲和美国等强势文明的冲击下，其作家的处境和文化环境，其作家的使命和面对的写作资源，都有着相似和可以借鉴的地方，在这一点上，哲迈勒·黑托尼的写作，可以给我们很多启发。

阿拉伯文明的孩子

1974 年，哲迈勒·黑托尼出版了长篇小说《扎尼·巴拉卡特》。这是一部具有历史小说的外壳，里面却巧妙地装了对 20 世纪 70 年代埃及社会现实生活带有批判性的作品。

小说的开头章节，是直接摘录 16 世纪意大利的旅行家琼迪在埃及开罗旅行时候的见闻，然后，就将叙述的角度转换到 1517 年统治埃及的马穆鲁克王朝的一个小人物扎尼·巴拉卡特身上了。这是一个出身埃及底层的小人物，他一心想着向上爬，最终利用了上层权贵的弱点，爬到了王朝的高位，成为那个时代发迹的新贵。同时，围绕着扎尼·巴拉卡特，还活动着那个时代很多贩夫走卒、引车卖浆者之流，他们过着和王朝的贵族与钻营者巴拉卡特完全不同的贫穷生活。小说中还引用了一个历史学家对那个时代的描述，增强了小说的历史真实性。

这部小说很明显是一部借古讽今的作品，哲迈勒·黑托尼以16世纪埃及古代王朝的小人物的发迹史和贫民生活的广阔图景，来影射和批判20世纪70年代的埃及社会。以历史小说的面目出版，在埃及20世纪70年代新闻和出版检查制度严厉的社会氛围里，就不算犯忌了，小说巧妙地掩盖了作者的真实意图，因此，获得了会心的读者的热烈反应。《扎尼·巴拉卡特》出版的第二年，也就是1975年，哲迈勒·黑托尼出版了长篇小说《宰阿拉法尼区奇案》。这是哲迈勒·黑托尼的代表作之一。

《宰阿拉法尼区奇案》讲述了一个带有传奇色彩的故事，小说的文体也很独到，是按照卷宗的形式构成的。伊斯兰著名的苏菲派长老制造了一个咒符，他诅咒整个宰阿拉法尼区的人，除了一个男人和一个女人之外，所有人都丧失了性功能和性欲望。同时，还有一些约束性的条款附着在这条关于性的离奇咒符上：住在宰阿拉法尼区的人在早晨7点之前不许出门，晚上8点要上床睡觉，居民之间要和睦相处，等等。宰阿拉法尼区的人于是不得不在新的禁忌中开始生活了。他们首先就感到了不适应，开始去找伊斯兰长老倾诉自己的苦闷，接着，人和人之间的关系也在发生着微妙的变化。因为禁绝性的活动，无论如何在人类社会里都是大事件，会改变一些人的生活状态和精神状态。没有了性，宰阿拉法尼区的人该怎么生活呢？宰阿拉法尼区的人由此展现出他们各色各样的生活世相来。

这部小说的文体和结构也非常独特，基本上是由卷宗、文献和秘密报告组成的，一共有11节，前4节是卷宗一至三，其中第3节是卷宗二的附录，广泛地将宰阿拉法尼区的人在那个特殊的时期里生活的变化记录在案。这4节可以说是从整体上描述了宰阿拉法尼区的人的生活和精神状态。第5节是"第一号记录：最高委员会旧街区警察署"，继续以警察局警员的报告来描述变化之后人们的生活情况。在由不同的报告、汇报材料和卷宗所组成的小说中，整个事件本身就显得非常荒唐了。在各个报告和卷宗里，出现了一些互相联系和映衬的人物，他们在那个特定时期里的活动也显得更加古怪、诡异和值得怀疑，因此，卷宗对这些形形色色的人都有详细的描述。在读者看来，小说主要人物的性格和行为在各个卷宗中都是支离破碎的，经过了阅读之后的自行组织和拼合之后，才会逐渐在读者的脑子里形成一个整体的印象。

小说还带有寓言和神秘传说的气息。在小说的结尾，这个咒符已经扩散到欧洲以及全世界了，最后，在一些地方，壮阳药吃紧，在另外一些地方则发生了游行。最后，一个警世者出现了。他说，世界将变成七个部分，每个部分都会有一个像他这样的警世者，这个警世者是专门来传递信息、警醒大家的。他说："我们要向过去的时代告别，告别迷失的时代，告别那些事实被歪曲、路有冻死骨、真爱遭遇不幸、希望被扼杀、欲念被压抑、诺言被践踏、公正不全面、制度尚暴力、容易变困难、简单变复杂的时代。等待不会太久了，咒符的时代已经开始，它将会改变整个世界！"

从这部小说可以看出，哲迈勒·黑托尼一直潜心研究埃及古代法老统治时期的宗教文化和习俗传说，以及阿拉伯世界的伊斯兰文化，并将之作为背景写入他的小说。在 19 世纪殖民主义达到高潮的时期，整个非洲和阿拉伯世界，都在被西方文明所侵占，被西方文明浸透和影响、掠夺和破坏。这样的历史情况和文化现实在哲迈勒·黑托尼的内心里唤起了民族文化意识、艺术创新意识和政治抵抗意识。因此，哲迈勒·黑托尼认为，以伊斯兰文明为核心的阿拉伯文学，完全可以给这个混乱的世界提供一种解决当代世界，尤其是西方进入到晚期资本主义状态下的危机的方法。

2009 年，整个世界陷入到美国引发的全球金融和经济危机之中，这和西方文明中对贪婪人性的放纵有关。哲迈勒·黑托尼说："不要把眼睛只盯着西方，面对本民族的遗产视而不见；另外一个方面，也不能只用西方人的眼睛看，要用自己的头脑做出判断。"

因此，哲迈勒·黑托尼能够站在时代的高度，审慎地从伊斯兰神秘主义宗教哲学苏菲派的文化遗产中寻找创作资源和支撑。在《一千零一夜》，在苏菲教派圣徒们留下的诗歌和文字中，在他们的传奇故事中，在阿拉伯历史典籍和文化宗教传说中，哲迈勒·黑托尼看到了阿拉伯文化创造出的完全不同于西方世界的智慧，这给了他很大的动力。他尤其喜欢钻研伊斯兰教苏菲派各个时期的作家诗人和宗教学者流传下来的著作。

那么，什么是苏菲派呢？苏菲派是一个强调神秘经验和直觉经验的宗教流派，是伊斯兰文明和宗教中重要的分支。哲迈勒·黑托尼觉得，这个流派的文学和文化，与文学艺术强调创造性的直觉一样，其本质更加接近作家、诗人和艺术家在创作灵感来临的那个瞬间，那个能够和奇妙的世界忽然相遇的时刻。因此，他不断地潜心研究苏菲派成员的著作和文章，企图寻找到在直觉和个人体验通达的状态里去无限接近真主的特殊经验，并将这种经验运用到文学写作中。

最能表现哲迈勒·黑托尼关于苏菲神秘主义哲学思想的作品，是他的长篇小说《显灵书》。这部三卷本的小说出版于1983年到1985年。从小说的名字就可以猜测到，这部长篇小说是关于埃及人心灵世界的作品。

小说有三个主人公，分别是叙述者的父亲，一个伊斯兰殉道者侯赛因，以及埃及国家的领导人、民族领袖纳赛尔。按照苏菲主义的理念，人生如梦，生和死之间形成了一个从起点到终点的巨大圆环，人的存在和精神状态分为三个阶段，第一个阶段是人在世界上自然存在的状态，比如，他要感受世间万物的变化，感受时间流逝和失去的变化，最终，逐渐地老去。这个阶段是以人的生生死死作为循环的。到了第二个阶段，则是以人的心灵的变化和洗心革面来完成的。而人圆满获得解放和自由的第三个阶段，就是成为一个和过去完全不一样的新人。

苏菲主义神秘教义在这部小说中得到了具体的体现，它还融合了哲迈勒·黑托尼自身的很多经验。对于人生意义、生与死的哲学和历史循环的问题，《显灵书》都做了很好的阐释。而且，哲迈勒·黑托尼和其他作家不一样的地方在于，《显灵书》是从阿拉伯文化和埃及文化自身中结出的果实，带有哲思和强烈的心灵书写的特点，父亲、殉道者、民族解放者与国家缔造者这三个英雄男人，带有符号性的象征——哲迈勒·黑托尼思考了自己作为独立的生命个体，如何与父母这个血缘最近的树枝条分离，逐渐地在时间的沧桑中老去，在四海为家的状态里浪游，成为外乡人、陌生人、流浪的人，最终，他依旧回到了母体的文化记忆里，以国家为象征，在伊斯兰和阿拉伯文化的怀抱里，找到了安慰和最终归属。

稍后，哲迈勒·黑托尼又出版了相对世俗和故事性比较强的长篇小说《爱情之书》（1987年）、《明眼人看世界》（1989年）。在这两部小说中，哲迈勒·黑托尼将笔触放到了现代埃及的社会生活中，以具体而细微的观察，来呈现埃及当代社会生活世俗化的一面，思考了社会的不公、爱情的奥秘等，在小说的背后，继续对埃及独特的混合文化特性进行深入探讨。

长篇小说《都市之广》是他很值得注意的小说，出版于1990年。这是一部关于时间的小说。

小说主人公是一个大学教授，他要去参加一所大学900年的庆典活动。但是，他去办理庆典手续的时候遇到了麻烦。就像卡夫卡的小说《城堡》中的那个想进入城堡中的测量员面临各种荒诞的处境一样，这个教授也遇到了各种各样的问题。在那座城市里，这所大学所创立的第一个系就是神学系，于是，就出现了城市、宗教、学术、世俗化和权力之间的角逐。当他到达那所大学之后，类似土地测量员的境遇在他身上继续出现，他感到像蜘蛛网一样的矛盾也交织到了他的身上。教授一边在生命力比人更长久的古代建筑之前流连，一边为眼前的现实缠斗所苦恼，一边又在思索着随着时间流逝，那城市像生长着的生命体一样，在广大的时间和空间里逐渐地扩展，在他内心里，这些东西胶合成关于世界的整体印象。世俗化和宗教与政治权力的关系，在时间里和都市的建设中的缠斗一直存在着。

小说描绘出完全不同于西方小说的那种理解时间的感受，哲迈勒·黑托尼强化出了他的个人气质和文化气质：时间和空间都是相对的，时间和空间相遇的地方就是那些建筑，它们使都市变得广大，也使人心和世界留下了时间的痕迹。

追寻落日的呼唤

哲迈勒·黑托尼的后期小说大都带有浓厚的苏菲主义的味道，和大部分西方小说与亚洲小说都不同。那是一种对人生和时间感受特殊的表达。如果你从来都没有感受过阿拉伯文化在小说中的投射，那么，哲迈勒·黑托尼的小说显然是一个你进入的方便路径。

哲迈勒·黑托尼的长篇小说《落日的呼唤》是非常值得推荐的著作，它出版于1992年，这是他后期创作中的一部主要作品。

小说的主人公艾哈迈德本来生活十分平静，但是，有一天，他似乎听到了冥冥中的一声召唤，开始向西旅行，去寻找那落日的呼唤，去寻找人生的真谛。于是，他的旅途充满了奇遇和巧合，睿思和考验：当他离开大都市开罗，他遇到了沙漠中的骆驼队，并且和那些长年行走在沙漠中，和星星、太阳和月亮作伴的人成为好朋友。他不再孤独，感到天地之间行走的人所体会到的世界是那样的广大。他还来到了一个沙漠中的绿洲居民点，在那里看到了热情欢迎他的人群。在一个泉眼边上，他还遇到了一个姑娘，并且和她结婚了。当妻子身怀六甲之后，他却响应那冥冥中的呼唤，继续向西，向那日落的地方旅行。他来到了一个以鸟作为部族图腾的原始部落，在那里，他被推举为部落首领，获得了权杖。在向西的旅行中，他一共听到了 5 次召唤，每次听到落日的呼唤，他就会继续旅行。最后，他来到了拄杖人的国度，来到了非洲大陆最西边的摩洛哥，在那里，听到了伊斯兰大长老的训示，并且向国王的书记官讲述了自己的所见所闻。

《落日的呼唤》有着一种别致的叙述语调，缓慢、深情而神秘。这部小说是另外一种类型的《天路历程》，是主人公对自身的一次发现，也是对广大世界的发现，是对自己灵魂的寻找，也是听从召唤的启发，不断地上路的圣徒的传记。

在结构和叙述这部作品时，哲迈勒·黑托尼采取了伪游记的文体，也就是让小说假装变成一本游记——通过最后听到艾哈迈德讲述自己经历的国王的书记官的记述，来呈现主人公的经历，这很好地产生了时间和空间的间隔感。这是现代小说非常重要的一种叙述方式。在小说每个章节的开头，都是转述"艾哈迈德说"这样的开头，以先知和圣徒告知的方式，开始讲述主人公自己的经历。在小说的下半部分，艾哈迈德自己主动现身说法，也在进行讲述了，这两个部分的连接、转换和角度的不同，使小说的结构非常扎实而富有变化，视角多样而呈现出立体的模式，使小说变成了一部内部空间广大的小说，读者一定会发出世界是那么丰富的感叹。

进入 21 世纪之后，哲迈勒·黑托尼将笔触更多地放到了关心社会现实的变化上，放到了埃及社会现实和矛盾中，写出了长篇小说《金字塔之上》（2002 年）、《企业传闻》（2003 年）、《矿藏传闻》（2003 年）、《三面包围》（2003 年）等作品，这些作品都带有强烈的现实关怀和批判性，在相对宽松的埃及文化氛围中出现，引起了社会反响。哲迈勒·黑托尼因此在批判现实、确立民族文化立足点、宏扬伊斯兰苏菲主义宗教哲学思想三个层面上，都以小说的形式做了回答。

在哲迈勒·黑托尼的小说中，我不断地看到一个有禁忌的人如何寻找心灵安身之地。有禁忌的人因为对自身的禁忌，最终是会从禁忌中获得力量的。这使我看到了哲迈勒·黑托尼的小说和汉语小说显著的不同：在当下中国社会中，禁忌要说多也有很多，可是对人的自身行为的约束和道德禁忌却并不多，因此，我们往往也不能获得那种禁忌面前的巨大力量。

1993 年至今，哲迈勒·黑托尼一直担任着埃及最重要的报纸《文学消息报》的主编，他还获得了国家鼓励奖、埃及科学艺术勋章、1987 年法国文化艺术骑士勋章等等。

哲迈勒·黑托尼可以说是继承了马哈福兹所开创的现代埃及小说传统，并将这个传统继续引领到新天地的杰出小说家。他和其他"60 年代作家群"一起，左右着 20 世纪后半叶埃及文坛的走向。对哲迈勒·黑托尼的阅读，是了解和深入埃及阿拉伯现代文学的捷径，对哲迈勒·黑托尼的重视和阅读、理解和发现，也是对当代世界日益地进入到更为多样的文化形态的理解，是对文化和文学多样性的欣赏。

哲迈勒·黑托尼使世界文学版图继续发生着大陆的漂移，他以几乎是孤绝的勇气，以独特的文学气质，以自己非凡的创造力，使小说呈现更加丰富的可见性。最终，哲迈勒·黑托尼结合了埃及特殊的社会现实和历史文化，写出了在宗教哲学、历史文化和社会现实批判三个层面上完美结合的新小说。这就是哲迈勒·黑托尼的独特思考和文学贡献，也是为什么最近几年哲迈勒·黑托尼能够成为诺贝尔文学奖获奖呼声较高的作家的原因。

阅读书目：

《落日的呼唤》，李琛译，南海出版公司 2007 年 5 月版

《宰阿法拉尼区奇案》，宗笑飞译，南海出版公司 2007 年 5 月版

审视百年非洲

——"非洲的伏尔泰"阿玛杜·库鲁马

虽然阿玛杜·库鲁马在 30 多年的时间里只写了四部半小说，但他的每部小说里都弥漫着浓厚的道德良知和对现实的批判态度。他以强烈的社会责任感和道德力量，打动了所有关心非洲命运的人，被称为"非洲的伏尔泰"。

一个非洲老兵

阿玛杜·库鲁马，20 世纪非洲最重要的小说家之一，1927 年出生在非洲的科特迪瓦北部省份布迪亚里。科特迪瓦南临非洲几内亚湾，过去曾被称做"象牙海岸"，是非洲古老的小王国。在她的南面，则是"奴隶海岸"（如今的贝宁与多哥境内）、"黄金海岸"（如今的加纳境内）。自 15 世纪之后，她接连遭到葡萄牙、荷兰和法国殖民者的入侵，于 1893 年沦为法国的殖民地，二战结束之后，西方殖民主义者逐渐退出非洲大陆，1960 年 8 月成立了独立的科特迪瓦共和国。科特迪瓦有 60 多个部族，主要的有阿肯、克鲁、曼迪等部族，居民大多信奉伊斯兰教、天主教和拜物教，法语为官方语言。这个国家植被丰富，国土大部分为热带森林和草原所覆盖，盛产咖啡、香蕉、棕榈油和金刚石。

按照旧有的习俗，阿玛杜·库鲁马出生之后就被送到了舅舅家，由舅舅作为监护人抚养他长大成人。他的舅舅是一个部落猎人，也是一名土著医生，信奉伊斯兰教，还担任了本土拜物教的主祭司，因此，舅舅复杂的社会和文化身份带给了小库鲁马丰富的文化滋养和想象力，他本人也成为库鲁马后来小说的一个人物原型。

后来，阿玛杜·库鲁马在家乡念完了中学，舅舅就把他送到了科特迪瓦北部国家马里的首都巴马科，让他在那里的一所高等职业技术学校学习。在学校里，阿玛杜·库鲁马勤奋学习，并积极参加社会活动。后来，学校里发生了一次学潮，阿玛杜·库鲁马被学校当做学潮领袖开除了。这是阿玛杜·库鲁马第一次体会到了独裁政府的威力。他无法回到家乡，不得不参加了马里政府的军队，成为一名士兵，不久，被派往马里东部，去那里镇压活动越来越频繁的"民族独立运动"游击队。但是，士兵阿玛杜·库鲁马从内心里反对镇压那些争取非洲民族独立和解放的觉悟者，因此，他逃离了马里政府军，四处游荡了一段时间，又参加了法国人在非洲组建的非洲军团，被派往印度支那，也就是亚洲的越南，到那里去镇压当地日益活跃的民族解放和独立运动组织。

就这样，阿玛杜·库鲁马在越南一共待了 4 年，在和争取独立的越南人的战斗中，阿玛杜·库鲁马感到了痛苦。正是青年时期的这段军旅生涯，给阿玛杜·库鲁马带来了一个观察世界的好机会，尤其是他观察二战后土崩瓦解的旧殖民主义体系的最后时刻，看到了西方殖民主义者在全世界的瓦解和苟延残喘，以及第三世界国家争取民族解放和独立运动浪潮的风起云涌。

1954 年，就在法国即将结束在越南的殖民统治前夕，阿玛杜·库鲁马拿到了一笔退伍费，他离开了越南，前往法国求学。这时，阿玛杜·库鲁马已经 27 岁了。一开始，他在一所技术学院学习电气工程学，不久，他又进入南特航空航海学校，学习工程技术。由于缺少奖学金，加之他意识到自己学习的科技专业在非洲今后没有用武之地，不会有前途，于是，他又来到里昂，在那里的一所学校改行学金融保险和统计学专业。

在里昂学习期间，他认识了一个法国姑娘，两个人坠入爱河，后来，他和这个法国姑娘结了婚。

"独立的太阳"是晦暗的

1960 年 8 月 7 日科特迪瓦独立之后，他带着结婚不久的妻子一起回到了祖国，在一家金融保险公司工作。当时，阿玛杜·库鲁马还是共产党员，科特迪瓦的独立使他看到了希望，他回来也是想报效祖国，但是，他没有想到，独立之后的国家政权很快变了颜色。

1963 年，与科特迪瓦同在一个纬度线上的非洲国家多哥发生了一场军事政变，一个军官推翻了多哥的首任总统，当上了大权独揽的军事独裁者。科特迪瓦总统博瓦尼因而受到了启发，他害怕被军人和其他力量赶下台，就抢先发动了一场旨在清除"潜在威胁"的运动，把所有可能对他造成威胁的人全都关进监狱，而归国知识分子、共产党员和金融保险分析师阿玛杜·库鲁马，自然也在清除名单里。不过，虽然阿玛杜·库鲁马的不少好朋友都被关进了监狱，有的还被暗杀了，但多亏阿玛杜·库鲁马有个法国老婆，他只是被警告，不许乱说乱动，但还有人身的自由。不久，形势严峻了起来，他被公司开除，丢掉了工作。在这种被打击、监视和损害的情况下，阿玛杜·库鲁马毅然拿起了笔，开始写作。

可以说，阿玛杜·库鲁马写作的缘起，就是他亲眼看到了祖国独立后呈现的却是更加混乱的社会局面，亲身体验到了威权政府的滥权和腐化，有感而发、不吐不快，最终走向了文学之路。这说明，他之所以成为一个作家，和他所处的时代环境有着密切的关系。

1964 年，阿玛杜·库鲁马完成了自己的第一部长篇小说《独立的太阳》。这是一部用法语写成的批判现实主义风格的小说，逼真地描绘了某个刚刚摆脱了西方殖民统治，获得独立的现代非洲国家里一个知识分子的遭遇，带有自传性，因此，感情相当饱满。

这个知识分子，其实就是阿玛杜·库鲁马的化身。他满怀抱负和理想，回到独立后的祖国，却遭到了怀疑、压制和威胁，在一场排斥异己、打击知识分子、进行社会禁锢的运动中失去了自由，同道们也一个个被暗杀和监禁。可以说，阿玛杜·库鲁马一开始写作，就是以笔为枪了。虽然他以文学的笔法塑造了知识分子和独裁者的形象，但是，明眼人一看就知道他的矛头所指，是在抨击科特迪瓦的统治者博瓦尼总统。不过，当时的博瓦尼总统是法国在非洲寻找到的一根重要支柱——博瓦尼支持法国和欧洲对抗苏联的冷战，因此，任何对博瓦尼的攻击，是触犯了西方的根本利益的，尽管阿玛杜·库鲁马谴责的是独裁和暴政，也无济于事。西方所标榜的自由、人权和民主的概念，在自身的战略利益面前显得很苍白。所以，科特迪瓦没有人敢于出版《独立的太阳》，这部批判当局的作品只在一个很小的圈子里流传。

不久，来自科特迪瓦当政者的威胁传到了他的耳朵里，阿玛杜·库鲁马不得不走上了流亡之路。他带着妻子和孩子来到了非洲北部的阿尔及利亚，在那里继续从事金融保险工作。

1967 年，加拿大蒙特利尔大学在全球法语区征集法语小说进行评奖，他把《独立的太阳》的打印稿邮寄到那里，获得了评委会委员们很高的评价，小说不仅在报刊上发表，还获得了征文大奖。1970 年，《独立的太阳》单行本由法国的瑟伊出版社出版，出版之后，获得了法国文学界的很高评价，还被非洲当地的法语学校定为中学生必读书，由此奠定了阿玛杜·库鲁马作为非洲新一代小说家的地位。

"我不再碍他们的事了"

1969 年，科特迪瓦实施了"大赦"，阿玛杜·库鲁马带着妻子和孩子回到了祖国，继续在一家金融保险公司工作，业余时间里勤奋创作。

1974 年，阿玛杜·库鲁马写了一出戏剧作品《说真话的人》，引起了轰动。

这是一出带有荒诞风格的娱乐剧，讽刺了非洲社会生活中那些表里不一的人是如何骗取了人们的信任，获取自己利益的。由于这出戏剧的指向比较隐晦，并没有将批判的矛头直接指向科特迪瓦的最高统治者博瓦尼，博瓦尼自己也没有看出来什么问题，他敏锐的鼻子没有闻到这出戏剧的危险性。但是，法国驻科特迪瓦的大使告诉博瓦尼，这个剧本里面隐藏着非常危险的、会损害博瓦尼形象的因素——戏中对骗子的揭露，就是在影射他。总统博瓦尼很生气，他要惩罚阿玛杜·库鲁马。

阿玛杜·库鲁马听到消息，不得不继续流亡。这一次，他去了喀麦隆，在那里的一家国际保险公司工作，并且前后担任了 10 年的公司总经理一职。后来，他又到多哥的一家国际保险公司担任总经理，依靠自己的金融学和统计学专业混饭吃。他在多哥停留下来，是因为多哥的东边靠近尼日利亚，西边隔着加纳，几百公里之外就是自己的祖国科特迪瓦了，这使他感觉没有离祖国太远，可以随时观察祖国的情况。

就这样，一直待到 1994 年，67 岁的阿玛杜·库鲁马从多哥的国际保险公司退休之后，才再次回到了科特迪瓦。他说："人家派人给我传话，说我不再碍他们的事了。"

1990 年，阿玛杜·库鲁马出版了他的第二部法语小说《侮辱与反抗》，与他的第一部小说出版相隔达 20 年之久，可见写作对于他来说是多么艰难和谨慎的事情。《侮辱与反抗》是一部悲愤之作，它将批判的目光投向了非洲历史。阿玛杜·库鲁马将非洲的 20 世纪的历史，以画卷的形式逐步地呈现，缓慢地道来。小说很有形式感，每个篇章都很短小，有的篇章作为插入的章节，引用的是非洲的巫师和乐师的唱词，使小说带有仪式感和独特的地域文化性。

阿玛杜·库鲁马信仰伊斯兰教，是一个虔诚的穆斯林，因此，他并不相信当拜物教祭司的舅舅在他小时候传授给他的那些非洲古老的部族巫术。在小说中，他激烈地批判了非洲人信仰超自然能力的巫术和拜物教所导致的愚昧，因为，巫术根本就是麻醉自我灵魂的骗人把戏，只有利于外国殖民主义者和本国独裁者。就是因为信奉巫术，对侵略者和"白人魔鬼"不加反抗，才会有超过 4000 万的黑人被卖到美国做奴隶——这还不包括在漫长的海运途中死了的那 6000 多万黑人。同时，他对 19 世纪以来欧洲殖民主义者带给非洲的殖民文化与西方文明，也进行了激烈的批判和深入的反思。殖民主义者在非洲想要的只有利益，他们嘴上谈论的是民主和自由，干的事情却是种族主义那一套，是在文明旗号掩盖下的抢劫和掠夺。好不容易等到他们走了，非洲人才发现，眼前是一个文化上四分五裂、无所适从，社会制度上千疮百孔、暴力横生的国家，一个陷入到独裁者层出不穷、人民依旧生活在水深火热的悲惨境地里的非洲。

在小说的最后，阿玛杜·库鲁马将批判的锋芒对准了那些更加年轻的非洲国家统治者。这个时候，殖民主义者退却之后的战乱、独裁、种族冲突和骚乱逐渐停止，老一代的统治者纷纷退场，新一代的统治者上台，达成了新的权力结构和平衡。但是，非洲人民依旧陷于贫困、疾病、粮食短缺、愚昧和战乱当中。阿玛杜·库鲁马以大历史的跨度来审视百年非洲，强调了非洲所面临的历史困境与挑战。

野兽也能投票吗

1998 年，71 岁的阿玛杜·库鲁马出版了长篇小说《等待野兽投票》。小说的名字很吸引人，因为它非常有特点，饱含着一种义愤和幽默感。据说，阿玛杜·库鲁马在多哥的一家餐馆吃饭的时候，谈论到一个成功发动政变的军人埃亚德马，这时，餐厅的厨师告诉他："要是人们不投票支持埃亚德马，野兽就会从丛林里跑出来投票支持他了。" 阿玛杜·库鲁马觉得很受启发，他就把小说原来的名字《猎人师傅的手势》立即改成了《等待野兽投票》。

《等待野兽投票》是阿玛杜·库鲁马最好的小说，理解和欣赏他的小说艺术，最好从这部作品入手。它完全可以和拉丁美洲一些杰出的反独裁小说相媲美，比如加西亚·马尔克斯的《家长的没落》、罗亚·巴斯托斯的《我，至高无上者》、巴尔加斯·略萨的《小山羊的节日》等。这部小说带有强烈的非洲文化的魔幻气息，而且，还有着非洲土著马林凯部落文化的内在结构。

写这部小说，阿玛杜·库鲁马动用了当年他舅舅告诉他的很多非洲民间文化传说。阿玛杜·库鲁马属于非洲的马林凯部族，他自己说："当我报出我的名字库鲁马，一个马林凯人马上就知道，我属于武士和猎人的种姓。我回到老家，回到家乡的村庄，巫师兼乐师就来了，提醒我，要我想起自己的遥远的祖先。"

《等待野兽投票》中的叙述者是部落乐师索拉，他以口头吟唱和应答的方式，来讲述主人公科亚甲的故事。

科亚甲是马林凯部族的最优秀的猎人，他是个传奇人物，历经磨难，一步步地走上了统治整个国家的高位。在吟唱者索拉的唱颂中，科亚甲本人的历史也涵括在这个国家的历史中，从科亚甲的父亲——著名的部落猎人首领峭受到西方殖民者的感召，走出山林穿上衣服开始，到他结婚生子，然后描述了科亚甲逐渐长大成人，并且勇武善战，当上了法国外籍军团的雇佣兵，然后，他通过一个个巫术的"奇迹"和与其他猎人领袖的血腥搏斗，征服了其他对手，逐步登上了独裁者的宝座。

马林凯人信奉巫术文化，小说的结构带有马林凯文化特有的音乐性和叙事长诗的特点，采用了马林凯部族在举行祭祀和其他大典仪式的时候才吟唱的洁净文形式（又叫东索马那）——这是一种歌颂武功的赞歌，由索拉念诵，旁边还有一个应答者，叫做科度阿，他要随着索拉的诵唱来应和。这个助手科度阿除了应答，还要扮演小丑、弄臣和滑稽角色，作为调笑和逗乐。东索马那不断地以回旋往复的方式，将主人公、伟大的猎人和统治者科亚甲的成长历程描述出来。小说中虚构了一个非洲海湾国家，实际上暗指科特迪瓦。马林凯部族的猎手领袖科亚甲经历很多磨难，终于成为独裁者，掌握大权很多年。现在，他面临着自己统治30年来最严峻的一次考验：在对手的挑战下，国家即将分裂。于是，在内战爆发的前夜，马林凯人为他举行了一场东索马那，歌颂他的传奇故事。这场东索马那一共进行了六个晚上，这六个夜晚的吟唱，就构成了小说的六个章节。

据说，科亚甲的形象取自曾统治多哥长达38年的埃亚德马，他于

2005 年 3 月去世，科亚甲的很多经历可以从埃亚德马的真实生活中找到影子。在小说的第四章，科亚甲终于登上了总统宝座，往来穿梭于西非各国，学习其他独裁者的经验。在这里，阿玛杜·库鲁马不仅以埃亚德马为原型刻画了一个独裁者，他还浓缩了西非各个国家独裁者的可笑而残忍的形象，也包括了科特迪瓦前总统博瓦尼。

在我看来，仅仅去批判现实政治、去描述独裁者掌握权力的过程，并不能够使《等待野兽投票》成为经典。《等待野兽投票》的成功之处，在于它将非洲 19 世纪以来的历史伤痛展现出来，融合了马林凯人特殊的部落文化，写出了历史和当代非洲人命运的大寓言。小说以马林凯人的猎人文化和巫术传统为基点，叙述的风格像一首长调史诗，如同奔腾磅礴的大河在咆哮，而河岸两边的森林与猛兽都在诉说，喧哗、生动、繁复，充满了时间斑驳的印记。这是小说最成功的地方。

在《等待野兽投票》中，阿玛杜·库鲁马还根据马林凯人的文化习俗，赞美了母亲的崇高地位。这是因为，在非洲一些国家，女性、尤其是母亲的地位非常重要，在一些大家庭里，女人必须参与重大决策。

阿玛杜·库鲁马说："一个非洲人认为他的一切都来自他的母亲，一个大院子里，母亲带着自己的孩子住在自己的屋子里，父亲则住在外面，似乎是某种遥远神秘的东西。男人们把自己的成功归功于母亲。这是马林凯人等很多部族的基本文化观念。"

小说中，阿玛杜·库鲁马塑造了科亚甲的母亲娜珠玛的光辉形象："娜珠玛，科亚甲，你的母亲，她不只在年轻时是位伟大的搏击冠军，而且还是位女中的斑鸠。她没有一棵圣诞红高，看起来就像棕榈树根一样紧紧连在地上。她的乳房和臀部依然像山上的土石般紧实。她把头发编得像巨蜥的尾巴，不分昼夜地在头上缠了一根白丝带……她还保持着年轻少女的丰腴体态：她的乳房高耸如四月初的生芒果；她的肌肉结实突出，她的臀部就如同一只铁锅般地圆润和坚实。"

台湾版的中文译文很漂亮，在整部小说中，每一个"东索拉那"小段落的结尾，索拉都会唱诵马林凯人的谚语，而译者的译文古雅又带有警句的风格，我在这里摘录几条："牛犊虽落于暗处，亦不失落其母"、"死神出手无须烧水"、"苍蝇死于伤口中，那是死得其所"、"鸟尸不腐于空中，而腐于地面"、"蛙鸣阻止不了大象喝水"、"即使是国王的小胡子,也是国王"、"欲猎河马者不以鱼钩"等等,作为章节的标题,它们带有警句的力量、机智与巧妙。

《等待野兽投票》获得了非洲国家电台文学奖、非洲热带地区文学奖,成为了非洲法语小说中的杰作。

血腥时代的孩子们

在进入 21 世纪之后,阿玛杜·库鲁马说:"对于非洲,一百年以前,是奴役,五十年以前,是殖民主义,二十五年以前,是冷战,现在呢,只是骚乱。"

2000 年,阿玛杜·库鲁马出版了长篇小说《安拉不一定都对》,对21 世纪的非洲一些国家的混乱状态进行了有力的呈现。书一经出版,就获得了法国勒诺多文学奖和由中学生评选出来的法国中学生龚古尔奖。

这本书的中文译本叫《血腥童子军》,它的创作灵感来自利比里亚和塞拉利昂的内战。1994 年,阿玛杜·库鲁马受邀来到吉布提,在一次为儿童所作的演讲结束之后,一位来自索马里的童子军向他提出了一个要求:"作家爷爷,你能不能写一写我们的生活?"并且简单地向阿玛杜·库鲁马讲述了自己的经历。他立即接受了孩子的这个请求,第二年,就写出了这本《血腥童子军》。

阿玛杜·库鲁马把小说的背景设在利比里亚和塞拉利昂,首先是因为这两个国家在地理上与科特迪瓦紧密接壤,在历史与人文上与科特迪瓦同源同宗。

其次,还因为童子军的使用在这两个国家的战争中最普遍。童子军问题已经成为当代非洲战争和暴力横行的象征。20 世纪 90 年代之后,伴随着冷战的结束,非洲国家的内部部族冲突代替了东西方意识形态的冲突,战争和种族灭绝的大屠杀愈演愈烈,以至于连童子军都成为了血腥的士兵。非洲部族战争中率先使用童子军的,是 1989 年的西利比里亚内战,随后,以童子军为主体的战争模式在非洲乃至中东地区蔓延,塞拉利昂、刚果、乌干达在内战中都广泛地使用了童子军。1983年，博瓦尼总统去世之后，科特迪瓦也陷入了动荡之中，政变与部族战争此起彼伏，无休无止，给人民的生命财产造成了极大损失，最近的一场内战于2003年7月结束。

科特迪瓦和其他西非国家的政局动荡、民不聊生的社会现实，促使阿玛杜·库鲁马关注和思考这些非洲国家的共同命运，并得出了自己的判断。

《血腥童子军》的小说形式有些类似西班牙流浪汉小说的名著《小癞子》：一个少年，在大地上漫游，经历着各种奇遇。《血腥童子军》的主人公和讲述者比拉伊马，小时候因为法语讲得不好而被讥笑为"小黑人"，才12岁的光景，他就接连失去了父母，一个人孤独地跟随部落的巫师雅古巴，前往利比里亚去投奔自己的姨妈，从此踏上了前途未卜的旅程。

表面上看，这是一个寻亲的故事，一个漫游的故事，类似于"小蝌蚪找妈妈"或者"尼尔斯骑鹅旅行记"那样的故事。然而，在少年比拉伊马漫游的路途中，并没有出现善良的童话人物，出现在小主人公眼前的，除了战争，还是战争。于是，比拉伊马在旅途中加入了一个个的童子军部队，遇到的都是和自己年龄相仿的"战友"，并不断地参加完全没有意义的部落战争。在这些孩子们死后，比拉伊马按照非洲的部落文化传统，为小战友们逐一致悼词，在悼词中复述他们短暂而血腥的一生。在比拉伊马的悼词里，这些童子军的命运单调地重复着，仿佛除了死亡，还是死亡，与主人公的长途漫游相互映衬。而比拉伊马去寻找他的玛昂姨妈——按照马林凯人的家庭规则，姨妈接替了他死去的母亲——则是他遥远和超越尘世的伟大目标，在小说的结尾，他的姨妈早就被杀害并被丢弃在万人坑里了。小说中，互相屠杀的战士们身上不仅挂着冲锋枪和子弹袋，还挂满了护身符，成为了传统巫术和现代武器结合的新景观。

阿玛杜·库鲁马尖锐地指出，造成非洲今天乱局的根源，还是西方殖民主义者种下的祸根。早在二战之后的冷战期间，东西两大阵营纷纷在黑非洲扶植自己的代理人，经常在一个国家里制造分裂，拉一派打一派，很多独裁者背后都有大国的影子，酿就了大量的部族矛盾。于是，非洲各国的独裁者在西方大国势力的保护和纵容下，拼命为自己谋取私利，维护残酷的统治，使国家在政治上沦为大国的附庸，在经济上成为"香蕉共和国"，没有发展经济的能力。冷战结束之后，西非各国迅速被美苏两大政治集团抛弃，于是，长期积压的部族矛盾成为社会的主要矛盾，部落战争不可避免地爆发了，于是，最终是童子军拿起了枪，参加到大人们进行的血腥游戏里，成为在战争机器里被碾碎的炮灰。

2004年，在阿玛杜·库鲁马去世之后不久，他未完成的遗作《当需要拒绝时，我们说不》出版了。小说描绘了《血腥童子军》中的童子军比拉伊马再次拿起了枪，参加了爆发于2002年的科特迪瓦内战。小说中，比拉伊马一边倾听他喜欢的伊斯兰长老的女儿给他讲述科特迪瓦的历史，一边要去应对残杀自己部族的人。在这本没有写完的书中，阿玛杜·库鲁马想把科特迪瓦自二战之后的政治、经济、文化和宗教的发展和变化写出来，分析20世纪后半叶导致西非国家陷入部族冲突和混乱的真正根源，可惜的是，小说没有完成，他就去世了。

阿玛杜·库鲁马喜欢塞利纳和贝克特这两位法语作家，他们给他的写作带来了很大的影响。他的小说注重形式感，对现代主义、尤其是法国现代小说的形式耳熟能详。他的小说语言运用了大量非洲民间口语、俚语、谚语和固定成语，给法语文学带来了新鲜的活力。

虽然阿玛杜·库鲁马在30多年的时间里只写了四部半小说，但是他却以强烈的社会责任感和道德力量，打动了所有关心非洲命运的人。他的小说里弥漫着浓厚的道德良知和对现实的批判态度。可以说，阿玛杜·库鲁马是一个有着浓厚的人道主义情怀的作家，他的那种道德情怀单纯、浓烈、质朴，就像法国的伏尔泰那样具有人道主义的力量，因此，阿玛杜·库鲁马被称为是"非洲的伏尔泰"。

阅读书目：

《等待野兽投票》，林丽云等译，台湾大块文化出版公司 2006 年 3 月版

《血腥童子军》，管筱明译，海天出版社 2001 年 7 月出版。

摩洛哥的望远镜
——"后殖民文学"杰出作家塔哈尔·本·杰伦

　　塔哈尔·本·杰伦是摩洛哥最著名的诗人、小说家和文化批评家，是当代阿拉伯世界非常醒目的一个文化人物。他在小说中巧妙地把对摩洛哥的历史和现实的展示放到了更高的层次，以人的坚韧存在呈现了摩洛哥文化的生命力。

诗歌的初啼声

　　从地图上看，摩洛哥位于非洲大陆的西北角，隔着直布罗陀海峡和西班牙相望，有着长达 1700 多公里的海岸线，与大西洋和地中海相连接。

　　从 15 世纪末期开始，摩洛哥先后遭到了西班牙和法国的入侵，1912 年沦为法国的保护国，其北部和西部的两个地区被划作西班牙的保护地。1956 年，在二战之后殖民体系迅速崩溃的大形势下，摩洛哥独立为一个伊斯兰王国。可以说，摩洛哥是饱受殖民主义者侵略和压迫的国家。摩洛哥人大多信奉伊斯兰教，法语是通用语言。

地域决定文化归属和文化特质，早在上个世纪 20 年代，在第一次世界大战之后，包括了阿尔及利亚、突尼斯和摩洛哥这三个非洲西北部国家在内的地区，都深受法语文化的影响，这片区域诞生的文学被称为是马格里布法语文学，阿拉伯语为官方语言，法语则是这三个国家的日常通用语言。

摩洛哥独立之后，有更多的作家投身到法语写作中，以觉醒的民族意识为圭臬，对过去法国在非洲的殖民主义体系进行了分析、挖掘和批判，给非洲和欧洲的法语文学注入了异样的血液。这其中，哈尔·本·杰伦是最杰出的一位，他是摩洛哥最著名的诗人、小说家和文化批评家，是当代阿拉伯世界非常醒目的一个文化人物，也是近几年诺贝尔文学奖的热门候选人。

塔哈尔·本·杰伦 1944 年生于摩洛哥北部的城市费斯，后来移居到首都拉巴特，这座摩洛哥的历史文化名城。塔哈尔·本·杰伦青少年时代受到了很好的教育，家境不错，得以在 1961 年移居法国，1972 年，塔哈尔·本·杰伦在法国巴黎获得了社会学硕士学位，并且以社会精神病学的论文获得了巴黎第七大学的博士学位。毕业之后，他在法国从事过新闻和教育工作，主要担任记者、编辑和教师，不断地从法国和摩洛哥两个角度，观察和了解非洲西北部和伊比利亚半岛以及法国内部复杂的政治和文化关系。同时，在摩洛哥，他以特殊的身份深入地了解摩洛哥的社会和民情，并以法文坚持写作。1971 年，塔哈尔·本·杰伦正式定居法国，但是他每年都要花几个月时间回到摩洛哥和家人、亲属们相聚，借机观察摩洛哥的社会现实。

像很多作家一样，塔哈尔·本·杰伦最初的写作也是从诗歌开始的。1971 年，27 岁的哈尔·本·杰伦出版了自己的第一部诗集《沉默气氛笼罩下的人》，随后，又出版了诗集《太阳的创伤》（1972 年）、《痣》（1973 年）、《扁桃树受伤死去》（1976 年）、《不为记忆所知》（1980 年），还接连出版了长诗《骆驼的话》（1974 年）等。塔哈尔·本·杰伦的诗歌风格带有强烈的抒情性，从早期的对青春期、爱情和摩洛哥记忆的吟唱，到后期对历史文化记忆的陈述与刻画，都带有鲜明的非洲西北部阿拉伯文化与法语文化融合和互相影响的印记。从诗歌风格上看，抒情性是他诗歌的最大特征，鲜明的意象以令人震动的方式，带给我们智慧结晶的露珠。我在这里引用他的诗《地平线》：

"地平线———／只是一堵墙／花岗岩砌成的墙／浑浊的镜子之反光／白昼／赤裸的影子／思绪／扔弃了帷幕／河流／流动的记忆／语言，恰似一把生锈的钉子／嵌进／受伤的掌心窝"。

从这首诗中可以看到他简洁有力、带有格言和警句特点的语言，以鼓点般的敲击声震动我们的灵魂。

1973年，塔哈尔·本·杰伦出版了自己的第一部小说《哈鲁达》，这是一部篇幅不长的作品，讲述了一个摩洛哥移民在法国的遭遇，塑造了摩洛哥移民在法国的环境中受到挤压的无所适从的状态。小说取材于他当年在巴黎求学时观察到的移民经历，并描绘了一个移民内心的痛楚和哀伤。

此后，他以摩洛哥人的生存状态为题材，接连出版了长篇小说《孤独的遁世者》（1976年）、《疯子莫哈，哲人莫哈》（1978年）、《大众作家》（1983年）、《沙漠的孩子》（1985年）等，以摩洛哥人的特殊文化形象，塑造出二战后，独立了的摩洛哥独特的人文景象和人群的生存状态。

这些小说的主人公都是摩洛哥的中下层人士，有在法国找不到归属感的移民，比如小说《孤独的遁世者》中，一个摩洛哥人迁移到法国之后，处于背井离乡的状态下，情感生活、精神生活和性生活都遇到了困境，遭受着孤独的吞噬而无法应对，如同一个孤独的遁世者。有的小说主人公是心地善良但命运多舛的妓女，在生活的洪流中无法掌握自己的命运，有的小说主人公是找不到灵魂安放之地的知识分子，有的则塑造了受到资本家和权势欺压的工人，等等，题材广泛，视线开阔。而且，塔哈尔·本·杰伦的这些小说在形式上最鲜明的特点，是采用了阿拉伯文学中的古老说书人的形式，似乎总有一个说书人的声音，在给你娓娓道来，在给你讲故事。这些小说的底色全部都是现实主义的，里面弥漫着浓重的忧郁气息和市井生活气息交混的味道，使人似乎可以感觉到摩

257

「后殖民文学」杰出作家塔哈尔·本·杰伦

摩洛哥的望远镜

洛哥那些市镇黄昏时刻，弥漫在人们心头的哀愁。

表面上看，塔哈尔·本·杰伦似乎不是一个现代主义者，实际上，在他的小说中，以更加内倾化和诗人般的敏感，对人的存在进行了深刻的打量和描绘。他更加关注生命个体的存在，以考察和打量一个个的生命个体在特殊环境下的存在，来呈现非洲北部、地中海南岸国家和欧洲南部、地中海北部国家的人文联系和历史因缘，揭示了文化冲突背景下个人的命运多舛，精雕细刻了一个文化分裂和隔膜时代里的人心景象。

沙漠的奇景

塔哈尔·本·杰伦于1987年出版了小说代表作《神圣的夜晚》，这是塔哈尔·本·杰伦被广泛称颂的作品，该小说出版之后，立即赢得了当年法国文学的最高奖——龚古尔奖，并使他成为非洲西北部马格里布法语区阿拉伯作家中，获得这个奖项的第一人，因此备受关注和赞扬。小说的主题直接指向了摩洛哥社会宗法制度压迫下的普通人的生活。

小说主人公是一个摩洛哥富人的第八个女儿扎赫拉，这个倒霉的富商没有儿子继承家产，因此，就把扎赫拉从小当作儿子来养，以此来避免家产落入他人之手。一直到她成长到20岁，她的父亲去世之后，她才开始恢复女性的面貌，但是，为了实现父亲的愿望，她要继续扮演男人，可是，她的七个姐姐无比憎恶她、嫉妒她，甚至叫人割掉了扎赫拉的阴蒂。扎赫拉因此和整个家庭中的所有女性成了对立面，母亲和姐姐联合起来压制她，她不得不离家出走了，结果在外面的世界里，又遭到了绑架、强奸和欺凌。后来，扎赫拉遇到了一个心地善良的盲人搓澡工贡苏尔，他们之间萌发了爱情。最后，她的叔叔找到了她，要强迫她重新回到那个没有带给过她一点温暖的可怕家庭中，扎赫拉愤怒之下，开枪打死了自己的叔叔，作为杀人凶手被警察抓获，进了监狱。

这部悲剧小说的语调是平和舒缓的，带有叙述者无奈和宽怀的感情。小说是以主人公的自述构成了全篇的讲述方式，开头是这样的：*如今我已年迈，可以坦然度日。我要说话，卸下言辞和岁月的重负。我稍感疲*

愈。岁月的重压尚能忍受，而负担最重的是埋藏在心底、我长期缄默和掩饰的那些事。我哪里想到充斥我记忆的沉默和探究的目光竟如沉重的沙袋，使我步履维艰……我很高兴终于来到这里。你们是我的解脱，是我眼中的光明。我有许多好看的皱纹。额上的皱纹是真相的磨难留下的印记。它们是时间的谐音。手背上的皱纹是命运纹。你们看，这些纹路纵横交错，标志着命运的历程，描绘出一颗流星坠入湖中的轨迹……

《神圣的夜晚》这部小说显然带有另外一种文化的奇观性，以讲述第三世界里一个屈从父命、女扮男装的女孩最终成为封建宗法势力的牺牲品的故事，来唤起第一世界里人们内心的同情和悲悯，并且对野蛮的风俗和文化予以谴责和批判。小说在娓娓道来的语调中，悄然蕴含了批判精神，最终给人物本身和世界贡献了希望。小说一开始就是悲剧气氛的，到主人公开枪打死叔叔，达到了悲剧的顶峰，令人绝望。但是结尾还是乐观的，主人公安然地度过了所有的危机，年老了还能够给大家心平气和地讲述这个发生在她身上的故事。

哈尔·本·杰伦以这部小说丰富了二战之后越来越狭窄的法语文学，因此获得了法国影响最大的文学奖龚古尔文学奖。这个荣誉对于塔哈尔·本·杰伦这个出身非洲的作家来说，还是第一次，因此，当时的法国总统密特朗和摩洛哥国王哈桑二世都发来贺电，祝贺哈尔·本·杰伦荣获龚古尔奖。我想，国王都接受了这样揭疮疤的批判现实主义作品，可见摩洛哥对哈尔·本·杰伦本人的胸怀和宽容。而摩洛哥国王哈桑二世还特别赞扬了塔哈尔·本·杰伦的获奖，是因为摩洛哥是非洲阿拉伯穆斯林国家中最开放的，从古代开始，它就不断地接受和融合来自希腊、罗马的文化。

1991年，塔哈尔·本·杰伦出版了小说《低垂的眼睛》，这部小说描绘一个性格刚强，但是颇有些一根筋的摩洛哥女孩子，根据家族的传说，要去寻找祖父当年埋藏在山里的财宝。财宝最终没有找到，但是她却找到了摩洛哥山村特别需要的更加宝贵的水源，给村民们带来了喜悦和希望。小说带有摩洛哥特别区域的文化特征，在讲述上十分清新、生动，篇幅也不长。通过这部小说，塔哈尔·本·杰伦把摩洛哥沙漠地带贫瘠土地上的特殊文化景象和社会习俗展现给世界，以奇观性打动了很多读者。

[后殖民文学] 杰出作家塔哈尔·本·杰伦

摩洛哥的望远镜

矛盾与哀愁

塔哈尔·本·杰伦的上述早期作品，主要是探讨摩洛哥文化的特性，探讨摩洛哥传统文化在现代社会中的不适应性，以及非洲人来到法国、西班牙等欧洲近邻国家谋生的艰难图景和他们的心灵挣扎。到 20 世纪 20 年代，哈尔·本·杰伦的写作进入到喷发期，这个时期，他的小说主要指向了非洲北部的阿拉伯穆斯林国家内部的社会问题和腐败现象。

1994 年，塔哈尔·本·杰伦出版了小说《男人的毁灭》（中文译本为《腐败者》），该书出版之后，很快获得了非洲马格里布地区阿拉伯国家所设立的地中海文学奖。

在小说的题记中，哈尔·本·杰伦写道："我谨把这部小说献给印度尼西亚伟大的作家普拉姆迪亚·阿南达·杜尔。我拜读了他于 1954 年在印尼发表的小说《贪污》。为了表达我对他的尊敬和一位作家对另一位作家的支持，我写了这本关于腐败现象的小说《腐败者》。如今，腐败现象已经是肆虐南方国家和北方国家的司空见惯的灾难。故事发生在今日的摩洛哥。我意在向他说明，在相隔数千公里之遥的不同的蓝天之下，人的灵魂一旦被蛀蚀，就会在恶魔面前缴械投降。这个相似而又不同、带有浓郁地方色彩而又具有全球性的故事，把我们跟南方作家的距离拉近了，尽管他的南方国家远在天边。"

一个作家通过写作一本书向另外一个作家致敬，在文学史上经常可以见到。我在这里简单地介绍一下普拉姆迪亚·阿南达·杜尔的情况。

他出生于 1925 年，是印度尼西亚现代史上最重要的、具有国际影响力的小说家，自 1950 年出版长篇小说《游击之家》之后，60 年来出版了 20 多部长篇小说和中短篇小说集，是一个多产作家。

他青年时代积极地投身于印度尼西亚的民族解放和独立运动，1947 年被荷兰殖民主义军队关进了监狱，1949 年才被释放，随即投身于文学写作。早期的作品主要描述印度尼西亚在被殖民统治时期的人民生活状态，以及追求民族独立和解放过程中的艰辛和痛苦。

1949 年，荷兰把主权交还给印度尼西亚，次年，印度尼西亚共和国宣布成立，但是，在独立的共和国的内部，政客们开始了新的争权夺利，导致政局动荡、社会凋敝，知识分子和社会各个阶层发生了分裂。面对独立后特殊的社会现实，阿南达·杜尔写了很多批判印度尼西亚社会现实的小说，包括出版于1954年的中篇小说《贪污》。1965年，他又被印尼当局关进了监狱，等于说，他既坐了荷兰殖民主义者的监狱，又坐过印度尼西亚当权者的大牢。

1979年获释，随后，他出版了一生中最重要的、大部分写于狱中的长篇小说四部曲《人世间》(1980年)、《万国之子》(1980年)、《足迹》(1985年)、《玻璃屋》(1988年)。这个系列的长篇小说四部曲，广阔地描绘了印度尼西亚独立之前和之后几十年之间的变化，主要探讨了印度尼西亚人民为了追求民族独立和解放运动的历程。小说是现实主义风格，展现了波澜壮阔的印度尼西亚的历史画面，塑造出很多性格突出的人物。20世纪90年代之后，普拉姆迪亚·阿南达·杜尔因此成为了诺贝尔文学奖在亚洲的重点考虑对象。

我记得，刘心武先生在一次出访印度尼西亚回来之后对我感叹，印尼那个80岁高龄的阿南达·杜尔，一直在等待一个诺贝尔文学奖的到来。

不过，阿南达·杜尔的作品大都是现实主义风格的，小说的现实批判性和政治性比较强，小说的社会意义很大，但是，艺术性却相对单薄，其艺术成就不算特别高，尤其是没有受到现代主义小说技巧和形式的影响。因为，这样的国家还处于必须要解决民族独立和解放以及社会公正和公平等问题的时间段里，还不能到达能够以文学内在的方式来写作的时代，文学还是投枪、呐喊和匕首，作家还是代言人。西方国家已经建立了一个基本公平和公正，有福利、人权和社会保障的国家体制，而印度尼西亚的社会矛盾和经济发展还差很远，这和中国也很相似。

我想，普拉姆迪亚·阿南达·杜尔至今都没有获得诺贝尔文学奖，主要原因还是他的文学技巧实在一般。不过，他在印度尼西亚有点像当年巴金之于中国的影响，是一个追求人道主义、民族解放和个人自由的杰出作家。

塔哈尔·本·杰伦的《腐败者》以第一人称的方式，讲述了掌管建筑项目审批大权的官员穆哈德的故事：他原本清正廉洁，他的家境也很贫寒，虽然手握大权，却不愿意以权谋私。但是，在家人的逼迫下，在家族势力的蔑视下，他受到了前所未有的压力，不得不走上了贪污受贿的道路。最后，情人也对他谴责，他又是一个虔诚的穆斯林，意识到在真主的注视下，他必须对自身进行灵魂的拷问和自责，以至于陷入到精神的痛苦中。

在长篇小说《腐败者》中，塔哈尔·本·杰伦塑造出一个逐步滑向腐败渊薮的人的灵魂画像，他对自身进行拷问，灵魂在挣扎和动摇，在妻子、儿子、表妹、上司和下属的关系中，努力地寻找着一个平衡点，而且主人公是一个穆斯林，宗教的约束使他有敬畏心，因为对真主的信服而产生的敬畏心，最终使主人公获得了力量，这是这部小说很出彩的地方。

小说也因为描写了大量摩洛哥当代社会的风俗画，带有落后地区国家的文化奇观性，满足了西方打量落后国家的心理需求，也因其批判性的锋利而获得了欧洲批评家的青睐。腐败现象如今在全世界都存在，哪里有权力和金钱，哪里就可能有腐败。我们的国家在最近30年，腐败现象一直呈现愈演愈烈的势头，过去，贪污受贿几十万上百万已经非常了不得了，而在现在的新闻中，经常可以看到动不动就是贪污几百万、上千万上亿的腐败官员被审判的报道。可以说，中国作家在这方面大有题材可以写。有很多作家写了不少官场小说，但是小说的艺术性很糟糕，没有文学技巧，语言干瘪、无个性，人物扁平而没有深度，只是在描述一种现象，缺乏小说本身的形式感和对主人公灵魂的深度挖掘。

塔哈尔·本·杰伦的长篇小说《错误之夜》出版于1997年，这是一本探讨摩洛哥女性社会地位和文化地位的小说。小说的背景是一个北非的海港城市丹吉尔，描写私生女紫娜在一个错误的夜晚被一对男女所孕育，导致了家族蒙受了羞辱，于是，她的外祖父因此自杀。紫娜长大之后遭到了歧视和侮辱，她开始变得冷酷无情，决心报复，于是纠集了几个同样深受男权迫害的女子，联手开始了自己的报复计划。

小说描绘了丹吉尔的五花八门和混乱不堪，将摩洛哥另外一面展现给我们，小说的循环复仇故事，带有寓言性。塔哈尔·本·杰伦给我们展现出他犀利的目光和观察微小事物及人的存在状态的能力，挖掘出摩洛哥作为一个伊斯兰国家，她的文化内部的矛盾、忧愁和丰富性。

另一种眩目的光

塔哈尔·本·杰伦是一个相当勤奋的作家，进入新千年之后，他的创作力并没有衰退，而是以文学手段继续探讨摩洛哥和法国之间的文化联系。1998 年，塔哈尔·本·杰伦出版了随笔集《为女儿讲解种族主义》一书，并以这本书获得了联合国教科文组织颁发的的"全球宽容奖"。已经有人预言，倘若再有非洲作家获得诺贝尔文学奖，塔哈尔·本·杰伦是一个最有力的非洲裔竞争者。因此，对塔哈尔·本·杰伦的关注，实际上是对整个非洲北部的马格里布法语文学的关注，也是对当代后殖民主义小说流派的关注。

2004 年 6 月 17 日，塔哈尔·本·杰伦以他的小说新作《这眩目致盲的光》，获得了都柏林文学奖。这个奖号称是世界上为单本小说所设的奖金最高的文学奖，奖金达到了 10 万欧元。在爱尔兰，都柏林奖的评委会认为，《这眩目致盲的光》是一部不折不扣的"小说杰作"，并盛赞它"语言的明澈"并有一种"炽热的朴素和美"。都柏林文学奖由都柏林市议会、市政府和一家公司共同主办，用以奖励世界上任何国家和地区，以任何语言写成的文学精品。2007 年的候选书目由世界 47 个国家的 162 家图书馆所推荐，其中 35 部由其他语言译成了英文，《这眩目致盲的光》是译自法文。必须要提及的是，2006 年，土耳其作家、诺贝尔文学奖得主奥尔罕·帕穆克凭借小说《我的名字是红色》也获得了这个奖项，拿到了 10 万欧元奖金。

塔哈尔·本·杰伦的这部小说，取材于一个真实的历史事件和人物，小说以细致的笔调，叙述了男主人公在摩洛哥的沙漠地区中一座地下集中营内艰难度过的 20 年骇人听闻的日子。这一类专门关押政治异己分子的集中营型的监狱，是已故的摩洛哥国王哈桑二世所设立的——有趣的是，就是这个哈桑二世，为塔哈尔·本·杰伦获得了龚古尔文学奖曾经大声叫好，但是现在，塔哈尔·本·杰伦要挖他的坟墓了——哈桑二世把很多人关在一点阳光都看不到的小地牢里，有的人甚至被关押几十年之久。最终，当监狱的地牢于 1991 年被打开时，只有为数不多的囚犯得以幸存下来。我们可以想象，当一个从地牢里走出来的人第一次看到了阳光，那么，他一瞬间感受到的，一定是一种眩目的光芒，也是自由的光芒。

都柏林奖的一个评委说："这部关于野蛮之地和幸存者——那些'活尸'的小说，同时，动人地描述了无限的恶，以及人类求生精神的力量。"

可见，在小说的题材上，长期居住在法国、用法语写作的塔哈尔·本·杰伦，很善于以欧洲的眼光来打量、审视和批判摩洛哥的历史、现实和文化，以双重的审慎和激越，表达了一个人道主义作家的呼声，同时也显示出他自身文化身份的矛盾性。这其中有着复杂的一面，弄不好，是揭疮疤，滑落到被西方国家利用来攻击摩洛哥没有人权的地步，像有些国家总是对中国挥舞着人权的大棒一样，但是，塔哈尔·本·杰伦很巧妙地把对摩洛哥的历史和现实的展示放到了更高的层次，以人的坚韧存在，呈现了摩洛哥复杂文化中的生命力。

塔哈尔·本·杰伦从最开始写作到如今，其写作生涯已经持续了近40年，写作的体裁包括了诗歌、小说、随笔、剧本、文学文化评论和政治时评等等，出版有各类作品30多部，在非洲和欧洲有着广泛的影响。他的作品将法语的优美、精微和复杂与摩洛哥的阿拉伯口头文学和民间传说完美结合，创造出一种多元文化汇合的文学新风格，属于当代"后殖民文学"流派中令人瞩目的杰出作家。

阅读书目：

《神圣的夜晚》，余方等译，译林出版社 1988 年 12 月版

《腐败者》，王连英译，华夏出版社 1998 年 2 月版

《错误之夜》，卢苏燕译，华夏出版社 1998 年 2 月版

在世界的边缘行走

——坚定支持脆弱个人斗争经验的J.M.库切

  库切从南非出发，在非洲、欧洲、美洲和澳洲都留下了自己的生活足迹，他不为历史所羁绊，也不和现实苟合，不为权势所欺压，也不会去迎合任何流行的东西，而是在全球化多元文化混杂的时代，呈现了普遍的人类状况。

J.M. 库切的声音

  南非作家在 1991 年和 2003 年两度摘取了诺贝尔文学奖，的确令人惊奇。1991 年的获得者是纳丁·戈迪默女士，她来自于一个立陶宛和伦敦所结合的犹太家庭，而 2003 年的获得者 J.M. 库切则是一个南非白人作家。纳丁·戈迪默是一个旗帜宣明地反对南非种族隔离政策的小说家，而小她 17 岁的 J.M. 库切的作品，则相对要更加复杂一些。尤其是当南非黑人政治家曼德拉领导的非洲黑人国民大会取得了政权之后，南非走上了占大多数人口的黑人掌权的道路，而急剧变化的社会状况显示在 J.M. 库切的笔下，则呈现出另外一种意想不到的风貌，库切的一些作品甚至遭到了南非继任总统姆贝基的批评。而我还看到了纳丁·戈迪默在自己的居所里被黑人盗贼几乎杀害的消息——她千呼万唤得到的种族主义隔离政策的消失，所带来的并不都是鲜花和美好的世界，南非进入到一个更加复杂和微妙的历史时期。在这个时期，J.M. 库切的声音是最值得重视的。

南非白人占总人口的 13% 左右，大部分是英国和荷兰人的后裔。J.M. 库切的祖先是荷兰人，1940 年出生于开普敦，1960 年，他到伦敦学习，并且从事电脑软件的设计工作，在 1961 年南非政府宣布退出英联邦国家组织之后，种族主义隔离政策越来越盛行了。

在伦敦的 J.M. 库切可以说就是在这个年代里逐渐了解到英国是如何猛烈地抨击南非的种族隔离政策，以及南非的真实情况。1965 年，他离开伦敦，前往美国得克萨斯州立大学奥斯丁分校读书，获得了文学博士学位，同时感受到美国社会反对越南战争运动的声势浩大，这对他来说是一个很大的震动，他还查阅了关于南非的很多历史资料和自己的荷兰先族 200 年前的资料。毕业之后，他在纽约州立大学布法罗分校当老师；1971 年，回到了南非，担任开普敦大学英文系的教授；2002 年，离开了南非前往澳大利亚，在某大学任教；后来又来到了美国芝加哥大学，担任了索尔·贝娄曾经在该大学担当的社会思想委员会成员，并在英文系当教授。

从他的这些经历来看，可以说库切是一个具有全球视野的当代小说家。他从南非出发，在非洲、欧洲、美洲和澳洲都留下了自己的生活足迹，也因此留下了自己在文学上的思考。分析他的 10 部小说，你会发现一个全球化时代里作家的变动和复杂性。除了 10 部长篇小说，库切还出版有 3 部自传、多部文学评论和随笔集，这构成了他全部的文学写作。

J.M. 库切的第一部小说《幽暗之地》构思于他在美国纽约执教期间，出版于 1974 年。小说分为看似不相干的两个部分：《越南计划》和《雅各·库切的讲述》，以结构主义的形式，将 20 世纪 70 年代美国反对越南战争的浪潮，和南非荷兰裔祖先对南非的征服探险的史实糅合在一起，拼贴在一块儿，形成了一个本来不相干，但是却造成了互文性效果的独特的小说。在《越南计划》这个部分中，主角是一个叫唐恩的战争狂人，他为美国的越南战争制订了一个详细的心理战计划，但是他的个人生活却非常糟糕。而《雅各·库切的讲述》则以库切自己的先祖对蛮荒的南非的探险报告来结构全文，J.M.库切以这种方式批判了美国人的自私狂妄和荷兰殖民主义者在南非的暴力。

J.M.库切的文学博士论文，论的是萨谬尔·贝克特的早期小说，也就是《莫洛依》《马龙之死》那几部小说，并且深受贝克特小说的影响，心理描写、高度的精神紧张和下意识的句子，交织了历史事实和主人公行为的描述，给我们创造出相隔200多年，但是本质都崇尚暴力和征服的人的形象，是J.M.库切展示自己批判锋芒的第一部作品。

1977年，库切出版了小说《内陆深处》。库切是一个非常讲究文本的作家，他在写每本小说的时候，对小说的形式都有着自己的匠心。

《内陆深处》是对英国爱德华七世统治时期描写女性内心独白式小说的呼应和戏仿，以一个在南非内陆的农庄作为小说的背景，以白人庄园主的女儿，一个老处女玛格达的独白，作为整部小说的叙述。这个老处女玛格达嫉妒和恼恨父亲和黑人女帮佣乱搞，她以恶毒和怨怼的口吻讲述故事，幻想拿斧头杀掉了父亲和那个女人，她幻想拥有父亲的爱可是实际上父亲没有给过她爱，她还开枪打中了父亲的肚子——这个细节到底是真实的还是玛格达虚构的，小说并没有清晰地给出一个答案。而最后，根据她似乎是幻想，又似乎是真实的情况，她被佣工亨德利克强暴了，品尝到了性的快乐和罪孽，她幻想和佣工保持性关系。可是，当她向父亲开枪之后，亨德利克带着自己的老婆就连夜跑了。最终，父亲、佣工、黑女人都消失了，剩下了玛格达在内陆寂寞和空旷的农场，一个人写着这些笔记。

故事的基本线索发生在一个非常封闭的南非内陆地区的白人农庄里，但是全部都是玛格达自己支离破碎的笔记，是真的还是假的，是梦境还是现实，是想象还是实际发生的，是虚构的还是玛格达的自供状，库切将判断的权力交给了拥有现代主义小说鉴赏能力的读者了。有人说，《幽暗之地》是描述南非黑人和白人之间关系非常复杂的一个隐喻，是对南非白人和黑人关系的更深层次的打量。

野蛮人的世界

库切真正为国际文坛所注目的小说，是出版于 1980 年的《等待野蛮人》。这部小说为库切摘取了英国的费伯纪念奖和布莱克纪念奖，使他迅速在英语世界乃至整个欧美地区扩大了声誉。

小说隐去了时代的背景和具体的年月，带有寓言化的特征，描绘了一个帝国（显然指英国）所控制的某个边远国家（应该暗喻的是南非某个地方）有一个老行政长官，他奉命要和当地的野蛮部落进行战斗的故事。他爱好考古、打猎、读书、思考，不愿意用血腥的手段镇压那些"野蛮人"。后来，帝国派来了乔尔上校加大镇压"野蛮人"的力度，而老行政长官则体现出某种充满了人性色彩的中立态度。后来，一个流落街头的土著部落的少女出现了，老行政长官收留了她，还对她产生了爱情。最后，他发现这种跨越了年龄、地位、金钱、种族、文化、语言的爱情是不会有结果的，那个女孩子对他有感激，但更多的是疑虑和隔膜。最后，他千辛万苦地把这个土著部落的姑娘重新送回到了她所在的"野蛮人"部落里去，那个女孩子就那么消失在荒野中的"野蛮人"队伍中了。结果，老行政长官因为对待"野蛮人"的态度而被帝国视为异类，把他关进了监狱，拷打他，但是老行政长官内心澄明，他感到自己走上了一条救赎的道路。

这部小说以第一人称叙事结构了全篇，带有明显的跳跃和部分意识流小说的特征，但是有潜在的时间线索和情节主干。而小说的题目，即谁是"野蛮人"，谁是"文明人"，在库切的笔下可以看得很分明，当"文明人"用屠杀和血腥的镇压手段去对付那些"野蛮人"的时候，那么，谁是野蛮人就很清楚了。小说在国家、种族、文明、暴力、人道这些概念中展开了别开生面的深入思索，获得了强烈的反差。

紧接着，库切的第四部小说《迈克尔·K 的生活和时代》出版于 1983 年。这是一部有明确时代背景和人物关系的作品，也是一部饱含深情的作品。库切的大部分小说都非常精确、冷静，他并不将热烈的感情诉诸于文字，文字精练平实，准确具体，但是，《迈克尔·K 的生活和时代》则是一个例外。

小说以南非内战爆发之后的社会为背景，讲述迈克尔·K这么一个中年残疾人在战乱年代的可怕命运。迈克尔·K的父亲似乎很早就死了或者从他的生活中消失了，长了豁嘴的他和母亲相依为命。一天，他带着得病的母亲打算离开喧嚣的都市开普敦，前往乡下去过一种平静的生活。就在途中，母亲去世了，残疾人迈克尔·K失去了他在世上最后一个亲人。他被抛入到时代风暴的大漩涡里了。迈克尔·K后面所经历的故事就带有希腊神话的意义了，他在战争的血腥、种族的屠杀和歧视中游走，不断地被伤害、监禁和追赶，他被洗劫，被抓去做苦工，被关进难民营，他接连失去了家园、母亲和故乡，失去了人的尊严和人格。但是迈克尔·K仍然希望自己能够获得一点人的尊严和生存的权利。迈克尔·K逃过了多次劫难，大难不死，但是他的生存空间也越来越小，最后，他逃到了没有人的山林里，像原始人那样生存，才获得了一点在这个世界上生存的机会。小说的结尾，迈克尔·K回到了开普敦的海滩，遇到了几个流浪的人，获得了一点性的愉悦和安慰。

库切在描述迈克尔·K的遭遇的时候，相当平静，似乎没有直接表达感情，但是却带着强烈的感情色彩，将迈克尔·K这么一个残疾的更容易受到侮辱和损害的人，在南非种族隔离政策下的遭遇描绘得栩栩如生。这是库切的全部小说中，我最喜爱的一部，因为它更加简朴、平实而具有巨大的感染力。该小说也获得了1983年英国最高文学奖布克小说奖，纳丁·戈迪默在谈到这本书的时候说："这是一个多么杰出的成就。"

库切的第五部小说《福》出版于1986年，这是一部篇幅不长的小说，翻译成中文才8万字左右。这部小说带有鲜明的后现代小说的特征，在于它是对英国作家笛福的著名小说《鲁滨逊漂流记》的戏仿和颠覆，小说是一个建立在故事之上的故事。笛福的小说《鲁滨逊漂流记》中的鲁滨逊、星期五等人再次出现了，而且，笛福本人和另外一个女人苏珊也出现了。苏珊成了这部小说的主人公，她在虚构的人物和历史人物之间来回奔走，打破了虚构和现实的界限，同时，和作者笛福展开了讨论。

《鲁滨逊漂流记》是1719年写成的，反映了当时的殖民主义者开拓蛮荒世界的价值观，是宣扬改变"野蛮人"为"文明人"的一部带有殖民主主义和启蒙主义的作品。而库切的这部小说，站在原来的小说的基础上展开了想象，将小说原来的次要人物苏珊变成了主要人物，用她女性主义眼光来重新审视笛福虚构的小说世界，将人物关系和作品要表达的思想都做了颠覆和新的理解。苏珊渴望成为小说中的人物，但是她最终还是默默无闻。这部小说由于是建立在过去的一个文本上，因此，阅读起来显得有些晦涩和混乱，我感到作品在表达上也很多义而朦胧。这是一部开放性的作品，从不同的角度，都可以得出不同的结论。但是我认为，《福》并不是库切的成功作品，而是他尝试文本互文性、文本间性、文本实验性的作品，是他作品序列里单薄但是还算有想法的小说。

库切视野开阔，在他的 10 部小说中，从题材上来说是不断游走和变动的，库切从来不会停留在一个地方去挖一口深井。他的小说，有的着眼于文本实验，有的则描绘南非的社会现实，有的跳到了欧洲题材，有的则是对心灵世界的探询。

他的长篇小说《彼得堡的大师》出版于 1994 年，题材为之一变。这部小说的主人公是俄罗斯小说大师陀思妥耶夫斯基，陀思妥耶夫斯基的生平经历复杂而生动，他甚至被沙皇判了死刑，在断头台上被赦免——也有人说这是沙皇为显示自己的权威、震慑力和宽大为怀所故意设计的。他婚姻关系坎坷，又嗜好赌博，还有癫痫的袭扰。1869 年，陀思妥耶夫斯基前往彼得堡调查他继子的死，库切由此进入到类似陀思妥耶夫斯基传记的写作当中，描绘了 1869 年陀思妥耶夫斯基在彼得堡的生活，陀思妥耶夫斯基一边在和现实生活缠斗，一边写着小说《群魔》。《群魔》是一部反思和批判激进的革命运动的小说，因此得到了保守派的欢迎，最后，他们还给陀思妥耶夫斯基在一家杂志社谋了一个薪金不菲的差事。

库切写这部小说，实际上是以类似传记的形式，表达了他对陀思妥耶夫斯基的研究、分析、崇敬和理解。在小说的写法上，库切又玩起了将现实和虚构混淆的游戏，在小说中 1869 年那个具体的场景和年代中，陀思妥耶夫斯基和他周围的人物、他小说中虚构的人物都纷纷出场了，他们共同围绕在陀思妥耶夫斯基的周围，使小说形成了多层次的复调形式。1984 年，库切的儿子死于意外事件，因此，小说中陀思妥耶夫斯基对继子巴维尔死因的追寻和调查，也寄托了库切自己隐秘的哀思。小说还获得了《爱尔兰时报》的国际小说奖。

耻辱的印记

我认为长篇小说《耻》（1999 年）是库切最好的作品。这部小说以罕见的批判力度，描绘了南非在黑人成为掌权的大多数，取消了种族隔离政策之后的社会现实的另外一面。库切的批判锋芒甚至令南非的黑人总统姆贝基都感到不安，姆贝基强烈批判这部小说。那么，为什么南非的黑人上层政治家会对《迈克尔·K 的生活和时代》赞誉有加，而对《耻》来个惊天逆转式的大批判？我来告诉你原因。

这部小说的故事紧凑，人物也很鲜明，没有多余的废话和累赘的情节。小说的主人公是一个 52 岁的南非白人教授戴维，他在大学里因为和一个女学生发生了性关系，而遭到了学校道德委员会的惩罚。于是，他离开了学校，来到了女儿露西所经营的偏僻农场，但是与女儿关系紧张，也无法从事农场的活计。不久，农场遭到了一伙黑人歹徒的袭击和洗劫，他的女儿露西也被黑人强奸了，最后，25 岁的白人姑娘露西，竟然心甘情愿地嫁给了这个农场的黑人帮佣佩特鲁斯，而种种迹象表明，农场遭到洗劫和路西遭到强奸，都是这个佩特鲁斯幕后指挥的，这个老奸巨滑的黑人企图霸占农场。而最终露西屈服于佩特鲁斯的力量，佩特鲁斯如愿以偿地地得到了农场和白人女人露西，获得了最终的胜利。

戴维教授后来又来到了一个专门消灭流浪狗的机构，每天去消灭那些已经没有了主人的狗。在这个情节上，库切说出了他没有明确说出来的话：有那么多的流浪狗需要被打死，是因为这些狗的主人都是白人，但是，他们都已经离开了黑人掌权之后的南非，所以才留下了那么多流浪狗。小说甚至暗示了库切本人也会像那些流浪狗的白人主人一样离开南非，果然，他在 2002 年移居澳大利亚了。

小说的题目叫做《耻》，我看有三个层面的含义，在小说的第一部分，戴维和女学生的性关系导致他本人在道德上蒙受耻辱；第二个层面，在小说的第二个部分表现了出来，就是戴维的女儿露西被黑人强奸的耻辱，这在过去白人统治时期是根本不可能发生的；小说的最后一个层面，在小说的第三个部分得到了触目惊心的呈现，以戴维教授沦落到打狗为生，女儿的农场被老奸巨滑的黑人长工所侵吞，女儿还被霸占，来表现白人作为一个族群的整体，在南非黑人掌权之后所得到的耻辱，这个耻辱，是历史的报应，也是现实的痛苦。当库切以大无畏的勇气描绘出这样的当代南非现实之后，难怪要遭到姆贝基总统的批评。

我们也经常在国内的报纸上读到如今南非治安混乱，不断有华人遭到抢劫和杀害的报道，库切所描绘的现实显然具有撼动人心的真实性，这部作品也因其勇气和批判精神，使库切第二次获得了布克小说奖，《耻》也是他获得诺贝尔文学奖的压卷之作。

相对于小说《耻》的犀利与无情，库切的长篇小说《伊丽莎白·科斯特洛：八堂课》（2003 年）则使库切又回到了对文本本身的兴趣的探讨上，仿佛是他的一次幕间休息一样：在处理一个重大的现实政治题材的小说之后，他肯定要稍微休息一下。

小说的主人公伊丽莎白·科斯特洛是一位 70 岁左右的著名作家，我觉得这个角色的原型可能是纳丁·戈迪默，部分也是库切本人的化身。小说的八个章节分别为带有理论探讨色彩的"现实主义"、"非洲的小说"、"动物的生命之一：哲学家和动物"、"动物的生命之二：诗人与动物"、"非洲的人文科学"、"邪恶问题"、"爱欲"、"在大门口"，以女作家伊丽莎白·科斯特洛的这八堂课展开了她从思想、文本、非洲、哲学、后殖民、女性主义、环保、性爱与精神分析这些当代重大主题出发，所想到的一切。同时，在伊丽莎白·科斯特洛周围还活动着其他一些人，他们和伊丽莎白·科斯特洛就这些当代问题进行了沟通、倾听、辩驳与争论，最后使这些问题得到了自明。

我觉得这部小说和《彼得堡的大师》有些相似，都是在文本内外搭建了互相连通的管道，在历史、现实、学术、思想、政治、历史人物之间完全贯通，使小说具着文本的实验性、开放性和趣味性。不过，这部小说虽然在文本探索上有所图谋，但是却没有超过他描绘南非独特现实和历史的作品。

新大陆，新世界

2005 年，已经移居到澳大利亚的库切出版了一部背景是澳大利亚的小说《慢人》。主人公是一个澳大利亚摄影师，他在车祸中失去了一条腿，于是成了残疾人。但是，他在内心里仍旧有对爱情的渴望，他要面对一个很有吸引力的女护士，和一个来拜访他的女作家。他的内心骚动着对生活的渴望，但是，残疾、衰老、对死亡的恐惧，使他不敢面对到来的爱，甚至还怀疑这种爱的真实性。最终，这个老摄影师还是敢于面对自己的心理和生理困惑，去勇敢地争取生存。小说起名叫《慢人》，可能指的是这个残疾摄影师因为残疾，走路比较慢，同时也表明这个世界的节奏太快，我们更需要以慢的方式来重新打量和体验生活。由这部小说，我想起了昆德拉的那部《缓慢》来。不过，库切的这部小说更加生活化，更加生动具体，还呈现出澳大利亚文化的边缘性和封闭性，以及澳大利亚的多元文化景观。《慢人》总体上说，仍旧是一部不失水准的作品。

库切还出版了三部自传：《男孩》(1997 年)、《青春》(2002 年) 和《夏天》(2009 年)。自传中详细描绘了他成长的时代和环境，语言冷峻、精练、准确、生动，回忆了他从少年、青年到壮年的成长、求学与漫游的岁月，这对理解库切的作品十分重要。库切还出版了两部散文评论集《异乡人的国度：文学散文，1986—1999》(2000 年) 和《内心活动：散文，2000—2005》(2007 年)，对当代文学和文化有着真知灼见。

2007 年，库切出版了自己的第 10 部小说《凶年纪事》。上两部小说都是将背景放到了澳大利亚，但是这部新作，则再次将目光对准了南非。小说描绘了一个老作家和自己的女秘书之间的私情，以及女秘书对老作家的嫉妒，这三个人在一种封闭狭小的环境里的纠葛。

这部小说最大的特点是它的形式感，出版的英文版每一页都分成三个部分，之间被一条细线所隔开，第一部分是库切本人给书中的主人公，那个老作家所撰写的关于当代世界各个重大主题的论文片段，第二部分则是老作家的日记，描绘了这个老年人对死亡的恐惧、对性爱的痴迷和畏缩、对生活的寻求，第三部分的女秘书安妮和她的男朋友亚伦对老作家的描绘，使整个文本变得立体、丰富，互相有着参照性，无论是对日

273

在世界的边缘行走
——坚定支持脆弱个人斗争经验的 J. M. 库切

常生活的描述、对老年人的心理描绘、对性爱嫉妒的挖掘，还是对当代世界诸如恐怖主义、种族主义、保护动物、国家和民主等重大主题，都有涉及，是一部相当不错的小说。

2009 年，他又出版了自传的第三部《夏日》，讲述了自己壮年时期的经历。

库切是当代英语世界的重要小说家，在于他总是禀承独立、自主的意识，见解犀利，总能发出个人的声音。他不为历史所羁绊，也不和现实苟合，不为权势所欺压，也不会去迎合任何流行的东西。他的小说文本有趣而具有强烈的形式感，在现代主义小说技巧和后现代小说观念之间自由穿梭，创造出值得分析和咀嚼的小说作品。库切能够在全球化、多元文化混杂的时代里，去呈现全球景象下的人类状况，是一个非常值得关注的作家。

阅读书目：

《幽暗之地》，郑云译，浙江文艺出版社 2007 年 8 月版

《内陆深处》，文敏译，浙江文艺出版社 2007 年 8 月版

《等待野蛮人》，文敏译，浙江文艺出版社 2004 年 4 月版

《迈克尔·K 的生活和时代》，邹海仑译，浙江文艺出版社 2004 年 4 月版

《福》，王敬慧译，浙江文艺出版社 2007 年 8 月版

《彼得堡的大师》，王永年等译，浙江文艺出版社 2004 年 4 月版

《耻》，张冲等译，译林出版社 2002 年 9 月版

《伊丽莎白·科斯特洛：八堂课》，北塔译，浙江文艺出版社 2004 年 4 月版

《慢人》，邹海仑译，浙江文艺出版社 2006 年 6 月版

《男孩》，文敏译，浙江文艺出版社 2006 年 6 月版

《青春》，王家湘译，浙江文艺出版社 2004 年 4 月版

《凶年纪事》，文敏译，浙江文艺出版社 2009 年 1 月版

《异乡人的国度》，汪洪章译，浙江文艺出版社 2010 年 4 月版

《内心的活动》，黄灿然译，浙江文艺出版社 2010 年 8 月版

看哪，这个混血的世界

——"世界小说"的书写者扎迪·史密斯

扎迪·史密斯就是"世界小说"的书写者之一。她真是一个天才！一个 24 岁的女作家能够将 20 世纪的某些复杂的历史片段、多元种族文化的冲突和人心的广阔、柔嫩和丰富性糅合在一起，并把这些内容呈现得如此斑斓和完美。

"雪白的牙"

墨西哥当代小说大师卡洛斯·富恩特斯说："哪些东西是只能通过小说而不可以通过别的任何方式来表达的呢？这是赫尔曼·布罗赫的深刻发问。可以具体地通过一长串如此众多和分布广泛的小说家的列举，来给歌德的'世界文学'的设想赋予新的、更宽泛的，乃至于更文学意义上的答复。如果说根据罗杰·盖瓦洛的看法，小说在 19 世纪上半叶属于欧洲，下半叶属于俄国，20 世纪前 50 年在欧洲和美国，后 50 年在拉丁美洲的话，那么，到了 21 世纪开始，我们就可以谈论世界小说了。"

显然，卡洛斯·富恩特斯已经预告了21世纪世界文学走向的一种可能性，那就是，在全球化时代里"世界文学"的诞生。实际上，从1980年代逐渐兴起并引起世人关注的"无国界作家"、"离散作家群"、"后殖民主义小说家"的出现，就标志着"世界文学"潮流的兴起和不可阻挡。眼下，就是这批作家最活跃了，尤其是一批来自过去大英帝国殖民地的英语作家，在十多年前就被英国的报刊以"对大英帝国的反击"为题目大加报道。"世界小说"的诞生和发展，显然将会是21世纪一个非常重要的文学现象。

扎迪·史密斯就是"世界小说"的书写者之一。把她放入本卷，是因为她虽然是英国作家，但她有牙买加血统，这个血统还可以追溯到非洲。另外，她的小说题材涉及到欧洲、美洲和南亚，是"世界小说"的书写者。当我把她的的长篇小说《白牙》读了一半的时候，我就开始坐不住了，这可是一个女作家在24岁时就写出来的作品啊，我不由得惊呼，她真是一个天才！我很难相信，一个24岁的女作家能够将20世纪的某些复杂的历史片段、多元种族文化的冲突和人心的广阔、柔嫩和丰富性糅合在一起，并把这些内容呈现得如此斑斓和完美。看看我们的24岁的作家们，还在书写浓厚自恋情结的青春期或者青春后期的小情绪小伤痛，对历史和现实都没有深入把握和分析的能力，在和商业化、娱乐化的媾和中沉醉。不比不知道，一比真吓了我一跳，我知道差距在哪里了。我真的很希望我们有像扎迪·史密斯这样锐利、丰富和才华横溢的青年作家，像她那样有着能使小说这种古老文体爆发新活力的巨大创造才能。

那么，扎迪·史密斯是谁？简单地说，她是一个具有牙买加黑人血统的英国女作家，1975年，她出生在伦敦，属于当代英国青年作家的代表人物。她的父亲是一个英国白人，母亲是牙买加黑人移民，因此，扎迪·史密斯是一个混血儿。

关于牙买加，我印象最深的就是2008年北京奥运会上的短跑百米冠军博尔特了，他一边跑还一边还回头看，实在让人感觉疯狂。牙买加位于加勒比海的西北部，盛产甘蔗和香蕉，1866年成为英国直辖殖民地，1962年独立之后成为英联邦国家成员，人口不到三百万，80%左右都是黑人，牙买加的黑人音乐很棒。

因此，扎迪·史密斯的老妈年轻的时候移民到英国，肯定带有牙买加黑人文化的独特背景。据说，扎迪·史密斯出生之后，没多久就显示了她的文艺才能，她自幼爱好广泛，能歌善舞，6 岁就开始写诗，10 多岁就开始写作短篇小说了。在中学时期和大学时期，扎迪·史密斯饱读经典，无论是 19 世纪的狄更斯，还是 20 世纪的福斯特、卡夫卡和纳博科夫这些大作家的作品，都给扎迪·史密斯在文学之路上的尝试带来了启发和灵感，厚积薄发是扎迪·史密斯的一个明显的写作特征。读她的小说，我就经常纳闷，她的那些丰富和复杂的各类知识都是从哪儿得来的，古怪而令人匪夷所思。

1997 年，刚刚从剑桥大学英语文学系毕业的扎迪·史密斯小姐就决心投身于小说写作了，按说这是一个巨大的冒险，显得过于疯狂，是文学青年头脑发热的时候干的事情，很可能因此吃不上饭饿肚子。但是扎迪·史密斯小姐运气很好，因为她有底气，她向英国一个出版商提供了她要写的长篇小说《白牙》的内容梗概，唯利是图但眼光独特的出版商的眼睛立即亮了。

那个时候，《白牙》这部小说还只是一个雏形，还存在于两张几千字的梗概和扎迪·史密斯的大脑里。而扎迪·史密斯当时也才 22 岁，不过是一个刚毕业的籍籍无名的女大学生，一个丫头呢。还是出版商慧眼识才，"利欲熏心"，我想，出版商一定也是下狠心要赌一把，不仅想要《白牙》，还以 25 万英镑的高价一口气买下了扎迪·史密斯将要写的后两部小说的版权。然后，他们焦急地等待着扎迪·史密斯下出金蛋，而扎迪·史密斯则躲到一个僻静的地方埋头闭关，苦苦耕耘。

三年后的 2000 年，扎迪·史密斯的处女作《白牙》出版了，一时间，英语世界里好评如潮，小说立即受到读者和大众传媒的热烈追捧，并很快成为欧美的畅销书，以最快的速度热销 100 多万册。扎迪·史密斯一鸣惊人。人们也发现，小说这么古老的一种文体，在一些现代派、后现代派和打着各种"新小说""寓言派"旗号的作家手里把读者的胃口给弄坏了的东西，不仅能继续焕发讲述新鲜故事的魅力，还能继续发挥叙述人类新生活新面貌的绝佳功能。

的确，《白牙》这部小说很好读，小说题目就很好，因为我们知道，全世界人的皮肤可以分成白色、黑色、黄色、棕色等等颜色，但是大家的牙都是白的。尤其是有色人种，皮肤比较深但是一张嘴巴，露出两排白牙的效果很惊悚。这个题目有点"世界小说"的隐喻在里面——四海之内皆兄弟，大家全都有白牙！

《白牙》的结构也别具匠心，情节上丝丝入扣，非常扎实。小说从20世纪末期在伦敦北部的印度人、巴基斯坦人和黑人聚集区写起，描绘了两代人和三个家庭之间复杂的故事。

在小说的一开始，就是一个叫阿吉的英国白人出场，他在1975年的某一天准备自杀，他坐在自己的汽车里打算让排气管里的废气把他熏死，结果，被一家肉铺的老板派伙计给救了。然后，阿吉就获得了勇气摆脱了自己的糟糕婚姻，和一个牙买加黑人姑娘结婚了，还生了一个女儿艾丽。

另外一个家庭的男主人公叫萨玛德，他是阿吉当年在二战期间的英军战友，是来自孟加拉的穆斯林，这两个人曾经一起在枪林弹雨中出生入死，是最好的朋友。萨玛德在英国一家餐馆里靠打工为生，并且和妻子生下了一对双胞胎儿子。后来，他把双胞胎中的长子马吉德送回到了孟加拉，把小儿子迈勒特留在了英国。结果，小儿子迈勒特成为在伦敦北部地区长大的穆斯林极端宗教分子，还是激进组织的成员，蓄谋搞各种破坏活动。而马吉德则在从孟加拉重新回到伦敦的时候，反而成为了一个醉心于西方文明的英国绅士。

故事就在这两个家庭两代人之间错综复杂地展开了。后来，阿吉的女儿艾丽莫名其妙地怀孕了，但是，双胞胎兄弟马吉德和迈勒特都有可能是父亲。阿吉和萨玛德很伤脑筋，他们发现，艾丽的一个男同学乔舒华也是艾丽的追求者，他的父亲马库斯是一个生物学家，正在进行一项旨在改变人类基因的可怕的科学实验。于是，他们在和马库斯的接近中，发现他似乎有些面熟。1992年12月31日这一天，小说终于走向了结局，各种纠结在一起的矛盾最终演化成一场带有滑稽和暴力色彩的严重冲突，这个时候，谜底终于揭开了，原来，乔舒华的父亲、科学家马库斯，就是当年阿吉和萨玛德在二战的时候抓获的一个纳粹科学家，当时他们准备处死他，但是萨玛德悄悄放了他，现在，他露出原形了。而他们的孩子们也在经过了1992年12月31日的那一天之后，跨越了成长的界线。

《白牙》这部小说的内部叙述的时间跨度超过了半个世纪。小说的地理背景也很广阔，涉及到欧洲诸国、印度、巴基斯坦、美国、加勒比海的牙买加等国家和地区，其核心情节围绕着三个家庭、两代人的悲欢离合，展现了 20 世纪下半叶英国社会逐渐形成的多种族、多宗教、多元文化的矛盾交织的社会图景，将英国社会在 20 世纪末期来自不同文化背景、属于不同国家和历史文化的人们的生活状况以戏剧性的方式展现了出来。小说的语言机智、诙谐，情节严密，前后呼应，丝丝入扣，没有多余的废墨和枝蔓，紧凑、生动、扣人心弦。不过，我感觉小说的后半部分在叙述上有些松懈了。

　　小说的主题宏大深远，在 21 世纪越来越激烈的种族和文化冲突的世界格局下，为我们解决当代世界的政治冲突和种族矛盾提供了一种新思路，那就是，如何在文化差异下获得共存与和谐的生态平衡。

　　我摘录一些对这部小说评语如下，大家就可以明白这部小说所引起的轰动效应了："这位才气纵横的细节大师，堪称后现代的狄更斯！""小说可以与拉什迪的作品媲美，锋利、闪光、复杂！"

　　连拉什迪也出来说话了："文字妙趣横生，主题凝重庄严，穿透力直指人心！"

　　一家网站评论员如此评价："一部如此野心勃勃而又极富魅力的小说，几乎前无古人。这里有你想读到的所有情节：忠诚、偶然、绑架、爱情、信仰、友谊和家庭，但作者处理得如此巧妙，每读一页都有柳暗花明之感！"

　　他们夸起《白牙》来一点都不脸红，太疯狂了。我看其中不乏溢美之辞。但是，我觉得，这些话大部分又是中肯的。扎迪·史密斯在小说《白牙》中表现出来的超越了她年龄的才情和对小说的控制能力，为她赢得了内行作家和评论界的赞誉。大众是群氓，是看畅销书排行榜来读书，而内行看门道，要让同行表扬十分困难。

　　《白牙》出版之后，接连获得了英联邦作家最佳处女作奖、英国布莱克小说纪念奖、英国《卫报》最佳处女作奖、法兰克福电子书最佳小说奖、《纽约时报》年度十大好书奖、《时代周刊》年度十大好书等等，还被《时代周刊》列入自 1923 年以来最杰出的 100 本英语小说的排名中。我看，在 21 世纪头十年诞生的小说里，《白牙》是不可忽视的。

279

"华裔骗子"

看了《白牙》，很多人都翘首以盼扎迪·史密斯的第二本小说。终于，她的第二本长篇小说《卖名家签名的人》于2002年出版了。这本小说延续了扎迪·史密斯小姐着眼于多元文化混杂的伦敦文化奇观的主题，讲述了一个有着犹太人和华人血统的年轻人，在伦敦北部那些种族混杂的地区讨生活的故事。

这个犹太裔—华裔小伙子是一个贩卖名家签名的人，他脑子很灵活，很善于钻营和与名人打交道。我想，扎迪·史密斯把他写成了具有犹太人和华人血统的混血儿，一定是觉得犹太人和华人是世界上最聪明的两种人，也是她还没有写过的人。

小说中，在越来越国际化和多元化的英国首都伦敦的北部，到处都是一种混合文化的人群和气息，尤其是来自第三世界的英国过去殖民地的移民们，把伦敦北部弄得乌烟瘴气了。这个犹太裔—华裔青年有一种深深的无所适从感。

在伦敦，他依靠贩卖名家签名谋生，同时，苦苦追寻自己的文化和社会身份，穿梭在各种宗教和文化氛围当中，成为一个多元化伦敦的见证人。于是，为了寻找自己的文化和民族认同，他开始从犹太教中寻找精神皈依，从中国本土宗教禅宗中寻找精神的寄托，但是，似乎都找不到稳妥地安放自己灵魂的通道和祭坛。在扎迪·史密斯那如花的妙笔描绘下，伦敦作为一个世界大名利场的面貌出现了。这个青年在伦敦的名利场中和各类名人打交道，获得签名之后去贩卖给名人的粉丝。小说的总体气质带有一点忧伤，和《白牙》的喧闹和无厘头风格迥异。

《卖名家签名的人》从水准上看比《白牙》略微逊色一些，这可能是因为《白牙》写得太好了。但《卖名家签名的人》这部小说也没有让读者和评论家感到失望，它是一部叙述扎实的小说，延续了扎迪·史密斯那种天然的幽默感、犀利的嘲讽和机智的语言的风格。因此，打消了不少人对她在《白牙》获得的成功之后，担心她成为文坛流星的怀疑。但是，我觉得《卖名家签名的人》也有明显的缺点，那就是，小说主人公的塑造虽然形象生动，但是总体的格局显得狭小了，无论深度还是广度，都没有超出《白牙》所达到的水准，主题也重复了。不过，这部小说的最大特点是在展现伦敦当代文化和名人社交生活方面，有它相当过人的描绘，也是这部小说的亮点。该小说获得了 2003 年《犹太人季刊》小说类奖项等多个奖项，也算是很成功了。

出版了这本书之后，口袋殷实、衣食不愁的扎迪·史密斯来到了大洋彼岸的美国哈佛大学，在那里做了一年的访问学者。扎迪·史密斯是一个有心人，她是带着目的来的，一边看看美国人怎么生活，一边在为她的下一部小说积攒素材。

2005 年，扎迪·史密斯的第三部长篇小说《论美》出版了，引发了来自读者的轰动效应，也再度获得了评论界的好评。果然，《论美》这部小说和美国有关，也和英国有关，它的背景被扎迪·史密斯放在了美国和英国这大西洋的两岸。

小说中重点描绘了两个种族和血统十分混杂的美国当代知识分子家庭内部的矛盾和冲突：霍华德·贝尔西早年从欧洲大陆移居到美国，是一个专门研究欧洲画家伦伯朗的艺术史教授，他祖上是英国工人家庭。到美国之后，他在事业上一直没有突破，研究工作也陷入到停顿中。他的妻子琪琪是一个美国黑人，是美国南方黑人奴隶的后代，因为继承了祖母为白人服务一辈子所获得的房产，逐渐成为了美国新兴的中产阶层的一员，家境不错，在一家医院担任管理人员。这两个肤色和文化背景完全不同的人结婚了，在一起还生了两个儿子和一个女儿，表面上看，这个家庭气氛自由，但是，其实却隐藏着不少的矛盾。尤其是几个孩子，各自有着问题和烦恼，并最终酿成事件。

57 岁的霍华德·贝尔西教授学术研究上的死敌是基普斯教授，基普斯教授出身于一个加勒比海地区某岛国的黑人家庭，在伦敦一所大学里担任艺术史教授，并且，他也是伦伯朗的研究专家。基普斯教授的家庭相对保守和封闭，他是一个虔诚的基督徒。他妻子不和任何人来往，他们有一对儿女，也有着自己的问题和内心矛盾。霍华德·贝尔西的大儿子杰罗姆暑假的时候来到了伦敦，就住在基普斯教授家里，不仅喜欢基普斯家的生活方式和氛围，还爱上了基普斯家的女儿维多利亚，但是他却遭到了拒绝。

霍华德·贝尔西对人生有一种厌倦感，不久，他的婚外情也暴露了，这使他和琪琪30年的婚姻遭受了打击。偏偏就在这个时候，霍华德·贝尔西所在的学院又邀请基普斯来学校里担任讲座教授，对霍华德·贝尔西形成了压力和挑战。他和基普斯在关于伦伯朗的研究方面，无论是研究方法、研究思想还是研究成果，都不一样，于是，他的到来就产生了一系列的矛盾。这两个横跨大洋的家庭，就产生了一种奇特的联系。琪琪后来和基普斯太太之间产生了友情，而两个学术上的对手霍华德·贝尔西与基普斯则继续剑拔弩张，针锋相对，无法相互包容。

霍华德·贝尔西的大儿子追求维多利亚失败之后，似乎逐渐理解了人生的复杂，开始寻找到一条适合自己的道路。霍华德·贝尔西的小女儿则和一个激进的歌手相爱，并且把他带回到校园里，学习诗歌写作，但是，这个歌手迷恋上了基普斯的女儿维多利亚。而霍华德·贝尔西后来竟然和学术对手的大女儿维多利亚发生了性关系。而基普斯也被发现他在肉体上利用过自己的女学生，他还欺骗性地掠夺了海地的一些艺术品，并且依靠这些东西在美国发迹。这两个教授无论是道德操守，还是家庭生活，都充满了黑暗面。于是，两个家庭之间的关系出现了相当复杂的热闹纠结。后来，基普斯太太因病去世，赠送给琪琪一幅珍贵的来自海地的艺术作品，似乎暗示小说中的所有人物关系在逐渐走向一种缓和。

最后，霍华德·贝尔西在陷入人生困境的时候，从他一生研究的对象伦伯朗给自己的妻子所画的画像中，看到了他一生所崇尚的要去解构和质疑的最伟大的艺术之美，同时，他从妻子琪琪那里也看到了类似伦伯朗妻子的微笑那样的笑容，决定好好地度过余生。据说，扎迪·史密斯写《论美》的时候，常常会联想到她的母亲。扎迪的母亲是一位医生，还当了25年的社区义工，她把她塑造成琪琪那样的形象。

《论美》这个小说的标题起得怪异而出奇，使人很好奇——这是一篇论文还是一部小说？据说，这个小说的题目取自扎迪·史密斯的诗人丈夫的一首诗，她还把这首诗放到了小说中，作为暗示小说主题的一个小小的脚注。我想，这部小说最有趣的地方，就是以大西洋两岸作为展开故事画卷的图景，仿佛是两个国家中间夹着一个大西洋，然后两个分别在英国和美国的艺术史教授家庭之间通过大西洋获得了对照和联系，获得了比较和映衬。这两个家庭暗中展开了一场文化、身份、人性的较量，最终，他们都回到了一条起跑线上，回到了一个边缘和角落的位置。小说把两个家庭成员中的婚姻、爱情、性、日常生活、理想追求一一呈现出来，并且以喧闹和夸张的笔法，将大洋两岸的家庭生活和当代文化处境呈现了出来。

扎迪·史密斯在写《论美》的时候，还隐含了向英国作家 E. M 福斯特（1879年—1970年）致敬的意思。E.M福斯特写作有六部长篇小说：《天使不敢涉足的地方》《最长的旅行》《看得见风景的房间》《霍华德别墅》《印度之行》和同性恋题材的小说《莫瑞斯》。其中，《看得见风景的房间》《霍华德别墅》和《印度之行》是他最好的小说。

《霍华德别墅》创作于第一次世界大战之前，出版于1910年，描绘了两个英国中产阶级上层家庭围绕遗产霍华德别墅的继承和转移，展开了错综复杂的人性表演。霍华德别墅在福斯特的小说里，就如同扎迪·史密斯在《论美》中的伦伯朗的绘画一样，带有着象征的含义。霍华德别墅可以说是没有经受工业污染的世外桃源，伦伯朗的绘画之美更是和现代社会已经四分五裂的人心有着天壤之别。最终，这两个核心的象征逐渐浮现出来，提醒主人公人生还有别的东西更加值得重视。因此，扎迪·史密斯的《论美》无论是人物设置，还是情节推展，都和《霍华德别墅》有一种呼应的关系，而且扎迪·史密斯在驾驭这部小说的时候，还以幽默和讽刺的语言，使20世纪的美国和英国两个知识分子家庭生活和人性的幽暗面如同呈现在显微镜下，我觉得大有超越福斯特的地方。

扎迪·史密斯最擅长的地方，就是能够自由运用英国和美国社会各阶层真实、丰富和自然的语言，来表现他们复杂的内心世界和社会生活。可以说，《论美》一本是关于两个家庭和两代人的关系变化、关于美国和英国的多种族与多元文化的矛盾冲突问题的书，是关于爱、关于性、关于美、关于欺骗和自我欺骗、关于身份认同、关于全球化时代的关系的有趣小说。

"橘子的滋味"

《论美》一出版就获得了很多好评，进入到 2005 年布克小说奖的决选名单，但是却没有获奖。2006 年 6 月，这部小说获得了英国专门为女性作家颁发的橘子文学奖。不过，据说橘子文学奖和橘子一点关系都没有，这是一家法国电子公司所赞助的，橘子是他们的电子元件产品的品牌名。扎迪·史密斯获得这个奖项非常不容易，因为评委会最后一次的讨论用了三个小时，经过激烈辩论之后，才把奖项颁发给扎迪·史密斯，她获得了 3 万英镑的奖金，这也是她首次在重大文学奖项上有所斩获。此前，扎迪·史密斯已经和布克小说奖、惠特布雷德年度图书奖等英国重要文学奖失之交臂。小说还被评为《纽约时报》年度十大好书之一。

扎迪·史密斯说："我认为没有人比我更艰难了，面对大众传媒，我只是太天真了。写《白牙》的时候，我刚从剑桥大学毕业，什么都不懂，却要接受所有人对我的审视，真的是太恐怖了。那个时候我才二十二、三岁，我以为在接受采访的时候和记者开开玩笑，说一些荒谬可笑的话，应该是无伤大雅的，但是他们却把我塑造成一个攻击英国和各种文学奖、文学体制的人。当我发现实际上并非如此时，我开始拒绝所有媒体的采访了。后来，我去美国在哈佛大学攻读硕士学位那一年，我母亲说，我几乎每个周末都在埋头写作，什么都不顾，专注得好像灵魂出窍一样。面对大众，我有时候会控制不住自己。但这没关系。现在好多了。生命真的短暂得难以置信。人们可以喜欢我的书，也可以不喜欢。我不会钻牛角尖。我也经常看文学评论，我会把它当做成绩单，总是非常认真地对待各种评论。"

这些话里流露出一个作家的艰辛和刻苦。

很多评论家都把扎迪·史密斯看成是这个全球化时代的一个多元文化的代言人，认为她写的是关于世界新移民的小说。但是，扎迪·史密斯却说："常常有人问我关于移民文学的问题，他们还问我，身为移民是怎样的一种感觉。但我根本不是移民，我是在英国出生的。实际上，我并不是人们所想象的那样，身上包含了有多种文化，我只有一半牙买加血统，和一半英国血统。"

你看，她自己根本就不认同一般对她的理解。

从照片上看，扎迪·史密斯比较瘦弱，也不算漂亮。她是一个非常有个性的英国女作家，有着一种知性美。她与那些想疯狂地留住青春和美好容貌的女人大不一样。当媒体以她为英国最有前途的女作家而追捧她的时候，她头脑清醒地说："很快，我就会老了，媒体的注意力会转到其他年轻女孩身上。到了那个时候，我还会继续写作，只有写作是唯一不变的。"

她很明白她的魅力来自她所创作的小说，而不是其他东西。扎迪·史密斯的个人婚姻目前很幸福，她嫁给了一个同行——英国诗人、小说家尼克·莱尔德。虽然一般来说文学同行很难成为好夫妻，在文学史上坏榜样比比皆是，但是，从目前看，扎迪·史密斯和丈夫的婚姻还很美满和谐。据说，他们在一起吃晚饭的时候，经常会吵架，比如会为美国作家纳博科夫的某部作品的主题和意义而争辩得面红耳赤，但是又会很快和好如初。在他们的二人世界里，是书籍、下午茶和对方的全部，还有他们养的一条哈巴狗莫德。

2008年1月，扎迪·史密斯出版了一部短篇小说集《他人之书》，书中收录了23篇短篇小说，这些小说主要以欧美历史上一些杰出的作家、艺术家作为写作对象，描绘了他们生活和写作状态中一些特殊的时刻，刻画出一些作家、艺术家的灵魂群像。

扎迪·史密斯属于那种顺应和引导了21世纪文学走向和趋势的作家，她不娇气、不媚俗、不狭窄、不刻板、不单一，并且以女性的、幽默的、多角度和多层次的笔法，对眼前世界的复杂性给予了丰富的呈现。她还在不断寻找新的写作方向，拓展自己的写作空间，并且总是能走对路子，她注定将成为一个备受关注的作家，前途远大。不信的话，我们就拭目以待吧。

阅读书目：

《白牙》，周丹译，南海出版公司 2008 年 6 月版

《关于美》，杨佩桦等译，人民文学出版社 2008 年 10 月版

《签名收藏家》，唐晓萌等译，上海译文出版社 2009 年 9 月版

看哪，这个混血的世界

『世界小说』的书写者扎迪·史密斯